KB041222

맹 자

■ **(주)고려원북스**는 우리들의 가슴속에 영원히 남을 지혜가 넘치는 좋은 책을 만들겠습니다.

맹자

개정판 1쇄 | 2005년 4월 11일
개정판 3쇄 | 2011년 1월 15일

역해자 | 홍성욱
펴낸이 | 이용배
펴낸곳 | (주)고려원북스
편집주간 | 설응도

마케팅 | 이종진
편집부 | 김부영
판매처 | (주)북스컴, Bookscom., Inc.

출판등록 | 2004년 5월 6일(제16-3336호)
주소 | 서울 광진구 능동 279-3번지 길송빌딩 7층
전화번호 | 02-466-1207
팩스번호 | 02-466-1301

copyright ⓒ Koreaonebooks, Inc., 2005, printed in Korea
이 책의 저작권은 저자와 출판사에 있습니다. 서면에 의한 저자와 출판사의
허락 없이 책의 전부 또는 일부 내용을 사용할 수 없습니다.

ISBN 89-91264-35-2

저자와의 협의에 의하여 인지는 붙이지 않습니다.
잘못 만들어진 책은 구입처나 본사에서 교환해 드립니다.

동양의 지혜 2

맹 자

홍성욱 역해

(주)고려원북스

<동양의 지혜> 시리즈를 펴내면서

현대 사회는 무서운 속도로 변하고 있습니다. 과학으로 인한 물질 문명의 발달로 우리 사회는 더욱 서구화되어 가고 있습니다. 때문에 많은 사람들은 아직도 서양의 것은 무조건 좋고 동양의 것은 진부하다고 여깁니다. 서양의 샘이 정수가 된 수돗물이라면 동양의 것은 맑은 시냇물로 훨씬 깊고 순수한 것입니다. 그런데도 정수가 된 것은 좋아하면서 맑은 자연의 생수는 찾으려고도 하지 않습니다.

동양 고전은 번뇌의 티끌을 털어 버리는 한 방식으로서, 오늘을 사는 지혜를 얻어내는 철학서로서 오랫동안 우리의 삶을 움직여왔고 앞으로도 참선과 윤리, 사상의 틀이 될 것입니다.

고전에 대한 교양의 필요성이 대두되는 이즈음 〈동양의 지혜〉 시리즈는 한글세대들이 동양의 고전을 좀더 친숙하게 접근하도록 해당 분야의 젊고 유능한 신진학자들이 열과 성을 다해 고전을 쉽게 풀어 쓰고 상세한 주석을 달았으며 현대적인 언어로 재해석하였습니다.

그러나 고전의 내용이 너무 방대하여 독자에게 유용하다고 생각되는 부분을 선정하여 쉽게 풀도록 노력하였습니다.

〈동양의 지혜〉 시리즈가 독자 여러분들에게 옛것을 알고 그 바탕 위에 내일을 준비하는 온고지신(溫故知新)의 계기가 되길 바랍니다.

편집위원

차 례

공손추장구 | 公孫丑章句 상

공손추장구 | 公孫丑章句 하

등문공장구 | 滕文公章句 상

이루장구 | 離婁章句 하

만장장구 | 萬章章句 상

만장장구 | 萬章章句 하

고자장구 | 告子章句 상

고자장구 | 告子章句 하

진심장구 | 盡心章句 상

진심장구 | 盡心章句 하

해제

양혜왕장구 梁惠王章句 상

국가를 이롭게 할 경제문제에 관심을 집중했던 양혜왕(梁惠王)과 맹자가 부국강병론에 대해 논한다. 양혜왕은 경제문제에 관심을 둔 반면 맹자는 나라의 부강은 백성들의 최소 생활 수준을 보장하여 주고 그 안에 내재한 선한 마음을 계발하는 통치자의 역할에 관심을 기울였다. 즉 맹자는 군주의 덕치를 통한 교화, 인의(仁義)를 바탕으로 한 왕도정치(王道政治)를 주장했다.

왕은 어찌 이익만을 물으십니까?

孟子見梁惠王(맹자견양혜왕)하신대, 王曰叟不遠千里而來(왕왈수불원천리이래)하시니,

亦將有以利吾國乎(역장유이리오국호)잇가. 孟子對曰(맹자대왈), 王(왕)은

何必曰利(하필왈리)잇고, 亦有仁義而已矣(역유인의이이의)니이다.

맹자가 양혜왕을 뵈오니 왕께서 맹자에게 말씀하시길, 장로께서 천리의 먼 길을 멀다고 여기지 아니하시고 이곳까지 오셨으니, 또한 장차 우리나라에 이익이 될 만한 것이 있을 수 있겠습니까? 맹자가 대답하여 말하기를, '왕께서는 하필이면 이익만을 말씀하십니까? (임금께 말씀드릴 국가를 잘 다스리는 방법이라는 것은)' 성왕(聖王)이 실시하였던 것과 같은 인의정치(仁義政治)를 할 것만 말할 뿐입니다.

이 구절은 이 책 전편의 첫 구절로 인의(仁義)의 도덕정치(道德政治)를 추구하던 맹자와 국가를 이롭게 할 경제문제에 관심이 집중되어 있던 양혜왕과의 이견이 뚜렷이 드러나는 부분이다. 맹자는 인간사회의 존립기반을 인의의 실현에 두었다. 까닭에 이러한 윤리에 근본한 상태에서 통치를 할 때 자신의 이상을 실현시킬 수 있다고 생각

하였다. 도덕적인 문제를 강하게 주장한 맹자이긴 하나 그렇다고 그가 경제문제에 대하여 무관심한 것은 아니었다. 후술되겠지만 그는 경제문제에 대해 보다 깊은 관심을 표명하였고, 이것은 여러 군데에서 뚜렷이 증명되고 있다.

그 당시 전국(戰國)의 제후들은 부국강병의 기치를 걸고 자신의 정책을 보좌할 유세객을 찾고 있었는데, 그들의 주된 관심사는 경제문제에 있었다. 까닭에 맹자가 양혜왕을 보았을 때 왕은 맹자가 자신에게 경제를 강화할 계책을 제공해 주어 국가가 융성하게 될 것으로 기대하였다. 그의 첫 질문인 '장로께서 우리나라에 오셨으니, 장차 우리나라가 경제적으로 부흥할 수 있겠습니다' 라고 말한 것은 바로 그러한 의도에서 비롯된 것이다. 그러나 맹자의 견해는 달랐다. 그는 도덕심이 확립된다면 군주가 기대하는 정치적 효과를 이룰 수 있으리라 여기고 있었기 때문이다. 그렇기에 '어찌 이익을 구할 것만을 요구하십니까? 제가 충고할 수 있는 말은 도덕심을 확립하여 인의에 기반한 정치를 하는 것 뿐입니다' 라고 대답하였던 것이다. 이것은 그의 일관된 정치철학이기도 하다.

왕이 이익만을 추구하면 나라는 위태롭다

> 왕 왈하이리오국 대부
> 王은 曰何以利吾國하시면, 大夫는
>
> 왈하이리오가 사서인 왈하이리오신
> 曰何以利吾家하고, 士庶人은 曰何以利吾身하여,
>
> 상하 교정리 이국위의
> 上下가 交征利하면, 而國危矣리라.

임금이 '어떻게 하면 우리의 나라를 이롭게 할 것인가'를 이야기하시면, 대부는 '어떻게 하면 우리 가문을 이롭게 할 것인가'를 이야기하고, 선비나 서인들은 '어떻게 하면 내 한몸 편안하게 할 것인가'를 이야기하여 윗자리에 있는 사람이나 아랫자리에 있는 사람이나 저마다 자기의 이익만을 추구한다면 나라는 위태로워질 것입니다.

왕은 왕대로 자신이 다스리는 국가의 부강을 추구하고, 고위관리는 고위관리대로 자신의 가문의 윤택을 생각하며, 관리예비자 격인 선비나 일반 백성들도 남의 이익은 고려하지 않고 저마다 자신의 이익을 추구하는 데 혈안이 되어 있다면, 국가의 멸망은 기정사실화될 것이라 말하고 있다. 이는 상하의 질서가 무시된 도덕성 부재의 이기주의에서 비롯된 것이다. 까닭에 맹자는 양혜왕에게 윗사람이 자신만을 위한 이익을 추구하는 것을 본받아 아랫사람도 자신의 이익만을 추구한다면 상하의 질서가 무너져 국가는 위태로운 지경에 이르게 될 것임을 경고하고 있다.

이는 결론에서 논할 의론의 전제로 당시의 사회상에 대한 풍자이기도 하다. 제후국이면서도 왕호를 참칭하거나 상호침탈을 일삼아 국력을 강화하려고 하는 것은 부국강병의 욕구를 실현할 수 없는 길이고, 오직 선대의 군왕이 펼쳤던 도덕정치를 실현하여야만 국가의 안녕을 기약할 수 있다는 논리이다.

의리를 뒤로 하면 반드시 상호침탈이 끊이지 않는다

> 만승지국 시기군자 필천승지가
> 萬乘之國에, 弑其君者는, 必千乘之家요,
>
> 천승지국 살기군자 필백승지가
> 千乘之國에, 殺其君者는, 必百乘之家이니,
>
> 만취천언 천취백언 불위부다의
> 萬取千焉하고, 千取百焉이, 不爲不多矣언마는,
>
> 구위후의이선리 불탈 불염
> 苟爲後義而先利하면, 不奪이면, 不饜이리이다.

전쟁이 발생하였을 때 만 대의 병거를 동원할 수 있을 만큼의 영지를 소유한 나라에서 자기 위의 군주를 시해할 사람은 반드시 천 승의 군비를 낼 수 있을 만한 영지를 소유한 대부일 것이요, 천 승의 군비를 낼 만한 제후의 나라에서 그 나라의 임금을 시해할 사람은 반드시 백 승의 영지를 지닌 대부일 것이 틀림없습니다. 만승의 나라에서 천승을 취하고 천승의 나라에서 백승을 가지는 것이 신하의 녹봉으로 많지 않다고 할 수 없을 것인데도, 진실로 신하로서의 의리를 뒤로 하고 이익만을 추구하게 된다면 군왕의 것을 전부 빼앗지 아니하고는 만족하지 아니할 것입니다.

맹자의 논리 전개는 주로 연역적 방식인데, 각 장의 서두에서 자신이 개진할 의론을 펼치고 구체적 사례를 열거한 후 말미에서 확인하는 방식이다. 이 부분도 그러한 방식을 취하고 있다. 곧 자신의 분수에 만족하지 못한 채 이익추구에 치우칠 경우 일어날 일에 대한 사례를 구체적으로 열거하면서 자신이 왜 이익추구를 논하지 않고 인의라는 도덕정치를 논하는지를 이야기하는 것이다.

사람이 자신의 분수에 만족하지 못한다면 더 많은 것을 획득하기 위해 양심을 포기하는 사태가 발생할 것이고, 정도가 심화되면 사회질서를 뒤흔드는 사태에까지 이르게 되리라고 보고 있다. 또 이것은 일정 정도의 기득권을 가지고 있는 사람에게서 발생할 것으로 보고 있다. 이익 제일주의에 사로잡혀 의를 뒤로 하고 이익만을 앞세운다면, 전체의 1/10이라는 적지 않은 부분을 소유한 사람이 이에 만족하지 못하고 나머지 9/10를 차지하기 위해 더 많이 가진 사람을 해치는 하극상의 난리가 발생할 것이라고 예견한다. 이렇게 되면 결국 이익추구를 기대한 양혜왕도 피해의 당사자가 될 것이라고 말하여, 자신의 이익추구는 오히려 피치자에게 도덕심을 불어넣어 자신의 분수에 맞는 삶을 살도록 가르치는 것이라고 말한다.

어진 정치를 하고도 왕이 되지 못한 예는 없다

> 미 유 인 이 유 기 친 자 야 　　 미 유 의 이 후 기 군 자 야
> 未有仁而遺其親者也이며, 未有義而後其君者也이니,
>
> 왕 역 왈 인 의 이 이 의 　　 하 필 왈 리
> 王亦日仁義而已矣인데, 何必日利잇고.

사람됨이 어진데도 자기 부모를 버린 사람은 아직 있지 않았으며, 사람됨이 의로운데도 자기 군주를 버린 사람은 아직 있지 않았으니, 임금께서도 이전의 성왕처럼 또한 인의만을 말하여만 할텐데 하필이면 이익만을 말씀하십니까?

군왕이 인의정치를 실시하면 백성들은 그를 본받아 분수에 맞는 삶을 살 것이고, 그렇게 되면 그가 우려하는 하극상의 난리는 발생

하지 않아 국가를 오랫동안 다스릴 수 있을 것이라고 말한다. 곧 맹자는 부국강병이라는 당시 전국 제후들의 정책은 오히려 자신의 정치적 생명을 단축시키는 결과를 초래한다고 주장하고 있다. 요임금이나 순임금이 성왕(聖王)이라는 칭호를 받는 것은 그들이 도덕정치를 실현하였기에 가능했던 것이다.

까닭에 왕도 그들처럼 장구한 세월을 통치하려면 지금처럼 이익추구를 요구하기보다 사회 각 계층의 사람이 자신의 분수를 충실히 지키면서 자신의 통치를 잘 따르도록 도덕적 무장을 시켜야 한다고 말하고 있다. (그렇다고 맹자가 경제문제에 대해 소홀한 것은 아니었다. 다만 우선 순위에서 도덕심의 견지가 경제적 이익추구보다 앞선다고 여겼다.)

정치를 잘하는 것 같으나
백성이 늘지 않는 것은 무슨 까닭인가?

양혜왕왈 과인지어국야 진심언이의

梁惠王曰, 寡人之於國也에, 盡心焉耳矣러니,

하내흉 즉이기민어하동 이기속어하내

河內凶이면, 則移其民於河東하고, 移其粟於河內하며,

하동흉 역연 찰린국지정

河東凶이면, 亦然하니, 察隣國之政하니,

무여과인지용심자 린국지민 불가소
無如寡人之用心者인데, 隣國之民은, 不加少하고,

과인지민 불가다 하야
寡人之民은, 不加多는, 何也잇고.

양혜왕께서 말하였다. 내가 나라를 다스리는 데 있어서 나의 마음을 다 쏟고 있었으니 고지였던 황하의 북쪽 지방이 흉년이 들어 굶어 죽는 사람이 발생하게 된다면, 곧 그 백성들을 흉년이 들지 않은 황하 동부 지방으로 이주시켜 생계를 보장할 수 있도록 하고, 그곳의 풍부한 물산을 황하 북쪽으로 이동시켜 굶주리는 자가 없게 하였으며, 황하의 동부가 흉년이 들게 되면 또한 그러한 식으로 구호대책을 마련하였으니 이웃 나라의 정치 상황을 살펴볼 때 내가 마음을 쓰는 것처럼 하는 것 같지도 않은데, 이웃 나라의 백성은 우리나라로 이주하거나 하여 감소하지 아니하고 우리나라의 백성은 증가하지 아니하니 이것은 무슨 까닭입니까?

전국 시대 당시의 제후들은 한결같이 부국강병을 부르짖었다. 이러한 목표를 달성하는 데 무엇보다 우선시 된 것은 인구의 증가였다. 이는 병력과 노동력의 확보라는 두 요건을 동시에 충족시키기 때문이다. 당시에 황하의 홍수로 인해 생계유지가 어려워지자 양혜왕은 그들을 위해 구체적 구호사업을 실시하였다. 즉 홍수의 피해를 입은 백성을 재해가 없는 곳으로 이주시키고, 그곳에 구호물자를 공급하여 난리를 극복하도록 주선한 것이다. 양혜왕은 자신의 이러한 구호대책의 실시가 선정을 한다는 평판으로 인식되어, 이 소식을 듣고 이웃 나라의 백성이 이주해 와서 인구가 늘어나기를 기대하였던 것이다. 그러나 그가 기대했던 바대로 결과는 이루어지지 않자 맹자에게 그 까닭을 묻고 있는 것이다.

오십보 도망가고서 백보 도망간 것을 비웃을 수 있습니까

> 맹자대왈 왕호전 청이전유
> 孟子對曰, 王好戰하시니, 請而戰喩이리이다.
>
> 전연고지 병인기접 기갑예병이주
> 塡然鼓之하여, 兵刃旣接이어든, 棄甲曳兵而走하되,
>
> 혹백보이후 지 혹오십보이후 지
> 或百步而後에 止하고, 或五十步而後에 止하여,
>
> 이오십보 소백보 즉하여
> 以五十步로, 笑百步이면, 則何如잇고.

맹자가 대답하여 말하길, 왕께서 전쟁을 좋아하시니 전쟁으로 비유하고자 합니다. 둥둥둥 북을 울려서 진군하여 창과 칼이 이미 맞붙었는데 갑옷을 벗어 버리고 무기를 질질 끌면서 단신으로 도망을 가는

데, 어떤 사람은 백보를 도망가다가 멈추고 어떤 사람은 오십보를 도망가다가 멈추어서 오십보 도망간 것으로 백보 도망간 것을 비웃는다면 어떠하겠습니까?

맹자는 왕의 이러한 미봉적 구호대책이 결코 백성에게 영속적인 안정을 가져오지 못하기 때문에 왕의 기대는 실현되지 못한다고 단정하며, 이를 위해 오십보백보라는 비유적 서술을 한다. 하고 많은 것 중에서 왕이 좋아하는 것은 전쟁인데, 이것으로 비유를 삼은 것은 저마다 세력확장을 위해 전쟁을 일삼던 당시의 상황 전체에 대한 풍자적 의도도 깔려 있다. 전쟁중에 도망을 가는 것이 백보이든 오십보이든 그것은 그리 중요한 것이 아니다. 몇 보를 도망하였느냐를 따지기 전에 도망하였다는 사실이 더욱 중요하기 때문이다.

이것을 다시 앞의 문제와 결부시키면, 지금 왕이 구호대책을 실시한다고 하여도 근본적인 문제에 대한 관심이 없이 그 당시에 닥친 과제만 해결하기에 급급하다면, 민심의 복종이라는 기대 효과는 결코 거둘 수 없음을 단정적으로 이야기하고 있다.

왕이 하시는 정치는 오십보백보라 할 수 있다

> 왈 불가　지불백보이　시역주야
> 曰 不可하니, 直不百步耳언정, 是亦走也라.
>
> 왈 왕여지차　즉무망민지다어린국야
> 曰 王如知此이면, 則無望民之多於隣國也하소서.

왕이 말하길 그렇지 않다. 다만 백 보를 도망가지 않았을 뿐이지 이 또한 도망한 것이다. 맹자가 말하였다. 왕이 이와 같은 것을 아신다면 곧 백성들이 이웃 나라 보다 많아지기를 바라지 마십시오.

자신의 논리에 끌어들이기 위한 유도 질문에 양혜왕은 빨려 들어가서 맹자가 의도한 대로 답하고 있다. 맹자는 양혜왕에게 백성에게 얼마간의 구호물자를 공급하였다고 해서 선정을 베풀었다고 생각하지 말라는 것을 오십보를 도망간 사람이 백보를 도망간 사람을 비웃는 것과 동일선상에서 해석할 수 있다고 보고 있다. 이웃나라의 백성을 자기 백성으로 만들어 인구를 증가하려고 한다면 이러한 미봉책으로는 이룰 수 없으므로 백성에게 구호물자를 공급하였다는 것으로 큰 선정을 하였다고 생각하며 이웃 나라의 백성이 몰려올 것을 기대하지 말라고 요구한다.

농사철을 잘 지키게 하면 농부에게 곡식이 넘쳐난다

> 不違農時면, 穀을, 不可勝食也며, 數罟를, 不入洿池면, 魚鼈을 不可勝食也며, 斧斤을, 以時入山林면, 材木을, 不可勝用也리니,

(백성들을 부림에 있어 시기를 잘 고려해야 하니) 바쁜 농사철을 피하여 그들이 농사를 망치지 않게 한다면 곡식을 이루 다 먹을 수 없을 것이요, 그물의 눈이 촘촘한 것을 강물에 던지지 않는다면 작은 물고기가 살아 남아 그들이 새끼를 쳐서 물고기를 이루 다 먹지 못할 것이며, 나무를 자르는 도끼를 제때에 할 수 있게 한다면 재목을 이루 다 헤아릴 수 없을 정도로 사용할 수 있을 것이니,

왕이 자신의 희망을 실현할 것에 대한 구체적 방안을 제시한다. 그 첫째가 경제적 안정의 확보이다. 농부들이 농사철에 자신의 삶을 위해 일할 수 있도록 여건을 마련해 주고, 물고기들이나 나무를 적당하게 취하여 재생산 기반을 마련하면 이들을 언제나 이용할 수 있을 것이므로, 백성들이 이것을 적절하게 활용하는 과정에서 경제기반의 안정에 기초가 확립된다고 맹자는 이야기하고 있다. '의식족

이지예절(衣食足而知禮節)' 이란 말처럼 사는 것이 넉넉하면 절로 예의를 차리게 되는 것이다. 맹자는 이러한 단순한 사실을 들어 양혜왕을 깨우치고 있다.

의식주가 넉넉하도록 해주는 것이 왕도의 시작이다

> 곡여어별 불가승식 재목 불가승용
> 穀與魚鼈을, 不可勝食하며, 材木을, 不可勝用이면,
>
> 시 사민양생상사 무감야
> 是는, 使民養生喪死에, 無憾也니,
>
> 양생상사 무감 왕도지시야
> 養生喪死에, 無憾이, 王道之始也이니이다.

곡식과 물고기를 이루 다 헤아릴 수 없을 만큼 먹을 수 있고, 재목을 이루 다 헤아릴 수 없게 쓸 수 있다면 이것은 백성으로 하여금 살아 있는 사람을 봉양하고 죽은 사람을 제사지내는 데 있어서 후회가 없게 하는 것이니 산 사람을 봉양하고 죽은 사람을 제사지내는 데에 있어 후회 없게 하는 것이 왕도의 시작이 되는 것입니다.

사람들이 자신의 삶이 부족함이 없고, 산 사람의 생활이나 죽은 사람을 장사지내고 제사지내는 일에 있어 모두 후회 없게 되면, 이상정치의 실현을 기대할 수 있다고 맹자는 주장한다. 살아가는 것이 고통스러워 지배자에 대한 반감만 쌓인다면 그들을 위한 피지배자의 노력을 기대할 수 없다. 위정자는 그들이 내는 세금을 토대로 삶을 영위하는 데 이들이 없다면 그들의 존립근거가 희박해지기 때문이다. 먹고 살아가는 일상생활의 일이 제대로 되지 않는다면 누가 자신의 생활에 대하여 만족하다고 느끼겠는가?

농사짓는 것을 방해하지 않으면 그 가족은 굶주리지 않는다

> 오무지택　수지이상　오십자　가이의백의
> 五畝之宅에, 樹之以桑이면, 五十者가, 可以衣帛矣며,
>
> 계돈구체지축　무실기시　칠십자　가이식육의
> 鷄豚狗彘之畜을, 無失其時면, 七十者가, 可以食肉矣며,
>
> 백무지전　물탈기시　수구지가　가이무기의
> 百畝之田을, 勿奪其時면, 數口之家가, 可以無飢矣며,

농가 한 세대에 할당된 면적 중 2무의 택지에 뽕나무를 심어 양잠을 하면 50세 이상의 노인들이 가볍고 따뜻한 비단옷을 입을 수 있을 것이며, 닭 · 돼지 · 개를 사육하는 데 있어 그들이 번식하는 때를 잃지 않게 한다면 70세 이상의 늙은이도 영양이 풍부한 고기 음식을 먹을

수 있을 것이며, 한 세대분의 농토를 농사를 짓는 데 있어서 그 시기를 놓치지 않는다면 대여섯 명의 한 가족이 굶주리지 않을 것이며,

국가에서 지급 받은 택지에 뽕나무를 심어 양잠을 하면 거기에서 나온 비단으로 50세 이상이 되는 노인들의 옷을 해입힐 수 있고, 가축을 길러 그 고기를 노인들에게 먹이면 충분한 영양공급으로 노년에도 활기찬 삶을 영위할 수 있으며, 농부들이 농사철에 농사를 지을 수 있도록 국가의 부역에 그들을 동원하지 않는다면 그곳의 수확물로 한 가족의 생활안정은 충분히 이룰 수 있다. 맹자가 꾸준히 이야기하고 있는 '경제안정을 위한 여건의 조성'이란 그리 힘든 것이 아니라 백성이 순리에 맞춰 자신의 삶을 영위하도록 보호하고 이끌어 주는 것일 뿐이다. 이러한 생활의 안정을 이룩하면 백성은 교육에 관심을 갖게 된다고 말한다.

의식주가 넉넉하고 예의범절을 알면 왕도는 실현된다

> 근상서지교　신지이효제지의　반백자
> 謹庠序之教하여, 申之以孝悌之義이면, 頒白者가
>
> 불부대어도로의　칠십자　의백식육
> 不負戴於道路矣리니, 七十者가 衣帛食肉하고,

여민 불기불한 연이불왕자 미지유야
黎民이 不飢不寒인데, 然而不王者는, 未之有也니이다.

학교 교육을 신중히 하여 거기에 효제의 의리를 가르친다면, (젊은이들이 연장자에 대한 도리를 깨닫게 되어) 백발이 희끗희끗한 노인들이 도로에서 짐을 지고 다니지 않게 될 것이니 50~70세 이상의 노인들이 비단옷을 입고 고기를 먹으며 천하 만민이 굶주리거나 헐벗지 아니한데도 그럼에도 불구하고 왕노릇 하지 못한 사람은 아직 있지 않았습니다.

교육은 피교육자의 사고나 행위가 교육자가 바라는 대로 이루어지길 기대하면서 그들의 행동양식을 규정짓는 것이다. 그러나 최소한의 생계유지가 되지 않은 상태에서 교육은 이루어질 수 없다. 이는 동서고금을 막론하고 일치되는 사실이다. 오늘날의 교육이 가르치는 사람과 가르침을 받는 사람의 최종 목적이 서로 다를 수는 있어도 적어도 경제적 능력이 없는 한 교육을 시킬 수 없다는 것은 주지의 사실이다.

일정한 생활기반이 갖추어지면 백성들은 효제충신의 덕목을 배우고 실천하게 된다. 사람이 짐승과 다른 점은 예의와 염치를 알아 감정에만 의하지 않는다는 것이다. 곧 바람직한 삶의 방식이 제시되면 의식의 제어를 통해서도 이를 실현시킨다는 것이다. 노인이 진 짐이 무겁다고 대신 그 고통을 짊어지거나, 영양가 있는 음식을 노인에게 먼저 권할 수 있는 것은 젊은이가 노인에 비해 힘이 부족하기 때문이 아니다. 윤리의식에 근본한 행동양식에서 비롯된 것이다. 그러나 맹자는 이것도 의식주가 충족되기에 가능한 것이라고 보고 있다.

만약 절대빈곤의 상태가 된다면 이러한 예의범절을 지킬 것을 요구하는 것은 한갓 공염불에 불과할 것이다(기아에 허덕이는 아프리카에서 윗어른을 섬기는 윤리가 실현될 수 있을지는 사실 회의적이다). 맹자가 경제적 안정을 가장 우선적으로 이야기한 것은 바로 이러한 이유에서이다. 그래서 맹자는 의식주의 충족만 실현된다면 양혜왕이 바란 이상정치의 실현이 명약관화(明若觀火)하다고 단정한다.

백성의 굶주림을 자신의 책임으로 알 때 비로소 왕도가 실현된다

> 구 체 식 인 식 이 부 지 검 도 유 아 표
> 狗彘食人食인데, 而不知檢하며, 塗有餓莩인데,
>
> 이 부 지 발 인 사 즉 왈 비 아 야 세 야
> 而不知發하여, 人死어든 則曰, 非我也라, 歲也라 하나니,
>
> 시 하 이 어 자 인 이 살 지 왈 비 아 야 병 야
> 是는 何異於刺人而殺之曰 非我也라, 兵也리오,

왕 무 죄 세 　　　사 천 하 지 민 　　지 언
王無罪歲이시면, 斯天下之民이, 至焉하리라.

흉년이 들어 개나 돼지 같은 가축이 사람들이 먹어야 할 음식을 먹는데도 그것을 먹지 못하도록 단속하지 못하고, 길거리에 굶어 죽은 사람의 시체가 널려 있는데도 창고의 곡식을 내어 구호할 줄을 모르고는, 사람들이 죽거든 곧 말하길, 나 때문에 죽은 것이 아니라 흉년으로 인해 죽은 것이다라고 말하니, 이것이 어찌 사람을 찔러 죽이고서도 내가 죽인 것이 아니라 병기 때문이다라고 말하는 것과 다르리오. 왕께서 흉년에 죄를 돌리지 아니하고 자신을 돌이켜보아 정사를 닦으시면 천하의 백성들이 위나라에 모여들게 될 것입니다.

'백성이 굶어 죽어가는 데도 이를 해당관리들이 구제할 줄 모르고, 왕은 또 자신의 잘못을 타인에게 전가시키는 것은 칼로 사람을 찔러 죽이고도 찌른 주체에게 원인이 있다고 말하는 것이 아니라, 병기가 찔러 죽였다고 말하는 것과 같다' 라고 하여 백성의 삶과 군왕의 정치적 성패와의 관계를 비유적으로 설명하고 있다. 왕이 자신의 잘못을 타인에게 전가시키지 않는다면 이러한 잘못을 되풀이하지 않을 것이고, 그렇다면 기대한 선정의 실현을 예견할 것이므로 이웃 나라 백성이 이주하여 인구증가가 이루어지리라고 보고 있다.

이상정치는 어떻게 이룹니까

양혜왕왈 과인 원안승교
梁惠王曰, 寡人이 願安承教하노이다.

양혜왕이 말하기를, 과인이 마음을 편안히 해서 가르침을 받고자 합니다.

왕의 이상정치 실현을 인구증가로 이룰 수 있다고 하자, 맹자에게 그 구체적 방안을 묻는다.

몽둥이로 때려 죽이는 것과 칼로 찔러 죽이는 것

맹자대왈 살인이정여인
孟子對曰, 殺人以梃與刃이,

유이이호 왈무이이야
有以異乎잇가. 曰無以異也라.

맹자가 대하여 말하였다. 몽둥이로 사람을 죽이는 것과 칼날로 죽이는 것이 다름이 있습니까? 왕이 말하였다. 차이가 없습니다.

사는 것보다 죽는 것을 좋아하는 사람은 없을 것이다. 까닭에 사람을 죽이는 방법의 차이는 죽인다는 사실 자체의 의미 중시 때문에 커다란 의미를 얻지 못한다. 맹자가 이렇게 이야기하는 것은 양혜왕이 자신의 논리에 빠져들게 하기 위한 의도적 장치인 것이다.

정치를 잘 못해서 죽이는 것과 칼로 죽이는 것은 다릅니까?

> 以刃與政(이인여정)이, 有以異乎(유이이호)잇가. 曰無以異也(왈무이이야)라.

칼날로 죽이는 것과 정치를 잘 못하여 죽이는 것은 다름이 있습니까? 대답하기를, 다름이 없습니다.

왕이 질문한 구체적 방안을 제시하기 전에 맹자는 양혜왕을 자신의 논리로 끌어들이기 위해 유도심문을 하고, 왕은 이에 그대로 말려든다. 몽둥이를 써서 사람을 죽이든 칼로 죽이든 죽인다는 사실은 마찬가지이다. 이것은 점차 논리가 확대되어 왕이 정치적 과오를 저질러 백성을 괴롭히는 것으로 나아간다. 경위야 어떻든 백성에게 고통을 주는 것은 마찬가지인 셈이다.

왕의 호사스런 삶은 백성을 죽이는 것이니

> 왈 포 유 비 육　　구 유 비 마　　민 유 기 색
> 曰庖有肥肉하고, 廏有肥馬요, 民有飢色하고,
>
> 야 유 아 표　　차 솔 수 이 식 인 야
> 野有餓莩면, 此率獸而食人也니이다.

맹자가 말하기를 임금의 요리장에는 살찐 고기가 있고, 마구간에는 살찐 말이 사육되고 있는데, 백성들의 안색은 굶주려 고통받는 듯하고, 들판에는 굶어 죽은 시체가 널부러져 있다면, 이것은 짐승을 몰아다가 사람을 잡아먹게 하는 것입니다.

임금의 음식을 만드는 요리장에 살찐 고기가 널려 있고, 임금의 말을 기르는 마구간에는 살찐 말이 있다는 것은 호화스런 삶을 이야기한 것이다. 이에 반해 백성들이 절박한 생존위협을 느끼고 있다면 이것은 지배자들의 호화스런 삶이 그들의 백성을 죽이는 것을 의미한다. 이렇게 왕이 자신의 백성을 돌보지 않고 사치스런 생활을 영위하는 것이 앞에서 말한 정치를 잘못하여 사람을 죽이는 것과 같은 류의 일이라고 말하여 왕의 실정을 예리하게 비판하고 있다.

짐승도 서로 죽이는 것을 기피하는데

> 獸相食(수상식)을, 且人(차인)이, 惡之(오지)하나니, 爲民父母(위민부모)하여, 行政(행정)하되,
> 不免於率獸而食人(불면어솔수이식인)이면, 惡在其爲民父母也(오재기위민부모야)리잇고.

짐승들이 서로 잡아먹는 것을 또한 사람들은 미워하는데, 백성의 부모인 군왕이 되어 정치를 하는데 짐승을 몰아다가 사람을 잡아먹게 하는 데서 벗어나지 못한다면, 어디에 백성의 부모될 자격이 있겠습니까.

아무리 사나운 짐승도 제 새끼는 해치지 않으며 오히려 본능적으로 자신의 새끼를 보호하려고 한다. 이성이 있기에 그렇게 하는 것만은 아니다. 인간이 고귀하다고 하는 것은 이성적 사유가 존재하기 때문이다. 군왕이란 온 국민의 생명을 책임지고 있는 온 백성의 어버이이다. 그것은 온 백성이 어버이로 받드는 것처럼 그도 또한 어버이로서 자식에 대한 사랑을 베푸는 것이 도리이다. 이것이 법으로 명시되어 있지 않다고 하더라도 도덕적으로 실현되어야만 한다.

당시 왕의 호사스런 생활로 백성의 삶이 피폐해진 것은 그와 정반대의 상황을 야기하게 되었다. 맹자가 비판하고 있는 것은 이러한 휴머니즘 결여의 행정이었다. 여기에서 맹자의 휴머니즘이 구체적 사례로 드러나고 있다.

공자는 사람의 모습을 본떠 장례지내는 것을 저주했다

> 중니왈 시작용자 기무후호 위기상인
> **仲尼曰, 始作俑者**는, **其無後乎**인저 하시니. **爲其象人**
> 이용지야 여지하기사사민 기이사야
> **而用之也**시니, **如之何其使斯民 飢而死也**리잇고.

공자가 말하길 '죽은 다음에 부장품으로 쓸 목우(木偶)인형을 처음으로 만든 사람은 아마도 후손이 없을 것이로다' 라고 말씀하셨으니, 그것은 사람의 모습을 본떠 썼기 때문입니다. 그러니 하물며 백성들을 굶어 죽게 만드는 것은 어떠하겠습니까?

공자는 사람의 모형을 만들어 장사지내는 데 사용한 사람을 후손이 없을 것이라고 저주하였다. 인간은 고귀한 존재인데 이처럼 고귀한 존재의 모형이 장례의 부장품으로 사용되어 모의죽음을 겪는 것은 결코 용납되어서는 안 된다고 여겼기 때문이다. 맹자가 이를 예로 끌어들인 것은 사람의 모형을 장례에 쓴 것도 이토록 나무랐는데, 실제 사람을 죽음에까지 이르도록 실정(失政)을 하는 것은 더 말할 나위가 없다는 것을 밝히기 위해서이다. 곧 공자의 인의 정신을 맹자가 강조하고 있는 것이다.

막강한 진나라의 원수를 갚으려면 어떻게 해야 합니까?

> 양혜왕왈　진국천하막강언　수지소지야
> 梁惠王曰, 晉國天下莫强焉은, 叟之所知也이라.
>
> 급과인지신　동패어제　장자사언
> 及寡人之身하여, 東敗於齊에, 長子死焉이요,
>
> 서상지어진칠백리　남욕어초　과인치지
> 西喪地於秦七百里하고, 南辱於楚하니, 寡人恥之하여,
>
> 원비사자　일세지　여지하즉가
> 願比死者하여, 一洒之하니, 如之何則可잇고.

양혜왕이 말하기를 진나라가 천하에서 가장 강하다고 하는 것은 장로께서 익히 알고 계신 것입니다. 과인의 몸에 이르러 동쪽으로 제나라에 패전함에 장자가 그 싸움에서 죽었고 서쪽으로 진나라에게 칠백리의 땅을 잃었으며 남쪽으로 초나라에게 치욕을 당하였습니다. 제가 이 사실을 부끄럽게 여겨 전사자를 위하여 한번 치욕을 씻고자 하니 어떻게 하면 좋겠습니까?

전국 제후 간의 영토분쟁이 치열하게 전개되었던 것은 그것을 통해 인구를 증가시켜 부국강병을 이룩하기 위한 것이었다. 당시 양혜왕이 자신의 복수를 위한 계책을 자문한 것은 단지 치욕을 갚기 위한 의도만이 아니라 나아가 부국강병이라는 자신의 의도를 실현하고자 한 것이었다. 제나라와의 싸움에서 맏아들이 죽고, 진나라와 초나라와의 싸움에서 영토를 빼앗겼다고 자세히 이야기하는 것은 자신의 계획을 구체화하는 것이라고도 할 수 있다.

좁은 땅으로도 왕노릇은 할 수 있다

맹 자 대 왈 　지 방 백 리 이 가 이 왕
孟子對曰, 地方百里而可以王이니이다.

맹자가 대답하여 말하길, 사방 백 리의 작은 땅으로도 왕노릇을 할 수 있습니다.

그러나 맹자가 제시한 것은 외형적인 비대만이 이상국가를 건설하는 밑거름이 아니라 인정을 실시하여 민심을 회복하는 것이 중요한 것임을 후술한다. 사방 백 리의 좁은 땅으로도 덕화를 한다면 앞에서 말한 것처럼 이웃 나라의 백성이 절로 몰려들 것이기 때문에 굳이 영토확장을 위해 온 국력을 쏟을 것이 아니라 작은 나라라도 도덕적으로 잘 다스려진 백성을 가질 것을 요구한다. 중요한 것은 도덕성의 문제이지 얼마나 많은 영토를 지니고 있는 지는 그리 큰 문제가 되지 않는다. 최근 공직자의 윤리를 외치는 여론이 높다. 맹자가 의도한 것과는 차원이 다르겠으나 도덕성을 지녀야 한다는 점에서는 동일하다고 할 수 있겠다.

어진 정치를 펼치면 원수를 갚을 수 있다

> 王如施仁政於民(왕여시인정어민)하시어, 省刑罰(생형벌)하시고 薄稅斂(박세렴)하시면,
> 深耕易耨(심경이루)하고, 壯者以暇日(장자이가일)로 修其孝悌忠信(수기효제충신)하여,
> 入以事其父兄(입이사기부형)하고, 出以事其長上(출이사기장상)하리니, 可使制梃(가사제정)하여,
> 以撻秦楚之堅甲利兵矣(이달진초지견갑리병의)리이다.

만약 왕이 어진 정치를 백성들에게 베풀어서 형벌을 간단하게 줄이고 조세를 적게 거둔다면 백성들은 안심하고 깊이 밭 갈고 쉽게 김매어서 장성한 자들은 한가한 날에 효제충신의 도를 공부하여 집에 들어와서는 부형을 섬기고 사회에 나아가서는 웃어른을 섬길 것이니, 이처럼 경제와 도덕을 확립한다면 백성들은 의리를 숭상하고 공익에 앞장서서 몽둥이를 가지고 진과 초와 같이 강한 국가의 군대를 대적하는 것도 할 수 있을 것입니다.

왕이 어진 정치를 베풀 경우 나타나게 될 결과를 구체적으로 제시하고 있다. 세금을 가볍게 부과하고 형벌을 완화하면 백성들은 국가에 대한 심리적 부담을 적게 느낄 것이고, 이것은 자신의 삶을 위한 투자에 더욱 노력하게 되어 경제적 안정을 이룩할 수 있게 된다.

이렇게 경제적 안정을 얻게 되면 백성들은 자연적으로 부모에게 효도하는 효(孝)와, 윗사람을 공경하는 제(悌), 자신의 진심을 잃지 않기 위해 헌신하는 충(忠), 신의를 지키려 노력하는 신(信)을 배우게 될 것이다. 그렇게 되면 백성들에게 국가를 위하라고 강요하지 않아도 절로 국가에 대한 충성을 하게 될 것이므로 적국을 상대해서도 일당백(一當百)의 기세로 대항하여 승리할 수 있으리라고 맹자는 말하고 있다.

백성이 제 부모형제를 돌볼 수 없는데
어찌 왕의 명령을 들으리오

> 피탈기민시 사부득경누 이양기부모
> 彼奪其民時하여, 使不得耕耨하여 以養其父母하면,
>
> 부모동아 형제처자이산
> 父母凍餓하며, 兄弟妻子離散하리니,

저들이 백성의 농사철을 빼앗아서 그들이 밭갈고 김매어 부모를 봉양할 수 없게 한다면, 부모들은 굶어 죽게 될 것이고 형제처자들은 사방으로 흩어지게 될 것이니,

그러나 이와 반대의 경우가 발생한다면 백성의 생활안정이 파괴되어 혈연관계마저 무너질 것이니, 국가를 위한 희생을 기대할 수는 없게 되는 것이다. 의식주의 해결이 되지 않은 상황에서 도덕심을 갖도록 강요할 수는 없으며, 결국 사회기반의 파괴로 귀결될 것이라고 말한다. 누구나 자신에게 선을 베푼 사람에게는 호감을 갖게 되고 악을 행한 사람에게는 반감을 갖게 될 것이다. 왕이 자신의 삶을 윤택하게 한 것은 선을 행한 것이고, 고통스런 삶으로 만들었다면 악을 행한 것이다. 그러면 백성이 왕을 위해 희생하는 것이 어떤 경우에 가능하겠는지에 대한 답이 나오리라고 본다.

왕이 고통받는 이를 구원하면 대적할 이 없다

> 피함닉기민 왕왕이정지
> 彼陷溺其民이어든, 王往而征之하시면,
>
> 부수여왕적
> 夫誰與王敵이리잇고.

저들이 백성을 고통에 빠뜨리거든 왕께서 가셔서 정벌하신다면, 대저 누가 왕께 대적할 수 있겠습니까?

자신의 왕이 제대로 윤택하게 하지 못하면 백성들은 비록 다른 나라의 왕이라도 어진 정치만 행한다면 반길 것이라고 한다. 지금 왕이 어진 정치를 한다는 평판을 토대로 하여 무도한 나라를 정벌한다면 왕의 정벌은 식은 죽 먹기처럼 쉽게 달성할 수 있다는 것이다.

어진 정치를 하는 사람에겐 대적할 사람이 없다

> 고왈 인자무적 왕청물의
> 故曰하여 仁者無敵이니, 王請勿疑하소서.

그러므로 '어진 사람은 천하에 대적할 사람이 없다' 고 말하였던 것이니 원컨대 왕께서는 의심하지 마시길 바랍니다.

어진 사람에게는 세상 누구도 당해낼 수 없다는 공자의 말을 이끌어 자신의 논리를 강화하고 있다. 그러므로 맹자는 왕에게 나라의 부국강병이 오직 어진 정치의 실시에 달려 있음을 재삼 강조하고 있다.

패도정치에 대해 알 수 있습니까?

제 선 왕 문 왈 제 환 진 문 지 사 가 득 문 호
齊宣王 問曰, 齊桓晉文之事를, 可得聞乎잇가.

제나라 선왕이 물었다. 옛날의 패자의 대표적 인물인 제나라 환공과 진나라 문공의 사적을 들을 수 있겠습니까?

선왕은 자신의 선조로 제후 중에서 패자노릇을 하였던 두 사람의 사적(事蹟)을 듣고 그들처럼 제나라를 부흥시키고자 맹자에게 물었다. 그러나 맹자는 그가 바라던 이상적 형태가 아닌 것에 대해 언급을 회피하면서 왕도정치로 말문을 돌린다.

저는 이것을 알지 못하니 왕도정치를 이야기할까요

맹 자 대 왈 중 니 지 도 무 도 환 문 지 사 자 시 이
孟子對曰, 仲尼之道는, 無道桓文之事者라, 是以로,
후 세 무 전 언 신 미 지 문 야 무 이 즉 왕 호
後世無傳焉하여, 臣未之聞也로니, 無以則王乎인저.

맹자가 대답하여 말하였다. 공자의 가르침을 배우는 자들은 환공 문공과 같은 패자의 일에 대하여 말을 하지 않았습니다. 이 까닭에 후세에 전하여지지 않아서 제가 듣지 못하였으니 괜찮으시다면 왕도에 관하여 말씀드릴까요.

실제로 전국시대의 제 환공과 문공의 사적을 맹자가 모를 리는 없으나 이 기회를 틈타 자신의 정치철학을 드러내기 위해 의도적으로 무시한 것이다. 그들은 당대에서 가장 잘된 정치형태를 이룩하였었다. 그러나 순자에도 '공자의 사상을 학문하는 사람들은 오패(五覇)의 일을 이야기하는 것을 어린아이마저 부끄럽게 여겼다' 는 기록이 전하듯이 전통적으로 유가에서는 패도정치에 대한 경시풍조를 지니고 있었으며 맹자의 이 이야기도 그것을 반영한 것으로 보아야 하며, 환공과 문공의 사적을 결코 맹자가 알지 못하였던 것은 아니었다.

백성을 잘 보존하면 왕노릇 할 수 있다

왈 덕 하 여　즉 가 이 왕 의
曰德何如면, 則可以王矣리잇고.

왈 보 민 이 왕　막 지 능 어 야
曰保民而王이면, 莫之能禦也리이다.

제 선왕이 말하였다. 덕이 어떠하면 왕노릇 할 수 있습니까? 맹자가 대답하기를, 백성을 보호하고 사랑하여 왕노릇한다면 막을 자가 없을 것입니다.

백성을 보호한다는 것은 바꾸어 말하면 이들을 사랑으로 다스린다는 말이다. 앞에서 언급한 것처럼 백성의 고통스런 삶에는 아랑곳없이 사치스런 생활을 일삼는 것이 아니라 자기 자식을 사랑하듯 백성을 사랑한다면 아무런 어려움 없이 왕노릇할 수 있다고 답하고 있다.

죄없이 끌려가는 소를 풀어주라는 어진 마음

> 왈약과인자 가이보민호재 왈가
> 曰若寡人者도, 可以保民乎哉잇가. 曰可이니이다.
>
> 왈하유 지오가야 왈신문지호흘
> 曰何由로, 知吾可也오. 曰臣聞之胡齕하니,
>
> 왈왕좌어당상 유견우이과당하자
> 曰王坐於堂上에, 有牽牛而過堂下者러니,
>
> 왕견지 왈우하지 대왈 장이흔종
> 王見之하시고, 曰牛何之오 하니, 對曰 將以釁鐘이니이다.

왕 왈 사 지 오 불 인 기 곡 속 약 무 죄 이 취 사 지
王曰 舍之하라. 吾不忍其觳觫若無罪而就死地라.

대 왈 연 즉 폐 흔 종 여 왈 하 가 폐 야
對曰, 然則廢釁鐘與잇가. 曰何可廢也오,

이 양 역 지 불 식 유 저
以羊易之하라 하니, 不識케라, 有諸잇가.

제 선왕이 말씀하셨다. 저와 같은 사람도 백성을 보호하고 사랑할 수 있습니까? 예, 할 수 있습니다. 무슨 까닭으로 제가 할 수 있음을 아십니까? 제가 왕을 가까이서 모셨던 신하인 호흘에게서 들으니 그가 말하길 왕께서 당상에 앉아 계실 때 소를 끌고서 당 아래를 걸어가던 사람이 있었는데 왕께서 그것을 보시고는 '소가 어디로 가는 것이냐?' 라고 물으시자 소를 끌고 가는 사람이 '종을 만드는 데 상서롭지 못한 것을 미연에 방지하기 위한 피칠을 하는 데 쓰기 위해 끌고 갑니다' 고 대답하니 왕께서는 '그 소를 풀어 주어라. 나는 덜덜덜 떨면서 죄도 없이 죽으러 끌려가는 모습을 차마 보지 못하겠다.' 라고 말씀하시어 '그렇다면 종에 짐승을 죽여 피를 발라 재앙을 없애던 관행을 폐지합니까?' 라고 대답하니 '어찌 폐할 수 있겠는가, 지금 끌고가던 소를 버리고 양으로 바꾸어라' 라고 대답하셨다고 하니 잘 알지 못하겠으나 그러한 사실이 있었습니까?

이 부분을 곡속장이란 명칭으로 부르기도 하는데, 이는 소가 죄도

없이 죽으러 끌려가는 모습이 너무도 애처럽게 보여 왕이 그 소를 풀어 주라고 이야기한 것이 인간의 본성에 내재한 어진 마음을 반영한 것으로 해석되기 때문이다.

제 선왕은 맹자가 자신이 인의에 기초한 왕도정치를 실현할 자질을 갖추고 있다는 말에 의아해 한다. 그리하여 그 까닭을 묻는데, 맹자는 그가 호흘이라는 신하와 나눈 대화(일종의 에피소드) 속에서 그것을 발견해내어 설명한다. 소는 원래 눈이 부리부리하게 커서 평소에도 겁이 많아 보이는 동물인데, 죽으러 끌려가는 길에는 그 불안의 정도가 심하여 당상에 있는 왕도 느낄 정도였다. 이것을 본 왕은 그것을 차마 죽일 수 없어 풀어 주라고 명령한다. 소를 양으로 교체하라고 말한 것은 소비를 줄이기 위한 의도는 아니었고 다만 희생을 폐지할 수 없는 상황에서 희생에 쓰이는 다른 동물(이는 그의 눈에 뜨이지 않아 미처 동일한 감정을 일으킬 수 없었기 때문이다)을 지적한 것에 불과하다.

이처럼 죄없이 죽어가는 것을 차마 보지 못해 구제하려는 마음을 가지고 정치를 한다면 죄없이 죽어가는 백성은 없을 것이고, 아울러 맹자가 기대한 인의정치를 실현할 수 있을 것이다.

불인지심으로 백성과 함께하라

曰有之하니이다. 曰是心이, 足以王矣리이다.

百姓은 皆以王爲愛也어니와, 臣固知王之不忍也하노이다.

예, 그러한 일이 있었습니다. 바로 이러한 마음이 왕노릇 할 수 있는 것입니다. 백성은 모두 왕께서(인색하셔서) 커다란 소가 아까워 양으로 바꾸라고 한 것으로 알고 있지만, 저는 진실로 왕께서 짐승이 아무 죄도 없이 죽는 모습이 안타까워 차마 죽게 할 수 없었기 때문임을 알고 있습니다.

당시의 백성들은 선왕이 소를 양으로 교체하라고 명령한 것이 어진 마음에서 비롯된 것이 아니라 희생으로 쓰는 비용을 아끼기 위한 행위로 여겼다. 양이든 소든 죄없이 죽이는 것은 마찬가지이므로 오십보백보라고 할 수 있다. 그러나 이는 왕의 의도와는 상관없이 해석된 것이다. 왕은 자신의 심정을 제대로 알아주지 못하는 백성들 때문에 의기소침해 있었고, 맹자는 백성들이 잘못 이해한 사실을 해명함으로써 선왕으로 하여금 불인지심(不忍之心)을 갖고 치민(治民)에 임하라고 깨우치고 있다.

죄없이 죽어가는 소가 불쌍하여 양으로 바꾼 것이니

> 왕 왈 연　　성 유 백 성 자　　제 국 수 편 소
> 王曰然하다. 誠有百姓者로다만, 齊國雖編小이나,
>
> 오 하 애 일 우　　즉 불 인 기 곡 속 약 무 죄 이 취 사 지
> 吾何愛一牛이리오. 卽不忍其觳觫若無罪而就死地라,
>
> 고 이 양 역 지 야
> 故以羊易之也니이다.

왕이 말하였다. 선생의 말과 같습니다. 진실로 그렇게 생각하는 백성이 있습니다만, 제나라가 비록 조그만 나라라고 하지만 내 어찌 소 한마리가 아까워서 그렇게 하였겠습니까? 죄도 없는데 덜덜 떨면서 죽으러 가는 것은 차마 보지 못하겠기에 까닭에 눈에 보이지 않았던 양으로 바꾸게 하였던 것입니다.

맹자의 격려를 들은 제선왕이 자신의 내심을 밝히며 득의한 심정으로 답하고 있다. 자신이 희생에 쓰이는 소를 양으로 교체하라고 한 것은 소가 죄도 없이 덜덜 떨면서 죽으러 가는 모습이 차마 안쓰러워 볼 수 없어 무의식적으로 눈에 보이지 않는 양으로 교체하도록 명하였다는 것이다.

측은지심을 꾸준히 실천하라

왈 왕 무 이 어 백 성 지 이 왕 위 애 야
曰王은 無異於百姓之以王爲愛也하소서.

이 소 역 대 피 오 지 지
以小易大이니, 彼惡知之리오.

왕 약 은 기 무 죄 이 취 사 지
王若隱其無罪而就死地이면,

즉 우 양 하 택 언
則牛羊何擇焉이리잇고.

맹자가 말하였다, 왕께서는 백성들이 왕을 인색하다고 여기는 것에 대하여 이상하게 생각하지 마십시오, 작은 양을 가지고 큰 소와 바꾸었으니 저들이 어찌 왕의 뜻을 헤아렸겠습니까. 왕께서 만약 죄도 없는 데도 사지에 끌려가는 것에 대하여 측은하게 여겼다면 소나 양을 어찌 구별하셨겠습니까?

왕이 지닌 측은지심의 단서를 백성들이 알아주지 못하였다고 하여 의기소침할 것이 아니라 이러한 마음을 꾸준히 실천할 것을 권유한다. 이것은 왕에게 용기를 북돋아 주려는 의도가 지배적이긴 하지만 인의정치를 실현하고자 하는 맹자의 이상이 반영된 것이기도 한다. 그나마 당시의 제후 중에 인의정치를 할 만한 자질을 지닌 사람은 제 선왕뿐이라고 여겼기에 맹자는 어떻게 해서라도 그에게 인의 정치를 실시하도록 권하였던 것이다.

모르는 백성은 나를 쩨쩨하다고 하는데

> 왕 소 왈 시 성 하 심 재 아 비 애 기 재 이 역 지
> 王笑曰 是誠何心哉런고, 我非愛其財而易之
> 이 양 야 의 호 백 성 지 위 아 애 야
> 以羊也언만, 宜乎百姓之謂我愛也로다.

왕이 웃으며 말하였다, 이것은 진실로 어떠한 마음인가, 내가 재물을 아까워하여 커다란 소를 양으로 바꾸게 한 것이 아니지만, 그러나 내가 희생을 양으로 교체한 것을 가지고 백성들이 내가 재물을 아까워한다고 말하는 것도 어쩌면 마땅한 것이로다.

왕이 백성의 반응을 현실적으로 해석하는 가운데 자신의 행위에 대한 의문을 제기한다. 그는 확고한 의지와 주장이 있어 소를 양으로 교체하라고 한 것은 아니었다. 다만 이를 맹자가 적극적으로 해석하는 과정에서 이렇게 장황한 대화가 전개된 것이다.

어진 정치를 펴는 방법

왈 무 상 야　시 내 인 술 야　견 우　미 견 양 야
曰無傷也라. 是乃仁術也니, 見牛코, 未見羊也일새니이다.

군 자 지 어 금 수 야　견 기 생　불 인 견 기 사
君子之於禽獸也에, 見其生하고, 不忍見其死하여,

문 기 성　불 인 식 기 육
聞其聲에, 不忍食其肉하니,

시 이　군 자　원 포 주 야
是以로, 君子는, 遠庖廚也니이다.

맹자가 말하였다. 나쁠 것 없습니다. 이것이 바로 인(仁)의 술(術)을 펼치는 방법이니 그 당시에 마침 소를 보고 양을 보지 못하였기 때문입니다. 유덕한 군자가 짐승을 대하는 데 있어서 그것이 살아 있는 모습은 보아도 죽는 모습은 차마 보지 못하고 죽어가면서 애처롭게 우는 소리를 듣고는 차마 그 고기를 먹지 못하였으니 이런 까닭으로 군자는 푸줏간을 멀리하였던 것입니다.

양을 소 대신 쓰라고 한 것에 대한 맹자의 해석은 인을 행하는 방법이라는 것이다. 만약 양이 사지에 끌려가면서 덜덜덜 떨었다면 아마 왕은 다른 짐승으로 바꾸란 지시를 내렸을 것이라고 맹자는 이야기한다. 다시 말해 그것은 눈앞에 보이는 가련한 광경을 회피하기 위한 즉흥적 발상이나, 본성에 내재하였던 어진 마음이 발현된 것이라는 해석인 셈이다.

짐승들이 죽어 가면서 고통받는 것을 보지 않았기에 음식을 먹을 수 있지 그것을 본다면 역겨워 먹지 못할 것이기에 푸줏간을 멀리한다는 이야기도 이와 궤를 같이하는 것이다. 옛날에 손님을 접대하기 위해 씨암탉을 잡는 사람이 정작 자신은 그것을 먹지 않은 것도 또한 이러한 마음에서 비롯되었다고 할 수 있다.

왕도에 기본이 되는 마음

> 왕열왈 시운 타인유심 여촌탁지
> 王說曰, 詩云, 他人有心을, 予忖度之라 하니,
>
> 부자지위야 부아내행지 반이구지
> 夫子之謂也로소이다. 夫我乃行之하고, 反而求之하되,
>
> 부득오심 부자언지 어아심
> 不得吾心이러니, 夫子言之하여, 於我心에,
>
> 유척척언 차심지소이합어왕자 하야
> 有戚戚焉이니이다. 此心之所以合於王者는, 何也잇고.

왕이 기뻐하면서 말하였다. ≪시경(詩經)≫ 소아(小雅) 「교언(巧言)」편에 이르기를 '다른 사람이 가지고 있는 마음을 내가 헤아린다'

라고 하였는데, 이것은 선생을 두고 한 말인 것 같습니다. 내가 그것을 행하고 돌이켜 구하였으나 내 마음에 차지 않았었는데 선생께서 말씀하여 주시어 내 마음에 가엾게 여기는 마음이 꿈틀거립니다. 그런데 이러한 마음이 왕도에 부합된다는 것은 무슨 까닭입니까?

왕이 맹자의 해석에 감동하여 《시경》의 구절을 인용해서 자신을 맹자와 일치시키려고 한다. 양혜왕은 이전의 행위에 대해 별 생각이 없었으나 맹자가 자세한 설명을 하자 자신이 이상적 정치형태를 구현할 자질을 지닌 것에 대하여 감동하고 있다. 이것은 맹자가 의도한 것이기도 하였다.

양혜왕은 한걸음 더 나아가 왕도의 실현과 어진 마음을 지닌 것과의 함수관계를 알고자 질의한다.

천 근을 들 수도 있는데
새 깃털 하나 들지 못한다고 한다면?

> 왈 유복어왕자왈 오력족이거백균
> 曰 有復於王者曰, 吾力足以擧百鈞이로되,
>
> 이부족이거일우 명족이찰추호지말
> 而不足以擧一羽하며, 明足以察秋毫之末이로되,

이불견여신 즉왕허지호 왈부
而不見輿薪이면, 則王許之乎잇가. 曰否라.

맹자가 말씀하셨다. 왕에게 아뢰는 자가 있어 말하기를, '나의 힘이 백 균이나 되는 큰 무게를 들어올릴 수 있는데 아주 가벼운 새 깃털 하나도 들어올리지는 못한다라고 하고, 눈이 밝아 가을이 되어 가늘어진 새의 털 끝을 살펴 볼 정도인데 수레에 산더미처럼 쌓아 놓은 나무섶은 보지 못한다' 라고 말한다면, 왕께서는 그의 말을 인정하시겠습니까? 왕이 말하였다. 인정할 수 없습니다.

이에 대하여 맹자는 삼척동자도 판별할 수 있는 명확한 비교를 통해 대답을 한다. 할 수 있는 것을 하지 못한다라고 하는 것은 능력이 부족하기 때문이 아니라 의지가 부족하기 때문이라는 것을 말하고 있다. 이것도 문답을 통하여 전개된다. 또 이것은 정치 문제와 결부되기도 한다.

왕의 백성이 보호되지 못하는 것도 왕이 은혜를 베풀지 않기 때문

금 은족이급금수 이공부지어백성자
今에 恩足以及禽獸하되, 而功不至於百姓者는,

독하여　　연즉일우지불거　　위불용력언
獨何與오. 然則一羽之不擧는, 爲不用力焉이며,

여신지불견　　위불용명언　　백성지불견보
輿薪之不見은, 爲不用明焉이며, 百姓之不見保는,

위불용은언　　고　왕지불왕
爲不用恩焉이니, 故로 王之不王은,

불위야　　비불능야
不爲也언정, 非不能也니이다.

지금 왕의 은혜가 짐승에까지 미칠 정도로 큰 데, 실제로 왕의 정치상의 시책이 백성에게 미치지 못하는 것은 유독 무슨 까닭입니까? 그렇다면 하나의 가벼운 새 깃털을 들지 못하는 것은 힘을 쓰지 않았기 때문이며, 수레에 실린 섶을 보지 못하는 것은 시력을 쓰지 않았기 때문이니 백성들이 왕의 시책을 통하여 보호받지 못하고 있는 것은 은혜를 쓰지 않았기 때문입니다. 까닭에 왕이 왕노릇을 하지 못하는 것은 노력을 하지 않아서이지 할 수 없었기 때문이 아닙니다.

천하장사가 새 깃털이 무거워 들지 못한다고 하면 믿을 사람이 없을 것이다. 이는 우리나라 굴지의 기업 총수가 자신은 단 돈 백원의 성금을 내지도 못할 정도로 자신의 주머니가 박하다고 말하는 것과 같은 이치이다. 이는 원래 능력이 부족하기 때문이 아니라 그것을 쓰려는 의도가 없기 때문임은 누구나 알 수 있는 일이다. 이 비유는 다분히 왕의 정치적 행태를 풍자한 것이라 할 수 있다.

곧 왕이 왕노릇을 하지 않은 것은 왕이 능력이 없기 때문이 아니라 왕노릇을 하려는 노력을 기울이지 않았기 때문이라는 것이다. 앞에서 왕이 어진 마음이 있었기에 소가 죽으러 가는 모습을 보고 애처로워했다고 한껏 칭찬을 하였기에, 이를 기화로 하여 왕에게 어진 정치를 펼 것을 요구한다.

왕이 천하 사람의 왕노릇을 할 수 있는지의 여부는 바로 이러한 본연지성(本然之性)을 얼마나 실제 정치에 적용하느냐의 문제에 달려 있다고 맹자는 말한다.

할 수 없는 것과 하지 않는 것

> 왈 불위자 여불능자지형 하이이
> 曰 不爲者와 與不能者之形이, 何以異잇고.
>
> 왈 협태산이초북해 어인왈 아불능
> 曰 挾太山以超北海를, 語人曰 我不能은,
>
> 시성불능야 위장자절지 어인왈
> 是誠不能也어니와, 爲長者折枝를, 語人曰
>
> 아불능 시불위야 비불능야
> 我不能은, 是不爲也요, 非不能也이니.

왕이 말하였다. 하지 않는다는 것과 할 수 없다는 것의 모습은 어떻게 다릅니까? 맹자가 말씀하셨다. 태산을 옆에 끼고 북해를 건너는 것을 남에게 말하면서 '나는 하지 못한다.' 라고 하면 이것은 진실로 하지 못하는 것이지만, 어른을 위하여 나뭇가지를 꺾으면서 남에게 '나는 하지 못한다.' 고 말하면 이것은 하지 않는 것이요, 할 수 없는 것이 아닙니다.

할 수 없다는 것과 하지 않는다는 것에 대한 구별을 왕이 질문하자 명확한 대비를 들어 설명하고 있다. 인간의 힘으로는 할 수 없는 태산을 끼고 북해를 건넌다는 것은 할 수 없는 일에 해당하고, 어른을 위하여 나뭇가지를 꺾는 일을 할 수 없다고 말하는 것은 하지 않는 것에 해당한다. 물론 이젠 비행기를 타고 단숨에 대륙을 횡단할 수 있기는 하지만 이것은 기계의 힘이지 순수한 인간의 힘이 아니며, 식당에서 장난으로 나무젓가락 부러뜨리기 내기를 하면서 못 부러뜨리는 것은 한꺼번에 어려운 과정을 가미하여 시도하기 때문인 것이지 두 손으로 잡고 못 부러뜨릴 장년의 남자는 없을 것이다.

이렇게 명확한 비유를 통하여 왕이 어진 정치를 하지 못한다고 하는 것은 할 수 있는 것을 할 수 없다고 말하는 것임을 말하고 있다.

왕이 능력이 없어서 왕노릇 못하는 것이 아니니

고 왕지불왕 비협태산이초북해지류야
故 王之不王은, 非挾太山以超北海之類也라,

왕지불왕 시절지지류야
王之不王은, 是折枝之類也이니이다.

그러므로 왕이 왕노릇하지 못하는 것은 태산을 끼고서 북해를 건너는 것과 같은 하기 어려운 일이 아니라, 왕이 왕노릇하지 못하는 것은 이는 어른이 나뭇가지를 꺾는 것과 같은 쉬운 일입니다.

이렇듯 명확한 비유를 통하여 할 수 있으면서도 하지 않는 왕노릇을 하도록 왕에게 요구한다.

어진 마음을 확산시키면 천하를 마음껏 움직일 수 있다

노오로 이급인지로 유오유
老吾老하여, 以及人之老하며, 幼吾幼하여,

이급인지유 천하 가운어장 시운
以及人之幼면, 天下를 可運於掌이니, 詩云,

형우과처 지우형제 이어우가방
刑于寡妻하여, 至于兄弟하여, 以御于家邦이라 하니,

언거사심 가저피이이
言擧斯心하여, 加諸彼而已라.

우리 집안의 연로한 부형을 어른으로 잘 공경하여 이와 같은 마음을 타인의 부형을 공경하는 데 미치게 하며 우리 집안의 어린 자제를 어린이로 자애롭게 대하여 이러한 마음을 타인의 어린 자제에게 미치게 한다면 천하를 다스리기를 손에 물건을 놓고 움직이는 것과 같이 할 수 있을 것이니, ≪시경≫ 대아(大雅) 「사제(思齊)」편에 이르기를 '문왕이 덕을 닦아 바른 태도로 아내에게 모범을 보여 그 다음에 형제에 미치고 그것이 백성에게 미쳐 국가를 다스리는 데에 이르렀다' 라고 말하였으니 이 마음을 들어서 저기에 둘 따름입니다.

유가의 사상은 친친원원(親親遠遠)-자기와 가까운 사람을 더 사랑하고 보다 먼 사람은 그보다 덜 사랑하는 차별적 사랑-이다. 까닭에 양주(楊朱)와 묵적(墨翟)의 이기주의와 박애주의에 대한 비판이 강하게 제기되었던 것이다. 부부관계가 원만하고 형제가 우애있다면 이것을 온 집안이 본받게 되고, 국가 전체로 확대하면 사랑받아야 할 사람이 사랑을 받게 되어 화목한 사회가 이루어지게 된다.

차별적 사랑이란 무엇이 우선인지에 대한 판단 근거가 설정되고 나서 그에 따른 실천을 요구한다. 박애가 이상적 형태일 수 있으나 현실적으로는 차별적 사랑을 할 수밖에 없다. 자신이 특히 힘을 쏟아야 할 부분을 여타의 것과 동일한 수준으로 대한다면 그것은 성립되지 못할 것이기 때문이다. 자기 가족을 남과 같이 대하고, 자기 애인을 길가는 사람과 동일하게 대한다면 과연 그 상대방의 반응은 어떠하겠는가?

은혜를 베풀면 온 천하를 장악할 수 있다

> 고 추은 족이보사해 불추은 무이보
> 故로 推恩이면, 足以保四海하고, 不推恩이면, 無以保
>
> 처자 고지인 소이대과인자 무타언
> 妻子이니, 古之人이 所以大過人者는, 無他焉이라,
>
> 선추기소위이이의 금 은족이급금수
> 善推其所爲而已矣니. 今에 恩足以及禽獸로되,
>
> 이공부지어백성자 독하여
> 而功不至於百姓者는, 獨何與잇고.

까닭에 왕이 애정을 확산시킨다면 천하를 십분 보존할 수 있고, 애정을 확산시키지 아니한다면 처자식도 보존할 수 없을 것이니, 옛날의 성인이 보통사람과 특히 달랐던 점은 다른 것이 아니니 가까운 사람을 대하던 태도를 잘 확산시켰기 때문입니다. 오늘에 왕의 은혜가 짐승에게도 충분히 미치는데 실제 정책을 행하는 것이 백성에 미치지 못하는 것은 유독 무슨 까닭 때문입니까?

누구나 자기와 가까운 관계에 있는 사람에게는 잘 대하기 마련이다. 이처럼 애정을 갖기에 그 관계는 더욱 깊어질 수 있는 것이다. 이런 차별적 사랑을 순차적으로 확대시켜 나갈 것을 맹자는 요구한다. 원론적 부분을 이야기하였던 앞 부분에 비하여 이 부분은 현실에서 이러한 것이 이루어지지 않은 것을 지적한다.

곧 본말이 전도되어 있기 때문에 은혜를 베풀어도 그것이 효과를 제대로 거둘 수 없다고 말하고 있다.

일의 선후를 파악하여 무엇이 소중한 지를 알고 처신하라

> 권연후 지경중 도연후 지장단
> 權然後에, 知輕重하고, 度然後에, 知長短이니,
>
> 물개연 심위심 왕청탁지
> 物皆然이어니와, 心爲甚하니, 王請度之하소서.

저울을 가지고 무게를 재고 난 후에야 물건의 가볍고 무거움을 알고 자로 길이를 재고 난 후에야 사물의 길고 짧은 것을 아니, 세상 모든 사물이 그러하거니와 사람의 마음은 그 중에서도 더욱 심하니 바라건대 왕께서는 잘 헤아리십시오.

앞에서 이야기한 것을 다시 원론으로 돌아와서 이야기한다. 가치 판단의 기준을 설정하고 이에 따라 실행한다면 하자가 발생하지 않을 것이라고 암시한다. 왕이 어디에 애정을 쏟아야 할지를 암시한 이것은 백성이 굶주리는 데에도 구제할 줄 모르는 채 짐승만이 살찌는 현실을 대조적으로 나타낸 것이다.

전쟁을 일으키고 난 후에야 만족하렵니까?

> 抑王(억왕)은, 興甲兵(흥갑병)하며, 危士臣(위사신)하여,
> 構怨於諸侯然後(구원어제후연후)에, 快於心與(쾌어심여)잇가.

왕은 전쟁을 일으켜서 백성과 병사들을 위태롭게 하여 제후들에게 원한을 사고 난 후에야 기분이 유쾌하겠습니까?

왕의 속마음을 알면서 일부러 다른 이야기를 끄집어내어 부인하는 반어법을 구사하고 있다. 왕이 지금껏 왕도를 행할 자질을 지녔

다고 칭찬을 받았기에 패도정치 의욕을 지적하는 맹자의 질문을 부인하고 있다.

아니다. 달리 뜻한 바가 있다

> 왕왈 부 오하쾌어시 장이구오소대욕야
> 王曰. 否라. 吾何快於是리오. 將以求吾所大欲也이로이다.

왕이 말하기를, 그런 것이 아니다. 내가 어찌 이러한 것으로 마음이 유쾌하겠는가? 장차 내가 크게 하고 싶은 바를 구하고자 하기 때문입니다.

이렇게 유도심문을 하는데 말려들어 왕은 별 마음에도 없는 소리를 한다. 자신의 본심이 드러나는 것을 두려워해서 일 것이다.

잘 먹고 잘 노는 것이 왕이 바라는 것입니까?

> 왈 왕지소대욕 가득문여 왕소이불언
> 曰. 王之所大欲을 可得聞與잇가. 王笑而不言하신대,

왈 위비감 부족어구여 경난 부족어체여
曰, 爲肥甘이, 不足於口與며, 輕煖이 不足於體與잇가.

억위채색 부족시어목여 성음 부족청
抑爲采色이, 不足視於目與며, 聲音이, 不足聽

어이여 편폐 부족사령어전여
於耳與잇가, 便嬖이, 不足使令於前與잇가.

왕지제신 개족이공지 이왕기위시재
王之諸臣이, 皆足以供之이나, 而王豈爲是哉리오.

맹자가 말씀하셨다, 왕이 크게 하고자 하는 것을 제가 들을 수 있겠습니까? 왕이 웃으면서 말을 하지 아니하니 맹자가 말하길, 살지고 단 음식이 입에 부족해서 입니까? 가볍고 따뜻한 옷이 몸에 부족해서 입니까? 아름다운 것이 눈에 보기에 부족해서 입니까? 아름다운 음악이 듣기에 부족해서 입니까? 친숙하고 총애하는 사람들이 앞에서 부리는 데 부족해서 입니까? 왕의 여러 신하들이 모두가 이것을 충분히 공급하지만 왕은 어찌 이러한 것 때문에 그러하시겠습까?

맛있는 음식을 마음껏 먹는 것이나, 좋은 옷을 입는 것, 아름다운 음악을 듣는 것, 아리따운 여자를 옆에 두고 자신을 시중들게 하는 것은 물질적 쾌락을 누리는 데 흔히 이용되는 요소이다. 동서고금이 이러한 데에서는 마찬가지라 하겠다. 왕이 누릴 수 있는 이러한 물질적 감각적인 것들이 부족해서 역대의 왕들이 훌륭한 정치를 하지 못한 것은 아니다. 여기에서 맹자는 제 선왕에게 왕도정치를 왜 못 하는가에 대한 심각한 반성을 하도록 유도하고 있다.

백성들의 호응없이 전쟁하는 것은 어리석다

> 왈 부 　 오 불 위 시 야 　 　 왈 연 즉 　 왕 지 소 대 욕
> 曰否라. 吾不爲是也이로이다. 曰然則, 王之所大欲을,
>
> 가 지 이 　 　 욕 벽 토 지 　 　 조 진 초
> 可知已로다. 欲辟土地하며, 朝秦楚하여,
>
> 리 중 국 이 무 사 이 야 　 　 이 약 소 위
> 莅中國而撫四夷也로소이다. 以若所爲로,
>
> 구 약 소 욕 　 　 유 연 목 이 구 어 야
> 求若所欲하니, 猶緣木而求魚也니다.

왕이 말씀하셨다. 아니다. 나는 이러한 것 때문에 그러는 것은 아니다. 맹자가 말하였다. '그렇다면 왕이 크게 바라는 것을 알 수 있을 만합니다. 영토를 확장하고 진과 초나라와 같은 강한 나라를 조공오게 하여 천하 제후의 위에 서서 사방의 오랑캐들을 귀속시키게 하고자 하는 것입니다. 그러나 지금과 같이 전쟁을 좋아하는 행위로 이러한 욕망이 성취되기를 바라시니, 마치 나무에 기어올라가 물고기를 구하려는 것과 같이 실현 불가능한 것입니다.'

왕이 바라는 것은 영토를 확장하고 천하의 강대국이라는 진과 초를 신하의 나라로 삼아 온 천하를 휘하에 두고자 하는 것이었다. 이것은 비단 제 선왕에게 국한된 것이 아니라 전국시대의 제후라면 누구나 지니고 있던 목표였다. 그러나 목표를 달성하기 위한 왕의 실현 방법이 서로 어긋나기 때문에 그로 인해 예견되는 결과를 거론한다. 나무에 올라가 물고기를 구한 것은 현실적으로 불가능하다. 이를 백성을 사랑으로 다스리지 않아, 그들의 복종을 얻지 못한 상태에서 전쟁을 치르는 것에 비유한 것이다.

이 연목구어라는 고사가 현실성 없는 일을 하는 것에 대한 비유로 사용되어 온 것은 주지의 사실이다.

이것이 재앙을 몰고 올 것이다

> 왕왈 약시기심여 왈 태유심언
> 王曰 若是其甚與잇가. 曰 殆有甚焉하나니,
>
> 연목구어 수부득어 무후재 이약소위
> 緣木求魚는, 雖不得魚이나, 無後災어니와, 以若所爲로,
>
> 구약소욕 진심력이위지 후필유재
> 求若所欲이면, 盡心力而爲之라도, 後必有災하리이다.

왕이 말하길 이와 같이 되기를 내가 바라는 것이 심한 것입니까?

맹자가 말씀하셨다. 매우 심합니다. 나무에 올라가 물고기를 구하는 것은 비록 물고기를 얻지는 못하나 뒤따르는 재앙이 없지만 지금처럼 전쟁이나 일삼는 행위로 이러한 바람을 실현시키기를 구한다면 온 힘을 다하여 하려 하여도 훗날에 반드시 재앙이 일어날 것입니다.

나무에 올라가 물고기를 구하다가 얻지 못하면 물고기를 얻지 못하는 데에서 그치지 그로 인한 파급효과는 없다. 그러나 왕이 전쟁을 하느라 국력을 소비하다가, 이것이 실패로 돌아가면 국가를 잃는 지경에 이르므로 차원이 다른 문제라고 보고 있다. 즉 무력침공은 또 다른 무력침공을 낳기 때문에 이를 극복할 힘이 없으면 오히려 하지 않은 것만 못하기 때문이다. 사업을 확장한다고 사채를 끌어 쓴 사람이 확장에 실패하면 그것에서 그치는 것이 아니라 이자가 이자를 낳는 연쇄적 효과로 인해 부도를 막을 길이 없게 되어 패가망신하는 것과 같은 이치라 할 수 있다.

덕치로 천하를 통일한다

왈 가 득 문 여　　　왈 추 인　　여 초 인 전
曰可得聞與잇가. 曰鄒人이 與楚人戰하면,

즉 왕 이 위 숙 승 왈 초 인 승 왈 연 즉
則王以爲孰勝이니잇고. 曰楚人勝하리이다. 曰然則

소 고 불 가 이 적 대 과 고 불 가 이 적 중
小固不可以敵大이며, 寡固不可以敵衆이며,

약 고 불 가 이 적 강 해 내 지 지 방 천 리 자 구
弱固不可以敵强이니, 海內之地方千里者九에,

제 집 유 기 일 이 일 복 팔
齊集有其一하니, 以一服八하니,

하 이 이 어 추 적 초 재 개 역 반 기 본 의
何以異於鄒敵楚哉리잇고. 蓋亦反其本矣니이다.

왕이 물었다. 그 까닭을 들을 수 있겠습니까? 맹자가 말하길 추나라와 초나라 사람이 싸운다면 왕께서는 어느 나라가 이길 것이라 생각하십니까? 왕이 말하길 초나라가 이길 것입니다. 맹자가 말하길, 그렇다면 결국 소국은 대국을 이기지 못한다는 것이며 군사가 적은 나라는 많은 나라를 이기지 못한다는 말이며 약한 나라는 강한 나라를 이기지 못한다는 말이니 천하의 사방 천리가 되는 땅이 아홉인데 제나라는 자국의 영토를 전부 합하면 그 중 하나를 차지하게 됩니다. 그중 하나밖에 되지 않는 것으로 나머지 여덟을 정복하고자 한다면 이것은 추나라가 초나라에 대적하여 싸우는 것과 무슨 차이가 있겠습니까? 왕의 커다란 야망을 실현하는 길은 왕도의 근본에 돌아가는 것이어야 합니다.

왕이 구체적 사례를 묻자 맹자는 보편진리에 근거하여 설명하고

있다. 어느 나라에서 가장 공을 잘 찬다는 사람을 가려 뽑아, 동네 축구를 하고 있는 중학생과 시합시켰을 때, 정상적 사고를 지닌 사람이라면 국가대표가 있는 팀이 동네 축구를 하다가 착출된 중학생 팀을 이기지 못한다고 말하지는 못하리라.

이런 식의 너무도 결과가 뚜렷한 비유를 들어 맹자는 제 선왕이 천하의 제후를 신하로 삼으려는 목적은 실현 불가능한 것이라 이야기한다. 하나를 가진 사람이 여덟을 가진 사람을 제압할 수 없듯이, 제나라는 다른 여러 제후들을 현재의 힘으로는 이길 수 없다. 다만 이들 여덟 제후국들의 군주가 국민들의 신망을 잃어 혼란한 상태에 빠지고, 반면에 제 선왕은 덕치를 하여 대외적으로 신망있는 군주가 된다면 천하통일의 목표를 달성하는 것이 가능하다고 이야기한다.

어진 정치를 편다면 천하 사람들이 왕의 신하가 될 것이다

> 今王(금왕)이 發政施仁(발정시인)하시어, 使天下仕者(사천하사자)로,
>
> 皆欲立於王之朝(개욕립어왕지조)하고, 耕者(경자)로 皆欲耕於王之野(개욕경어왕지야)하며,

> 상 고　개 욕 장 어 왕 지 시　　행 려
> 商賈로 皆欲藏於王之市하며, 行旅로
>
> 개 욕 출 어 왕 지 도　　천 하 지 욕 질 기 군 자
> 皆欲出於王之塗하면, 天下之欲疾其君者가,
>
> 개 욕 부 소 어 왕　　기 여 시 숙 능 어 지
> 皆欲赴愬於王하리니, 其如是孰能禦之리잇고.

지금 왕께서 정치를 쇄신하시고 인정을 베푸시어 천하에 벼슬하는 자들로 하여금 모두 왕의 조정에 서기를 바라게 하고, 경작하는 사람들로 하여금 모두가 왕의 들판에서 농사짓고자 하며, 장사꾼으로 하여금 왕의 저잣거리에서 장사하고자 하게 하며, 여행하는 사람으로 하여금 모두가 왕의 거리에 나아가기를 바라게 하면, 천하에 자기 군주를 미워하는 자들이 모두 왕에게 나아가 하소연하고자 할 것이니, 그렇게 하신다면 그 누가 막을 수 있겠습니까?

맹자의 견해에 의하면 부국강병을 위해 해야 할 일은 무력을 통한 합병이 아니었다. 온 천하 사람들에게 제 선왕이 덕망있는 사람이라는 인식을 심어 주어 그들이 자발적으로 왕의 백성이 되기를 희망할 때에만 가능하다는 논리이다. 장사꾼은 왕의 나라에서는 조세 부담이 적어 장사에 유리하다고 생각하고, 농부는 농부대로 농사를 지어도 세금으로 거두어들이는 것이 적어 생업을 보다 안정시킬 수 있다고 생각하며, 관리들도 나름대로 대우가 낫다고 생각하면 왕에게 벼

슬하러 올 것이니, 이같이 무력침공을 하지 않아도 어진 정치를 펼친다는 평판만 있으면, 이웃 나라의 백성들도 왕의 신하로 삼을 수 있게 되는 것이라고 주장한다.

밝게 나를 가르쳐 주오

> 왕 왈 오 혼 　 불 능 진 어 시 의
> 王曰吾惛하여, 不能進於是矣로니,
>
> 원 부 자 　 보 오 지 　 명 이 교 아
> 願夫子는, 輔吾 志하여, 明以教我하소서.
>
> 아 수 불 민 　 청 상 시 지
> 我雖不敏이나, 請嘗試之하리이다.

왕이 말하기를 내가 어리석어 그러한 경지에까지 이르지 못하였으니 원컨대 선생은 내 뜻을 도와서 밝게 나를 가르쳐 주시오. 내가 비록 영민하지는 않으나 한 번 시험해 보겠습니다.

제 선왕이 구체적인 시행방법을 질문한다.

도의심을 항상 유지할 수 있도록 최저생활을 보장한다

왈 무항산이유항심자 유사위능
曰 無恒産而有恒心者는, 惟士爲能이어니와,

약민즉무항산 인무항심 구무항심
若民則無恒産이면, 因無恒心이니, 苟無恒心이면

방벽사치 무불위이 급함어죄연후
放辟邪侈를, 無不爲已니, 及陷於罪然後에,

종이형지 시 망민야
從而刑之면, 是는 罔民也니,

언유인인재위 망민이가위야
焉有仁人在位하여, 罔民而可爲也리오.

맹자가 말씀하셨다. 떳떳이 살 수 있을 만한 일정한 소득이 없으면서도 변하지 않는 양심을 지니면서 살아갈 수 있는 사람은 오직 학문을 하는 사람만이 그렇게 할 수 있는 것이요 백성의 경우 일정한 생업이 보장되지 않는다면 그로 인해 고정불변의 도덕심도 사라지게 됩니다. 진실로 불변하는 도덕심이 없다면 방탕하고 편벽되며 사악하고 사치스러운 일들을 그만두지 못할 것이니 백성들이 이로 인해 죄에 연루된 후에 뒤따라 가서 형벌을 내리신다면 이것은 백성을 죄 주기 위해 그물질하는 것입니다. 그러므로 어찌 어진 사람이 왕위에 있으면서 백성을 죄 주려 그물질하는 것을 할 수 있겠습니까?

맹자가 말하는 왕이 천하에 왕노릇할 수 있게 되는 요건은 다름아닌 인간다운 삶을 영위할 수 있는 최저생활의 보장이다. 백성들은 기본 생활수준이 유지되어야 누구나 인정할 수 있는 정상적 사고 방식을 갖고 살아간다는 것이다.

'목구멍이 포도청' 이란 속담처럼 당장 눈앞에 닥친 현실이 제 한 몸의 생계유지도 어려운데 어느 겨를에 법률을 준수하고 도덕심을 발휘할 수 있겠는가? 절박한 삶으로 인해 죄를 저지르게 되었는데 이것을 법률로 엄격히 처벌하면 과연 그들이 자신의 죄를 후회하겠는가, 가혹한 법률집행을 인정하려 들겠는가?

재개발 단지에서의 세입자들은 그들이 지닌 전세금으로는 다른 곳으로 결코 이사를 갈 수 없기 때문에 그나마 구한 전세집을 지키기 위해 자신의 집을 철거하려는 공권력에 대항하여 처절한 투쟁을 하는 것이다. 가판을 벌인 사람이 단속반이 나왔을 때 그들에게 대항하는 것은 비록 불법이긴 하나 다른 방도가 없는 자신의 불법적 가두판매 수입이 가족의 생계와 직결되기 때문이다.

이러한 것은 사회구조적 모순이 야기한 일부에 해당하는데, 맹자가 제기한 기본 생계의 유지도 이러한 범주에 해당하는 것이다.

어진 임금은 백성의 생업을 헤아린다

> 시고 명군 제민지산 필사앙족이사부모
> 是故로, 明君이 制民之産하되, 必使仰足以事父母하며,
>
> 부족이휵처자 낙세 종신포 흉년
> 俯足以畜妻子하여, 樂歲에 終身飽하고, 凶年에
>
> 면어사망연후 구이지선
> 免於死亡然後에, 驅而之善하노니,
>
> 고 민지종지야경
> 故로 民之從之也輕하니이다.

이러한 까닭으로 옛날의 어진 임금은 백성의 생업을 헤아리게 될 경우에 반드시 위로는 부모를 모시기에 충분하도록 하고, 아래로 처자식을 기르는 데 충분하도록 하여 풍년이 계속된다면 일생을 배불리 먹을 수 있도록 하였고, 흉년이 들어도 굶어 죽는 것은 면하게 되니 그러한 후에야 착한 일을 실천하는 데 나아가도록 하였으므로 까닭에 백성들이 따르는 것이 수월했던 것입니다.

제 선왕 이전의 훌륭한 임금들은 백성들이 풍족한 삶을 누릴 수 있는 기반을 마련하고 난 후에야 선한 행위를 하도록 유도하였다고 한다. 흉년이 들어도 자신의 가족이 굶어 죽지는 않을 정도의 식량을 유지할 수 있게 하였다는 것이다. 이는 앞에서 백성들은 굶주린

기색이 있고, 거리에는 시체가 나뒹구는 상황을 떠올리면서 한 이야기이기도 하다.

의식주가 충분해지면 교육에 관심을 갖게 되므로 백성들이 선을 행하도록 하는 것도 의식주가 충분하지 못한 경우에 요구하는 것보다 훨씬 부담이 덜한 것임은 당연한 것이다.

양혜왕장구 梁惠王章句 하

이 편은 백성과 군주의 관계를 음악에 비유하여 논하고 있다. 왕이 음악을 좋아하면 가락 속에 담긴 당시의 민심을 헤아려 낼 수 있으며, 즐기는 과정 속에서 함께 정서를 공유하고 화합할 수 있다. 군주는 즐거움을 백성과 더불어 누려야 하며 그렇지 못할 경우 백성의 마음은 떠나간다. 그러면서 맹자는 왕이라도 자신의 직분을 제대로 수행하지 못하면 왕위에서 물러나야 한다고 주장하고 있다.

왕이 음악을 좋아하신다면
제나라는 잘 다스려질 것이다

> 莊暴(장포)가 見孟子曰(견맹자왈), 暴見於王(포현어왕)하니, 王語暴以好樂(왕어포이호악)이어시늘,
>
> 暴未有以對也(포미유이대야)라. 曰好樂(왈호악)이 何如(하여)잇가. 孟子曰(맹자왈)
>
> 王之好樂(왕지호악)이 甚(심)이면, 則齊國 其庶幾乎(즉제국 기서기호)인저.

제나라 신하인 장포가 맹자를 보고 말하였다. 제가 왕을 알현하였더니 왕께서 저에게 음악을 좋아한다고 말씀하셨는데 제가 제대로 답할 수 없었습니다. 음악을 좋아하는 것은 어떠합니까? 맹자가 말하였다. 왕이 음악을 좋아하는 것이 심하다면 제나라는 천하에 왕노릇 할 수 있을 것이로다.

음악의 기능에 대하여 제대로 알지 못하는 제나라 신하 장포는 왕이 (아마 제 선왕일 듯) 음악을 애호하는 것은 어떠한 것인지에 대한 질문에 명확한 답을 하지 못한다. 전국시대의 삭막한 시대적 상황 하에서 제후가 음악을 애호하는 것에 대한 질문에 적절하게 대답할 수 있는 신하는 별로 없었을 것이고, 그러므로 장포는 왕의 예상 외 질문에 당황하여 자신의 견해를 제대로 피력하지 못했을 것임은 자명

하다. 이러한 상황에서 맹자가 장포에게 받은 질문은 그에게는 상당한 의미를 지닌 것이었다. 맹자가 왕이 음악을 좋아하는 정도가 심하면 제나라가 잘 다스려질 것이라고 말한 것은 음악의 본래 기능에 대한 이해에서 비롯된 것이다.

≪시경≫이라는 유가의 경전은 오늘날의 포크 송(Folk Song) 대백과라 하겠다. 이것은 크게 세 부분으로 구성되어 있는데, 민간의 노래를 채집한 풍(風)과 궁중에서 불리워진 정악인 아(雅), 종묘제례에 사용된 송(頌)이다. 이것은 단순히 멜로디나 가사의 집합체가 아니라 그것을 통하여 당대의 풍속을 판단하고, 음악을 듣는 사람의 정서를 순화한다는 의미에서 정치적으로도 매우 중요한 역할을 담당하고 있었다.

나는 속악을 좋아한다

> 타일 현어왕왈 왕 상어장자이호악
> 他日에, 見於王曰, 王이 嘗語莊子以好樂이라 하니,
>
> 유저 왕 변호색왈 과인
> 有諸잇가. 王이 變乎色曰 寡人은
>
> 비능호선왕지악야 지호세속지악이
> 非能好先王之樂也라, 直好世俗之樂耳로소이다.

다른 날에 맹자가 왕을 뵙고서 말하였다. 왕께서 일찍이 장포에게 음악을 좋아한다고 말씀을 하셨다는데 그러한 일이 있었습니까? 왕은 얼굴빛이 달라지면서 말하였다. 저는 옛날에 선왕이 지었던 음악을 좋아하는 것이 아니라 다만 요즈음 유행하는 속악(俗樂)을 좋아할 따름입니다.

다른 날 맹자는 왕을 만나서 장포와 나눈 대화에 대한 질문을 한다. 과연 그런 질문을 한 적이 있느냐란 질문에 왕은 당황해 한다. 이는 옛날의 선왕이 즐겼던 음악이 아니라 속악을 좋아한다는 사실 때문이다. 그래서 그는 얼굴이 붉어지면서 '역대 선왕처럼 클래식을 좋아하는 것이 아니라 요즈음 유행하는 재즈를 좋아한다.' 고 대답한다.

음악을 좋아하는 데 옛것 오늘날의 것을 가릴 것이 없다

> 왈 왕 지 호 악 　 심 　 　 즉 제 기 서 기 호
> 曰王之好樂이 甚이면, 則齊其庶幾乎인저.
>
> 금 지 악 　 유 고 지 악 야
> 今之樂이 由古之樂也니이다.

맹자가 말씀하였다. 왕께서 음악을 좋아하시는 것이 심하다면 제나라가 이상정치를 실현하는 것을 기대할 수 있을 것입니다. 오늘날 유행하는 음악이 옛날에 불리워졌던 음악과 같다고 할 수 있기 때문입니다.

이에 대하여 맹자는 클래식이나 재즈나 음악이 발생한 이치와 음악의 사회적 기능이 동일할 수 있으므로, 어떤 종류의 음악을 좋아하든 음악을 좋아하는 정도가 심하다면 왕은 훌륭한 왕업을 이룰 수 있다고 하여 왕의 음악애호를 격려한다. 맹자가 고전음악과 현대음악을 동일시하는 이유는 음악이라는 것은 나름의 절주(節族)가 있어 그것을 감상하는 과정에서 사람의 정서가 순화되고, 그 속에 담긴 가락은 당시의 민심을 반영하므로 정치적 효용도 기대할 수 있기 때문이다. 아울러 음악을 즐기는 과정에서 서로가 정서를 공유하고 화합할 수 있는 기능을 지녔기에 이처럼 음악을 매우 좋아하는 사람은 음악에 내재한 기능을 수행할 자질을 저절로 갖추게 되는 것이고, 그것이 정치에 적용될 경우 맹자가 바란 이상정치가 실현된다고 기대한 것으로 보인다.

혼자 즐기는 것보다
여럿이 함께 즐기는 것이 더욱 낫다

> 왈 가 득 문 여　　왈 독 락 악　　여 인 락 악
> 曰可得聞與잇가. 曰獨樂樂과, 與人樂樂은,
>
> 숙 락　　왈 불 약 여 인　　왈 여 소 락 악
> 孰樂이니잇고. 曰不若與人이니이다. 曰與少樂樂과,
>
> 여 중 락 악　숙 락　왈 불 약 여 중
> 與衆樂樂은, 孰樂고. 曰不若與衆이니이다.

왕께서 말하였다. 그 까닭을 들을 수 있겠습니까? 맹자가 말하였다. 혼자서 음악을 들으며 즐기는 것과 여러 사람이 함께 음악을 들으면서 즐기는 것은 어느 것이 더욱더 즐겁습니까? 왕이 말하였다. 다른 사람과 함께 즐기는 것이 더욱 좋습니다. 맹자가 말하였다. 소수의 사람과 함께 음악을 들으며 즐기는 것과 다수의 사람과 함께 즐기는 것은 어느 것이 더욱 즐겁습니까라 하니 왕이 말하셨다. 다수의 사람과 즐기는 것이 더욱 좋습니다.

그러나 음악이 지닌 기능에 대하여 왕이 잘 알지 못하였기에 그 까닭을 묻는다. 이에 대하여 맹자는 문답식 대화를 통하여 설명을 전개한다. 맹자는 '혼자 즐기는 것과 여럿이 즐기는 것은 어느것이 더 나은가, 적은 수의 사람과 함께 즐기는 것과 많은 수의 사람 함께 즐기는 것은 어느것이 좋은가' 라고 묻는다. 그에 대한 왕의 대답은 여럿이 함께 즐기는 것이 더욱 좋다는 것이었다.

물론 정치적 입장에서의 음악감상과 예술적 입장에서의 음악감상은 서로 차원이 다를 수 있다. 훌륭한 예술작품을 감상하는 데 있어 해당 작품의 독보적 예술세계를 타인이 미처 이르지 못한 수준 높은 경지에서 감상하면서 남과 다른 독자적 예술감상의 세계를 구축할 수도 있다. 그러나 정치적 차원에 있어서의 예술감상은 이러한 독자의 세계에 대한 인정의 차원이 아니라 대중이 함께 공유할 수 있는 여건이 되는 것이다.

예를 들면 볼쇼이 발레단의 공연을 상층의 특권층만이 감상하고 일반대중에게는 감상의 기회조차 주어지지 않는 것과 저렴한 공연 관람료를 제시하여 이에 대한 관심이 있는 사람이라면 누구나 감상할 수 있는 여건이 조성되는 것은 사회적으로 큰 차이를 드러낸다고 할 수 있다.

맹자가 지향하는 것은 후자의 세계이다. 누구나 함께 즐거움을 누릴 수 있는 사회가 되고, 그 과정에서 왕은 백성의 마음을 헤아려 정치에 반영하면서 왕과 백성이 서로 이해하기를 기대한 것이다.

음악으로 논한 정치론

신 청 위 왕 언 악
臣請爲王言樂하리이다.

저는 왕께 음악에 대하여 말씀드리고자 합니다.

이에 맹자는 왕에게 음악이 어떤 기능을 담당하는지에 대하여 설명한다. 이것은 자신의 정치적 견해를 음악 감상하는 것을 통하여 드러내는 것이기도 하다.

백성의 고통을 외면한 연주는 질시한다

금 왕 고 악 어 차 백 성 문 왕 종 고 지 성
今王이 鼓樂於此이어시든, 百姓이 聞王鐘鼓之聲과

관 약 지 음 거 질 수 축 알 이 상 고 왈
管籥之音하고, 擧疾首蹙頞而相告曰,

오 왕 지 호 고 악 부 하 사 아 지 어 차 극 야
吾王之好鼓樂이여, 夫何使我至於此極也하여,

부 자 불 상 견　　형 제 처 자 이 산
父子不相見하고, 兄弟妻子離散고 하며,

지금 왕께서 여기에서 음악을 연주하시는데 백성들이 어전에서 연주하는 종이나 북의 소리와 피리에서 나오는 소리를 듣고 모두가 머리 아파하고 이마를 찡그리면서 서로에게 고하기를 '우리 왕이 음악 연주하기를 좋아함이여, 대저 어찌하여 우리로 하여금 이처럼 곤궁하게 하여 부자간에 서로 만나 보지 못하게 하며 형제처자가 서로 헤어져 있도록 하느냐' 라고 하며,

사물을 바라보는 것은 동일한 것이라도 시각에 따라 전혀 다른 모습을 보일 수 있다는 것을 왕이 음악을 연주하면서 즐기는 것에 대한 백성의 반응으로 해석해내고 있다. 백성의 생활상에 전혀 관심을 갖지 않고 음악만 연주하며 노닌다면 백성들이 왕의 음악 감상에 대해 보이는 반응은 '이렇게 백성을 고통스럽게 만들어 놓고 왕은 음악 감상만 하는가? 참으로 야속하다.' 라는 식이 될 것이다.

굶어 죽는 백성을 두고 사냥나간 왕을 비난한다

금 왕　전 렵 어 차　백 성　문 왕 거 마 지 음
今王이 田獵於此에, 百姓이 聞王車馬之音하며,

견 우 모 지 미 거 질 수 축 알 이 상 고 왈
見羽旄之美하고, 擧疾首蹙頞而相告曰,

오 왕 지 호 전 렵 부 하 사 아 지 어 차 극 야
吾王之好田獵이여, 夫何使我至於此極也하여,

부 자 불 상 견 형 제 처 자 이 산
父子不相見하고, 兄弟妻子離散고 하니,

차 무 타 불 여 민 동 락 야
此無他요 不與民同樂也니이다.

지금 왕이 이곳에서 사냥을 하시는데 백성들이 왕이 몰고 오는 수레바퀴 소리를 듣고 깃발의 아름다움을 보면서 모두가 머리 아파하고 이마를 찡그리면서 서로에게 고하기를 '우리 왕이 사냥하기를 좋아함이여, 대저 어찌하여 우리로 하여금 이처럼 곤궁하게 하여 부자간에 서로 만나 보지 못하게 하며 형제처자가 서로 헤어져 있도록 하느냐' 라고 하니, 백성들이 이렇게 이야기하는 것은 다른 이유가 아니라 백성과 더불어 함께 즐기지 않았기 때문입니다.

사냥을 나갈 때에도 마찬가지이다. 백성은 굶어 죽어 가는데 왕이 그들의 고통스런 삶을 구제할 생각은 하지 않고 놀러만 다니느냐고 비난할 것이다. 오늘날 대통령이 외국을 순방할 때 국민의 반응은 대체로 두 가지로 집약될 것이다. 하나는 경제가 이렇게 어렵고 사회적으로 혼란하기만 한데 대통령이란 사람이 해외나들이나 하니 나라가 어떻게 되겠느냐란 것과, 다른 하나는 상대국 원수와의 정상회담을 통해 경제활성화나 국위선양이 될 것으로 기대하는 것이 있을 것이다. 대통령이나 사회상황에 대한 우호적 시각을 지닌 경우라면 대통령의 순방에 대하여 긍정적 반응을 보일 것이고 적대적 시각을 지닌 경우라면 부정적 반응을 나타낼 것이다. 이는 단순히 국민이 대통령에게 갖는 호감의 정도에 의해 결정될 성질의 것은 아니다. 정치를 어떻게 하였느냐의 결과에 따라 판단이 내려진다고 하겠다.

위의 경우처럼 왕이 음악을 듣는 것에 대하여 부정적 시각을 지니면서 이맛살을 찌푸리는 것은 왕의 정치가 제대로 이루어지지 못하여 왕이 백성과 함께 즐기지 아니하기 때문이다. 즐거움을 함께한다는 것은 왕이 백성과 함께 즐길 수 있는 여건을 마련하였다는 의미도 되는데, 이것은 음악감상에 백성을 동참시켰다는 것과 아울러 그럴 수 있는 여건을 만들었다는 의미도 내포하고 있다.

왕의 음악 연주를 기뻐하는 것은 그들과 함께 하였기 때문이다

> 금왕 고악어차 백성 문왕종고지성
> 今王이 鼓樂於此이어시든, 百姓이 聞王鐘鼓之聲과
>
> 관약지음 거흔흔연유희색이상고왈
> 管籥之音하고, 擧欣欣然有喜色而相告曰,

오왕 서기무질병여 하이능고악야
吾王이 庶幾無疾病與아, 何以能鼓樂也하며,

지금 왕께서 여기에서 음악을 연주하시는데 백성들이 어전에서 연주하는 종소리 북소리 피리소리를 듣고 모두가 흔연히 기뻐하면서 즐거운 안색으로 서로에게 고하면서 말하였다. '우리 왕이 다행히 질병이 없으신가 어찌 이렇게 음악을 연주하실 수 있는가' 라 하며,

앞의 경우와는 달리 임금이 음악감상을 백성과 함께 즐기고, 그럴 수 있는 여건을 조성하였다면 백성들은 왕의 음악감상 행위에 대하여 '저렇게 놀 수 있는 것은 몸과 마음이 건강하기 때문일 것이다' 라고 평가를 내린다는 것이다. 이렇듯 부정적 시각으로 바라 보았을 때와 긍정적 시각으로 바라보았을 때는 동일한 사물과 사실이라도 전혀 가치를 달리할 수 있는 것이다. 맹자가 굳이 이렇게 장황한 서술을 한 것은 왕이 백성과 함께 자신의 즐거움을 누리지 않을 경우에 초래되는 달갑지 않은 결과를 충분히 숙지하고 있으라는 충고를 하기 위한 것이라 하겠다.

왕이 즐거움을 함께 누린다면 왕의 사냥도 반긴다

> 금 왕 전 렵 어 차 백 성 문 왕 거 마 지 음
> 今王이 田獵於此어시든, 百姓이 聞王車馬之音하며,
>
> 견 우 모 지 미 거 흔 흔 연 유 희 색 이 상 고 왈
> 見羽旄之美하여, 擧欣欣然有喜色而相告曰,
>
> 오 왕 서 기 무 질 병 여 하 이 능 전 렵 야
> 吾王이 庶幾無疾病與아, 何以能田獵也오 하면,
>
> 차 무 타 여 민 동 락 야
> 此無他라 與民同樂也일새니이다,

왕께서 이곳에서 사냥을 하시는데 백성들이 왕께서 몰고 오는 수레바퀴 소리를 듣고 깃발의 아름다움을 보면서 모두가 흔연히 기뻐하면서 즐거운 안색으로 서로에게 고하면서 말하였다. '우리 왕께서 다행히 질병이 없으신가 어찌 이렇게 사냥을 하실 수 있으신가' 라 하면 백성이 이러한 반응을 보이는 것은 다른 까닭이 아니요, 백성과 더불어 함께 즐거워하였기 때문입니다.

사냥을 다니는 것도 마찬가지이다. 왕이 그 즐거움을 백성과 함께 누린다면 그들은 왕의 사냥을 반길 것이라고 한다.

오늘날의 경우를 예로 들어 보기로 하자. 만약 대통령이 정치적 성과를 혁혁하게 이룩하여 국민의 신망을 두터이 받는다면 총리와

함께 골프를 치는 것을 TV에 방영하여도 '건강한 모습이 보기 좋다.', '밤낮없이 정사에 몰두하여 건강을 해치는 것보다 저렇게 운동을 하면서 건강을 유지하여 계속 우리의 삶을 윤택하게 해주었으면 좋겠다.'는 식으로 해석할 것이다. 그러나 하라는 정치는 하지 않고 밤낮없이 골프나 치러 다닌다면 어느 국민이 이를 잘한다고 칭찬하겠는가?

왕이 즐거움을 백성과 함께할 경우에는 백성들도 그 즐거움을 함께 누리므로 천하의 백성을 복종시켜 자신의 백성으로 삼는 일이 가능할 것이라고 맹자는 말하고 있다.

백성과 함께 즐길 때 왕노릇 할 수 있다

> 금왕 여백성동락 즉왕의
> 今王이 與百姓同樂이면 則王矣시리이다.

지금 왕께서 백성과 더불어 즐거움을 함께하신다면, 곧 천하의 왕노릇 할 수 있을 것입니다.

음악을 즐기는 것이 정도가 심하면 반드시 백성과 함께할 것이다. 이렇게 백성과 즐거움을 함께한다면 분명 온 천하의 사람들이 왕의 신하되기를 희망할 것이고, 왕은 천하에 왕노릇 할 수 있을 것이라고 말한다.

왕의 휴식처는 백성의 삶을 해치지 않아야 한다

> 제 선 왕 문 왈 문 왕 지 유 방 칠 십 리
> 齊宣王問曰, 文王之囿 方七十里라 하니,
>
> 유 저 맹 자 대 왈 어 전 유 지
> 有諸잇가. 孟子對曰 於傳에 有之이니이다.

제 선왕이 물었다. 문왕이 소유한 동산이 사방 70리라 하는데 그러한 일이 있습니까? 맹자가 대답하여 말하였다. 옛문헌에 실려 있습니다.

여민동락(백성과 즐거움을 함께 한다는 것)의 사상에 입각하여 설명하는 구절이다. 당시에 제 선왕은 자신이 노닐 동산을 만들어 놓고 있었다. 그것은 왕이 관례적으로 소유하는 것의 하나이다. 그리고 이 동산이 문왕이 소유한 사방 70리보다 작은 40리인데도 백성들은 그다지 호감을 갖지 않았다. 제 선왕이 굳이 70리를 강조하면서 질문한 것은 자신의 소유와 비교하고자 한 의도에서이다.

어느 시대에나 최고 통치자가 휴식하기 위한 공간은 갖추어진다.

그러나 그것이 백성의 삶을 해치는 것이라면 백성은 그리 달갑게 여기지 않을 것이다. 몇 년 전 대청호 주변의 주민이 청남대(대통령의 하계 휴양지로 대청호반에 있음) 앞의 출입통제를 해제해 달라는 탄원을 낸 적이 있다. 아마 생활의 불편을 견디지 못하였기 때문이라 하겠다.

넓은 곳도 백성이 작다고 여기게 하라

> 왈약시기대호 왈민유이위소야 왈과인지유
> 日若是其大乎잇가. 日民猶以爲小也이니다. 日寡人之囿
>
> 방사십리 민유이위대 하야
> 方四十里로되, 民猶以爲大는,何也잇고.
>
> 왈문왕지유방칠십리 추요자왕언 치토
> 日文王之囿方七十里에, 芻蕘者往焉하고, 雉兎
>
> 자왕언 여민동지 민이위소 불역의호
> 者往焉, 與民同之하시니, 民以爲小는 不亦宜乎잇가.

왕이 말하였다. 그렇게까지 컸었습니까? 맹자가 말하였다. 백성들은 오히려 작다고 여겼습니다. 왕이 말하였다. 과인이 소유한 동산은 사방 40리에 불과한데, 백성들이 크다고 여기는 것은 무슨 까닭입니까? 맹자가 말하였다. 문왕께서 소유했던 동산은 사방 70리나 되었으나 꼴을 베는 사람이 가서 꼴을 베기도 하였고 꿩이나 토끼를 잡

는 사람이 그곳에 들어가 잡기도 하였으니 백성과 더불어 함께 소유한 것이라 할 수 있으니 백성이 작다고 여긴 것 또한 마땅하지 아니하겠습니까?

맹자 답변의 핵심은 왕이 소유한 동산의 면적의 다소가 아니라, 어떻게 동산을 활용하느냐의 문제였다. 음악을 백성과 함께 즐겼을 때 백성들은 그가 음악을 즐기는 행위에 대하여 긍정적 반응을 보였으나, 혼자 즐겼을 때에는 부정적 반응을 노골적으로 드러낸다는 것이다. 이를 동산의 문제에 적용하여도 마찬가지의 문제가 발생하는 것이다. 청와대 주변도로를 통행금지 시켰을 때 그것을 알지 못하고 지나려던 사람은 뜻밖의 제지에 투덜댔을 것이 틀림없다. 왜냐하면 목적지로 향하는 최단거리의 길을 눈앞에 두고 부득이 우회해야 하기 때문이다. 아마 그들은 국가 원수의 안위를 위한 의도임을 이해하면서도 자신의 통행을 지나치게 제한하는 사람들을 원망할 것이다. 아마 보안상 큰 문제만 없다면 그 길을 개방하는 것이 오히려 민원을 줄이는 방편이 될 것이다. 여기에서 제기되는 큰 문제는 그 정도를 넘어서 생활의 안정을 해치는 지경에 이르게 될 경우에 빚어진다.

백성과 함께하는 곳에 민심이 생겨난다

> 신　시지어경　　문국지대금연후　　감입
> 臣이 始至於境하여, 問國之大禁然後에, 敢入하니,
>
> 신　문교관지내　유유방사십리
> 臣이 聞郊關之內에 有囿方四十里에,
>
> 살기미록자　여살인지죄　　즉시방사십리
> 殺其麋鹿者를, 如殺人之罪라 하니, 則是方四十里로,
>
> 위정어국중　　민이위대　불역의호
> 爲阱於國中이니, 民以爲大는, 不亦宜乎잇가.

제가 처음 제나라의 국경에 이르러서 이 나라에서 크게 금하는 법령이 무엇인지를 물어서 알고 난 후에야 감히 국경을 넘어 들어올 수 있었으니, 신이 듣건대 관소 내의 사방 40리의 동산에서 그곳의 사슴을 죽인 자를 마치 사람을 죽인 것과 같이 처벌한다고 하니, 이것은 곧 사방 40리의 땅으로 나라 가운데에 함정을 파 놓은 것이니 백성들이 그것을 크다고 여기는 것은 오히려 마땅하지 아니하겠습니까?

맹자가 말한 제 선왕의 동산이 비록 사방 40리에 불과하여도 백성들이 그곳을 들어가지 못한다면 이는 금단의 성역이자 함정을 파 놓은 것이나 다름없다는 언술은 시사하는 바가 크다. 문왕이 70리나 되는 동산을 소유하면서도 그것을 백성과 함께 이용하였기에 백성들은 그 동산이 크다고 여기지 않았고, 제 선왕의 동산은 백성의 이용을 금지하고 또 그곳의 동물을 죽이면 사람을 죽인 것과 같은 처벌을 내렸다.

까닭에 비록 넓은 동산을 소유하여도 백성은 자기가 함께 이용할 수 있는 공간이므로 지나치다는 생각을 갖지 않은 것이고, 반면에 제 선왕의 동산은 그들의 사용을 엄격히 제한하였으므로 아무리 작은 공간이라도 지나치다고 생각하였던 것이다.

만약 오늘날 종로 네거리의 사방 1km되는 곳을 대통령의 동산으로 만들어 놓고 시민의 출입을 금지하고, 그곳에 들어가는 사람을 가차없이 처벌한다면 과연 시민의 반응은 어떨 것인가? 반면에 용산에 사방 5km의 땅을 대통령의 동산으로 만들어 놓고 민간인의 출입을 완전히 자유롭게 한다면, 앞의 경우와 비교할 때 국민들은 그것이 지나치다고 생각할 것인가?

왕을 비난하는 것은 민심이 떠난 증거이다

> 제선왕 견맹자어설궁 왕왈 현자
> 齊宣王이 見孟子於雪宮이러니, 王曰 賢者도
>
> 역유차락호 맹자대왈 유
> 亦有此樂乎아. 孟子對曰 有하니,

인 부 득 즉 비 기 상 의
人不得이면, 則非其上矣니이다

제나라 선왕이 맹자를 설궁에서 만났는데 왕이 말하길, 현명한 군자도 이러한 것을 즐깁니까 하니 맹자가 대답하였다. 있습니다. 그러나 인민들도 그러한 즐거움을 얻지 못한다면 곧 그 윗사람을 비난하게 됩니다.

설궁은 왕이 쉬기 위해 지은 궁궐이다. 일종의 별장인 셈인데, 잔치를 벌여 즐기는 연락의 공간이다. 제 선왕은 자신이 이렇게 별장을 지어 놓고 노는 것에 대하여 명분을 구하고, 선대의 왕과 대비하고자 질문을 하였다. 맹자는 옛날에도 있었는데, 다만 즐거움을 공유하여야 노는 것이 정당한 평가를 받는다고 이야기한다. 이것은 왕이 일반 백성과 함께 즐기지 못하면 그러한 즐거움을 누리는 왕을 비난한다는 것이다.

비난하는 사람이나 비난받는 사람이나 한가지이다

부 득 이 비 기 상 자 비 야
不得而非其上者도, 非也이며,

위민상이불여민동락자 역비야
爲民上而不與民同樂者도, 亦非也라.

그러한 즐거움을 현자처럼 얻지 못하였다고 하여 윗사람을 비난하는 사람도 잘못된 것이고 백성의 윗사람이 되어서 백성과 더불어 즐거움을 함께하지 못해 아랫사람의 비난을 받는 사람도 또한 잘못된 것입니다.

아랫사람이 윗사람을 비난하는 행위는 물론 잘못된 것이다. 그러나 그러한 원인제공자도 잘못이 있다고 덧붙이고 있다. 일종의 양비론적 시각을 지닌 언술로 보이나 실상 이야기의 중점은 즐거움을 함께하지 못해 원망하는 백성이 아니라, 즐거움을 함께 누리지 않는 왕에게 집중되어 있다. 다시 말해 비난의 소지를 일으킨 사람이자 맹자가 자신의 정치적 견해를 펴는 대상인 제 선왕에게 초점이 맞추어져 있다.

천하 사람들을 위해 근심하는데 왕노릇 못한 사람은 없다

낙민지락자 민역락기락 우민지우자
樂民之樂者는, 民亦樂其樂하고, 憂民之憂者는,

민역우기우 낙이천하 우이천하
民亦憂其憂하니, 樂以天下하며, 憂以天下요,

연이불왕자 미지유야
然而不王者는, 未之有也니이다.

백성의 즐거움을 즐거워하는 군주는 백성도 그의 즐거움을 즐거워하며, 백성의 괴로움을 괴로워하는 군주는 백성도 또한 그의 근심거리를 근심하니, 천하 사람의 일을 가지고 즐거워하며 천하 사람의 근심거리를 근심하는 데에, 그러면서도 천하에 왕노릇하지 못한 사람은 아직 있지 아니하였습니다.

통치자가 피치자의 사정을 알고 그들의 입장에서 생각하고 행동할 경우 그의 행위는 피치자로부터 환영을 받을 것이고, 자신이 지향하는 이상국가의 건설과 집권은 계속될 수 있다고 말한다. 백성의 어려움을 해결해주고 즐거워하는 것을, 함께 즐거워하는 통치자 상을 맹자는 요구하였던 것이다.

제나라 경공이 안영에게 순수(巡狩)의 의의를 묻자

석자 제경공 문어안자왈
昔者에, 齊景公이 問於晏子曰,

오 욕 관 어 전 부 조 무 준 해 이 남
吾欲觀於轉附朝儛하여, 遵海而南하여,

방 어 낭 야 오 하 수 이 가 이 비 어 선 왕 관 야
放於琅邪하노니, 吾何修而可以比於先王觀也오.

옛날에 제나라 경공이 재상인 안자에게 질문하였다. 내가 전부산과 조무산을 보고서 해안선을 따라 남하하여 낭야까지 가고자 하는데 내가 어떤 태도를 취하여야 옛날 선왕의 여행과 같은 것에 비견할 수 있겠는가?

순수(巡狩)라는 것은 그냥 장난 삼아 자신의 통치가 미치는 곳을 둘러보는 것이 아니다. 그곳의 사정을 잘 살피는 것이다. 까닭에 제 경공이 안자에게 한 질문은 왕으로서 지녀야 할 이상적인 유람의 형태로, 맹자가 그것을 인용한 것은 당시에 행해지고 있던 파행적 유람 형태를 비판하고자 하는 의도가 내재되어 있었다.

왕의 일거수일투족이 제후의 본보기가 되니

하 언 왈 오 왕 불 유 오 하 이 휴 오 왕 불 예
夏諺曰 吾王이 不遊면, 吾何以休며, 吾王不豫면,

오 하 이 조　　　일 유 일 예　　위 제 후 도
吾何以助라 하니, 一遊一豫가, 爲諸侯度니이다.

하나라 속담에 이르기를 '우리 임금님께서 유람하지 아니하시면 우리들이 어떻게 쉴 것이며, 우리 임금님께서 즐기지 아니하시면 우리들이 어떻게 도움 받으리라' 하였으니 왕이 한 번 노닐고 한 번 즐기는 것이 제후들의 법도가 되는 것입니다.

이에 안자는 이상적 순수형태의 전형을 하(夏)나라 속담을 통해 설명해 간다. 왕이 노닐러 다니면서 백성들의 생활상을 직접 확인하고 이를 국정에 반영하여 백성의 삶이 보다 나아질 수 있었으니 왕의 유람은 백성의 삶을 윤택하게 하는 데 꼭 필요한 것이었다. 까닭에 단순히 노니는 것이 아니었으므로 제후가 정치를 하는 데 본보기로 삼을 수 있었다는 것이다.

오늘날 왕의 순수는 백성의 근심만 남긴다

금 야　불 연　　사 행 이 량 식　　기 자 불 식
今也엔 不然하여, 師行而糧食하여, 飢者弗食하고,

노 자 불 식　　견 견 서 참　　민 내 작 특　　방 명
勞者弗息하여, 睊睊胥讒하여, 民乃作慝이어늘, 方命

학민 음식약류 유연황망 위제후우
虐民하여, 飮食若流하여, 流連荒亡하여. 爲諸侯憂니라.

오늘날 제후들의 모습은 그렇지 않아서 군대를 이끌고 다니면서 식량을 징발하여 굶주린 백성들이 음식을 먹지 못하고 수고로운 자들에게도 병역을 부과하여 쉬지 못하게 하며 임금을 수행하는 자들이 눈을 흘겨 보며 서로 비방하여 백성들은 이에 나쁜 일을 충동질하여 저지르게 됩니다. 임금은 선왕의 교명(敎命)을 무시하고 백성을 학대하여 음식에 대한 욕구는 물이 흐르는 것처럼 제한이 없어 흘러가는 물에 내려가는 편안함만 알고 거슬러 올라갈때의 어려움을 모르고 주색 같은 것에 빠져 제후의 근심거리가 되고 있습니다.

오늘날 왕의 유람은 그 속에서 백성들의 생활을 안정시키기 위한 자료를 마련하는 것이 아니라 단순히 경물을 감상하는 수준으로 되었고, 유람중에 백성에게 자신의 대접을 요구하여 가는 곳 마다 민폐만을 끼치게 된다는 것이다. 이렇게 왕의 유람으로 인한 접대와 수행원들이 저지르는 폐해는 백성의 생활을 피폐해질 대로 피폐하게 만들었다고 한다. 까닭에 제후들에게 모범이 된 것이 아니라 오히려 반발과 원성만 사서 근심거리가 되어 버렸다고 한다. 안자는 선왕이 한 올바른 유람형태의 실현을 기대하며 그의 유람을 고무시킨 것이다.

가무음주에 빠지면 나라를 망친다

종 류 하 이 망 반　　위 지 류　　종 류 상 이 망 반
從流下而忘反을, 謂之流요, 從流上而忘反을,

위 지 연　　종 수 무 염　　위 지 황
謂之連요, 從獸無厭을, 謂之荒이요,

낙 주 무 염　　위 지 망
樂酒無厭을, 謂之亡이니,

물줄기를 따라 흘러내려 가서 돌아올 것을 잊어버리는 것을 유라고 부르고, 물길을 따라 거슬러 올라가 돌아올 것을 잊어버리는 것을 연이라고 부르고, 짐승을 쫓아 사냥하며 싫증낼 줄 모르는 것을 황이라 부르고, 술마시는 것을 즐겨 싫어할 줄 모르는 것을 망이라고 부르니,

당시 제후들이 야기한 폐단을 흐르는 물과 연락(宴樂)에 대한 기호(嗜好)에 비유하여 설명하고 있다. 분수를 어기는 행위를 반성할 줄 모르고, 사냥이나 음주가무를 그칠 줄 모른다는 것이다. 이렇게 오락에 탐닉하여 초래될 결과는 나라를 망치는 일 외엔 없다는 것을 암시하면서 다음 구절에서는 선왕의 경우에 비추어 설명한다.

방탕한 생활을 좇지 마라

> 선왕　　무유연지락
> 先王은, 無流連之樂과,
>
> 황망지행　　　유군소행야
> 荒亡之行하시니, 惟君所行也니이다.

옛날의 선왕은 연류의 즐거움과 황망한 행실이 없었으니 오직 왕께서 행하시기에 달려 있습니다.

옛날의 성왕(聖王)이 오랫동안 나라를 다스릴 수 있었던 것은 앞에서 제시하였던 정치를 그르치는 사례를 행하지 않았기 때문이라고 한다. 만약 경공이 이것을 본받아 행한다면 이상적 시대를 열 수 있을 것이라고 힘써 행할 것을 주장한다.

군왕의 욕심을 저지하라

> 경공열　　대계어국　　출사어교　　어시
> 景公說하여, 大戒於國하고, 出舍於郊하여, 於是에,
>
> 시흥발　　보부족　　소태사왈 위아
> 始興發하여, 補不足하고, 召太師曰 爲我하여,

작 군 신 상 열 지 악　　　개 치 소 각 소 시 야
作君臣相說之樂하라시니, 蓋徵招角招是也라.

기 시 왈　축 군 하 우　　　축 군 자　호 군 야
其詩曰, 畜君何尤리오 하니, 畜君者는 好君也라.

경공이 안자의 말을 듣고 매우 기뻐하여 널리 나라에 포고령을 내려 교외에 나가 머물면서 민정을 살폈다. 이리하여 비로소 미곡창고를 열어서 식량이 부족한 인민에게 나누어주고는 악관을 불러서 말하기를 '나를 위하여 군왕과 신하가 함께 즐거워할 만한 노래를 지어라' 하니, 지금 전하는 징초와 각초가 이러한 것입니다. 그 시에 이르기를 '군주의 욕심을 저지하였던 것이 무슨 허물이리오?' 라 하니 군왕의 욕심을 저지하였던 것은 군왕을 사랑한 것입니다.

경공은 안자의 충고에 기뻐하면서 즉시 국가에 포고령을 내려 민정을 살피고 구호품을 내어 빈민구제를 하며, 악관에게 백성과 함께 즐거워할 노래를 지으라고 명령한다. 이에 대하여 맹자는 매우 긍정적인 평가를 내린다. 신하가 왕이 노닐고자 하는 욕심을 제어하면서 올바른 방향으로 계도(啓導)하였으니, 이것이 바로 군왕을 사랑한 것이라고 한다. 왕이 신하의 간언을 받아 정사에 적용하여 올바른 방향으로 나아간 것은 후대 신하나 군주에게 고무적인 일이 될 수 있다. 맹자가 이것을 인용하면서 신하와 군주의 바른 정치상을 제시한 셈이다.

전통 있는 국가란 왕이 신임하는 신하가 존속하는 것을 말하니

맹 자 현 제 선 왕 왈 소 위 고 국 자 비 위 유 교 목
孟子見齊宣王曰, 所謂故國者는, 非謂有喬木

지 위 야 유 세 신 지 위 야 왕 무 친 신 의
之謂也라, 有世臣之謂也니, 王無親臣矣로소이다.

석 자 소 진 금 일 부 지 기 망 야
昔者所進을, 今日에 不知其亡也온여.

맹자가 제 선왕을 뵙고 말씀하셨다. 이른바 고국이라는 것은 커다란 나무가 있다는 것을 말하는 것은 아니요 대대로 군왕을 보필하는 신하가 있는 것을 말하는 것이니 왕께서는 진실로 신임하는 신하가 없는 것 같습니다. 어제 등용한 신하들 중에 오늘에 그 신하가 없어진 것을 알지 못하고 계십니다.

고국이라는 것은 전통이 오랜 나라를 의미하는 것이다. 그러나 전통이 오래됐다' 라는 말은 다만 전해 내려오는 물건이 오래된 것을 이야기하는 것이 아니라, 대대로 나라를 위해 충성을 다할 신하가 나오는 집이 있다는 것을 의미한다고 말한다. 다시 말하여 정치적 상황의 유리 불리에 관계없이 나라를 위해 묵묵히 일할 자세를 지니고 그것이 한 가문의 전통으로 굳어진 집이 있는 것을 의미한다는

것이다. 그러나 오늘날에는 그런 가문의 전통이 없고, 왕은 자신의 측근에서 자기를 보좌하고 있는 사람의 근황도 제대로 모르는 한심한 지경에 이르렀다는 것을 풍자적으로 말하고 있다.

내 어찌 그를 알겠는가

왕왈 오하이식기부재이사지
王曰 吾何以識其不才而舍之리오.

왕이 말하였다. '내가 어떻게 하면 그들의 재능 없음을 알아서 버릴 수 있겠습니까?'

이에 대한 왕의 대답은 처음부터 그 사람의 재질을 알 수 없었기에 오늘날의 결과가 초래되었다고 하면서, 별로 마음에 담아 두지 않으려는 눈치였다. 현재 자신의 주위에 없는 사람은 무능하고 부재한 사람이기에 없어져도 별반 아쉬움이 없다는 것이다.

임금은 어진 이를 등용할 때
부득이하여 하는 것처럼 해야 하니

> 왈국군 진현 여부득이 장사비유존
> 曰國君이 進賢하되, 如不得已니, 將使卑踰尊하며,
>
> 소유척 가불신여
> 疏踰戚하니, 可不愼與잇가.

맹자가 말하였다. 나라의 군왕이 어진 이를 등용하되 어쩔 수 없어서 등용하는 것처럼 하니, 장차 비천한 자가 고귀한 자 위에 있게 하며 자기와 소원한 관계에 있는 사람을 친척보다 더 높은 자리에 있게 하는 것이니 어찌 등용을 신중히 하지 않을 수 있겠습니까?

왕은 지금 주위에 신하가 없는 것과 그렇게 신하가 없는 데에도 아쉬움이 없다는 것은 왕이 신하를 등용하는 데 있어 신중하지 못하기 때문이니, 왕은 인재를 발탁하여 쓰는 데 신중하여야 한다고 말하고 있다. 능력도 없는 사람이 신분이 귀하다고 하여 능력 있는 사람을 앞서 있으면 안 되고 왕과의 인척관계가 소원한 사람이라도 능력이 있다면 왕의 친척보다 중용될 수 있어야 한다는 것이다. 이는 다시 말하여 보편적 정서에 맞는 인사를 단행하여야 한다는 의미도 된다. 부조리 척결을 주장하는 경우라면 대통령은 그것을 수행할 장관을 임명함에 있어서 도덕적으로 하자가 없는 인물을 등용하여 자신의 의지대로 실행될 수 있도록 하여야 할 것이지, 연고로 인해 적합하지도 않은 인물을 등용하는 우를 범하여서는 안 될 것이다.

온 나라 사람이 모두 옳다고 하면, 그제서야 잘 살피어 등용하고

좌우개왈현 미가야 제대부개왈현
左右皆日賢이라도, 未可也며, 諸大夫皆日賢이라도,

미가야 국인개왈현 연후 찰지
未可也며, 國人皆日賢 然後에, 察之하여,

견현언연후 용지
見賢焉然後에, 用之하며,

군왕을 가까이서 보좌하는 신하들이 모두 현명한 사람이라고 이야기하여도 아직 허락하지 말 것이며, 여러 대부들이 모두 그를 훌륭한 사람이라고 추천하여도 아직 허락하지 말 것이며, 전국민이 모두 훌륭한 사람이라고 천거한 다음에야 그의 행실을 잘 살펴서 현명한 점이 발견되고 나서야 그제서야 등용하며,

어떤 사람을 기용하는 데 있어서 주위 사람의 의견에만 치우쳐 올바른 판단을 내리지 못하는 경우가 있어서는 안 된다고 주장한다.

또 온 국민의 의견으로 굳어진 후에도 그 사람의 됨됨이를 신중히 검토하여 등용하여야만 한다고 말한다.

이는 오늘날에도 마찬가지이다. 한두 사람의 의견을 따르게 되면 공정치 못한 인사가 될 수 있다. 그리고 모두가 옳다고 인정하여도 그것을 그대로 따르는 것이 아니다. 이것은 맹자가 얼마나 백성들을 깊이 생각하는지를 보여 준 단면이라 하겠다. 다수의 의견이 소수의 의견에 비해 옳을 가능성은 더욱 크다. 그러나 다수의 의견이라고 하여 반드시 옳은 것은 아니다. 백성의 목자(牧者)는 이렇게 임용하여야 그로 인한 백성의 안정적 삶이 이루어진다는 것이다.

온 국민이 그르다고 한 연후에야 잘 살피어 죄주고

> 左右皆日(좌우개왈) 不可(불가)라도, 勿聽(물청)이요, 諸大夫皆日(제대부개왈) 不可(불가)라도,
> 勿聽(물청)이며, 國人皆日(국인개왈) 不可然後(불가연후)에, 察之(찰지)하여,
> 見不可焉然後(견불가언연후)에, 去之(거지)하며,

군왕을 가까이서 보좌하는 신하들이 모두 그를 안 된다고 말하여도 그 말을 듣지 말 것이며, 여러 대부들이 그를 안 된다고 말하여도

그 말을 듣지 말 것이며, 온 국민이 모두 그를 불가하다고 말한 후에야 그의 행실을 살펴서 마땅치 않은 점이 발견되면 그 후에야 그를 파직시키며,

처벌을 할 경우에도 마찬가지여서 어느 한 쪽의 의견만을 들어서 되는 것이 아니라 온 국민의 의견으로 수렴되고, 그러고 나서도 정말로 그러한지 그것을 잘 살펴 결정하여야 한다고 말하고 있다.

온 국민의 여론을 따르라

좌우개왈가살 물청 제대부개왈 가살
左右皆曰 可殺이라도, 勿聽이요, 諸大夫皆曰 可殺이라도,

물청 국인개왈 가살연후 찰지
勿聽이며, 國人皆曰 可殺然後에, 察之하여,

견가살언연후 살지 고왈국인살지야
見可殺焉然後에, 殺之하니, 故曰國人殺之也라 하니라.

군왕을 가까이서 보좌하는 신하들이 모두 그를 죽여야 한다고 말하여도 그 이야기를 듣지 말 것이며, 여러 신하들이 모두 그를 죽여야 한다고 말하여도 그 이야기를 듣지 말 것이며, 온 국민이 그를 죽여야 한다고 말한 후에야 그의 잘못된 행실을 잘 살피어 죽여야 하는지를

살피고 난 후에야 그 사람을 죽이니, 까닭에 군왕이 죽였다고 말하는 것이 아니라 국민의 공론이 그를 죽였다고 말하는 것입니다.

측근의 신하들이 어떤 사람이 중죄를 지었다고 죽이라는 간언을 하였다고 하여 바로 죽이는 것이 아니다. 온 국민의 여론이 죽여야 한다고 할 때까지 그의 잘못에 대한 최종 판결을 참으면서 유보한다. 그리고 후에 정말 죽일 만한 중죄를 지었다고 판단되면 그제서야 죽인다.

이렇게 되면 비록 그 사람을 죽이더라도 자신은 죽인 것에 대한 원성을 듣지 않게 된다. 왜냐하면 죽인 것에 대한 최종적인 책임을 지게 될 사람이지만 그의 개인 의지나 판단으로 형을 집행할 것이 아니라 여론의 향배에 부득이하게 따랐을 뿐이기 때문이다. 그리고 무고하게 죽을지도 모를 백성을 살리는 유가의 인의정치(仁義政治)와도 연결되기 때문이다.

이처럼 신중히 한 후에야 비로소 백성의 부모가 될 수 있다

여차연후　　가이위민부모

如此然後에, 可以爲民父母니이다.

이렇게 신중히 일을 처리한 뒤에야 국민의 부모가 될 수 있습니다.

이렇게 사람에 관한 일을 신중하게 처리한 후에야 백성은 자신들을 위해 진정으로 애쓴다고 생각하여 자기 부모를 대하는 것처럼 왕을 대할 것이라고 한다.

아랫사람이 윗사람을 죽였다는 기록이 있는데

> 齊宣王問曰(제선왕문왈), 湯(탕)이 放桀(방걸)하시고, 武王(무왕)이 伐紂(벌주)라 하니,
> 有諸(유저)잇가. 孟子對曰(맹자대왈), 於傳(어전)에 有之(유지)하니이다.

제 선왕이 맹자에게 물었다. 옛날 은나라 탕왕은 하나라 걸왕을 유폐시켰고, 주나라 무왕은 은나라 주왕을 주벌하였다고 하는데, 그러한 일이 있습니까? 맹자가 대답하였다. 옛문헌에 실려 있습니다.

이 구절은 맹자의 정치사상 중에서 역성혁명(易姓革命)이라는 부분을 설명할 때 가장 잘 인용되는 구절이다. 비록 아무리 존엄한 존재인 왕이라도 자기의 소임을 제대로 하지 못한다면 이미 왕이 아니며, 까닭에 그를 왕위에서 물러나게 하더라도 그것은 도의에 어긋난

행위가 되지 않는다는 논리를 펴는 구절이다.

탕왕은 하나라의 걸이라는 폭군을 유폐시켰고, 무왕은 은나라의 주를 유폐시켰다. 이들은 모두 하급자의 신분에서 자신이 모시던 상급자를 유폐시킨 것이다. 봉건윤리에 의한다면 이렇게 하급자가 상급자를 시해한다는 것은 대역무도한 것으로 결코 용인될 수 없는 일이었던 것이다. 제 선왕은 이 두 사건의 가치판단을 맹자에게 묻는다. 그러한 일이 있었느냐는 질문은 사실유무를 확인하기 위한 것이라 하기보다는 도저히 일어날 수 없는 일이 어떻게 일어날 수 있었는지와 또 그것의 부당성을 확인하면서 자신의 위치를 확고히 하고자 한 의도도 있었으리라고 본다.

신하의 신분으로 왕을 죽일 수 있는가

> 왈 신　시 기 군 가 호
> 曰臣이 弑其君可乎잇가.

신하가 자기 군왕을 죽이는 것이 가능한 일입니까?

그 첫 질문이 신하의 신분으로 자기의 군주를 죽이는 일이 있을 법한 일이냐고 반문하는 것이다. 이는 곧 자신의 위치는 결코 어떤 사람에 의해서도 변화될 수 없음을 드러내기 위한 의지 표명이기도 하다.

인의를 해친 사람은 이미 왕이 아니고 일개 범부에 불과하다

> 왈 적 인 자 　 위 지 적 　 적 의 자 　 위 지 잔
> 曰賊仁者를, 謂之賊이요, 賊義者를, 謂之殘이니,
>
> 잔 적 지 인 　 위 지 일 부
> 殘賊之人을, 謂之一夫이니,
>
> 문 주 일 부 주 의 　 미 문 시 군 야
> 聞誅一夫紂矣어니와, 未聞弑君也니이다.

인을 해치는 사람을 적이라고 부르고, 의를 해치는 사람을 잔이라고 부르니, 잔적한 사람들을 일개 평민이라고 부르니, 일개 평민인 주를 죽였다는 소리는 들었으나 군왕을 시해하였다는 소리는 듣지 못하였습니다.

이에 대한 맹자의 대답은 간단하다. 왕이 왕노릇을 제대로 하지 못하면 왕이라 할 수 없으니 그런 사람을 죽인 것은 왕을 죽인 것이 아니라 부도덕한 일개 평민을 죽인 것에 불과하다는 것이다. 천명을

어긴 사람은 더 이상 군주가 아니다. 그러므로 그들을 죽인 것도 개인적 감정에 의한 것이 아니라 천명에 의한 것이므로 그러한 사실에 대하여 전혀 하자가 없다는 것이다. 이것의 본래적 의미는 결코 인민봉기(人民蜂起)를 지지하는 발언이 아니라 군왕이 덕을 닦아 정사를 잘 행하여야 함을 경계하는 말이다.

제나라가 연나라를 치자 이웃나라가 연나라를 구원하거늘

> 齊人이 伐燕取之한대, 諸侯가 將謀救燕이러니,
> 宣王曰 諸侯多謀伐寡人者하니, 何以待之리오.
> 孟子對曰, 臣聞하니 七十里로 爲政於天下者는,
> 湯이 是也니, 未聞以千里로 畏人者也니이다.

제나라가 연나라를 정벌하여 그들의 땅을 빼앗으니 제후들이 연합하여 연나라를 구원할 것을 도모하자 제나라 선왕이 말하였다. 제후들 중에 과인을 정벌할 것을 도모하는 자가 많으니 어떻게 대처하여야겠습니까? 맹자가 대답하여 말하였다. 제가 듣건대 사방 70리의 좁은 국가로 천하에 정치를 펼칠 수 있었던 사람은 탕임금이 그런 경우이니 천리나 되는 강대한 국가를 소유하면서도 남을 두려워했다는 이야기는 아직 들어 보지 못하였습니다.

생략된 앞부분은 제나라가 연나라를 침공하는 것에 대하여 어떠한지를 맹자에게 물은 것이었다. 이에 대한 맹자의 대답은 '연나라 사람들이 당신(제 선왕)이 정벌하는 것을 반가워하면 정벌하고 그렇지 않으면 하지 마시오' 였다. 그것은 왕이 그들을 정벌하기 전에 어진 정치를 베풀어 민심을 얻으라는 것의 우회적 표현이었다. 그러나 제 선왕은 자기 나름의 해석으로 연나라를 정벌하였고, 그들의 영토를 합병하였다. 이 질문은 그 후에 연나라를 구원하기 위하여 여러 제후국이 연합하는 것을 두려워한 제 선왕이 그에 대한 대비책을 강구하기 위한 자문이었다.

맹자는 탕임금은 사방 70리의 좁은 영토를 소유하고 있으면서도 이웃나라의 정벌에 대하여 두려워하지 않았는데, 왕은 사방 천리나 되는 광활한 영토를 소유하면서 어찌하여 타인이 쳐들어올 것을 겁내느냐고 한다. 덕이 있는 사람만이 남을 정벌할 수 있고, 그럴 자신이 있다면 정벌하여도 좋다는 식의 대답을 하였던 맹자는 70리의 좁은 땅을 소유한 탕도 어진 정치를 행하였기에 전혀 남을 두려워하지 않았는데, 그보다 훨씬 넓은 땅을 소유한 제나라가 남을 두려워한다는 것은 자신의 확고한 의지 부족 때문이라고 말한다. 물론 이 것은 그의 도덕성이 부족하다는 것을 우회적으로 풍자한 것이기도 하다.

탕이 정벌을 나서자 온 천하가 자기들을 먼저 정벌하길 바라니

> 서왈 탕 일정 자갈시 천하신지
> 書曰, 湯이 一征을, 自葛始하신대, 天下信之하여,
>
> 동면이정 서이원 남면이정 북적원
> 東面而征에, 西夷怨하며, 南面而征에, 北狄怨하여,
>
> 왈해위후아 민망지 약대한지망운예야
> 曰奚爲後我오하여, 民望之하되, 若大旱之望雲霓也하여,
>
> 귀시자 부지 경자 불변
> 歸市者가 不止하며, 耕者가 不變이어늘,
>
> 주기군이조기민 약시우강 민대열
> 誅其君而弔其民하신대, 若時雨降이라, 民大悅하니.
>
> 서왈 혜아후 후래 기소
> 書曰 徯我后하더니, 后來하시니, 其蘇라 하니라.

《상서(商書)》「중훼지고(仲虺之誥)」에 말하길, '탕왕이 무도한 나라를 정벌하는 데 가까운 갈국(葛國)으로부터 시작하셨으니 천하 사람

들이 모두 탕의 정의로운 정벌을 믿어 동쪽을 향하여 정벌을 하니 서방의 오랑캐들이 원망하였으며, 남쪽을 향하여 정벌하니 북쪽의 오랑캐들이 원망하여 '어찌하여 우리를 뒤에 정벌하시는가?' 하여 백성들이 탕의 정벌을 바라기를, 마치 기나긴 가뭄에 구름과 무지개를 바라듯이 하였으며 시장에 가는 사람들도 변함없이 시장을 다니고 밭가는 사람들도 변함없이 밭을 갈았으니 포악한 군왕을 죽이고 고생하는 백성들을 위로하셨으니, 마치 때맞춰 비가 내린 것 같아 백성들이 탕의 정벌을 크게 기뻐하였다' 하였습니다. ≪상서≫에서 '우리 임금을 기다렸더니 왕께서 오시니 우리 소생하였네' 하였습니다.

≪서경≫의 기록을 인용한 맹자는 탕이 이웃나라를 정벌한 것은 도탄에 빠진 백성을 구제하기 위함이었기에 정벌을 당하는 나라의 백성들은 한결같이 그의 정벌을 반겼고, 심지어 자신을 다른 나라보다 늦게 정벌한다고 원망하기도 하였다. 또한 정벌하러 오는 군대를 보아도 전혀 동요되는 기색이 없이 자신의 생업에 종사하였으니, 이것은 천하의 백성들이 탕왕의 정벌을 진심으로 기뻐하였기 때문이었다.

왕의 정벌을 환영하는 것은 자신을 구원하길 기대해서이다

금연학기민　　왕　왕이정지
今燕虐其民이어늘, 王이 往而征之하시니,

민이위장증기어수화지중야　단사호장
民以爲將拯己於水火之中也라, 簞食壺漿으로,

이영왕사　약살기부형　계루기자제
以迎王師이어늘, 若殺其父兄하며, 係累其子弟하며,

훼기종묘　천기중기　여지하기가야
毁其宗廟하며, 遷其重器하면, 如之何其可也리오.

지금 연나라가 그 나라 백성들에게 포악하게 굴거늘 왕께서 가서 정벌하시니, 연나라 백성들은 왕의 군대가 자기들을 물과 불 같이 괴로운 가운데에서 구원해줄 것으로 여겨 음식을 준비하여 왕의 군대를 환영한 것입니다. 그렇게 기대한 사람들의 기대를 저버리고 만약 그들의 부형을 죽이고 자제들을 붙잡아 가며 그 나라의 종묘를 훼손하며 그들의 제기(祭器)들을 제나라로 옮긴다면 이와 같은 일을 하는 것을 어찌 환영할 수 있겠습니까?

지금 연나라 사람들이 도탄에 빠져 있었기에 그들을 정벌한 선왕은 지난번의 탕왕이 이웃나라 사람들을 구원한 것과 동일한 기대 속에 정벌을 한 셈이었다. 한편 연나라 사람들도 자신을 도탄에서 구해줄 줄 알고 음식을 내오면서 그들의 군대를 맞이하였던 것이다. 그러나 그들의 기대에 어긋나게 전리품이나 챙기고 자신의 형제들을 죄가 있다고 죽인다면 지난번의 도탄과 전혀 다를 바 없을 것이므로 결코 반가워하지 않을 것이고 원성만 높아갈 것이니 해서는 안 될 일을 한 것이었다고 말한다.

어진 정치를 펴지 아니하면 천하를 적으로 삼게 될 것이니

천하고외제지강야　　금우배지이불행인정
天下固畏齊之彊也이니, 今又倍地而不行仁政이면,

시　동천하지병야
是는 動天下之兵也이니이다.

천하 사람들이 진실로 제나라의 강대함을 두려워하고 있는데 지금 또 기존 영토를 두 배로 확장하면서 어진 정치는 펴지 아니하고 (다음에도 침략전쟁을 감행하려고 한다면, 이에 제후들은 자기 방어를 위해 제나라에 대항하기 위해 연합할 것이니) 이것은 천하의 군대를 동원하는 것이 됩니다.

어느 한 나라가 강하다고 인식하고 있던 차에 그 나라가 다시 세력을 확장한다면 약자들은 자기 방어를 위해 동지를 모아 연합할 것이다. 그들이 어진 정치를 베풀어 비록 한 쪽이 강하더라도 자신의 삶에 지장이 초래되지 않는다면 그들의 강함은 문제될 것이 없다. 그러나 어진 정치를 펼치지 아니하는 제나라가 세력확장을 위한 무력침공을 시도하는 것은 자신의 생명에 위협을 느끼는 것이다. 궁지에 몰린 쥐는 오히려 고양이에게 대항하는 것처럼 현재의 상황이 약자로 하여금 위기의식을 강하게 느끼게 하여서는 오히려 제나라에게 불행한 결과를 야기할 것이라고 맹자는 이야기한다.

백성의 바람을 실현시키는 어진 정치

왕 속 출 령 　 반 기 모 예 　 지 기 중 기

王速出令하사, 反其旄倪하시며, 止其重器하사,

모 어 연 중 　 치 군 이 후 　 거 지 　 즉 유 가 급 지 야

謀於燕衆하여, 置君而後에, 去之면, 則猶可及止也리이다.

왕이 속히 명령을 내려 노약자들을 고향으로 돌려보내고, 보물을 수송하던 것을 중지하시고, 연나라 민중과 상의하여 마땅한 군왕을 세워준 후에 그곳을 떠나 온다면, 오히려 제후들의 공격을 사전에 막을 수 있을 것입니다.'

만약 왕이 계속하여 연나라의 제기를 제나라로 옮겨 오고, 그 나라의 사람들을 마구 처벌한다면 지금의 걱정은 해소될 수 없을 것이니, 지금이라도 죄 없는 사람이나 노약자를 본국으로 돌려보내고 그들이 소중히 여기는 제기를 연나라로 돌려보낸다면 아마 전란을 미연에 방지할 수 있을 것이라고 말한다.

공손추장구 公孫丑章句 상

이 편은 맹자가 그의 제자인 공손추(公孫丑)와 왕도정치의 승상과 패도정치의 축출에 관해 논한다. 여기 언급되는 호연지기(浩然之氣)란 천지간에 충만한 지대지강(至大至剛)의 원기(元氣)로, 행실이 도의에 짝하고 마음에 거리끼는 바가 없어야 체득되는 것이며 어느 한 순간에도 갑작스럽게 형성되는 것도 아니라고 한다. 호연지기는 의로운 일 앞에 두려움을 몰아내고 어떤 유혹 앞에서 굴하지 않는 참된 용기를 준다고 했다.

제나라의 국정을 담당하여 패도정치를 이룩할 수 있을지

공손추문왈 부자당로어제
公孫丑問曰, 夫子當路於齊하시면,

관중안자지공 가부허호
管仲晏子之功을, 可復許乎잇가.

공손추가 맹자에게 물었다. 선생께서 만일 제나라 정국의 요직을 담당하신다면 옛날 관중과 안자가 이룩하였던 공적을 다시 이룩할 자신이 있습니까?

춘추전국시대(春秋戰國時代)를 백가쟁명의 시대라 한다. 이는 온갖 학설을 지닌 사람이 저마다의 주의·주장을 낸 것을 이르는 말이기도 하다. 한편으로 이것은 하·은·주(夏·殷·周) 삼대 이래 예의를 중시해 오던 유가사상의 붕괴를 의미하는 것이기도 하다. 전국시대의 부국강병책을 시행한 나라는 대부분이 법가사상을 채택하였는데, 이것은 엄격한 법률의 적용이 자기들의 목표를 달성하는 데 가장 효과적이었기 때문이었다.

공손추는 자신의 스승인 맹자가 실제 정치를 담당한다면 제나라의 환공과 경공을 도와 패업을 이룩한 관중과 안영의 공적에 버금가도록 할 수 있을 것이라고 말하며, 맹자에게서 그러한 것을 다시 기대할 수 있느냐고 묻는다.

어찌 관중이나 안영의 공적과 자신을 비교하려는가?

맹 자 왈 자 성 제 인 야 지 관 중 안 자 이 이 의
孟子曰 子誠齊人也로다. 知管仲晏子而已矣온여.

맹자가 말씀하셨다. 그대는 진실로 제나라 사람이로다. 관중 안자의 일에 대하여서만 알 뿐이로구나.

맹자가 공손추를 제나라 사람이라고 표현한 것은 다분히 냉소적이다. 관중과 안영은 모두 제나라 사람인데, 그들은 자신이 모시던 군왕을 당시의 제후 중에서 가장 으뜸가는 사람으로 만들었으나, 덕으로 통치하는 왕도정치를 하도록 계도한 것이 아니라, 무력을 사용한 패도정치였으므로 비록 뛰어난 공적을 이루었으나 맹자는 오히려 그들의 공적을 평가절하하고 있는 것이다.

공적이 낮은 자와 비교 말아라

> 혹문호증서왈 오자여자로 숙현 증서축연왈
> 或問乎曾西曰, 吾子與子路는, 孰賢고. 曾西蹴然曰,
>
> 오선자지소외야 왈연즉오자여관중숙현
> 吾先子之所畏也니라. 曰然則吾子與管仲孰賢고.
>
> 증서 불연불열왈 이하증비여어관중 관중
> 曾西가 艴然不悅曰, 爾何曾比予於管仲고, 管仲
>
> 득군 여피기전야 행호국정 여피기구야
> 得君에, 如彼其專也며, 行乎國政이, 如彼其久也로되,
>
> 공렬 여피기비야 이하증비여어시
> 功烈 如彼其卑也니, 爾何曾比予於是오 하니라.

옛날에 어떤 사람이 증자의 손자 증서에게 묻기를, 그대와 자로는 누가 더 현명한가? 하니 증서가 불안해 하면서 말하길, 자로는 우리 부친께서도 두려워하신 바이다 하였다. 그렇다면 당신과 관중은 누가 더 현명한가? 증서가 안색이 변하며 기뻐하지 아니하고 말하기를, 그대는 어찌 나를 관중에 비교하는가? 관중이 군왕의 신임을 얻음에 저와 같이 마음대로 하였으며 국정을 맡아 행한 것이 저와 같이 오래 되었는데도 이룩한 공적은 저렇게 낮으니 그대는 어찌하여 나를 이러한 사람에게 비교하는가? 하였다.

여기에서 증서(공자의 제자인 증자의 손자)를 끌어들인 것은 유가의 의

리를 지닌 사람의 처신의 일단을 보이기 위한 것이다. 맹자가 관중을 배척하는 주된 이유는 봉건사회의 윤리에 어긋나는 일을 한 것과 분수에 넘친 일을 한 것이다. 전자는 자신이 섬기던 사람을 따라 끝까지 충성을 다하지 않고 후에 정적의 신하가 된 것이다(유명한 관포지교(管鮑之交)의 숙어에 나오는 포숙아와 관련 있다). 관중은 공자(公子) 규(糾)를 섬겼고, 포숙은 소백(小白)을 섬겼다.

이들 두 사람의 정쟁(政爭)에서 관중이 섬기던 규가 죽고 자신도 감옥에 갇혔으나 포숙의 도움으로 구제되어 훗날 그의 재상이 되는데, 이것은 유가 의리의 측면에서 본다면 크게 비난할 것이었다. 또 하나는 그가 재상으로 있으면서 봉건사회의 신분규정을 무시한 호화판 생활을 한 것이다(그렇다고 오늘날의 부정축재와 같은 것은 아니지만).

당시에는 각 계층마다 생활의 일정한 기준이 있었다. 천자는 어떤 바탕의 옷을 입고 제후는 어떤 바탕의 옷을 입으며, 제사를 지낼 때에도 기일을 몇 일로 하느냐는 등……그런데 관중은 천자가 제후와 회견할 때에만 사용할 수 있는 술잔을 올려 놓는 대를 만들기도 하고, 대(누각 같은 것)를 지어 첩을 여럿 거느리기도 하였다.

그러나 이렇게 호화판의 생활과 오랫동안 왕을 보필하는 자리에 있으면서도 이루어 놓은 업적이 없다고 하면서 그와의 비교를 못마땅하게 생각한 것이다(이 부분에 대하여 자세한 것을 알고 싶으면 사기 권 62 관안열전(管晏列傳)을 참고하시오.)

관중의 행위를 본받으려 하지 않는다

왈관중 증서지소불위야 이자위아원지호

曰管仲은, 曾西之所不爲也어늘, 而子爲我願之乎아.

맹자가 말씀하셨다. 관중과 같은 사람은 증서도 하지 않은 것인데, 그대는 나를 위해 관중이 한 것과 같은 패도정치를 행하기를 바라는가?

맹자는 증서와 같은 사람도 관중의 행위를 본받으려 하지 않았는데, 자신이 그렇게 할 것으로 생각하느냐면서 반문하고 있다.

자신의 군주를 패자로 만들었는데 이만하면 할 만하지 않습니까?

왈관중 이기군패 안자 이기군현

曰管仲은, 以其君覇하고, 晏子는 以其君顯하니,

관중안자 유부족위여

管仲晏子도, 猶不足爲與잇가.

공손추가 말하였다. 관중은 그의 군왕을 천하의 패자로 만들었고,

안영은 그의 군왕을 이름이 드러나게 하였으니, 관중과 안영이 한 것과 같은 것도 오히려 본받기에 부족한 것입니까?

한편 공손추는 관중이 환공을 제후의 우두머리로 만든 것과 안영이 경공을 이름 날리게 한 국위선양의 공은 객관적 관점에서 인정해야 할 것이 아니냐며 과학적 태도를 취하며 질문한다. 당시 부국강병을 부르짖으며 그에 적합한 책략을 요구하던 시대적 상황을 고려할 때 공손추의 질문은 일견 타당하기도 하다. 그러나 맹자의 견해는 그것과 직접적으로 배척되는 위치에 놓여 있었다.

제나라로 왕노릇하는 것은 손바닥을 뒤집는 것처럼 쉽다

왈 이 제 왕 유 반 수 야
曰以齊王이, 由反手也니라.

제나라를 가지고 왕노릇하는 것은 손을 뒤집는 것처럼 쉬운 일이다.

제나라를 가지고 왕노릇하는 것이 손을 뒤집는 일처럼 쉽다는 것은 당시의 상황에서 제나라의 국력이 가장 강하고, 여타의 나라에 대한 영향력도 크기 때문에 왕도를 행하기만 하면 충분히 가능하다는 것의 비유적 표현이다. 또한 왕도를 행하지 않는 제 선왕의 행위를 비판하는 역설적 표현이기도 하다.

문왕처럼 훌륭한 사람이 임금이 되지 못한 이유

> 왈 약 시 즉 제 자 지 혹　자 심　차 이 문 왕 지 덕
> 曰若是則弟子之惑이, 滋甚이니이다. 且以文王之德으로,
>
> 백 년 이 후 붕　유 미 흡 어 천 하　무 왕 주 공
> 百年而後崩하시되, 猶未洽於天下시어늘, 武王周公이,
>
> 계 지 연 후　대 행　금 언 왕 약 이 연
> 繼之然後에, 大行이어늘, 今言王若易然하시니,
>
> 즉 문 왕　부 족 법 여
> 則文王은, 不足法與잇가.

공손추가 말하였다. 이와 같다면 우리 제자들의 의혹이 매우 심하게 됩니다. 또 문왕의 덕을 가지고도 백 년을 다스린 뒤에 돌아가셨는데, 오히려 천하에 왕자의 덕망이 두루 펼쳐지지 못하여 무왕과 주공이 문왕의 어진 정치를 계승하고 난 후에야 주나라의 왕도가 크게 행할 수 있었습니다. 그런데 지금 왕노릇하는 것을 이처럼 쉽게 여기시니 그렇다면 문왕은 본받을 만하지 못한 것입니까?

맹자는 제자들에게 왕도의 실현은 매우 어려운 일이라고 평소에 말하였다. 공손추는 이러한 맹자의 이야기를 토대로 다시 질문하고 있다. 다시 말해 지금 제 선왕은, 왕도를 행하기가 손바닥을 뒤집듯이 쉬운 일이라고 하는 것은 기존에 가르친 문왕이 왕도를 그토록 장구한 세월을 두고 행하였으나 이룩하지 못한 것과 상반되니 그에 대한 논리적 설명을 요구한 것이다. 유가의 퇴행적 역사관을 근거로 볼 때 덕망 있는 문왕도 100여 년을 다스렸으나 왕노릇을 하지 못하였다면 후대의 왕인 제 선왕이 그보다도 짧은 세월에 왕도를 실행할 수는 없기 때문이다.

나라의 역사가 오래 되면 운명이 쉽게 변하지 않기 때문이다

> 왈문왕 하가당야 유탕 지어무정
> 曰文王을, 何可當也리오. 由湯으로 至於武丁히,
>
> 성현지군육칠 작
> 聖賢之君六七이, 作하여,
>
> 천하귀은 구의 구즉난변야
> 天下歸殷이, 久矣라. 久則難變也라.

맹자가 말씀하셨다. '문왕과 같은 성군을 어떻게 감당할 수 있겠는가? 탕으로부터 무정에 이르기까지 예닐곱의 성스런 임금과 현명한 임금이 일어나서 천하 사람들이 은나라에 귀의한 지가 오래 되었다. 오래 되었다면 변하기 어려운 것이다.

이에 대한 맹자의 대답은 기존에 쌓은 업적이 두터워 하루아침에 사라지지 않았기에 그러한 결과를 초래하였다는 것이다. 은나라 왕의 덕이 오랫동안 지속되어 백성이 은왕조를 믿는 정도가 워낙 두터웠기에 은을 쉽게 저버리지 않았고 부덕한 왕이 다스렸으나 하루아침에 멸망하지 않았다는 것이다. '부자는 망해도 삼 년은 먹을 것이 있다' 는 식의 속담이 여기에 해당한다고 하겠다.

왕조를 바로잡으려는 신하가 있으니 나라가 굳건하다

무정 조제후유천하 유운지장야
武丁이, 朝諸侯有天下하되, 猶運之掌也하시니,

주지거무정 미구야 기고가유속 유풍선정
紂之去武丁이, 未久也라, 其故家遺俗과, 流風善政이,

유유존자 우유미자미중왕자비간기자교격
猶有存者하며, 又有微子微仲王子比干箕者膠鬲이

개 현 인 야　　상 여 보 상 지　　고　　구 이 후 실 지 야

皆賢人也니, 相與輔相之라, 故로 久而後失之也니,

척 지　　막 비 기 유 야　　일 민　　막 비 기 신 야

尺地도 莫非其有也요, 一民도 莫非其臣也어늘,

연 이 문 왕　　유 방 백 리 기　　　　시 이 난 야

然而文王이, 猶方百里起하시니, 是以難也니라.

무정이 제후를 조공오게 하며 천하를 소유한 것이, 마치 손에서 물건을 만지는 것처럼 하였고 횡포한 주왕은 무정의 잘 다스리던 시대와 시대 차이가 아직 그리 오래 되지 않았으므로, 선조 이래 공신의 오래된 집 · 남은 풍습과 군왕이 인민에게 끼쳤던 전통적 감화나 선정의 은택이 그래도 아직은 남은 것이 있었으며, 미자 · 미중 · 왕자 비간 · 기자 · 교격은 모두 현인이었으니 그들이 서로 군왕을 보좌하였기에, 까닭에 장기간 횡포가 계속된 이후에야 천하를 잃게 되었던 것이니, 한 자 되는 좁은 땅도 은나라 것이 아닌 것이 없었으며 한 사람도 은의 신하가 아닌 사람이 없었다. 그런데도 문왕은 사방 백 리의 작은 땅으로 일어나셨으니 이런 까닭에 천하에 왕노릇하기가 어려웠던 것이다.

무정이 천하 제후들을 복속시켜 제 손 안에 놓고 주무르는 듯 하였고, 주왕의 폭정이 정도가 심하였으나 하루아침에 멸망되지 않은 것은 이전에 왕을 보필하던 신하들이 은(殷)에 대한 충성심을 여전히 굳게 지니고 있었기 때문이었다. 아울러 은의 백성도 은왕조에 대한

신뢰를 저버리지 않았다.

이 상황에서 무정 같은 강력하고 덕 있는 사람이 있었어도 은에 대한 조정 대신과 백성들의 신뢰를 하루아침에 변하게 할 수 없었기에, 은 왕조는 여전히 유지되었다는 것이다. 은 왕조의 어진 신하들은 새로운 세력에 의탁하는 것이 아니라 옛 왕조를 유지하도록 악정을 하는 왕에게 간하는 쪽을 택하였으며, 그것이 받아들여지지 않자 자신의 목숨을 내걸고서도 왕조를 바로잡으려 하였으니, 그와 같은 상황에서 새 세력의 승리는 이룩될 수 없었다고 말한다.

시운을 타야 민심도 얻는다

> 제인 유언왈 수유지혜 불여승세
> 齊人이 有言曰, 雖有智慧나, 不如乘勢며,
>
> 수유자기 불여대시 금시 즉이연야
> 雖有鎡基나, 不如待時라 하니, 今時면, 則易然也니라.

제나라 사람의 말에 이르기를, 비록 지혜가 있으나 시세를 타는 것만 못하며, 비록 좋은 농기구가 있으나 마땅한 때를 기다리는 것만 못하다 하였으니 지금의 때라면 그렇게 하기가 쉽다.

아무리 좋은 농기구를 지녀도 겨울에 밭갈이 하면 효용이 없듯이, 어떤 일을 할 여건이 성숙되지 않았다면 결코 기대한 결과를 얻을 수 없다고 말한다. 이것은 아무리 훌륭한 덕을 갖추고 있어도 민심을 얻지 못한 상황이라면 왕도를 이룰 수 없으며, 그 민심의 수렴이란 하루아침에 이루어지는 것이 아니라 오랜 세월의 노력이 필요하다는 것이다. 시세(時勢)를 잘 타고나야 한다는 의미이기도 하다.

어진 정치를 펼쳐 왕노릇 한다

> 하후은주지성 지미유과천리자야
> 夏后殷周之盛에, 地未有過千里者也하니,
>
> 이제유기지의 계명구폐 상문이달호사경
> 而齊有其地矣며, 鷄鳴狗吠 相聞而達乎四境하니,
>
> 이제유기민의 지불개벽의 민불개취의
> 而齊有其民矣니, 地不改辟矣며, 民不改聚矣라도,
>
> 행인정이왕 막지능어야
> 行仁政而王이면, 莫之能禦也이리라.

하 · 은 · 주 삼대가 성했을 때에도 그들의 영토는 사방 천 리를 넘지 못하였으니, 그러나 제나라는 그와 같은 토지를 소유하고 있으며 닭 우는 소리와 개 짖는 소리가 서로 들려 사방의 끝까지 다다르고 있으니, 또 삼대의 성시와 같이 많은 인구를 소유하여 땅이 더이상 개척 하지 아니하여도 되고 백성이 더 이상 모이지 아니하더라도 어진 정치를 행하여 왕노릇 하신다면 천하에 막을 자가 없을 것이다.

하 · 은 · 주 삼대의 흥성한 시기에도 그들이 소유한 토지는 사방 천 리를 넘지 않았으나, 그들은 천하의 왕노릇 할 수 있었으니, 그보다 많은 영토를 소유한 제나라라면 왕도만 행한다면 왕자다운 기풍을 누릴 수 있을 것이라는 것이다. 물리적 능력이 능가한 상태에서 도덕적 능력의 완비만 이루어진다면 자신이 바라는 이상적 경계를 이룰 수 있다는 뜻이다.

마흔의 나이에 세속의 부귀영화에 마음이 동요되지 않았으니

공손추문왈 부자가제지경상 득행도언

公孫丑問曰, 夫子加齊之卿相하사, 得行道焉하시면,

수유차패왕 불이의 여차즉동심

雖由此覇王이라도, 不異矣리니, 如此則動心이릿가,

부호 맹자왈 부 아 사십 부동심

否乎잇가. 孟子曰, 否라. 我는 四十에 不動心호라.

공손추가 물었다. 선생께서 제나라의 대신이 되셔서 제왕을 도와 배운 바의 도를 실현시킬 수 있다면, 비록 이로 말미암아 패도정치나 왕도정치가 되더라도 이상히 여길 것이 없으리니, 이렇게 된다면 선생은 마음이 동요되시겠습니까? 그렇지 않겠습니까? 맹자가 말씀하시길 아니다. 나는 나이 마흔이 되었기에 마음이 동요되지 않았다.

맹자는 전국(戰國)을 유세하러 다니던 정치이론가라 할 수 있다. 그의 제자인 공손추는 자신의 스승인 맹자에게 나름대로의 정치철학을 실제 정치에 적용하여, 제나라의 대신이 된다면, 정치적 유혹에 휘말릴 수도 있을텐데 과연 그렇게 되지 않겠느냐는 질문을 던진다. 그러나 맹자의 대답은 단호하였다. 40세 이전에는 그러한 일로 마음이 동요된 적도 있었지만 40이 넘고 나서는 그로 인해 동요되지 않았으니 문제될 것이 없다는 것이다.

도덕심에 기초한 내면의 용기를 중시한다

> 왈 약 시　　즉 부 자 과 맹 분　　원 의
> 曰若是이면, 則夫子過孟賁이, 遠矣라.
>
> 왈 시 불 난　　고 자　　선 아 부 동 심
> 曰是不難하니, 告子도 先我不動心하니라.

공손추가 말하길, 이와 같다면 선생이 옛날에 용감했던 장사인 맹분보다 훨씬 더 뛰어납니다. 이것은 어렵지 아니하니 고자도 마음이 동요되지 않은 것이 나보다 앞섰다.

맹분은 위나라 사람으로 살아있는 소의 뿔을 겁도 없이 뽑기도 하여, 용맹하다는 소문이 난 사람이다. 공손추는 이 사람과 비교하여 볼 때 맹자는 더욱 용기 있는 사람이라고 평한다. 이에 대하여 맹자는 그러한 용기는 사실 용기 축에도 들지 못하는데, 그런 식이라면 자신의 제자인 고자는 더욱 용기 있는 사람이라고 한다. 부연설명한다면 진정한 의미의 용기가 아닌 혈기의 용기는 자기보다 뛰어난 사람이 많고, 자신은(도덕심에 기초한) 내면의 용기를 더욱 중시한다는 것이다.

마음이 동요되지 않는 데에도 방법이 있다

> 왈 부 동 심 　 유 도 호 　 왈 유
> 曰不動心이, 有道乎잇가. 曰有라.

마음이 동요되지 않는 데에도 방법이 있습니까? 있다.

마음이 동요되지 않도록 하는 데에도 어떤 방법이 있느냐는 것은 후천적으로 수양이 가능하냐는 질문인데 이에 대하여 맹자는 가능하다고 답한다.

혈기로 기른 용기는 남을 해친다

> 北宮黝之養勇也는, 不膚撓하며, 不目逃하며, 思以一毫挫於人이어든, 若撻之於市朝하여, 不受於褐寬博하며, 亦不受於萬乘之君하여, 視刺萬乘之君하되, 若刺褐夫하여, 無嚴諸侯하여, 惡聲至어든, 必反之라.
>
> (북궁유지양용야 불부요 불목도 사이일호좌어인 약달지어시조 불수어갈관박 역불수어만승지군 시척만승지군 약척갈부 무엄제후 악성지 필반지)

옛날 용사였던 북궁유가 용기를 기르는 데 있어 자기의 피부가 찔려도 흔들리지 아니하였으며 남들과 대적할 때 눈동자가 남보다 먼저 피하는 법이 없었으며 생각하기를 털끝 만큼이라도 남에게 좌절을 당하면 마치 시장 한가운데에서 채찍질을 당한 것처럼 여겼으니 베옷을 입은 천한 사람에게도 치욕을 받지 않았으며 또한 만승의 군주에게도 치욕을 입지 않았으니 만승의 대국의 군왕을 찌르는 것을 마치 베옷을 입은 천한 사람을 찌르는 것과 같이 여겼으니 엄한 제후도 없어서 자기에게 나쁜 소리가 들어오면 반드시 가서 보복하였다.

맹자가 그다지 높이 평가하지 않았던 혈기로 나타나는 용기에서 내면의 도덕심에 기초한 진정한 의미의 용기에 이르기까지 차례로 거론하며 그 수양 방법을 이야기한다. 처음이 혈기의 용기만을 기른 북궁유이다. 그는 오늘날의 전형적 터프가이처럼 자기에게 나쁜 이야기나 행위가 가해지면 즉각 보복하는 스타일로 남에게 결코 지려고 하지 않는 자세를 견지하였던 인물이었다.

그는 그 누구에게도 업신여김을 받으려 하지 않았고, 아무리 대적하기 힘든 상대라도 결코 두려워하지 않아 일국의 군왕을 죽이는 것도 일반 백성을 죽이 듯하였으니, 외부의 상황에 대해 전혀 굽하지 않고 처신하였다.

필승의 자세로 용기를 기른다

> 맹시사지소양용야 왈 시불승 유승야
> 孟施舍之所養勇也는, 曰 視不勝하되, 猶勝也로니,
>
> 양적이후진 여승이후회 시 외삼군자야
> 量敵而後進하며, 慮勝而後會하면, 是는 畏三軍者也니,

사 기 능 위 필 승 재 　 능 무 구 이 이 의
舍豈能爲必勝哉리요. 能無懼而已矣라 하니라.

맹시사가 용기를 기르는 데 있어서 이기지 못하는 것을 보되 이길 수 있다는 신념을 가져 적군의 병력을 헤아린 후에 진군하며 승리를 헤아린 후에 교전한다면 이것은 적의 대군을 두려워하는 자이다. 내가 어찌 반드시 이기기만 할 뿐이요, 적을 대하는 데 있어 두려움이 없을 따름이니라 하였다.

맹시사는 이보다 나아가서 어떤 일에 승패를 떠나 필승의 자세로 임한 사람이었다. 그러므로 미리 결과를 예측하거나 하여 위축되거나 의기양양하는 것이 아니라 자신의 정신자세만 굳게 다지면 된다는 식의 사고 방식으로 대적하였다. 필승의 자세를 통해 백절불굴(百折不屈)의 의지를 지녔으니, 이것이 용기를 기르던 한 방식이었다고 한다.

북궁유에 비해 맹시사가 용기의 요령을 얻었다고 할 수 있다

맹 시 사 　 사 증 자 　 북 궁 유 　 사 자 하
孟施舍는, 似曾子하고, 北宮黝는, 似子夏하니,

부 이 자 지 용　　미 지 기 숙 현
夫二子之勇이, 未知其孰賢이어니와,

연 이 맹 시 사　　수 약 야
然而孟施舍는, 守約也니라.

맹시사는 공자의 문인인 증자와 유사하고 북궁유는 자하와 유사하니, 저 두 사람의 용기가 누가 나은 것인지 알 수 없으나, 그렇지만 맹시사는 증자처럼 지키는 것에 요령을 얻었다.

그리하여 맹자는 이 두 사람을 공자의 제자인 증자와 자하와 대비시켜 설명한다. 터프가이의 전형인 북궁유는 외향적이기에 자신의 용기를 밖으로 쉽게 표출하였던 자하에 비견되고, 안으로 자신의 정신자세를 확립하기를 요구했던 맹시사는 증자에 비견된다는 것이다. 그러나 맹시사는 증자가 견지한 자세보다는 못하였다고 한다.

자신이 떳떳하다면 어떤 사람도 대적할 수 있다

석 자　　증 자 위 자 양 왈　자　호 용 호
昔者에, 曾子謂子襄曰, 子는 好勇乎아.

오 상 문 대 용 어 부 자 의　　자 반 이 불 축
吾嘗聞大勇於夫子矣로니, 自反而不縮이면,

수 갈 관 박　　오 불 췌 언　　자 반 이 축
雖褐寬博이라도, 吾不揣焉이리오. 自反而縮이면,
수 천 만 인　　오 왕 의
雖千萬人이라도, 吾往矣라 하시니라.

옛날에 증자가 그의 문인 자양에게 말하기를, 그대는 용(勇)을 좋아하는가? 내가 일찍이 선생님(공자)에게서 대용에 관하여 들었는데 스스로 반성하여 올바르지 못하다면, 비록 갈옷을 입은 비천한 사람과 대적하여도 내가 그를 두려워하지 않겠는가? 스스로 돌아보아 정직하다, 비록 수천이 되는 사람과 대적하게 되더라도 나는 대적하러 가겠노라 하셨다.

증자는 자신을 돌아보아서 떳떳하다면 결코 어떤 사람을 만나도 두려워하지 않았고, 그렇지 못하다면 아무리 만만한 사람을 만나도 속으로 찔리는 바가 있어 그 사람을 두렵게 할 수 없었다고 하였다. 하늘을 우러러 한 점 부끄러움이 없다면 온 국민이 자신을 다그쳐도 마음이 동요되지 않을 수 있었고, 조금이라도 마음에 걸리는 것이 있다면 도둑이 제 발에 저리듯이 만만한 상대에게도 찔리는 것이 있었다고 한다. 맹자의 용기에 대한 요체는 바로 이러한 것이었다. 자신의 마음에 전혀 두려워하는 바가 없을 정도로 도덕적으로 하자가 없는 자신만만함과 그로 말미암아 생기는 일에 대한 확신이 바로 용기 있는 행동을 야기한다는 것이다.

용기는 혈기를 제어하고 두려움을 갖지 않는 것

> 맹 시 사 지 수　　기　　우 불 여 증 자 지 수 약 야
> 孟施舍之守는, 氣라, 又不如曾子之守約也니라.

맹시사가 지킨 것은 기이니, 또한 증자가 지킨 것이 요령을 얻었던 것만 같지 못한다.

맹시사가 지킨 '기'라는 것은 인간의 감정이나 혈기라는 육체적 운동을 제어하는 차원의 문제였지, 도덕적 차원의 가치 평가에까지는 나아가지 못하였다. 맹자가 증자가 지킨 것이 맹시사보다 낫다고 평가하는 것은 바로 이러한 이유에서이다.

맹자와 고자의 부동심의 차이

> 왈 감 문 부 자 지 부 동 심　　여 고 자 지 부 동 심
> 曰敢問夫子之不動心과, 與告子之不動心을,
>
> 가 득 문 여
> 可得聞與잇가.

공손추가 말하였다. 감히 묻겠사오니 선생님의 부동심과 고자의 부동심에 대하여 그 차이를 들을 수 있겠습니까?

공손추는 고자와 맹자의 부동심의 차이는 어떤 것인지를 묻는다.

지와 기는 서로가 보충할 수 있는 관계

> 고 자 왈 부 득 어 언 　 물 구 어 심 　 부 득 어 심
> 告子曰 不得於言이어든, 勿求於心하며, 不得於心이어든,
>
> 물 구 어 기 　 부 득 어 심 　 물 구 어 기 　 가
> 勿求於氣라 하니, 不得於心이어든, 勿求於氣는, 可커니와,
>
> 부 득 어 언 　 물 구 어 심 　 불 가 　 부 지
> 不得於言이어든, 勿求於心은, 不可하니, 夫志는
>
> 기 지 수 야 　 기 　 체 지 충 야 　 부 지 지 언
> 氣之帥也요, 氣는 體之充也이니, 夫志至焉이오,
>
> 기 차 언 　 고 왈 　 지 기 지 　 무 포 기 기
> 氣次焉이니, 故曰 持其志어도, 無暴其氣라 하니라.

고자가 말하길, 남이 하는 말에 이해가 되지 않으면 애써 마음속으로 그 의미를 파악하려 들지 말며, 마음속에 이해가지 않는 부분이 있다면 기운의 도움을 구하지 말라 하였으니, 마음속에 이해가지 않는 것이 있다면 기운의 도움을 구하지 말라고 한 것은 옳은 것이지만 말

에 대하여 이해하지 못하였다면 애써 마음속으로 그 의미를 파악하려 들지 말라고 한 것은 옳지 못하니, 대저 지(志)라는 것은 기(氣)의 통솔자요 기는 몸에 가득차 있는 것이니 지(志)가 최고가 되는 것이고 기(氣)가 다음이 되는 것이니 까닭에 '심지(心志)'를 지니고도 기를 해치지 말라 하였다.

기라는 것은 어떤 일을 할 수 있는 마음속의 추진력이나 경향을 의미하는 것이다. 무슨 말에 대하여 그 의미를 파악하지 못했다면 애써 기에서 구하지 말라는 것은 자신의 마음에 확고한 자세가 정립되지 못했다면 애써 어떤 일을 수행하려고 하지 말아야 한다는 것이다. 왜냐하면 어떤 일에 대한 확신이 없는 상태에서 일을 하게 되면 정신과 육체가 일치하지 못해 오히려 일을 그르치게 될 것이기 때문이다. 그렇지만 어떤 말을 이해하지 못한다고 하여 마음에서까지 구하지 않는 것이 옳지 못하다는 것은 그 의미조차 알려고 하지 말 것이 아니라 억지해석을 피하라는 것이다.

지(志)라는 것은 자신의 마음속에 지닌 생각을 의미하는 것이고, 기(氣)라는 것은 지(志)에 의해 어떤 행동을 하고자 하는 경향을 말하는 것이라 할 수 있다.

기가 한결 같으면 지를 움직일 수 있다

기 왈 지 지 언　　기 차 언　　우 왈 지 기 지
既曰志至焉이요, 氣次焉이라 하시고, 又曰 持其志오도,

무 포 기 기 자　하 야　왈 지 일　즉 동 기　기 일
無暴其氣者는, 何也오. 曰志壹이면 則動氣하고, 氣壹이면

즉 동 지 야　금 부 궐 자 추 자　시 기 야 이 반 동 기 심
則動志也니, 今夫蹶者趨者는, 是氣也而反動其心이니라.

이미 지(志)가 최고이고 기(氣)는 그 다음이라 하시고, 또 심지를 지니고도 기를 해치지 말라고 하신 것은 무슨 까닭이십니까? 맹자가 말씀하시길, 지가 한결같다면 기가 움직이게 되고 기가 한결같다면 지가 움직이게 되니, 지금 사람이 길에서 넘어지고 막 달려가는 것은 이것은 기(氣)이나 도리어 그의 마음을 움직이게 되는 것이다.

기(氣)와 지(志)의 관계에서 지(志)를 상위에 놓고 있으나, 기를 무시하지는 않는다. 이것은 지에 의해 기가 형성되고 드러나지만, 기에 의해 지도 영향을 받기도 하기 때문이다. 예를 들어 사람의 지가 일정하다면 그 사람의 기는 지의 영향을 받아 변하고, 반대로 기가 한결같아도 지는 변할 수 있는 것이다.

말의 의미를 잘 알고, 호연지기를 기른다

감문부자　　오호장　　왈아　지언
敢問夫子는, 惡乎長잇가. 曰我는 知言하며,

아　선양오호연지기
我는 善養吾浩然之氣하노라.

감히 묻겠습니다. 선생님께서는 어디에 장점이 있습니까? 나는 천하 사람의 말에 대하여 그 시비득실(是非得失)을 잘 알고 있으며 나는 나의 호연지기(浩然之氣)를 잘 기른다.

공손추는 맹자에게 어떤 부분에 자신이 있느냐고 질문한다. 이에 맹자는 남이 하는 말에 대하여 어떤 의미를 지니고 말하는 지를 잘 알아내며, 자신에게 내재한 호연지기를 잘 기른다고 한다.

호연지기의 실체는 말로 설명할 수 없다

감문하위호연지기　　왈난언야
敢問何謂浩然之氣요. 曰難言也니라.

감히 묻겠습니다. 무엇을 호연지기라 하십니까? 그것은 말로 표현하기가 어렵다.

이에 공손추는 맹자에게 지금 말한 호연지기의 실체에 대하여 질문하고, 맹자는 간단히 설명할 수 없는 문제라고 대답한다.

곧게 길러 해가 없게 되면 온 천지에 가득하게 되고

> 위기야 지대지강
> 爲氣也, 至大至剛하니,
>
> 이직양이무해 즉색우천지지간
> 以直養而無害이면, 則塞于天地之間이니라.

그 기(氣)됨이 지극히 크고 지극히 강하니 정직함으로 잘 기르고 해가 없게 한다면 이 기가 광대한 천지간에 가득 차게 된다.

호연지기라는 것은 문자 그대로 풀이하면 '널리 퍼져 있는 기'라는 의미이다. 맹자가 의미하는 호연지기란 일체의 부도덕을 제거하고 도의를 실현하는 참다운 용기로 가득 찼을 때 사람의 마음에 깃들게 되는 것이다. 까닭에 그 기의 본질이 지극히 크고 굳세기에 올바르게 길러진다면 온 천지에 가득 차게 됨을 말하고 있다. 맹자가 말하는 도덕성의 확립은 이러한 것에 기초한다.

도의와 짝하는 것이니 이것이 없으면 기도 없다

> 기 위 기 야　배 의 여 도　무 시　뇌 야
> 其爲氣也, 配義與道하니, 無是면, 餒也니라.

그 기됨이 의와 도와 짝하니, 만약 도의가 없다면 기가 몸에 차지 않게 된다.

그러나 그 기가 도의와 일치하지 않는다면 이는 존립기반을 상실하게 되므로 굶주리게 된다고 말한다. 호연지기가 도덕적 문제와 관련이 있다는 것이 여기에서 쉽게 증명된다.

의가 쌓여 이루어지는 것

> 시 집 의 소 생 자　비 의 습 이 취 지 야
> 是集義所生者라, 非義襲而取之也니,
>
> 행 유 불 겸 어 심　즉 뇌 의　아 고
> 行有不慊於心이면, 則餒矣라, 我故로,
>
> 왈 고 자 미 상 지 의　이 기 외 지 야
> 曰告子未嘗知義라 하노니, 以其外之也일새니라.

결국 이러한 기는 안으로 의를 축적하여야 생겨 나는 것이요, 의가 밖에서 엄습하여 와서 취해지는 것이 아니다. 행하고 나서 마음에 만족하지 못하는 바가 있으면 곧 기가 몸에 차지 않는다. 내가 이런 까닭에 고자가 아직 일찍이 의를 알지 못한다 말하였던 것이니 이는 의를 밖에 있다고 말하였기 때문이다.

한편 이 기를 기르는 것은 어느날 갑자기 이룰 수 있는 성질의 것이 아니라 안으로 의를 꾸준히 축적하는 가운데 생길 수 있다고 하면서 내면의 문제임을 거듭 밝힌다. 앞에서 고자의 외면적 기가 자신보다 강하다는 식의 언급은 그가 이전에 말한 기가 외부적인 것이라는 설에 대한 반론인 셈이다.

갑자기 이루려 애쓰지 말아라

> 필 유 사 언 이 물 정 　　심 물 망
> 必有事焉而勿正하여, 心勿忘하며,
>
> 물 조 장 야 　　무 약 송 인 연
> 勿助長也하여, 無若宋人然이라.

호연지기를 기르는 것은 반드시 늘 노력해야 하는 것이니 자신이 노력하는 데 대하여 그것이 갑자기 이루어지기를 예측하지 말 것이며,

그렇다고 하여 마음으로 잊어서도 안 되며, 일찍 효과를 거두기 위해 조장하지 말아서 송나라 사람이 한 것 같이 하지 말아라.

맹자는 다시 호연지기를 기르는 방법을 이야기한다. 이것은 어느 날 갑자기 자신에게 몰려드는 것이 아니라 일상생활 속에서 꾸준히 축적해 나가는 과정에서 생기는 것이기에 항상 노력해야 한다고 한다. 또 결과를 미리 예측하여 자신을 한계 짓거나 꾸준히 노력하는 과정에서 타성에 젖어 원래의 목적을 잃어서도 안 되며, 효과를 일찍 거두기 위해 자라는 것을 인위적으로 도와서도 안 된다고 한다. 곧 긁어부스럼 만들 까닭은 없다는 것이다.

조장하는 것은 도움이 되지 않을 뿐 아니라 오히려 해치게 된다

> 송인 유민기묘지부장이알지자 망망연귀
> 宋人이, 有閔其苗之不長而揠之者러니, 芒芒然歸하여,
>
> 위기인왈 금일 병의 여조묘장의
> 謂其人曰, 今日에 病矣라, 予助苗長矣라 하니.
>
> 기자 추이왕시지 묘즉고의
> 其子가 趨而往視之한대, 苗則槁矣러라.

천하지부조묘장자 과의 이위무익이사지자
天下之不助苗長者가 寡矣니, 以爲無益而舍之者는,

불운묘자야 조지장자 알묘자야
不耘苗者也요, 助之長者는, 揠苗者也니,

비도무익 이우해지
非徒無益이라, 而又害之니라.

송나라 사람이 자기 밭의 싹이 잘 자라지 않는 것을 안타깝게 여겨 싹을 살짝 뽑아 들어올린 자가 있었는데 아무것도 모르고 돌아와서 가족들에게 일러 말하길 오늘 좀 피곤하구나. 내가 싹이 잘 자라도록 살짝 들어올려 주고 왔다 하거늘, 아들이 놀라 급히 달려가 보았더니 싹은 벌써 말라 죽어 있었다. 천하에 싹이 잘 자라도록 도와주지 아니하는 자가 드문데 유익함이 없다고 하여 버려 두는 자는 싹을 김매지 아니하는 자요, 잘 자라도록 도와주는 자는 싹을 들어올리는 자니 이렇게 하는 것은 유익하지 아니할 뿐 아니라 또 해치는 것이다.

유명한 송인의 알묘조장 고사는 그러한 사례의 일단을 잘 보여주는 것이다. 송나라 사람이 자신이 파종한 곡식이 하루 속히 자라도록 하기 위해 덜 나온 싹을 조금씩 뽑아 올렸다. 그는 그렇게 하면 싹이 더 잘 자랄 것이라고 여겨 생장을 도와준 것이라고(조장) 여기면서 나름대로 할 도리를 한 사람처럼 가족들에게 이야기하였다. 그러나 그의 자식은 이것이 오히려 싹이 자라는 것을 해치는 것인 줄 알았기에 신속히 사후 처리를 하려고 밭에 나갔다. 역시 그냥 두느니만 못하여 이미 싹은 말라 죽어 버렸던 것이다.

자연스럽게 어떤 일이 이루어져야 할 것을 오히려 망치게 된 것이었다. 호연지기를 기르는 것도 이와 같이 항상 잊지 말고 노력하되 그 결과를 조급히 거두기 위해 순리를 거스르는 행위를 하지 말 것을 경고하고 있다.

하는 말을 통하여 시비를 분별한다

하위지언　왈피사　지기소폐　음사
何謂知言고, 曰詖辭에, 知其所蔽하며, 淫辭에,

지기소함　사사　지기소리　둔사
知其所陷하며, 邪辭에, 知其所離하며, 遁辭에,

지기소궁　생어기심　해어기정
知其所窮이니, 生於其心하여, 害於其政하며,

발어기정　해어기사
發於其政하여, 害於其事하나니,

성인부기　필종오언의
聖人復起사도, 必從吾言矣시리라.

어떤 것을 말을 안다고 합니까? 맹자가 말씀하셨다. 치우쳐서 공정하지 못한 말에서 그의 마음에 가리워진 바를 알아내며, 방탕한 말에서는 그의 마음이 어디에 빠져 있는지를 알아내며, 부정한 말에서는 그의 마음이 도리에서 어긋난 것을 알며, 말꼬리를 돌리며 도피하는 말에서는 그 행위가 궁지에 몰리게 되는 것을 알아내니, 이러한 마음이 위정자의 마음에서 생겨나 말로 표현되어 반드시 위정자의 정치를 해치게 되며 정치에 피해를 낳게 되어 일을 하는 데 있어 피해를 야기시킬 것이니 성인이 다시 나오셔도 반드시 나의 이야기를 옳다고 좇을 것이다.

지언(知言)의 의미는 남이 하는 말을 통하여 그 사람의 도덕적 시비곡직을 분별하는 것을 말한다. 곧 언어의 표면적 의미뿐만이 아니라 그 사람의 내면의 의미까지 파악해 내는 것을 일컫는 것인데 맹자는 자신이 그렇게 할 수 있는 능력을 지녔다고 말하면서 도덕적 판단을 올바르게 할 수 있을 정도의 도덕적 수양이 이루어졌다는 것을 암시한다. 마음속의 생각이란 언젠가는 표출되기 마련이다. 이를 제대로 파악하기란 보통 사람으로는 어렵지만, 도덕적 수양이 쌓이면 할 수 있을 것으로 보고 있다. 도덕적으로 하자(瑕疵)가 있는 사람은 그의 마음속에 내재하고 있던 부도덕한 생각이 일을 하는 데 드러나 그 일을 해치게 되고, 그것이 정치에 반영되면 정사를 그르쳐 민생을 불안하게 한다고 보고 있다. 그러한 자신의 견해에 대한 확신은 성인이 다시 태어나더라도 자신의 이야기를 따를 것이라고 단언하는 데까지 이르고 있다.

겸손은 성인의 경지에 이름이다

재아자공　　선위설사　　염우민자안연
宰我子貢은, 善爲說辭하고, 冉牛閔子顔淵은,

선언덕행　　공자겸지　　왈아어사명즉
善言德行이러니, 孔子兼之시되, 曰我於辭命則

불능야　　연즉부자　　기성의호
不能也로라 하시니, 然則夫子는, 旣聖矣乎신저.

공자의 문인으로 재아와 자공은 말을 잘하였고, 염우 · 민자건 · 안연은 덕행이 뛰어났는데, 공자께서는 이것을 겸하셨으되 말씀하시길, 나는 말을 잘 하는 데 있어서 능하지 못하다 하셨으니 그렇다면 선생님께서는 이미 성인이십니다.

공자는 도덕적으로도 뛰어나고 언어적 표현에 관해서도 능숙하였다. 그러나 공자는 이것을 겸손하면서 긍정하지는 않았다. 공손추는 맹자가 공자도 잘 하지 못한다고 겸손해 하였던 부분을 잘 하니 이는 성인의 경지에 이른 것이 아니냐고 묻는다.

성인이란 칭호는 공자도 용납하지 않았다

> 曰惡라. 是何言也오. 昔者에, 子貢 問於孔子曰,
> (왈오 시하언야 석자 자공 문어공자왈)
>
> 夫子는 聖矣乎신저. 孔子曰 聖則吾不能이어니와,
> (부자 성의호 공자왈 성즉오불능)
>
> 我學不厭而教不倦也로라. 子貢曰 學不厭은, 智也요,
> (아학불염이교불권야 자공왈 학불염 지야)
>
> 教不倦은, 仁也니, 仁且智하시니, 夫子는, 旣聖矣신저 하시니,
> (교불권 인야 인차지 부자 기성의)
>
> 夫聖은, 孔子도 不居하시니, 是何言也오.
> (부성 공자 불거 시하언야)

맹자가 말씀하셨다. 아아! 이 웬말인가? 옛적에 자공이 공자에게 물어 말하기를, 선생님이 성인이십니다 하자 공자께서 말씀하시기를, 성인이 나에게 가당하겠는가 나는 배우는 것을 싫어하지 아니하고, 제자들을 가르치는 것을 게을리 하지 아니한다 하셨으니, 자공은 말하기를 배우기를 싫어하지 않는 것은 지이며, 가르치기를 귀찮게 여기지 않는 것은 인이니, 어질면서도 지혜로우시니 선생님은 이미 성인이십니다 하시니, 저 성인이라고 부르는 것은 공자께서도 자처하시지 않았으니 이 웬말인가?

공자의 경우에 빗대어 맹자를 성인이라고 공손추가 평가를 하자, 맹자는 자신이 가장 훌륭한 사람으로 생각한 공자와 동등한 수준이 아니라면서 놀란다. 공자는 자신을 성인이라고 말하는 제자들을 향하여 '나는 배우는 것을 싫증내지 않고 가르치기를 싫어하지 않을 뿐인 사람'이라고 겸손해 한다. 사실 이러한 경지에 이르기도 쉬운 것은 아니다. 오늘날 자신을 위해 공부하는 것을 게을리 하지 않으면서 남에게 가르침을 전수하는 것을 게을리 하지 않는 지도자가 얼마나 되겠는가?

각설하고, 맹자는 자신을 성인이라고 부르는 것은 공자도 용납하지 않았는데, 그보다 못한 자신이 감히 그런 소리를 들을 수는 없다고 말한다.

선생님은 성인의 어떤 면을 본받고 싶습니까

석자 절문지 자하자유자장
昔者에, 竊聞之하니, 子夏子游子張은,

개유성인지일체 염우민자안연
皆有聖人之一體하고, 冉牛閔子顏淵은,

즉구체이미 감문소안
則具體而微라 하니, 敢問所安하노이다.

옛적에 제가 들으니 자하 · 자유 · 자장은 모두 성인의 일부분만을 가지고 있었고, 염우 · 민자 · 안연은 성인의 전체를 갖추고 있었으나 미약하다 하였는데 감히 처할 바를 묻겠습니다.

자하 · 자유 · 자장은 공자가 능한 부분 중에서 일부분(언어적 표현부분)을 그와 대등한 경지에 이른 사람들이고, 염우 · 민자건 · 안연은 전부분에 걸쳐 공자에 버금갔던 인물이나, 아직 대등하게 견줄 만한 수준은 아니라고 말할 수 있는데, 맹자는 이중 어느 부분에 속할 수 있는지를 자평하라고 한다. 공자의 열두 제자 중에서 앞의 세 사람은 문장으로 유명한 사람이었고, 뒤의 세 사람은 덕행이 뛰어났다고 칭찬받던 사람이었다.

감히 이들과도 견줄 수 없다

왈 고 사 시
日姑舍是하라.

맹자께서 말씀하셨다. 이제 이 이야기는 그만두어라(이들이 이른 경지에 대하여 어떻다고 말할 수 없다).

그러나 맹자는 이들의 경지에 감히 견줄 수 없으므로 이야기할 수 없다는 입장이다.

백이와 이윤은 공자의 대처에 미치지 못한다

> 백이이윤 어공자 약시반호
> 伯夷伊尹은, 於孔子에, 若是班乎잇가.
> 왈부 자유생민이래 미유공자야
> 曰否라, 自有生民而來로, 未有孔子也라.

백이와 이윤은 공자와 비교할 때 이와 같이 동등하다고 할 수 있습니까? 아니다. 인간이 있은 이래로 공자와 같은 사람은 없었다.

맹자는 시대적 상황에 맞춰 탄력적으로 대응하여 가장 올바른 처신을 하였던 공자를 인류가 존재한 이래 가장 훌륭한 처세 방식을 취한 인물이라고 극찬을 한다. 기회주의적 성격을 지닌 것이라고 말할 수 있으나 유가의 논리는 지나치지도 못하지도 아니하는 상황에 가장 적절한 상태를 추구하기 때문에 공자가 지향한 출사 방식이 이상적인 형태로 인식되는 것이다.

나라를 잘 다스리고 불의한 일을 행하지 않을 것

왈 연 즉 유 동 여 　 왈 유 　 득 백 리 지 지 이 군 지
曰然則有同與잇가. 曰有하니, 得百里之地而君之면,

개 능 이 조 제 후 유 천 하 　 행 일 불 의
皆能以朝諸侯有天下어니와, 行一不義하며,

살 일 불 고 이 득 천 하 　 개 불 위 야 　 시 즉 동
殺一不辜而得天下는, 皆不爲也니, 是則同하니라.

만약 그렇다면 모두를 성인이라고 하는데, 그 공통점은 있습니까? 있다. 사방 백리의 땅을 얻어서 군왕이 되면 모두가 제후들에게 조공 오게 하고 천하를 소유할 수 있으려니와 단 한 가지라도 불의한 일을 행하거나 단 한 사람이라도 죄 없는 사람을 죽여 천하를 얻는 일은 모두 하지 않을 것이니 이러한 점에 있어서는 같다고 할 것이다.

맹자의 극찬에 대하여 공손추는 또 다른 질문을 한다. 공자와 백이 이윤을 모두 성인이라고 말하는 이유는 무엇인가? 과연 그들 상호간의 공통점은 없는가? 그에 대한 맹자의 대답은 어진 정치를 펴서 천하 사람들을 복종하게 할 수 있고, 하늘을 우러러 한 점 부끄럼 없는 행동을 할 수 있는 부분에 대하여서는 공통되는 점이 있다고 말한다. 즉 죄 없는 사람은 단 한 사람도 죽이지 않을 수 있는 사람들이라는 것이다.

오랜 세월이 흐르고도
영원히 사표가 될 사람은 공자뿐이다

왈 감 문 기 소 이 이　　　　왈 재 아 자 공 유 약
曰敢問其所以異하노이다. 曰宰我子貢有若은,

지 족 이 지 성 인　　　오 부 지 아 기 소 호
智足以知聖人이니, 汙不至阿其所好니라.

감히 그 다른 점에 관하여 여쭙고 싶습니다. 공자의 문인인 재아 · 자공 · 유약은 성인을 알 정도로 지혜가 있었으니 좋아하는 사람에게 아첨하는 데까지 이르지는 않을 것이다.

그들 간의 차이에 대한 질문에 맹자는 공자의 제자가 공자에게 한 평가를 토대로 차이를 설명해 간다. 그들은 성인을 알 수 있을 정도의 지혜를 지니고 있었는데, 그들이 비록 지혜가 없다고 하더라도 남이 듣기 좋으라고 아첨하지는 않을 사람들이니 그들의 평가는 충분히 귀 기울일 만한 것이라는 전제를 깔아 놓았다.

공자는 요 · 순보다 뛰어난 사람이다

재아왈 이여관어부자
宰我曰 以予觀於夫子컨대,

현어요순 원의
賢於堯舜이 遠矣라.

재아가 말하기를, 나의 관점에서 선생님을 바라보니 옛날의 성인인 요순보다 훨씬 뛰어납니다 하였다.

재아는 공자를 자기의 관점에서 볼 때, 요순보다도 훌륭한 사람이라고 평가하였다.

그 나라의 예절을 보면 그 나라의 정치를 안다

자공왈 견기례이지기정 문기락이지기덕
子貢曰 見其禮而知其政이요, 聞其樂而知其德이니,

유백세지후 등백세지왕 막지능위야
由百世之後하여, 等百世之王컨대, 莫之能違也니,

자생민이래 미유부자야
自生民以來로, 未有夫子也시니라.

자공이 말하기를, 그 나라의 예절을 보면 그 나라의 정치를 알 수 있고, 그들이 지은 음악을 들으면 그들의 덕성 고하를 알 수 있으니, 백 년의 시간이 흐른 후에 나서 백세 전의 왕의 정치와 덕성을 품평하는 데 어긋나지 않을 수 있었으니 인간이 있은 이래로 선생만한 사람이 있지 않았다 하였다.

자공은 공자의 덕성은 그의 문장을 통해서 살필 때 백 년 후에 다시 그 사람을 평가하더라도 여전히 훌륭한 인물로 평가를 받을 것이니, 가치 판단 기준의 변화에도 불구하고 여전히 사표가 될 만하므로 인류 이래 최고의 인물이라는 것이다.

공자는 인간 가운데 가장 뛰어나다

유약왈 기유민재 기린지어주수
有若曰, 豈惟民哉리요. 麒麟之於走獸와,

봉황지어비조 태산지어구질
鳳凰之於飛鳥와, 太山之於丘垤과,

하해지어행료 유야 성인지어민
河海之於行潦에, 類也며, 聖人之於民도,

역류야　출어기류　발호기췌
亦類也시니, 出於其類하며, 拔乎其萃나,

자생민이래　미유성호공자야
自生民以來로, 未有盛乎孔子也시니라.

유약이 말하였다. 어찌 오직 사람에게 있어서 이겠는가? 기린과 달리는 짐승, 봉황과 날아다니는 짐승, 태산과 언덕이나 개미둑 황하나 동해 같은 큰 물과 길바닥에 고인 장마빗물이 모두 같은 무리이다. 성인을 사람에 비교할 때에도 또한 같은 무리이니 그 종류로부터 뛰어나며 그 뽑힌 사람 중에서도 높이 솟았으나 그래도 인간이 있은 이래로 선생보다 더 훌륭한 사람이 있지 않았다.

유약의 관점에 의한다면, 성인은 인류 중에서 가장 정수가 되는 사람이라고 할 수 있는데, 공자는 그중에서도 또 에센스에 속할 수 있는 인물이라는 것이다. 이를 위하여 여러 가지 비유를 취하고 있으나 핵심은 여러 성인 중에서도 으뜸이라는 것이다. 이러한 것은 공자가 시의적절한 판단을 통해 처신하였기 때문이다. 오늘의 관점에서 공자나 맹자의 처신이 문제가 없는 것은 아니나, 유학자는 공맹의 논리를 가장 적절한 것으로 이해하였기에 이런 말이 나온 것이다.

남의 어려움을 보면 그냥 지나치지 않는다

맹자왈 인개유불인인지심

孟子曰, 人皆有不忍人之心하니라.

맹자가 말씀하셨다. 사람은 누구나 남의 어려움을 보면 차마 그냥 지나치지 못하는 어진 마음을 가지고 있다.

맹자는 사람에게는 누구나 남의 어려움을 보면 동정심이 절로 일어 차마 그냥 지나치지 못하는 어진 마음이 있다고 하면서 이것은 보편적 심성이라 말한다.

불인지심으로 정치를 한다면 어진 임금이 된다

선왕 유불인인지심 사유불인인지정의

先王이 有不忍人之心하사, 斯有不忍人之政矣시니,

이불인인지심 행불인인지정

以不忍人之心으로, 行不忍人之政이면,

치천하 가운지장상

治天下가 可運之掌上이니라.

선왕이 남의 어려움을 보면 차마 그냥 지나치지 못하는 어진 마음을 가지고 있어 이에 남의 어려움을 보면 차마 그냥 지나치지 못하는 어진 정치를 펼쳤으니, 남의 어려움을 보면 차마 그냥 지나치지 못하는 어진 마음으로 남의 어려움을 보면 차마 그냥 지나치지 못하는 어진 정치를 행한다면 천하를 다스리는 것이 손바닥에 물건을 놓고 움직이는 것처럼 쉬울 것이다.

왕도를 행하는 가장 기초적인 일은 보편 정서에 맞는 정치를 행하는 것인데, 선왕(先王)이 어진 임금으로 평가를 받았던 근본 요인이 바로 여기에서 비롯된다. 이는 당시 정치인의 도덕적 각성을 촉구하는 문장이라고 할 수 있다. 정치란 것은 그리 거창한 것이 아니다. 누구나 이해할 수 있는 수준에서 일을 하면 되는 것이다. 무얼 한다고 거창하게 떠벌리기만 하고 그 결과가 뚜렷하게 나타나지 않는 것은 바로 도덕성에 기초한 실행이 아니기 때문이라는 것이다.

자신도 모르게 일어나는 측은지심

소 이 위 인 개 유 불 인 인 지 심 자　　금 인

所以謂人皆有不忍人之心者는, 今人이,

사 견 유 자 장 입 어 정　　　개 유 출 척 측 은 지 심
乍見孺子將入於井하고, 皆有怵惕惻隱之心하니,

비 소 이 내 교 어 유 자 지 부 모 야
非所以內交於孺子之父母也며,

비 소 이 요 예 어 향 당 붕 우 야　　　비 오 기 성 이 연 야
非所以要譽於鄕黨朋友也며, 非惡其聲而然也니라.

사람들이 남의 어려움을 보면 차마 그냥 지나치지 못하는 어진 마음을 가지고 있다고 말하는 까닭은, 지금에 사람이 어린아이가 우물에 장차 빠지려는 것을 얼핏 보고는 누구나 깜짝 놀라고 가슴에 측은해 하는 마음을 가지게 되니, 이런 마음이 생기는 것은 그 어린아이의 부모와 인간관계를 맺고자 하는 의도에서 비롯된 것이 아니며, 마을 사람이나 친구들에게 훌륭한 일을 하였다는 칭찬을 받기 위한 영웅적 행위로 한 것도 아니며, 구하지 않았다고 하여 나쁜 사람이라는 비난을 면하기 위하여 그렇게 한 것도 아니다.

유명한 측은지심의 고사이다. 성선설(性善說)을 이야기할 때 인용되는 것이기도 하다. 어린 꼬마가 우물가에서 놀다가 잘못하여 물에 빠지려 한다. 그것을 본 사람이 화들짝 놀라 그 꼬마를 구하려고 달려 든다. 누구나 그 꼬마를 전혀 모르지만 구하려 달려든다. 그렇다면 그는 왜 그 꼬마를 구하려 하였는가? 그들 부모에게 보상금을 받기 위해서인가? 용감한 시민상을 받기 위해서인가? 아니면 구하지

않았다고 하여 주위 사람에게 매정한 인간이라는 비난을 면하기 위해서인가?

맹자는 그의 이러한 행동이 인간의 마음에 내재하고 있는 측은지심, 곧 남의 어려움을 보면 저도 모르게 구해주고 싶은 동정심이 일어나기 때문이지 다른 의도나 치밀한 계산이 있기 때문은 아니라는 것이다. 이는 동양의 사유체계 아래 성장한 사람이라면 누구나 그렇게 생각할 것이다. 일상 생활에서 우리는 이러한 일을 자주 목격하게 된다. 그리고 그렇게 되어야 한다고 암묵적인 가르침을 받기도 한다.

측은지심, 수오지심 등이 없다면 인간도 아니다

> 유시관지 무측은지심 비인야
> 由是觀之컨대, 無惻隱之心이면, 非人也며,
>
> 무수오지심 비인야 무사양지심
> 無羞惡之心이면, 非人也며, 無辭讓之心이면,
>
> 비인야 무시비지심 비인야
> 非人也며, 無是非之心이면, 非人也니라.

이러한 사실로 말미암아 살펴볼 때 남의 어려움을 보고 측은하게 여기는 마음이 없다면 사람이 아니며, 다른 사람의 잘못된 행위를 보고 부끄러워하거나 미워하는 마음이 없으면 사람이 아니며, 타인에게 양보하는 사양하는 마음이 없으면 사람이 아니며, 옳고 그른 것을 가리는 마음이 없으면 사람이 아니다.

이렇게 볼 때 남의 어려움을 보고 구제하고자 하는 동정심이 일지 않는 사람과 나쁜 행실을 보고 미워하는 마음이 생기지 않는 것, 남에게 양보하고자 하는 마음이 생기지 않는 사람, 옳고 그른 것을 가리고자 하는 가치 판단의 기준이 설정되어 있지 않은 사람은 사람다운 사람이 아니라는 논리를 편다.

인의예지(仁義禮智)

> 측은지심 인지단야 수오지심 의지단야
> 惻隱之心은, 仁之端也요, 羞惡之心은 義之端也요,
>
> 사양지심 예지단야 시비지심 지지단야
> 辭讓之心은, 禮之端也요, 是非之心은, 智之端也니라.

남의 어려움을 보고 측은하게 여기는 마음은 인(仁)의 단서(기초)가 되고, 다른 사람의 잘못된 행위를 보고 부끄러워하거나 미워하는 마음은 의(義)의 단서가 되며, 타인에게 양보하고 사양하는 마음은 예(禮)의 단서가 되며, 옳고 그른 것을 가리는 마음은 지(智)의 단서가 된다.

앞에서 말한 남의 어려움을 보고 동정심이 일어나는 것이 바로 인을 행할 수 있는 기초인 셈이고, 다른 사람의 나쁜 행위를 보고 미워하는 마음이 일어나는 것은 의를 행하는 기초가 되고, 사양하는 마음은 예를 행하는 기초가 되며, 시비를 분별하는 마음이 있는 것은 지를 행할 수 있는 단서가 되는 것이다고 말한다.

사람에게 인의예지 사단이 있는 것은 사지가 있는 것과 같다

> 인 지 유 시 사 단 야 　 유 기 유 사 체 야
> 人之有是四端也는, 猶其有四體也니,
>
> 유 시 사 단 이 자 위 불 능 자 　 자 적 자 야
> 有是四端而自謂不能者는, 自賊者也요,
>
> 위 기 군 불 능 자 　 적 기 군 자 야
> 謂其君不能者는, 賊其君者也니라.

사람에게 인의예지(仁義禮智)의 사단이 있는 것은 사지를 가지고 있는 것과 같으니, 이러한 사단이 있는데에도 스스로 인의를 행할 수 없다고 말하는 사람은 자기 스스로를 해치는 사람이요, 자기 군왕이 할 수 없다고 말하는 사람은 자기 군왕을 해치는 사람이다.

이러한 네 가지 것은 사람 몸에 사지가 있듯이 마음에 꼭 있어야 하는 필수적인 것이라고 말한다. 그러므로 이것은 누구나 지니고 있으니 실천하는데 적극적이어야 하고, 할 수 없다고 지레 포기하는 사람은 자기 자신을 해치는 사람이라는 논리를 편다.

사단을 잘 보존하면 천하를 소유할 수 있다

> 범유사단어아자 지개확이충지의
> 凡有四端於我者를, 知皆擴而充之矣면,
>
> 약화지시연 천지시달 구능충지
> 若火之始然하며, 泉之始達이니, 苟能充之면,
>
> 족이보사해 구불충지 부족이사부모
> 足以保四海요, 苟不充之면, 不足以事父母니라.

무릇 내게 있는 사단을 모두를 넓히고 채워서 인의예지의 덕을 완전하게 이해할 수 있다면, 마치 불이 처음 막 타오르는 것 같고 샘물이 막 흘러 나와 사방으로 이르는 것과 같으니, 진실로 이것을 확충할 줄 안다면 천하도 능히 보유할 수 있고, 진실로 채우지 못한다면 제 부모도 제대로 섬기지 못할 것이다.

이런 마음을 잘 길러 밖으로 확충시키면 그 기세가 막을 수 없을 정도로 도도하게 흐르는 물과 같이 되고, 끄지 못할 정도로 활활 타오르는 불과 같을 것이라고 말한다. 까닭에 이러한 사람은 천하를 보존할 수 있을 정도의 능력을 지니게 되는 것이고, 그렇지 못하면 자기 부모 형제도 제대로 건사하지 못할 것이라고 맹자는 말한다. 사람 일반의 본질 내용을 경험적 추리에 의해 논증한 것으로 인간의 보편적 감정에 기반하여 일을 하면 큰 문제는 없을 것이라는 게 요지이다.

화살 만든다고 어진 사람이 아닌 것은 아닌데

> 맹자왈 시인 기불인어함인재 시인
> 孟子曰, 矢人이 豈不仁於函人哉리오마는, 矢人은,
>
> 유공불상인 함인 유공상인
> 惟恐不傷人하고, 函人은 惟恐傷人하나니,
>
> 무장역연 고 술불가불신야
> 巫匠亦然하니, 故로 術不可不愼也니라.

맹자가 말씀하셨다. 화살 만드는 사람이 어찌 갑옷 만드는 사람보다 어질지 못하리오마는, 화살 만드는 사람은 오직 사람을 해치지 못할까를 걱정하고, 갑옷 만드는 사람은 사람이 다칠 것만을 걱정하니, 사람이 오래 살기를 기원하는 무당과 죽은 사람의 관을 짜주며 생계를 유지하는 목수와의 관계도 또한 이와 유사하다. 까닭에 직업을 선택함에 있어서 신중하게 하지 않을 수 없는 것이다.

화살을 제조하는 목적은 남을 상하게 하기 위한 것이고, 방패를 만드는 목적은 사람을 보호하기 위한 것이다. 그러나 사람이 어떤 특정한 직업을 가졌다고 하여 본성마저 그것을 닮는 것은 아니다. 요는 얼마나 그것을 잘 지키느냐의 문제인 것이다. 한편 직업을 선택할 때에는 무턱대고 할 것이 아니라, 신중하게 하여야 한다고 말한다. 사실 우리는 직업 의식으로 인하여 인성(人性)이 뜻한 바와는 전혀 다른 방향으로 바뀌기도 한다. 인간의 심성이 선천적으로 착하기 때문에 직업이 악한 것이라고 하여 심성마저 악하다고 생각하지는 않으나 후천적인 요인에 의해 선천적 요인이 변화될 가능성도 전혀 배제할 수는 없다.

인은 선택하면 얻을 수 있다

> 공자왈 이인위미 택불처인 언득지
> 孔子曰, 里仁爲美하니, 擇不處仁이면, 焉得智리오.
>
> 부인천지존작야 인지안택야
> 夫仁天之尊爵也요, 人之安宅也어늘,

막 지 어 이 불 인　　　시 부 지 야
莫之禦而不仁하니, 是不智也니라.

공자께서 말씀하시길, 인간은 어진 풍속이 있는 곳에 거처하는 것을 아름답다고 하니 사람이 거처할 곳을 선택하는데 있어 어진 곳이 아니라면 어찌 지혜롭다고 말하겠는가라 하셨으니, 대저 인이라는 것은 하늘이 인간에 내려준 고귀한 벼슬이며 사람이 거처해야 할 편안한 집이거늘 그곳에 거처하는 것을 못 들어오게 막지도 않는데 어질지 않은 곳에 거처하니 이것이 지혜롭지 못하다고 하는 것이다.

인이라는 것은 사람이 거처하는 집과 같이 하여야 하고, 하늘이 인간에게 내려준 고귀한 벼슬과 같은 것이므로 소중히 간직하여야 한다. 게다가 인이라는 집은 사람이 들어가려고 마음만 먹으면 충분히 들어 갈 수 있는 곳이다. 그러므로 가고자 하는 의사만 정해진다면 곧 선택하기만 하면 즉시 얻을 수 있는 곳이다. 어진 사람이 지혜롭다는 것은 바로 이 때문이다. 자신이 거처할 곳을 제대로 알기 때문이다. 역으로 막는 사람 하나 없는 그곳을 들어가지 못하는 것은 사람이 지혜롭지 못하기 때문이니, 어질지 못하면 지혜롭지도 못한 것이다.

어질지 못하고 지혜롭지 못하면 남에게 부림을 받는다

> 불인부지 무례무의 인역야 인역이치위역
> 不仁不智라, 無禮無義면, 人役也니, 人役而恥爲役은,
>
> 유궁인이치위궁 시인이치위시야
> 由弓人而恥爲弓하며, 矢人而恥爲矢也니라.

어질지도 못하고 지혜롭지도 못하여 예의도 없고 의리도 없다면 남에게 부림을 당하게 되니, 남에게 부림을 당하면서 부림당하는 것을 부끄럽게 여기는 것은 활 만드는 사람이 활 만들기를 부끄럽게 여기고 화살 만드는 사람이 화살 만드는 것을 부끄럽게 여기는 것과 같다.

어질지 못한 것과 지혜롭지 못한 것은 상관관계가 있다(이는 바로 앞에서 이야기한 바 있다). 그리고 이렇게 어리석은 사람은 남의 부림을 받는다. 그러나 이를 치욕스럽게 여기는 것은 자신의 처지를 부정하는 셈이라는 것을 활을 만드는 사람이 활 만드는 것을 부끄럽게 여기는 것과 같다는 식의 비유를 들어 설명한다. 곧 자신의 직업을 부끄러워하면서 계속 직업을 유지하는 것과 다를 바 없다는 것이다.

부림받는 것을 부끄럽게 여긴다면 인을 행하라

> 如恥之(여치지)인댄, 莫如爲仁(막여위인)이니라.

만약 이러한 것을 부끄럽게 여긴다면 어진 행동을 하는 것보다 좋은 것이 없다.

자신의 처지를 긍정하지 않으려면 인을 행하는 방법 외엔 없다는 것은 인간이 지향해야 할 올바른 방향을 인이라 설정하고 그것을 행할 때 인간다운 삶을 누릴 수 있다는 논리이다.

활쏘기에서 지면 자신의 잘못을 돌이켜본다

> 仁者(인자)는 如射(여사)하니, 射者(사자)는, 正己而後發(정기이후발)하여,
> 發而不中(발이부중)이라도, 不怨勝己者(불원승기자)요, 反求諸己而已矣(반구저기이이의)이니라.

어진 사람의 태도는 활을 쏘는 것과 같으니, 활을 쏘는 사람은 자기의 정신자세를 바로잡은 후에 활을 쏴서 활을 쏘았으되 명중되지 않

아도 자신을 이긴 사람을 원망하지 아니하니 자기 자신을 돌이켜보아 찾을 뿐이다.

인을 행하는 사람을 활쏘기 하는 사람에 비유하는 것은 명쾌한 것이라 할 수 있다. 활 쏘는 것은 예로부터 그 사람의 덕을 관찰하는 것으로 이용되었다(觀德亭이라는 이름을 가진 정자는 이렇게 활쏘기를 하던 곳이다). 논어에는 '활쏘기 할 때 과녁의 가죽을 관통하는 것을 으뜸으로 하는 것이 아니라 얼마나 정확하게 맞추었느냐를 중요하게 여긴다'는 말이 있는데 이것을 두고 하는 말이라 할 수 있다. 그렇기에 활쏘기에서의 패자는 자신을 이긴 사람을 원망하지 않았다. 자신의 정신집중이 잘 되지 않았음을 원망하였던 것이다.

정치가 잘 다스려지지 않을 때에도 진정한 덕을 지닌 왕은 자신을 잘 보필하지 못하는 대신을 원망하거나, 백성이 말을 잘 듣지 않는다고 화를 내지 않고 오히려 자신의 부덕함으로 인하여 정치가 잘 되지 않은 것이라고 반성하였던 것이다. 까닭에 흉년이 지속되면 자신의 부덕을 하늘이 노여워하여 그렇게 하였다고 하고 자신의 행동거지를 잘 살폈으며, 천재지변이 일어나는 지경에 이르면 왕위를 물러나는 경우까지 있었던 것이다. 조금은 과장된 기록이긴 해도 남을 탓하지 않고 자신을 탓한다는 것은 깊이 새겨봄 직하다.

자로는 남들이 자신의 잘못을 지적하면 기뻐했다

맹자왈 자로 인고지이유과즉희
孟子日, 子路는 人告之以有過則喜하니라.

맹자가 말씀하셨다. 자로는 남들이 자신의 잘못을 일러주면 곧 기뻐하였다.

자로는 공자의 제자로 행동이 앞선다는 것으로 공자의 꾸지람을 듣기도 한 인물이다. 그는 남이 자신의 잘못을 지적하면 흔쾌히 수락하며 올바른 방향으로 개선하였다.

우왕은 좋은 이야기를 들으면 그 사람에게 절을 하였다

우 문선언즉배
禹는 聞善言則拜러시라.

우임금은 훌륭한 이야기를 들으면 그 이야기를 한 사람에게 절을 하였다.

우임금 또한 어떤 사람이 자신에게 좋은 이야기를 말하여 주면 그 사람에게 절을 하였다고 한다.

순임금은 자신의 사욕을 버리고 남을 좇다

> 대순 유대언 선여인동 사기종인
> 大舜은 有大焉하니, 善與人同하사, 舍己從人하시며,
>
> 낙취어인 이위선
> 樂取於人하여, 以爲善이러시다.

위대한 순임금은 이보다 더 훌륭한 점이 있었으니, 훌륭한 일을 다른 사람과 함께하여 자신의 사사로움을 버리고 남의 훌륭함을 기꺼이 따랐으니, 남들에게서 취할 것이 있으면 즐겨 취하여 훌륭하다고 여기셨다.

순임금 또한 그러하여 남이 훌륭한 일을 고하면 훌륭하다고 하면서 자신의 자존심을 기꺼이 버리고 올바른 방도를 따랐다고 한다.

미천한 때나 제왕이 되어서나 남의 말에 귀기울였다

자경가도어 이지위제 무비취어인자
自耕稼陶漁로, 以至爲帝히, 無非取於人者러라.

밭 갈고 곡식 심으며 질그릇 굽고 고기잡이 하던 미천한 때부터 제왕의 귀한 자리에 오르기까지 남들에게서 취하지 않은 것이 없었다.

낮은 지위에 있을 때부터 높은 자리(제왕의 지위)에 올라서도 남이 해주는 충고를 귀담아 들어 선한 일을 하는 데 도움이 되도록 하였다 한다.

선을 수용하면 선행이 확산된다

취저인이위선 시여인위선자야
取諸人以爲善이, 是與人爲善者也라,

고 군자 막대호여인위선
故로 君子는, 莫大乎與人爲善이니라.

남들에게서 취하여 훌륭한 행실을 하는 것이 결국은 남이 선한 행위를 하도록 하는 것이라, 까닭에 덕을 지닌 군자에게는 남과 함께 선한 행동을 하는 것보다 더 훌륭함이 없는 것이다.

이들의 경우는 모두 타인의 충고를 적극 수용하여 선한 일을 하는 데(자신을 개발하는 데) 이용한 것이니, 비단 자신의 발전뿐만 아니라 선한 일을 권하는 풍습을 이루어 사회 전체가 선한 일을 하도록 하는 효과를 갖게 되었다고 평가한다. 남이 자신에게 잘못하였다고 지적하는 것은 보통 사람이라면, 우선 시비곡직의 분별을 떠나 자신의 잘못을 부인부터 하면서 남에게 지지 않으려고 한다. 그러나 그러한 소심한 생각은 자신을 퇴보시키고 사회의 발전을 후퇴시키는 것이고 사회적으로도 나쁜 풍토를 지속시키는 셈이 된다.

어린 자식을 학대하다가 죽게 한 사건이 있었다. 이 일은 돌발적인 것이 아니라 지속적 학대가 끝내 죽음에 이르게 한 것이었다. 그리고 그것은 충분히 방지할 수 있는 사건이었다. 왜냐하면 자식을 학대하는 장면을 목격한 주민이 경찰에 신고하는 시민의식을 보였기 때문이다. 그러나 정작 파출소에서 훈방 조치 시키는 것을 후에 알고 더 이상 그 일을 신고하려 들지 않아 그 아이는 이후에도 계속 폭행을 당하다 죽어 갔기 때문이다.

선을 수용하고 악을 고치려는 자세를 갖는다면 비단 개인의 차원에서 선하게 되는 것이 아니라 사회적 확산이 이루어지므로, 이 때문에 선을 수용하는 사람의 행위를 높이 평가하는 것이다.

공손추장구 公孫丑章句 하

공손추장구 하에서 맹자는 부국강병의 실현과 관련해 인화(仁和)를 지목한다. 민심을 얻기 위해 통치자는 덕을 갖추어야 하고 천하를 경영하는 것은 바로 민심을 획득한 이후의 일임을 맹자는 강조한다. 백성들이 효제충신의 덕목을 닦으면 고정불변의 도덕심(恒心)이 생겨난다 하였다. 맹자에 의하면 사회의 혼란은 그런 착한 본성의 회복을 통해서만 극복된다고 보았다.

전쟁을 치르는 데에는 인화가 최고로 중요하다

맹자왈 천시불여지리 지리불여인화
孟子曰 天時不如地利요, 地利不如人和니라.

맹자가 말씀하셨다. 전쟁을 치르는 데 날씨 · 계절적 · 여건 등과 같은 시기적 여건은 지형적 이해에 의한 지리적 여건만 못하고, 지형적 유리함 같은 것도 군사들이 일심단결한 것만 못하다.

아무리 좋은 여건을 지녀도 그것을 이용하는 주체들이 일치단결하지 않으면 무용지물이 되어 버린다는 것은 주지의 사실이다. 여기에서는 전쟁을 비유로 삼아 이야기하고 있다. 이 부분은 맹자의 전쟁론이기도 하다.

아무리 좋은 시기를 타도 험난한 지형을 극복하지는 못한다

삼리지성 칠리지곽 환이공지이불승
三里之城과, 七里之郭을, 環而攻之而不勝하나니,

부 환 이 공 지 필 유 득 천 시 자 의
夫環而攻之에, 必有得天時者矣언마는,

연 이 불 승 자 시 천 시 불 여 지 리 야
然而不勝者는, 是天時不如地利也니라.

사방으로 3리에 이어져 있는 내성과 사방 7리에 둘러쳐진 외성을, 그것을 에워싸며 공격하는데 이기지 못하니, 대저 성을 둘러싸 공격하는데 반드시 적절한 시기를 얻어 하였지만, 그러나 승리하지 못하는 것은, 이것은 아무리 적절한 시기라도 지형의 유리함만 못하기 때문이다.

전쟁을 하는 것은 아무때나 할 수 있는 것이 아니다. 장마기를 피하고 혹한기를 피하여야 한다. 외적 환경이 나쁘면 전투력이 떨어지기 때문이다. 장마비가 주룩주룩 내리는데 전투를 시키면 달가와 할 사병이 얼마나 될 것이며, 영하 20℃를 넘는 혹한기에 맨손에 창을 들리고 전투에 내보낸다면, 과연 그들의 전투력이 따스한 봄날에 실시하는 것과 같겠는가? 그러나 이렇게 좋은 시기에 전쟁을 치뤄도 50m가 넘는 절벽을 함락시킬 수는 없고, 절해고도의 섬을 헤엄쳐 건너가 함락시킬 수 없으니 지형의 유리를 시기적 유리함으로도 극복할 수 없기 때문이다.

성이 굳건해도 인화단결이 안 되면 무용지물이다

성 비불고야 지 비불심야 병혁
城이 非不高也며, 池이 非不深也며, 兵革이

비불견리야 미속 비부다야 위이거지
非不堅利也며, 米粟이 非不多也로되, 委而去之하나니,

시 지리불여인화야
是는 地利不如人和也니라.

성곽이 적이 쉽게 공격할 만큼 낮은 것도 아니며, 성곽 주위에 파놓은 해자가 적에 쉽게 공략될 정도로 얕은 것도 아니며, 지닌 무기가 견고하면서도 예리하지 못한 것도 아니며, 성에 비축한 식량이 적지 않은 것도 아닌데, 이러한 좋은 여건을 가지고도 적에 대항하지 아니하고 성을 버리고 떠나가는 것은 지형적 유리가 군사들이 서로 화합하여 단결한 것만 못하기 때문이다.

그러나 아무리 유리한 지형을 근거로 진을 치고 있어도 그것을 방어하는 사람들이 일치단결하지 않으면, 제 각각 흩어져 방어하는 사람이 없어질 것이기 때문에 무용지물이 되어 버리니, 이것은 사람들의 단결이 지형의 유리함을 능가하는 전쟁의 필수요건이 되는 것이다.

득도한 사람은 돕는 이가 많고, 나아가 천하가 그를 따른다

故로 曰域民하되, 不以封疆之界하며, 固國하되,
(고 왈역민 불이봉강지계 고국)

不以山谿之險하며, 威天下하되, 不以兵革之利니,
(불이산계지험 위천하 불이병혁지리)

得道者는, 多助하고, 失道者는, 寡助라, 寡助之至에는,
(득도자 다조 실도자 과조 과조지지)

親戚畔之하고, 多助之至엔, 天下順之니라.
(친척반지 다조지지 천하순지)

그러므로 옛말에 이르기를 '백성을 다른 나라로 가지 못하게 막되 국경의 경계선에 의하지 않으며 국가의 방비를 견고하게 하되 산과 강의 험난함에 의지하지 않으며, 천하 사람들에게 위엄을 보이는데 무기가 우수하다는 것으로써 하지 않는다' 한 것이니, 그러므로 올바른 도를 얻은 자는 절로 협력하는 자가 많고, 올바른 도를 잃은 자는 도와주는 사람이 적은 것이다. 협력자가 지극히 적은 경우에는 친척들도 그를 배반하게 되고, 협력자가 최고로 많은 경우에는 온 천하 사람들이 그를 따르게 될 것이다.

백성을 다른 나라로 떠나지 못하도록 붙잡아 두는 것은 일정한 경

계를 그어 놓는 것으로 이루어지는 것이 아니다. 얼마나 사회보장제도를 잘 갖추고 백성들이 생업에 편안히 종사할 수 있는 여건을 조성하는 데 있는 것이다. 지도자로서의 도리를 잃게 되면 아무리 친한 사람이라도 그를 신용하지 않을 것이고, 도리를 잘 지키는 사람은 온 천하 사람이 그를 따르게 될 것이니, 어느 지도자가 천하 사람의 마음을 얻느냐 그렇지 못하느냐의 여부는 그가 행하는 일의 결과에 달려 있다는 것이다. 무기가 우수하다든가 지형이 요해처라든가 하는 외형적인 문제는 전쟁을 치뤄 내는데 그리 큰 관건이 되지 않으며, 사람의 마음이 얼마나 잘 단결하느냐가 핵심이라는 것이다.

도를 얻은 사람은 싸우면 반드시 이길 수 있다

이천하지소순　　공친척지소반
以天下之所順으로, 攻親戚之所畔이라,

고　군자유부전　　전필승의
故로 君子有不戰이언정, 戰必勝矣니라.

왕이 온 천하 사람들이 따르는 세력을 가지고 친척을 배반할 정도로 덕이 없는 사람을 공격하기 때문에, 까닭에 군자는 싸움을 안 할지언정 한다면 반드시 이기는 것이다.

맹자가 유세를 하던 당시 각국의 상황은 왕들이 올바른 도를 행하지 않아 백성들이 도탄에 빠지고, 그로 말미암아 원망이 극에 달하였다. 그러므로 훌륭한 인물로 세인의 추앙을 받는 사람이 도덕이 실추되어 친척조차 도와주지 않을 정도의 사람이 다스리는 나라를 정벌한다면 식은 죽 먹기처럼 쉽게 뜻을 이룰 수 있을 것이라고 한다.

왕위를 멋대로 주고받는 나라라면 정벌할 수 있다

심동 이기사문왈 연가벌여 맹자왈가
沈同이 以其私問曰, 燕可伐與잇가. 孟子曰可하니라.

자쾌 부득여인연 자지 부득수연어자쾌
子噲도, 不得與人燕이며, 子之도 不得受燕於子噲니,

유사어차 이자열지
有仕於此어든, 而子悅之하여,

불고어왕이사여지오자지록작 부사야역무왕
不告於王而私與之吾子之祿爵이어든, 夫士也亦無王

명이사수지어자 즉가호 하이이어시
命而私受之於子면, 則可乎아. 何以異於是리오.

제나라의 대신 심동이 개인적으로 질문하여 연나라를 정벌할 수 있겠습니까? 하니, 맹자가 대답하여 말하였다. 가능합니다. 연왕 자쾌도 천자의 명령에 의하지 아니하고 연나라를 남에게 줄 수 없으며, 재상인 자지도 천자의 명령없이 연나라를 자쾌에게서 받을 수 없으니, 여기에 벼슬하는 사람이 있는데 그대가 즐거워하여 왕에게 고하지도 아니하고 사사로이 그대의 작록을 그에게 주거든 그 대부 또한 왕명없이 사사로이 그대로부터 받는다면 괜찮겠습니까? 자쾌가 자지에게 나라를 양보하는 것도 이러한 것과 무엇이 다르겠습니까?

제나라 대부인 심동이 연나라를 칠 수 있느냐는 질문을 맹자에게 하였다. 그에 대한 맹자의 대답은 가능하다는 것이었다. 물론 심동의 해석은 맹자가 의도한 것과는 달랐으나 심동은 나름대로의 해석으로 정벌을 감행한다.

맹자가 연나라를 정벌할 수 있다고 말한 것은, 내란 상태의 연나라가 왕위를 자신들의 전유물인 양 멋대로 남에게 넘겨주는 것을 본 후에, 그에 대한 비판에서 말미암은 것이었다. 왕의 자리는 자신이 갖고 싶다고 하여 가질 수 있는 자의적 소유물은 아닌 것이다. 민심을 얻어 그것을 하늘이 인정할 때에만 비로소 왕위에 오를 수 있는 것이다. 그러나 당시 연나라는 연왕 자쾌가 재상 자지에게 제 마음대로 왕위를 물려주었던 것이다. 민의를 무시한 행위가 있었고, 그것이 민심을 잃은 요인인 것이므로 민심을 잃은 나라는 칠 수 있다는 의미였다. 그러나 민심을 얻을 수 있는 자격을 갖춘 사람-도덕적으로 수양이 된 사람 – 만이 할 수 있다는 기본적인 것을 제나라는 무시한 셈이었다.

제나라가 연나라를 정벌한 것은 맹자가 권해서인가?

> 제인　　벌연　　혹문왈
> 齊人이, 伐燕하니, 或問曰,
>
> 권제벌연　　유저
> 勸齊伐燕하니, 有諸잇가.

제나라 사람이 연나라를 정벌하자 어떤 사람이 묻기를, 제나라에게 연나라를 정벌하라고 하였다고 하는데 그러한 일이 있었습니까? 하자

여하튼 맹자의 본래 의도와는 관계없이 제나라는 연나라를 정벌하였고, 그것을 맹자가 권유한 것으로 오인한 사람이 있었기에 그러한 일에 대한 심문을 받게 된다.

천명을 받은 자라야 정벌할 수 있다

왈 미 야 　 심 동 문 연 가 벌 여 　 　 오 응 지 왈
曰未也라. 沈同問燕可伐與아 하여늘, 吾應之曰

가 　 피 연 이 벌 지 야 　 피 여 왈 숙 가 이 벌 지
可라 하니, 彼然而伐之也로다. 彼如曰 孰可以伐之하면,

즉 장 응 지 왈 위 천 리 즉 가 이 벌 지
則將應之曰 爲天吏則可以伐之라 하리라.

금 유 살 인 자 　 혹 문 지 왈 인 가 살 여
今有殺人者어든, 或問之曰 人可殺與하면,

즉 장 응 지 왈 가 　 피 여 왈 숙 가 이 살 지
則將應之曰可라 하리라. 彼如曰 孰可以殺之오하면,

즉 장 응 지 왈 위 사 사 즉 가 이 살 지
則將應之曰 爲士師則可以殺之라 하리라.

맹자가 말씀하셨다. 아니다. 심동이 연나라를 정벌할 수 있겠습니까? 묻거늘, 내가 할 수 있겠지요 대답하니, 저 사람이 내말을 옳다고 여겨 정벌하였던 것이다. 저 사람이 만약 어떤 사람이라야 정벌할 수 있겠습니까? 묻는다면, 장차 '천명을 받은 사람이라야 정벌할 수 있다' 고 응답했을 것이다. 지금 여기에 살인한 사람이 있다고 한다. 어떤 사람이 그 사람을 죽여도 되겠습니까? 묻는다면 '그럴 수 있다' 고 대답할 것이다. 그가 만약 도대체 어떤 사람이 남을 죽일 수 있단 말입니

까? 묻는다면, '범죄를 판결하는 재판관이라면 죄가에 따라 죽일 수도 있다' 고 응답할 것이다.

맹자의 대답의 요지는 자신이 정벌할 수 있다고 말한 것은 도덕적으로 수양이 잘 되어 민심을 얻은 사람만이 가능하다는 의미였는데 그것을 묻지 않았기에 미처 이야기할 겨를이 없었을 뿐이요, 그들에게 권한 사실은 없다고 한다. 그들이 만약 도덕적 자격요건을 갖추지 못하였다면 자신은 그들에게 그러한 일을 가능하다고 말하지 않았을 것이라고 한다. 사람을 죽일 수 있느냐고 물으면 죽일 수 있다는 것은 특별한 경우에 국한되기는 하지만 가능할 수 있다. 그러나 아무나 죽인다면 그것은 살인자에 불과하다.

사람의 죄를 심판하여 죽여야 할 중죄를 지은 사람을 죽이는 일은 할 수 있다. 그렇게 죽이면 그는 살인자의 누명을 쓰지는 않는다. 맹자가 말한 연나라 정벌도 이러한 차원에서 말하였다고 한다. 그러나 맹자가 재판관이 사람을 죽일 경우만이라는 식의 이야기는 보통 사람이 알기에는 그리 쉬운 대답이라고 할 수는 없을 것이다.

지금의 상황은 내가 권해서 이루어진 것은 아니다

금 이연벌연 하위권지재
今에 以燕伐燕이어니, 何爲勸之哉리오.

지금은 연나라로서 연나라를 정벌한 것이니 내 어찌 권했겠는가?

지금 연나라를 정벌한 것은 연나라 사람이 그들의 지배층의 정치를 미워하기에 그들을 도우려고 정벌한 것이므로 자신이 정벌을 권하였다기보다 화를 자초하였다고 보는 것이 타당하다는 식의 논리이다.

맹자가 제나라의 관직을 버리고 돌아가자

맹 자 치 위 신 이 귀
孟子致爲臣而歸하실새

맹자가 제나라의 벼슬 자리를 내놓고 집으로 돌아가자,

맹자가 제나라의 정치 고문으로 있다가 왕의 정치가 자신의 이상대로 시행되기 어려움을 알고 더 이상의 정치적 자문을 포기하기로 하고 관직을 내놓고 고향으로 돌아가려고 하였다.

왕이 체류할 것을 부탁하자 이것을 승낙하는데

> 왕 취견맹자왈 전일 원견이불가득
> 王이 就見孟子曰, 前日에, 願見而不可得이라가,
>
> 득시 동조심희 금우기과인이귀
> 得侍하야는, 同朝甚喜러니, 今又棄寡人而歸하니,
>
> 불식 가이계차이득견호
> 不識케라, 可以繼此而得見乎아.
>
> 대왈불감청이 고소원야
> 對曰不敢請耳언정, 固所願也니이다.

왕이 맹자를 뵙고 말씀하셨다. 이전에 선생을 뵙기를 바랐으나 못 뵙고 있다가 지금 모시게 되자 조정에 함께 있게 되어 매우 기뻤었는데, 지금 저를 버리고 떠나가시니 알지 못하겠습니다만 이후로도 계속 선생을 뵐 수 있겠습니까? 맹자가 대답하여 말씀하시길, 감히 그렇게 하고 싶다고 청할 수는 없지만 진실로 그렇게 되기를 바랐습니다.

그러한 맹자의 태도를 왕이 알고 그에게 더 머무르면서 자문을 해

줄 것을 요구한다. 불감청고소원(不敢請固所願) – 감히 그렇게 하고 싶다고 청할 수는 없지만, 진실로 그렇게 되기를 바랐습니다. – 라는 구절은 바로 여기에서 비롯된 것이다. 왕이 자신을 계속 머무르도록 요청하는 것을 맹자는 왕도정치를 행하고자 하는 의도가 남아 있는 것으로 이해하고 왕도 실현의 기대에 이런 식의 답변을 한 것 같다.

왕이 현자를 우대한다는 것을 과시하고자 하니

> 타일 왕위시자왈 아욕중국이수맹자실
> 他日에, 王謂時子曰, 我欲中國而授孟子室하고,
>
> 양제자이만종 사제대부국인
> 養弟子以萬鍾하여, 使諸大夫國人으로,
>
> 개유소긍식 자합위아언지
> 皆有所矜式하노니, 子盍爲我言之리오.

훗날에 왕은 제나라 신하인 시자에게 말씀하셨다. 내가 도성 한가운데에다가 맹자에게 집을 지어 주고, 만종의 녹봉을 주고 제자들을 양성하게 하여 여러 대부와 국민들로 하여금 모두 본받는 바가 있게 하고자 하는데, 그대는 나를 위하여 조언을 하지 않겠는가?

그 후 왕은 신하인 시자에게 맹자를 위해 큰 저택을 마련해 주고 많은 녹봉을 주면서 제자들을 양성하게 하여 그들이 맹자의 행실을 본받게 하고 싶다는 의견을 제시한다. 이것의 핵심적 의도는 왕 자신이 현자를 후하게 대접한다는 것을 여러 제후국에 과시하기 위한 것이라하겠다. 당시에 실제로 유능한 학자를 정치고문으로 둔 예가 비일비재하였다.

시자와 진자

시 자 인 진 자 이 이 고 맹 자
時子因陳子而以告孟子어늘,

진 자 이 시 자 지 언 고 맹 자
陳子以時子之言으로, 告孟子한대

시자(時子)가 진자(陳子)를 통하여 이러한 사실을 맹자에게 고하고자 하니 진자가 시자의 말을 맹자에게 고하니,

이러한 의견을 시자는 맹자의 제자인 진자에게 말하였다. 진자는 이 말을 맹자에게 고한다.

벼슬을 하는 것은 호의호식하려 하는 것이 아니다

맹 자 왈 연 부 시 자 오 지 기 불 가 야
孟子曰 然하다. 夫時子惡知其不可也리오.

여 사 여 욕 부 사 십 만 이 수 만 시 위 욕 부 호
如使予欲富인댄, 辭十萬而受萬이, 是爲欲富乎아.

맹자가 말씀하셨다. 그렇겠구나. 대저 시자가 어찌 그것이 가능하지 않음을 알았겠는가? 가령 내가 부자가 되고 싶었다면 십만 종을 사양하고 만 종을 받는 것이, 이것이 내가 부자가 되고자 해서 하는 짓이겠는가?

맹자는 자신의 의도를 하찮은 시자가 알 수 없을 것이라면서 냉담한 표정을 짓는다. 참새가 봉황의 뜻을 어찌 알겠느냐는 식의 어투이다. 자신이 부자가 되고 싶어서 왕의 정치자문위원이 되려고 한 것이 아닌데 왕은 그렇게 오해한다는 것이다. 만약 자신이 부를 추구하기 위한 의도였다면 이전에 십만 종의 더 많은 녹봉을 제의한 것을 거절하지 않았을 것이다고 하면서 자신이 의도하는 것이 무엇인지를 반문한다.

부귀영화를 추구하다 보면 이익을 독점하는 사람이 생기는데

계손왈이재 자숙의 사기위정 불용즉역
季孫曰異哉라, 子叔疑여. 使己爲政하되, 不用則亦

이의 우사기자제위경 인역숙불욕부귀
已矣어늘, 又使其子弟爲卿하니, 人亦孰不欲富貴리오마는,

이독어부귀지중 유사룡단언
而獨於富貴之中에, 有私龍斷焉이라 하니라.

계손이 이상하다고 말하였다. 자숙의란 사람이여. 처음에 군주가 자기로 하여금 정치를 하게 하되 쓰여지지 아니하면 그만두어야 할텐데 또 그 자식으로 하여금 경을 삼게 하였으니 사람이 누군들 부귀하고 싶지 않겠는가마는 그러나 유독 부귀하여지는 중에 용단을 독점하는 이가 있다.

부는 인간이라면 누구나 추구하고자 하는 것이다. 그러나 자신은 구차한 수단을 쓰면서까지 부를 추구하고 싶지 않다는 의사를 표시한다. 자숙의가 자신이 경이 되지 못하자 자식을 시켜서까지 경이 되게 한 것은 바로 구차하게 부유하고자 하는 인간의 욕망의 일단을 보인 것이라 할 수 있다.

한편 용단이라는 것은 부를 가장 손쉽게 취득할 수 있는 유리한 곳을 의미한다. 그리고 사유는 그러한 곳을 자기만이 독점하는 것을 의미한다. 그러나 그는 그러한 것을 부정하였다.

천한 생각을 가진 사람 때문에 없던 법이 생기는 것이다

고 지 위 시 자　이 기 소 유　역 기 소 무 자
古之爲市者는, 以其所有로, 易其所無者어든,

유 사 자 치 지 이　유 천 장 부 언　필 구 룡 단
有司者治之耳러니, 有賤丈夫焉하니, 必求龍斷

이 등 지　이 좌 우 망 이 망 시 리　인 개 이 위 천
而登之하여, 以左右望而罔市利어늘, 人皆以爲賤이라,

고 종 이 정 지　정 상　자 차 천 장 부 시 의
故 從而征之하니, 征商이, 自此賤丈夫始矣니라.

옛날의 시장이라는 것은 자신이 가지고 있던 물건을 가지고 자신에게 없는 물건과 바꾸는 것이었는데, 이 경우 관리들은 유통과정에서의 세금 징수는 하지 않고 교환과정에서의 분쟁만을 해결해줄 뿐이었다. 그런데 매우 비천한 사람이 있어 반드시 농단을 찾아 거기에 높이 올라 좌우를 살펴보고 시장에서의 이익을 독점하거늘 사람들이 그가 이익을 독점하는 것을 미워하는 까닭에, 그러므로 그가 이익을 독점하

는 것을 방지하기 위하여 세금을 징수하게 되었으니 상인들에게 세금을 징수하는 것이 이 천한 장사꾼으로 말미암았던 것이다.

시장이라는 것은 물건을 교역하는 기능을 가진 것으로 원래는 이윤추구가 목적이라기보다는 부족한 것을 교역을 통하여 보충하는 의미가 더욱 강하였었다.

그 후 점차 영리를 목적으로 하는 장소로 변질되었고, 그 시장의 이익을 어느 한 사람이 독점하는 상황에까지 이르게 된 것이다. 상인들의 그러한 이익의 독점을 막기 위하여 국가가 과세를 하기 시작하였고, 영리를 추구하느라 인간의 본성을 잃어버리는 것을 보고 상인을 천시하게 된 것이다.

맹자는 노동의 사적 소유로 인해 특정인에게 부가 집중되고 그로 인해 더 많은 생산자가 부로부터 소외되는 것을 의도하고 지적한 것은 아니다. 그렇다고 국가의 과세(課稅)에 대한 지지를 위한 것도 아니다. 다만 백성의 도덕심이 소멸되면서 자신의 영리를 위한 이윤추구가 이루어졌고, 이러한 부분에 대한 천시가 드러나는 것이다. 이렇게 인의(仁義)의 도덕을 중시하면서 피지배계층에게 자신의 착취(搾取)받는 처지에 대한 긍정을 하도록 주지시키는 것은 봉건신분제를 고착화시켜 결국에는 왕권의 안정을 강화시키는 역할을 담당하게 되는 것이다.

자신이 부에 대한 욕심을 지니지 않고 도덕심의 회복만을 추구하였지만 이것은 오히려 더 많은 사람을 고통스럽게 하는 역할을 하였음을 그는 알지 못하였던 것이다. 사회경제적으로 낙후된 시기에 그러한 것에 대한 자각은 아직 기대하기 어려웠다고 하겠다.

등문공장구 滕文公章句 상

이 편은 왕이 어떻게 나라를 다스려야 하는지를 밝히고 있다. 등문공(滕文公)이 나라를 잘 다스릴 수 있는 방법을 묻자 맹자는 생업이 안정되지 못하면 도의심이 사라지니 백성들이 기본적인 경제력을 갖추고 살도록 여건을 마련해 주어야 한다고 답한다. 왕은 백성의 부모이니 제 자식 사랑하듯 백성을 아껴야 하고 그렇지 못할 경우엔 왕으로서의 자격이 없다고 맹자는 말한다. 즉 백성을 사랑하는 마음이 선행돼야 진정한 임금이 될 수 있다는 뜻이다.

등문공이 나라를 다스리는 방법을 묻자

등 문 공 문 위 국
滕文公이 問爲國한대,

등문공이 나라를 다스리는 것에 대하여 물으니,

등문공이 나라를 다스리는 방법에 대하여 질문하자, 맹자는 자신의 정치관을 피력한다. 그가 질문한 요지는 부국강병일 것이고, 맹자가 답한 것은 자신이 이상적인 형태라고 여기고 있는 유가이론에 입각한 도덕정치일 것이다.

백성의 본업인 농사를 게을리 할 수 없으니

맹 자 왈 민 사 불 가 완 야 시 운 주 이 우 모
孟子曰, 民事는 不可緩也니, 詩云 晝爾于茅하고,

소 이 삭 도 극 기 승 옥 기 시 파 백 곡
宵爾索綯하여, 亟其乘屋하고, 其始播百穀이라 하니이다.

맹자가 말씀하셨다. 백성들의 본업인 농사는 느슨히 할 수가 없습니다. ≪시경≫ 「빈풍」 칠월편에 이르기를 10월에 낮이면 들에 가서 띠풀을 베어 오고, 밤이면 새끼를 꼬아서 빨리 지붕을 이어 놓아야 이듬해 봄이면 걱정없이 온갖 곡식을 파종할 수 있는 것이다 하였습니다.

≪시경≫의 구절을 인용하여 유세하는 이야기의 핵심은 백성들의 농업은 한시도 게을리 할 수 없다는 것이다. 왜냐하면 기본 생활 수준이 유지되지 않으면 지배층의 정치적 요구가 백성에게 실현되지 않을 것이고, 이는 양자 모두에게 불만스러운 결과를 초래하게 될 것이기 때문이다. 시경은 농사철이 되기 전에 기본적 일을 마무리하여야 농사에 전념할 수 있게 됨을 말하고 있다.

생업이 안정되지 못하면 도의심이 사라지니

> 민지위도야 유항산자 유항심 무항산자
> 民之爲道也는, 有恒産者는 有恒心하고, 無恒産者는
>
> 무항심 구무항심 방벽사치 무불위이
> 無恒心하니, 苟無恒心이면, 放辟邪侈를, 無不爲已하니,
>
> 급함호죄연후 종이형지 시망민야
> 及陷乎罪然後에, 從而刑之면, 是罔民也이니,

언 유 인 인 재 위 망 민 이 가 위 야
焉有仁人在位하여, 罔民을 而可爲也리오,

백성이 세상을 살아가는 데에는 기본적 경제력을 갖추고 살아가는 사람은 떳떳한 마음을 가지고 살아가고, 일정한 생업이 보장되지 않는다면 고정불변의 도덕심도 사라지게 되니, 진실로 불변하는 도덕심이 없다면 방탕하고 편벽되고 사악하며 사치한 일들을 그만두지 못할 것이니, 백성들이 이로 인해 죄에 연루된 후에 이에 따라 형벌을 준다면 이것은 백성을 죄 주기 위해 그물질하는 것입니다. 그러므로 어찌 어진 사람이 왕위에 있으면서 백성을 죄 주려 그물질하는 것을 할 수 있겠습니까?

맹자의 이야기 중에서 그 어느것보다 자주 등장하고 중요한 개념으로 언급되는 것이 '무항산 무항심(無恒産 無恒心)' 이다. 이는 먹고 사는 문제가 해결되지 못한다면 인간은 도덕적인 문제에 대하여 관심을 가질 수 없게 된다는 것이다. 앞에서도 밝혔듯이 일정한 수입원이 없는 사람은 자신의 생활에 대하여 안정을 느끼지 못할 것이고 그렇게 된다면 도덕적 삶을 기대할 수 없을 것이라고 보고 있다. '목구멍이 포도청' 이라는 속담이 있듯이, 당장 굶어 죽게 된 사람에게 예의를 차릴 것을 요구한다면 과연 예의에 맞는 행위를 기대할 수 있겠는가?

군왕은 백성들에게서 취함에 있어서도 법도를 따른다

> 시고 현군 필공검 예하
> 是故로, 賢君은 必恭儉 禮下하며,
>
> 취어민 유제
> 取於民에 有制니이다.

이러한 까닭으로, 현명한 군주라면 반드시 공손하고 검소한 마음가짐으로 아랫사람을 예의로 대하며, 백성들의 재물을 취하는 데 있어서도 절도가 있었던 것입니다.

예로부터 어진 임금은 반드시 검소한 삶을 살았고, 아랫 사람에게 예의 있게 대하였으며, 백성들에게 조세를 징수하는 데 있어서 법도가 있었다고 한다.

어질다 보면 부유하지 못한데

> 양호왈 위부 불인의 위인 불부의
> 陽虎曰, 爲富면, 不仁矣요, 爲仁이면, 不富矣라 하니라.

양호가 말하기를, 부자가 되려고 마음먹는다면 어진 행동을 하지 못할 것이요, 어진 행동을 하려고 한다면 부자가 되지 못할 것이다 하였습니다.

부자가 되려고 마음먹는다면 어진 행동을 하지 못할 것이요, 어진 행동을 하려고 한다면 부자가 되지 못할 것이다라는 양호의 이야기는 시사하는 바가 크다. 오늘날에도 '마음 곱게 먹는 사람은 부자가 되지 못한 채 가난하게 살고, 독하게 마음먹어야 부유하게 살 수 있다'는 생각을 가진 사람이 많이 있다. 이 사람 저 사람의 사정을 모두 이해하면서 어느 겨를에 자기 잇속을 차리겠으며, 눈앞의 이익에 몰두한 사람이 남의 사정을 제대로 헤아리겠는가?

타인의 이익을 위해 일한다는 사람이 그들의 지위를 이용하여 자신의 이익만을 차린다면 그것을 알게 된 사람들은 그의 봉사와 희생에 대하여 이전과 같은 우호적 태도를 보이지 않을 것이다.

각 시대마다 조세를 거둔 것은 백성을 도와주기 위해서였다

夏后氏(하후씨)는 五十而貢(오십이공)하고, 殷人(은인)은 七十而助(칠십이조)하고,

주인 백무이철 기실 개십일야
周人은 百畝而徹하니, 其實은 皆什一也라.

철자 철야 조자 자야
徹者는 徹也요, 助者는 藉也니이다.

하후씨는 50무라는 토지를 지급한 후 공이라는 세금을 징수하였고, 은나라는 70무의 토지를 지급해준 후 조라는 세법을 시행하였으며, 주나라는 100무의 땅을 지급해 준 후 철이라는 세법을 시행하였으니, 이것들은 토지나 세법은 서로 다르지만 과세표준은 모두 1/10을 징수하는 것이었습니다. 철이라는 것은 통한다는 뜻이요, 조라는 것은 도와준다는 뜻입니다.

옛날에 시행한 세법은 시대마다 명칭은 달리 하였으나 그 실질은 소득의 1/10을 공제하는 것이며, 그 세법의 명칭을 풀이하면 도와준다는 의미였다. 다시 말하여 백성을 도와주기 위해 조세를 거둔 것이라는 것이다. 곧 조세란 백성의 삶을 보장하기 위하여 국가적 사업을 시행하기 위한 자원(資源)인 셈이다.

세금을 거둘 때 풍흉에 따라 부과한다

용 자 왈　치 지　막 선 어 조　막 불 선 어 공
龍子曰, 治地는 莫善於助요, 莫不善於貢이니,

공 자　교 수 세 지 중　이 위 상　낙 세
貢者는 校數歲之中하여, 以爲常하나니, 樂歲엔

립 미 랑 려　다 취 지 이 불 위 학　즉 과 취 지
粒米狼戾하여, 多取之而不爲虐이라도, 則寡取之하고,

흉 년 분 기 전 이 부 족　즉 필 취 영 언
凶年糞其田而不足이라도, 則必取盈焉하나니,

옛날의 현인이었던 용자는 '토지를 다스리는 것은 조법보다 좋은 것이 없고 공법보다 나쁜 것이 없으니, 공이라는 것은 여러 해 동안의 평균수확을 통계내어 그것을 과세지표로 정하니 풍년이 들면 곡식이 어지러이 흩어질 정도로 많아 세금으로 많이 부과하여 취하더라도 가혹하다 여기지 않을 정도이나 수확에 비해 적게 취하고 흉년이 들면 그 토지에 줄 거름값에도 부족한데에도 곧 가득 차게 조세를 부과하니,

공법이라는 것은 얼마간의 기간 동안 수확을 살펴 그것의 표준을 정하고 그에 맞추어 세금을 징수하는 방법이다. 다시 말해 기존에 정해진 과세 자료를 토대로 풍흉에 관계없이 백성에게 조세를 부과하는 것이다. 그러나 농작물의 수확이란 인력으로 제어할 수 있는

것이 아닌, 자연의 영향을 많이 받는 것이므로 일괄적 과세 표준을 정하여 세금을 부과하기는 어려운 것이다. 까닭에 기계적 방식으로 조세를 거두면 현실적으로 많은 모순을 노정(露呈)시켜 풍년에 곡식이 남아돌아도 더 거두지 않고, 흉년에는 필수적인 소비조차도 부족한데도 가혹하게 징수하기도 하는 것이다.

고생만 시키는 임금을 어찌 백성의 부모라 하리오

> 爲民父母(위민부모)하여, 使民盻盻然將終歲勤動(사민혜혜연장종세근동)하여,
> 不得以養其父母(부득이양기부모)하고, 又稱貸而益之(우칭대이익지)하여,
> 使老稚(사노치)로 轉乎丘壑(전호구학)이면, 惡在其爲民父母也(오재기위민부모야)리오 하니이다.

백성의 부모가 되어 백성으로 하여금 늘 원한의 눈으로 바라보면서 한 해 내내 일만 죽도록 하게 하여 놓고도 제 부모도 제대로 모시지 못하게 하고, 또 빚을 내어 보태야 겨우 세금을 낼 수 있을 정도로 하여 늙거나 어려서 경제력이 없는 사람들을 골짜기에 굴러 떨어져 죽게 한다면 어디에 백성의 부모된 모습이 있는가? 하였습니다.

백성의 부모인 왕이 백성들이 한 해 내내 일을 하였는데도 제 부모를 제대로 모시기 어려울 정도로 곤궁하게 만들어 버리니 이것은 조세의 수취가 융통성 없고 현실적이지 못하기 때문이라는 것이다. 까닭에 백성의 부모가 되어 이렇게 백성을 고생시키니 어찌 백성의 부모라 할 수 있는가라고 반문한다. 호랑이도 제 자식은 잡아먹지 않는데 이렇게 가혹하게 조세를 부과하여 백성들을 괴롭히는 것은 짐승만도 못하다고 한다. 형식적 틀에 매이지 말고 보다 합리적인 방향으로 융통성을 발휘하여야 한다는 것이다.

관리가 녹봉을 세습하도록 하는데

부 세 록 　 등 　 고 행 지 의
夫世祿은, 滕이 固行之矣니이다.

대저 관리가 녹봉을 대대로 세습하는 제도는 등나라가 본래부터 행하고 있습니다.

세록이라는 것은 대대로 녹봉을 물려주어 국가에 대한 공로를 인정해 주는 것을 말하는데, 이것은 그들의 생활수준을 일정한 상태로 보존시켜 주는 것을 의미하기도 한다.

≪시경≫을 살펴 볼 때 주나라도 조법을 시행하였고

> 시운 우아공전 수급아사 유조
> 詩云 雨我公田하여, 遂及我私라 하니, 惟助에
>
> 위유공전 유차관지 수주역조야
> 爲有公田하니, 由此觀之컨대, 雖周亦助也니이다.

≪시경≫ 소아 대전편(大田篇)에 이르기를, '우리의 공전에 비를 내리고 마침내 우리의 사전에도 비를 내린다 하니 오직 조법을 시행하는 데에만 공전이 있었으니 이로 말미암아 보건대 비록 주나라도 또한 조법을 시행하였을 것입니다.

≪시경≫의 구절을 통해 볼 때 주나라는 공법을 시행한 것이 아니라 조법을 시행한 것으로 볼 수 있다. 이는 민생의 삶을 보다 윤택하게 한 것으로 보인다. 등나라가 모범적인 사례로 삼아야 할 주나라의 경우를 시를 통해 보인 것이다.

윗사람이 인륜에 밝으면 백성이 아랫자리에서 화목하게 된다

설위상서학교 이교지 상자 양야
設爲庠序學校하여, 以敎之하니, 庠者는 養也요,

교자 교야 서자 사야 하왈교 은왈서
校者는 敎也요, 序者는 射也라, 夏曰校요, 殷曰序요,

주왈상 학즉삼대공지 개소이명인륜야
周曰庠이요, 學則三代共之하니, 皆所以明人倫也라,

인륜 명어상 소민 친어하
人倫이 明於上이면, 小民이 親於下니이다.

상 · 서 · 학 · 교를 설치하여 백성을 가르치니, 상이라는 말의 의미는 기른다는 것으로 어원(語源)이 노인을 공양한다는 경우에 쓰이며, 교라는 것은 가르친다는 것으로 자제를 교육하는 경우에 사용하며, 서라는 것은 활을 쏜다는 것이니 활 쏘는 예의처럼 현명하고 능력 있는 자를 발탁하는 경우에 사용하는 것이다. 하나라 시대에는 교라고 불렀고, 은나라 시대에는 서라고 불렀으며, 주나라 시대에는 상이라고 불렀으며, 학(學 : 태학)이라는 교육기관은 삼대가 모두 이름을 함께하였으니 모두가 인륜을 밝히는 것이었습니다. 인륜이 윗사람들 사이에서 밝아 아랫사람을 잘 지도하면 백성들이 아래에서 서로 친목하게 될 것입니다.

백성이 일정한 생활 수준을 유지하여 먹고 사는 데 지장이 없게 되면, 교육에 관심을 갖게 된다. 교육은 이를 통해 그 사회가 바라는 인간형을 형성하는 것이므로 유가는 교육에 대하여 지대한 관심을 지녔었다. 하(夏)나라 시대에는 교(校)라는 명칭의 교육기관이 있었는데, 그 교라는 것은 백성을 가르친다(教)는 의미를 지닌 것이다.

은(殷)나라에는 서(序)라는 교육기관이 있었는데 활을 쏘는 것처럼 현명한 사람을 존경하는 풍습을 지니도록 한다는 의미이고, 주(周)나라는 상(庠)이라는 교육기관이 있었는데 그 의미는 노인을 공양한다는 것이었다. 한편 하은주(夏 · 殷 · 周) 삼대에 태학(太學)이라는 기관을 공유하였으니, 인륜을 밝히는 곳이었다. 이렇게 인륜이 밝아지면 그를 본받는 아랫사람들도 서로 화목하게 지낼 것이므로 그들이 바라는 이상적 정치형태의 실현이 가능할 것이라고 한다.

왕도를 시행하는 사람이 나타나면 이것을 본받으라

유왕자기　　필래취법　　시위왕자사야
有王者起면, 必來取法하리니, 是爲王者師也니이다.

왕자가 나오면 반드시 여기에 와서 이 법을 본보기로 취할 것이니 이것이 왕자의 스승이 된다는 것입니다.

왕도를 행하는 사람이 나타나면 반드시 먼저 백성을 살기 좋은 상태로 만들어 놓고 교육하는 것을 본보기로 취할 것이니 이것이 바로 왕의 스승이 된다고 한다.

도를 힘써 행하면 나라의 운명을 새롭게 할 수 있다

> 시운 주수구방 기명유신 문왕지위야
> 詩云, 周雖舊邦이나, 其命維新이라 하니, 文王之謂也니,
>
> 자 역행지 역이신자지국
> 子가 力行之하시면, 亦以新子之國하시리이다.

≪시경≫ 대아 문왕편(文王篇)에 이르기를, 주나라가 비록 역사적으로 오래 된 국가이나 왕자(王者)가 받은 천명이 새롭다라 하였으니 문왕을 이야기한 것입니다. 당신(문공)이 힘써 도를 행한다면 또한 당신 나라의 운명을 새롭게 할 수 있을 것입니다.

아무리 나라가 오래 되었다고 하더라도 항상 새로 시작하는 마음으로 도를 행하는 데 적극적이고 부지런하다면 그 나라의 운명은 젊고 싱싱함을 유지하여 유구한 발전을 거듭할 수 있으리라고 이야기하고 있다. 국가가 역사적으로 오래 되었다고 하나 새로운 의욕을 갖고 문물제도를 일신하면 그 나라는 새로운 역사가 시작되는 것이

다. 우리가 유신이라는 것에 대하여 나쁜 이미지를 지니고 있기 때문에 그 용어의 의미를 축소 해석할 수 있으나 원래는 이런 의미에서 비롯되었다.

토지 경계를 바로하면 세금을 거두는 일이 공평해진다

> 사필전 문정지 맹자왈 자지군
> 使畢戰으로, 問井地하신대, 孟子曰 子之君이,
>
> 장행인정 선택이사자 자필면지
> 將行仁政하여, 選擇而使子하시니, 子必勉之어다.
>
> 부인정 필자경계시 경계부정 정지불균
> 夫仁政은, 必自經界始니, 經界不正이면, 井地不均하고,
>
> 곡록불평 시고 폭군오리 필만기경계
> 穀祿不平하니, 是故로, 暴君汚吏는, 必慢其經界하나니,
>
> 경계기정 분전제록 가좌이정야
> 經界旣正이면, 分田制祿은, 可坐而定也니라.

문공이 신하인 필전을 보내어 정전법에 대하여 상세히 물어 보도록 하였는데 맹자가 말씀하셨다. 그대의 군왕이 장차 어진 정치를 행하고자 하여 신하들 중에서 특별히 선택하여 그대를 보내었으니 그대는 힘써 중임을 실행하도록 하라. 대저 어진 정치라는 것은 토지의 경

계를 바로잡는 것으로부터 시작되니 토지의 경계가 바로잡히지 아니한다면 전지를 나누어 주는 것이 자신의 멋대로 되어 균등하지 못할 것이고 봉록도 균등하지 못하게 되니, 이러한 까닭에 폭군이나 오리(汚吏)는 반드시 경계를 바르게 정하는 것을 게을리 하였으니 이미 경계가 바르게 정해지면 토지를 나누어 주고 녹봉을 정하는 것은 앉아서도 정할 수 있게 될 것이다.

등나라 문공은 자신의 신하를 보내어 정전법을 시행하는 것에 대하여 물어 보도록 하였다. 맹자는 이런 질문을 받고 대답하기를 '토지의 분배가 고르게 되면 그들에게 돌아가는 녹봉이 균등하게 될 것이므로 백성들이 받는 은택이 공정할 것이라 나라에 대한 불만의 소지가 사라질 것이니, 이것만 바르게 된다면 백성을 다스리는 문제는 상당히 수월해질 것' 이라고 대답한다. 수취의 근본이 정당한 방식으로 이루어지려면 토지 분배 과정이 공정해야 한다는 것이다. 사실이 분배의 불공평으로 인해 생기는 분쟁은 어느 시대에고 사라지지 않았던 것으로 보인다. 오늘날의 노사분규도 알고 보면 이러한 것과 맥락을 같이하는 것이라 할 수 있다.

까닭에 성군(聖君)은 경계를 바로잡아 은택이 백성에게 고루 미치게 하였고, 폭군 오리는 기본적인 사업을 게을리 하여 악정(惡政)이 악순환되는 경지에 이르게 하였다고 한다.

작은 나라라도 군자와 소인의 분별은 있다

> 夫滕이 壤地褊小이나, 將爲君子焉이며, 將爲野人焉이니,
> 無君子면, 莫治野人이요, 無野人이면, 莫養君子니라.

등나라는 국토가 비록 작으나 그곳에는 장차 정치를 행할 군자도 나올 것이며 농업 생산에 종사할 야인도 나올 것이다. 정치를 행할 군자가 없다면 농업 생산에 종사할 백성을 지도할 수 없을 것이고, 반대로 야인이 없다면 군자를 봉양할 수 없을 것이다.

국가가 아무리 작아도 저마다 소임을 맡을 사람이 있을 것이니, 상하의 질서가 제대로 갖추어진다면 국가는 안녕할 수 있을 것이고, 상하의 질서가 파괴되면 나라의 안녕은 이룩될 수 없다고 한다. 정치를 담당해야 할 사람은 정치를 잘하여 피지배자들로 하여금 불만이 없도록 하여야 하고, 농사를 짓는 사람은 자기의 직분에 충실하여 큰 수확을 거두어 세금을 잘 내야 한다. 계층간의 역할분담이 제대로 이루어지는 사회가 바로 이상정치를 할 수 있는 기본적 요소를 갖춘 사회라는 것이다. 이 부분에서 보면 맹자는 지배층을 피지배층에 기생하는 존재로 파악하고, 그리고 그것의 정당성을 강하게 주장하고 있는 봉건적 사고의 한계를 보인다.

세금도 차등화시켜 자발적으로 납부하도록 유도한다

> 請野(청야)에 九一而助(구일이조)하고, 國中(국중)에 什一(십일)하여, 使自賦(사자부)하라.

청컨대 교외에서는 1/9의 세율로 조법을 실시하고, 도성 내에서는 1/10의 세금을 정하여 백성들 개개인이 스스로 납부하도록 하라.

이를 위해 정전법을 시행하지 않는 시골에서는 1/9세를 시행하고, 정전법을 시행하는 곳은 1/10세를 실시하게 하여 그것을 자신이 스스로 납부할 수 있도록 유도하여야 한다는 것이다. 강제성을 띠는 것이 아니라 강제로 하지 않아도 국가를 위해 자발적으로 낼 수 있도록 충분한 생산력의 확보와 넉넉한 수취제도의 실시를 주장한 것이다.

녹봉 외에 일정 정도의 토지를 더 지급하고

> 卿以下(경이하)는 必有圭田(필유규전)하니, 圭田(규전)은 五十畝(오십무)니라.

그래서 경 이하의 관리는 대대로 세습하는 세습전 외에 제사를 지낼 비용을 충당키 위한 규전을 별도로 나누어 주었으니 규전은 50무씩이었다.

규전은 세습전 외에 별도로 제사 지낼 비용을 충당키 위해 지급한 토지이다. 본래의 녹봉 외에 조상에 대한 자손된 도리를 다하도록 하기 위해 지급한 것이다.

오늘날의 관점으로 보면 일종의 상여금이랄 수 있는데, 이것은 조상숭배를 위한 의도로 지급되었다.

미혼 남자에게는 반을 준다

여부 이십오무
餘夫는 二十五畝니라.

또 농부의 자제로서 16세 이상의 미혼 남자에게는 25무의 토지를 줍니다.

한 가구에 지급해 준 토지만으로 장성한 식솔의 생계를 충당할 수 없으므로 별도의 토지를 더 지급해 주어서 증가한 수요를 공급하도록 한 것이니 이렇게 본래의 법도에 융통성을 발휘하여 생민의 생계 안정에 이바지하도록 한 것이다.

자기 고을과 이웃에 애착을 가지면 백성의 친목은 이루어진다

> 死徙(사사)에 無出鄕(무출향)이니, 鄕田同井(향전동정)이, 出入(출입)에 相友(상우)하며,
> 守望(수망)에 相助(상조)하며, 疾病(질병)에 相扶持(상부지)하면, 則百姓 親睦(즉백성 친목)하리라.

이렇게 관민을 적당하게 대접해 주면 백성들은 죽거나 이사를 하여도 그 고을을 떠나지 아니하니 향리의 정전은 8가구가 1정을 구성하여 정전을 나고 드는데 서로 우애 있게 지내며, 도적을 지키고 망을 보는데 서로 도와주며, 질병이 들었을 때 서로 도와주면 백성은 자연스럽게 서로 친목하게 될 것이다.

이렇게 생활대책을 충실히 마련하여 주면 백성들은 자신의 고을에 대하여 애착을 가질 것이고, 그 가운데 주민들끼리의 화합은 이룩될 것이다. 왕도의 기초는 이러한 것으로 형성된다고 말한다. 왜

냐하면 백성이 있어야 통치자들은 자신의 기반을 마련할 수 있기 때문이다.

오늘날에도 자신이 사는 곳에 대한 애착을 갖도록 하는 사업이 간헐적으로 진행되고 있는데, 어떤 시에서는 그곳에 살고 있는 신혼부부에게 결혼 1주년이 되면 멜로디가 나오는 축하 카드를 보내주어 뜻밖의 축하에 감동한 사람들이 여럿 있었다고 한다. 생활 수준이 상승한 지금이야 먹을 것을 넉넉히 주는 식의 방법을 취할 까닭은 없지만 여하튼 자신이 사는 곳에 애착을 갖도록 하는 일은 지배자의 입장에서 매우 긴요한 관심사라 할 수 있다.

정전을 경작하는 사람들은 공익을 우선하였다

> 방 리 이 정 　 정 구 백 무 　 기 중 　 위 공 전
> 方里而井이니, 井九百畝니, 其中에 爲公田하여,
>
> 팔 가 개 사 백 무 　 동 양 공 전 　 공 사 필 연 후
> 八家皆私百畝하여, 同養公田하여, 公事畢然後에,
>
> 감 치 사 사 　 소 이 별 야 인 야
> 敢治私事하니, 所以別野人也니라.

정전은 사방 1리의 토지에 정전읍(井田邑)을 만들었으니 정전은 900무라 한가운데에 공전을 만들어 8가구가 가운데의 공전을 중심으

로 각각 800무씩 나누어 가져 함께 공전을 경작하고 공전을 협동하여 경작한 후에야 감히 자신들의 사전을 경작하였으니, 이것이 군자(君子)와 야인(野人), 존비(尊卑), 상하(上下)를 구별하기 위한 것이다.

지역에 따라 지급하는 토지의 양은 편차가 있을 수 있다. 그러나 공전을 먼저 경작하고 사전을 나중에 경작하는 것은 역시 군자다운 일이라는 것이다. 공익(公益)을 앞세우고 사익(私益)을 뒤로 하는 것임을 이러한 것에서도 강조하고 있다.

부수적인 것은 융통성을 발휘하면 된다

차 기 대 략 야　　약 부 윤 택 지　　즉 재 군 여 자 의

此其大略也니, 若夫潤澤之는, 則在君與子矣니라.

이것이 정전법에 관한 기본 골격이니 이것을 적당하게 실정에 맞게 하여 윤택하게 하는 것은, 그것을 실시하는 주체인 그대의 주군과 그대에게 달려 있습니다.

정전법을 실시하는 것에 대한 골격이 앞의 설명에서 잘 언급되었는데, 그것으로 인한 백성의 생업 안정은 충분히 이루어질 수 있지

만 아무리 좋은 정책도 실시하지 않으면 소용없듯이 백성을 윤택하게 하려면 이것을 잘 시행하여야 한다는 것을 반어적으로 서술하고 있다.

허행이 손수 옷을 만들어 입고 농사를 지었는데

> 유 위 신 농 지 언 자 허 행 자 초 지 등
> 有爲神農之言者 許行이, 自楚之滕하야,
>
> 종 문 이 고 문 공 왈 원 방 지 인 문 군 행 인 정
> 踵門而告文公曰, 遠方之人이, 聞君行仁政하고,
>
> 원 수 일 전 이 위 맹 문 공 여 지 처
> 願受一廛而爲氓하노이다. 文公이 與之處하시니,
>
> 기 도 수 십 인 개 의 갈 곤 구 직 석 이 위 식
> 其徒數十人이, 皆衣褐하고, 捆屨織席하여, 以爲食하더라.

옛날에 신농씨의 가르침을 받들어 시행하던 허행이란 사람이 거주하고 있던 초나라로부터 등나라로 가서 궁궐 문에 이르러 문공에게 고하여 말하길, '먼 지방에 살던 사람이 군왕이 어진 정치를 행하신다는 소문을 듣고 주거할 곳을 얻어 군왕의 백성이 되기를 원하며 찾아 왔습니다' 하니, 문공이 그에게 거처할 곳을 주니 그의 무리 수십인이 모두 베옷을 짜서 입고 신을 두드려 만들고 자리를 짜서 그것으로 먹고 살았다.

삼황오제의 한 사람인 신농씨는 백성들에게 농기구를 만들어 주고 스스로 백성과 함께 농사를 지었던 농경사회에서의 전설적 존재이다. 농가(農家)는 그러한 이론을 따르는 학파이다. 이 구절에서 언급되는 허행이라는 사람은 바로 신농씨의 가르침을 실천하는 사람으로 자기가 소비할 물건은 직접 제작하고, 또 직접 생산한 물품으로 부족한 것을 교환하여 사용하였다.

진상이란 사람도 이를 배우려 이전의 유학을 포기하니

> 진 량 지 도 진 상 　 여 기 제 신
> 陳良之徒陳相이, 與其弟辛으로,
>
> 부 뇌 사 이 자 송 지 등 　 왈 문 군 행 성 인 지 정
> 負耒耜而自宋之滕하여, 曰聞君行聖人之政하니,
>
> 시 역 성 인 야 　 원 위 성 인 맹
> 是亦聖人也시니, 願爲聖人氓하노이다.

또 이때에 초나라의 유학자 진량의 제자 진상이 그의 아우 진신과 함께 쟁기를 등에 짊어지고 송나라로부터 등나라로 가서 말하였다. '군주께서 성인의 정치를 행하신다는 말을 들었으니, 이 또한 성인이시니 저도 성인(군왕)의 백성되기를 원합니다.'

중국은 본래 황하를 중심으로 한 중원지방에 주로 거처하며 자신의 문화적 발전을 이룩하였는데, 상대적으로 문화가 뒤떨어진 그밖의 곳을(동서남북의 명칭을 달리하며) 오랑캐라 불렀다. 진상이 태어난 초나라는 중국의 남부에 속하는 곳으로 문화적으로 미개한 곳이었다(東夷族이라 한 우리 선조의 이칭은 동쪽에 있는 문화적 후진국의 의미인 셈이다). 이것은 절대적 개념이라기보다 상대적 개념이다. 진량은 초나라에서 태어나 중국의 유교문화에 대한 공부를 하지 못하여, 북으로 중원지방에 와서 유학을 배웠다. 그런데 그는 유학의 가르침을 따르지 않고 생산활동에 직접 종사하면서 자신이 필요로 하는 물건을 공급하여야 한다고 말하여 이를 실천하려 하였다.

현명한 사람은 백성과 더불어 밭 갈고

진상　견허행이대열　　진기기학이학언
陳相이 見許行而大悅하여, 盡棄其學而學焉이러니,

진상　견맹자　　도허행지언왈
陳相이 見孟子하여, 道許行之言曰,

등군즉성현군야　　　수연　　미문도야
滕君則誠賢君也이어니와, 雖然이나, 未聞道也로다.

현자　　여민병경이식　　　옹손이치
賢者는 與民竝耕而食하며, 饔飧而治하나니,

금야　　등유창름부고
今也에, 滕有倉廩府庫하니,

즉시　　여민이이자양야　　오득현
則是는 厲民而以自養也니, 惡得賢이리오.

진상이 허행을 보자 크게 기뻐하여 자기가 이전에 배운 것을 모두 버리고 그를 좇아 배우더니 진상이 맹자를 뵙고 허행이 한 말을 말하였다. '등나라 군주는 진실로 현명한 군주이거니와 비록 그렇지만 아직 도는 듣지 못하였습니다. 현명한 사람은 백성과 더불어 함께 밭 갈고 생활하며 밥을 지어먹으며 정치하였으나, 오늘날에는 등나라에는 곡식 창고와 재물 창고가 있으니, 이것은 곧 군왕이 직접 생산활동에 참여하는 것이 아니고 백성을 힘들게 하여 스스로를 부양하도록 하는 것이니 어디에 현명한 군왕의 모습이 있습니까?'

진상은 허행을 만나 그가 생산활동에 직접 참여하는 것을 보고 이전에 자신이 공부한 유학을 포기하고 그를 따른다. 그들은 치자라도 생산노동에 직접 참여하여야 한다는 견해를 가지고 있었고, 학문한다는 것은 직업이 될 수 없다는 입장이었다.

현명한 사람은 백성과 더불어 함께 밭 갈며 생활하고, 밥을 짓고 정치를 하는데, 오늘날 등나라에는 곡식 창고와 재물 창고가 있으니, 이것은 곧 군왕이 직접 생산활동에 참여하는 것이 아니고 백성을 힘들게 하여 스스로를 부양하도록 하는 것이니, 현명한 군왕의 모습이 아니라는 것이다. 다시 말해 전설상의 신농의 업적을 현실에서 재현하고자 하는 것이라 할 수 있다.

모든 것을 자급자족하지는 않는다

> 맹자왈 허자 필종속이후 식호 왈연
> 孟子曰, 許子는 必種粟而後에, 食乎아. 曰然하다.
>
> 허자 필직포이후 의호 왈부 허자 의갈
> 許子는 必織布而後에, 衣乎아. 曰否라. 許子는 衣褐이니.
>
> 허자 관호 왈관 왈해관 왈관소
> 許子는 冠乎아, 曰冠이니라. 曰奚冠고. 曰冠素니라.
>
> 왈자직지여 왈부 이속역지 왈허자
> 曰自織之與아. 曰否라. 以粟易之라. 曰許子는
>
> 해위부자직 왈해어경 왈허자
> 奚爲不自織고. 曰害於耕이니라. 曰許子는
>
> 이부증찬 이철경호 왈연
> 以釜甑爨하며, 以鐵耕乎아. 曰然하다.
>
> 자위지여 왈부 이속역지
> 自爲之與아. 曰否라. 以粟易之니라.

맹자가 말씀하셨다. 허자는 반드시 본인이 직접 곡식을 심은 후에야 그것을 거두어 먹는가? 진상이 말하길 그렇습니다 하였다. 그렇다면 허자(허행)는 반드시 자신이 손수 베를 짠 이후에야 옷을 지어 입는가? 그런 것은 아닙니다. 허행은 갈옷을 입습니다. 허행은 관을 쓰는가? 관을 씁니다. 어떤 관인가? 흰 비단으로 만든 관을 씁니다. 자신이 직접 짠 것인가? 아닙니다. 곡식과 바꾼 것입니다. 그렇다면 허행은 왜 자신이 직접 그것을 짜지 아니하는가? 밭 가는 데 방해가 되기 때문입니다. 허행은 가마솥과 시루에 밥을 쪄서 먹으며 쇠로 만든 농기구로 밭을 가는가? 그렇습니다. 본인이 직접 만든 것인가? 아닙니다. 곡식을 주고 바꾸었습니다.

이에 대하여 맹자는 반론을 전개한다. 자신이 필요로 하는 것은 반드시 직접 생산해 낸다고 하는데, 그것이 사실이라면 모든 것에 예외없이 직접 생산하는가? 문답을 전개한다. 맹자의 극단적 논리 전개를 통하여 두 사람의 견해는 첨예하게 대립한다. 허자는 곡식을 직접 파종하여 거두고 그것을 생활수단으로 삼는다. 그러나 옷이나 관 등은 곡식과 교환하여 사용하고 밥을 지을 때에도 시루나 솥을 자신이 직접 만든 것이 아닌 곡식과 교환한 것을 사용한다고 한다.

허자가 곡식을 재배한 것은 단지 그것만을 먹고 살겠다는 것이 아닌 생산과정에 직접 참여하여 그 수확을 통하여 생계를 꾸린다는 의미의 것인데, 맹자는 자신의 논리로 끌어들이기 위해 억지의 논리를 펴고 있다. 직접 생산활동에 종사하지 아니하는 사람을 부정하는 진상의 논리는 지배층이 피지배층에 기생하는 것을 긍정하는 봉건윤리구조 자체를 일시에 와해시킬 수 있기에 맹자의 입장에서 격파하지 않을 수 없었던 것이다.

세상의 일이란 일관될 수 없으니, 저마다의 소임이 다를 수 있다

> 연즉치천하 독가경차위여 유대인지사
> 然則治天下는, 獨可耕且爲與아. 有大人之事하고,
>
> 유소인지사 차일인지신이백공지소위비
> 有小人之事하며, 且一人之身而百工之所爲備하니,
>
> 여필자위이후 용지 시솔천하이로야
> 如必自爲而後에 用之면, 是率天下而路也라.

그렇다면 천하를 다스리는 것은 오직 농사를 짓는 것만으로도 할 수 있다는 말인가? 정치가가 해야 할 일이 있고, 일반 백성이 해야 할 일이 있으며, 또 한사람의 몸에 걸치는 것도 여러 공장(工匠)이 만들어야 갖추게 되니, 만약 반드시 모든 것을 스스로 만들고 난 후에야 쓸 수 있다면 이것은 천하 사람을 한길로 분주히 내몰아 지치게 하는 것과 같다.

세상에는 저마다의 소임이 있어 남을 다스리는 직책을 맡는 대인이 있고, 남을 위해 일을 해야 할 소인도 있다는 것이다. 그리고 대인에게는 남을 다스리기 위해 온갖 사람의 일에 대한 지식을 지녀야 하기 때문에 농사를 짓거나 할 겨를이 없다는 것이다. 모든 사람을 다 농사 짓는 일에 내몬다면 이것은 천하 사람을 길거리에 내몰아 아귀다툼을 시키는 일이 될 것이라고 한다. 일종의 지배층의 자기 합리화 논리를 옹호하는 셈이다. 허행이 1, 2차 산업을 긍정하며 자신이 직접 생산활동에 종사하였다면, 맹자는 3차 산업을 긍정하면서 봉건윤리를 옹호하는 선에 서 있었다고 할 수 있다.

다스리는 사람과 다스림을 받는 사람이 있는 것이 천하의 이치다

고 왈혹노심 혹노력 노심자 치인
故로 曰或勞心하고, 或勞力하니, 勞心者는 治人하며,

노력자 치어인 치어인자 사인
勞力者는 治於人이니. 治於人者는 食人이요,

치인자 사어인 천하지통의야
治人者는 食於人이, 天下之通義也니라.

까닭에 '어떤 사람은 정신노동을 하여 마음을 수고롭게 하며, 어떤 사람은 육체노동을 하여 몸을 수고롭게 하니, 정신노동을 하는 사람은 남을 다스리고, 육체노동에 종사하는 사람은 남에게 다스림을 받는다' 고 하는 것이니, 남에게 다스림을 받는 사람은 자기의 노동으로 남을 먹이고, 남을 다스리는 사람은 남의 노동에 의해 얻어 먹는 것이 천하 사람들의 공통된 의론인 것이다.

직업에 귀천이 없다는 식의 이야기가 나온 것은 그리 오래되지 않았다. 정신노동과 육체노동이 분리되며 분업이 강조되긴 하였으나, 이에 대한 가치가 동등하지는 않았다. 당시의 분업은 봉건적 신분 차등에 의한 통치의 합리화를 위한 것이었다. 맹자는 그렇기에 생산 활동을 지도해야 할 지위에 있는 지배계층은 직접 농사를 지을 겨를이 없다고 하였다. 왜냐하면 다수를 위한 계획을 수립하다 보면 자신이 생산활동에 직접 참여할 겨를이 없기 때문이라는 것이다.

요임금은 천하 사람을 편안하게 하느라 농사지을 겨를이 없었고

당요지시　천하유미평　홍수횡류

當堯之時하여, 天下猶未平하여, 洪水橫流하여,

범 람 어 천 하　　초 목 창 무　　금 수 번 식
氾濫於天下하여, 草木暢茂하며, 禽獸繁殖이라,

오 곡 부 등　　금 수 핍 인　　수 제 조 적 지 도
五穀不登하여, 禽獸偪人하여, 獸蹄鳥跡之道가,

교 어 중 국　　요 독 우 지　　거 순 이 부 치 언
交於中國이어늘, 堯獨憂之하여, 擧舜而敷治焉하시니,

요임금 시대를 당하여, 천하가 아직 평온하지 못하여 홍수가 멋대로 흘러 천하에 범람하여 초목이 번창하고 무성하며 짐승이 번식하였던 지라, 오곡이 제대로 성숙하지 못하여 짐승들이 사람을 핍박하여 짐승들이 다니는 길과 새 발자국의 흔적이 문화 중심지인 도성에도 가로놓여 있거늘, 요임금이 홀로 그것을 근심하셔서 여러 신하들 중에 현명하다던 순을 천거하여 그 피해를 제거하도록 하시니,

중국이라는 문명사회를 이룩한 여러 왕들의 치적을 서술하면서 그들이 농사를 짓지 않으려 한 것이 아니라 온 백성을 편안하게 하기 위하여 일을 하다가 농사지을 겨를이 없었다는 식으로 논리를 전개해 간다. 물길이 제대로 정비되지 않아 온 세상에 물이 넘쳐 흐르고, 짐승이 사람 사는 곳까지 들어와 번식하고, 온갖 잡초가 곡식과 함께 섞여 자라서 정작 곡식이 제대로 자라지 못하던 문명 이전의 혼란한 사회상태에서 요는 자신의 정신노동을 통하여 문명화를 이룩하였다.

일종의 황무지 개척인 셈인데 이렇게 하느라 직접 농사에 종사할 수 없었다는 것이 맹자의 이론이다.

우임금은 치수사업(治水事業)에 종사하느라 집에도 못 들어갔다

> 순 사익장화 익 열산택이분지
> 舜이 使益掌火하신대, 益이 烈山澤而焚之하여,
>
> 금수도닉 우소구하 약제탑이주저해
> 禽獸逃匿이어늘, 禹疏九河하며, 瀹濟漯而注諸海하시며,
>
> 결여한 배회사이주지강연후
> 決汝漢하며, 排淮泗而注之江然後에,
>
> 중국가득이식야 당시시야 우팔년어외
> 中國可得而食也하니, 當是時也에, 禹八年於外에,
>
> 삼과기문이불입 수욕경 득호
> 三過其門而不入하시니, 雖欲耕이나, 得乎아.

순이 익에게 불을 맡게 하니 익이 산이나 늪지대를 태워서 짐승들이 거처를 잃어 먼 산으로 도망하거나 숨거늘, 우임금은 아홉 강물의 막힌 데를 소통하고 제수와 탑수의 물줄기를 터서 물을 멋대로 흐르지 않고 바다로 흘러가도록 하였으며, 여수와 분수를 트고 회수와 사수를

터서 양자강으로 유입하게 한 후에야 중원 지방은 곡식을 먹을 수가 있었다. 이 때를 당하여 우임금이 8년을 밖에서 공무에 힘쓰느라 그의 집 앞을 세 번이나 지나쳤으면서도 집 안에 들어가지도 못하였으니, 비록 밭을 갈고자 하였어도 그렇게 할 수 있었겠는가?

익(益)도 순이 명령을 받아 산(山)과 늪지대를 개간하느라 분주하였고, 우왕은 치수 사업을 통하여 중원 지방 사람들의 생활안정을 이룩하였다. 그러는 동안에 우는 자기 집을 지나면서도 집 안으로 들어가지 않았으니 그것은 민생안정을 위한 치수사업에 열중하였기 때문이었다. 이처럼 자기 가정도 돌보지 못할 정도로 바빴던 상태에 농사지을 겨를이 없었다는 것을 드러내어 지배층이 생산활동에 직접 종사하지 않는 것을 합리화한다.

백성이 배불리 먹기만 하고 교육에 힘쓰지 않으면 짐승과 같다

후직교민가색　　수예오곡　　오곡
后稷敎民稼穡하여, 樹藝五穀한대, 五穀이

숙이민인육　　인지유도야　　포식난의
熟而民人育하니, 人之有道也에, 飽食煖衣하여,

일거이무교 즉근어금수 성인 유우지
逸居而無教이면, 則近於禽獸일새, 聖人이 有憂之하여,

사설위사도 교이인륜 부자유친
使契爲司徒하여, 教以人倫하시니, 父子有親하며,

군신유의 부부유별
君臣有義하며, 夫婦有別하며,

장유유서 붕우유신
長幼有序하며, 朋友有信이니라.

후직이 백성에게 밭갈고 씨 뿌리는 것을 가르쳐서 오곡을 심고 김매게 하였는데 오곡이 성숙하면서 인민의 생명이 잘 길러졌다. 사람이 떳떳한 도를 지녔음에 음식이 풍족하고 옷이 넉넉하여 편안한 생활을 영위하면서 바른 삶을 가르치지 아니한다면, 예절을 몰라 짐승과 같아지기 때문에 성인이 이것을 근심하셔서 설에게 교육을 담당하는 사도(司徒)의 벼슬을 명하고 백성들에게 인륜을 가르치니, 그것은 아버지와 아들 사이에는 서로 친함이 있어야 하며, 임금과 신하 사이에는 의리가 있어야 하며, 남편과 아내 사이에는 분별이 있어야 하며, 어른과 어린이는 순서가 있어야 하며, 친구간에는 신의가 있어야 한다는 것이다.

후직은 백성들에게 파종법을 가르쳐 수확 증대에 이바지하게 하였고, 그로 인해 그들의 생활은 더욱 안정되었다. 그리고 나서 설을 시켜 백성들에게 인륜을 가르친 것이다(경제 안정 후에 교육을 실시한다는 순서는 반드시 지켜져야 한다). 우리가 알고 있는 삼강오륜의 오륜이 바로 그것이다. 이것의 요지는 상하관계의 엄격한 질서유지에 초점이 맞춰 있는데, 그것은 바로 봉건적 신분관계를 고착화시켜 지배계급의 이익을 영구화시키는 역할을 담당하는 것이라 할 수 있다. 이 구조는 평등관계가 아니라 수직관계이다. 그리고 이것은 피교육자가 자신의 위치를 뛰어 넘는 것은 윤리적으로 부당하다고 인식하도록 교육되는 방법이었다.

근심하기에 여념이 없으니 다른 일을 할 수 없다

> 방훈왈 노지래지 광지직지 보지익지
> 放勳曰, 勞之來之하며, 匡之直之하며, 輔之翼之하여,
>
> 사자득지 우종이진덕지
> 使自得之하고, 又從而振德之라 하시니.
>
> 성인지우민 여차 이가경호
> 聖人之憂民이 如此하니, 而暇耕乎아.

방훈(요임금)이 말씀하시길 '피곤한 자들을 위로해 주고, 먼 데서 온 자를 오게 하며, 부정한 자를 바르게 해주며, 굽은 자를 펴 주며, 도와서 세워 주며, 날개가 되어 행하게 하여 그들로 하여금 스스로 본성을 얻게 하고, 또 따라서 은혜를 베풀어 백성을 덕으로 다스리라' 하니

성인이 백성을 근심하는 것이 이와 같으니 어느 겨를에 농사를 지을 수 있었겠는가?

맹자는 요임금이 피곤한 사람을 위로해 주고, 부정한 사람을 바로 잡아주고 백성이 하는 일을 잘할 수 있도록 여건을 마련해 주며 저마다 하늘이 부여한 선한 본성을 얻도록 도와주는 일을 하여야 한다고 가르치면서 자신도 그것을 몸소 실천하였다. 백성의 삶에 대해 걱정하는 가운데 다른 일을 할 수 없었으니, 농사 짓는 것 또한 할 수 없었음을 밝히고 있다.

저마다 근심거리가 다르니

> 요 이부득순 위기우
> 堯는 以不得舜으로 爲己憂하시고,
>
> 순 이부득우고요 위기우
> 舜은 以不得禹皐陶로, 爲己憂하시니,
>
> 부이백무지불이 위기우자 농부야
> 夫以百畝之不易로 爲己憂者는 農夫也니라.

요임금은 순과 같은 현신(賢臣)을 얻지 못한 것으로 자기의 근심거리로 삼았고, 순은 우와 고요와 같은 현명한 신하를 얻지 못한 것으로 자기의 근심거리로 삼았으니, 저백무의 땅이 잘 다스려지지 아니하는 것으로 자기의 근심거리로 삼는 사람은 농부이다.

저마다 자신의 소임이 있으니, 일률적인 적용은 불가하다는 것이다. 요는 순과 같은 현신을 만나 정사를 돕도록 하지 못하는 것을 근심거리로 삼았고, 순은 고요를 만나지 못한 것을 근심거리로 삼았으며, 농부는 자신이 경작하는 전답이 잘 다스려지지 않는 것으로 근심을 삼을 것이라고 한다. 대통령의 직위에 있는 사람이 하는 근심과 샐러리맨의 근심이 그 층위가 다른 것은 누구나 알 수 있지 않은가?

천하 사람을 위해 인재를 얻는 것이 가장 힘든 일이다

> 분인이재 위지혜 교인이선 위지충
> 分人以財를, 謂之惠요, 敎人以善을, 謂之忠이요,
>
> 위천하득인자 위지인 시고 이천하여인
> 爲天下得人者를, 謂之仁이니, 是故로, 以天下與人은
>
> 이 위천하득인 난
> 易요, 爲天下得人은 難이니라.

남에게 자신의 재물을 나누어 주는 것을 혜(惠)라고 말하고, 남에게 선한 일을 하도록 가르치는 것을 충이라 부르고, 천하 사람을 위하여 인재를 얻는 것을 인이라고 하니, 이러한 까닭으로 천하를 남에게 주는 것은 오히려 쉬운 일이요, 천하 사람을 위하여 인재를 얻는 것은 어려운 일이다.

인(仁)이라는 말은 온 천하 사람을 위하여 인재를 얻는 것을 말한다. 그리고 남에게 물건을 갖는 방법을 가르쳐 주는 것이 남에게 물건을 주는 것보다 어렵듯이 천하를 위하여 인재를 구하여 쓰는 것이 천하를 주는 것 보다 더욱 어려운데, 옛날의 성인은 바로 그러한 걱정 때문에 농사 지을 겨를이 없었다는 것이다. 남에게 양식을 주려는 사람이 고기를 잡아 주는 것보다 고기잡는 법을 가르쳐 주는 것이 더욱 유익할 것이다. 성인은 이렇게 올바르게 사는 방법을 가르쳤으니, 직접 생산활동에 참여하는 것 이상의 효과를 거두게 되었다고 한다.

천하를 다스리려면 작은 일에 마음두지 않는다

> 공자왈 대재 요지위군야 유천위대
> 孔子曰, 大哉로다, 堯之爲君也여. 惟天爲大어늘,
>
> 유요칙지 탕탕호민무능명언 군재
> 惟堯則之하니, 蕩蕩乎民無能名焉이로다. 君哉라.

순야　　외외호 유천하이불여언　　　　　요순지
舜也여. 巍巍乎 有天下而不與焉이라 하시니. 堯舜之

치천하　　기무소용심재　　　　　역불용어경이
治天下에, 豈無所用心哉리오마는, 亦不用於耕耳시니라.

공자가 말씀하셨다. 위대하도다. 요임금의 임금 노릇하심이여. 이 세상에서 하늘이 가장 위대하거늘 요임금은 그것을 본받으셨으니, 그의 덕이 넓고도 커서 백성들이 이름 붙이지 못하는구나. 임금답구나, 순이여. 그 덕이 높고 커서 천하를 소유하고도 현명한 신하에게 정치를 맡기고 자신은 일일이 정치에 관여하시지 않으셨네 하시니 요와 순 임금이 천하를 다스리심에 어찌 마음쓰시지 않은 바가 있으리오만 또한 밭 가는 데에는 마음을 두시지 않으셨다.

요와 순은 공자가 이름할 수 없을 정도로 넓고 큰 덕을 지녔지만 그들이 직접 농사를 지은 것은 아니었다. 이것은 다시 말하여 농사를 짓는다고 하여 백성을 위하는 일의 전부라 할 수 없다는 것이다.

호걸 선비의 배신

오문용하변이자　　미문변어이자야　　진량
吾聞用夏變夷者요, 未聞變於夷者也라. 陳良은

초 산 야 열 주 공 중 니 지 도 북 학 어 중 국
楚産也니, 悅周公仲尼之道하여, 北學於中國이어늘,

북 방 지 학 자 미 능 혹 지 선 야 피 소 위 호 걸 지
北方之學者가, 未能或之先也하니, 彼所謂豪傑之

사 야 자 지 형 제 사 지 수 십 년 사 사 이 수 배 지
士也라, 子之兄弟事之數十年이라가, 師死而遂倍之온여.

나는 문명이 발전한 중국의 법을 써서 야만을 문명으로 변화시켰다는 말은 들었어도 문명이 뒤떨어진 오랑캐에게서 문화인이 변화되었다는 것은 듣지 못하였다. 진량은 문화가 상대적으로 뒤떨어진 남쪽 초나라에서 태어난 사람이니 주공과 공자의 유교문화를 좋아하여 북으로 중원지방에 공부하러 왔거늘, 북방의 중원지방의 학자로 그보다 훌륭하다는 평판을 듣는 사람이 별로 없으니 저는 이른바 호걸의 선비라, 그대의 형제가 그를 섬기기를 수십 년 동안 하다가 스승이 죽자 마침내는 배신을 하는구나.

진량은 문화적으로 후진 상태인 초나라에 태어나서 중원에 와 유학을 공부하여 당시 중원지방에 살던 사람을 능가할 정도의 학식을 쌓았다. 그러나 그는 자기의 스승이 죽고 나자 자기가 배운 학문을 포기하고 허행(許行)을 따라 생산활동에 직접 종사하였다. 당시 유학은 신분관계를 엄격히 지키도록 요구하였는데, 그는 이를 포기하였기에 비판의 대상이 되기에 충분하였던 것이다.

군사부일체의 관념이 충실히 지켜지던 상태에서 스승을 배반한 것은 자신의 존재를 부정하는 것과 동일하게 여겼다는 점에서 그의 행위가 비록 실제적으로 유익한 바가 있었어도 비판받을 수밖에 없었을 것이다.

3년상을 치른 것은 사랑의 보답행위

> 석자 공자몰 삼년지외 문인
> 昔者에 孔子沒하시거늘, 三年之外에, 門人이
>
> 치임장귀 입읍어자공 상향이곡
> 治任將歸할새, 入揖於子貢하고, 相嚮而哭하여,
>
> 개실성연후귀 자공 반 축실어장
> 皆失聲然後歸어늘, 子貢은 反하여 築室於場하여,
>
> 독거삼년연후귀
> 獨居三年然後歸하니라.

옛날에 공자가 돌아가시거늘 스승을 사모하여 보통 예(禮)에 정한 3년상이 지난 다음에 문인들이 장차 짐을 챙겨 고향으로 돌아가고자 할 때 자공의 집에 들어가서 읍하고, 서로를 향하여 곡을 하고, 모두 목이 쉰 다음에야 돌아갔거늘, 자공은 묘지로 돌아와서 묘 앞의 빈 곳에 조그만 집을 짓고 홀로 3년을 더 머무른 후에야 집으로 돌아갔다.

3년상이란 자신을 낳아 주고 길러 준 부모에 대한 사랑의 보답 행위이다. 인간은 세상에 태어나 3년이 지나야 비로소 어버이의 품에서 벗어나 걸음마를 할 수 있게 된다. 그 기간 동안은 부단한 보호를 받게 되는 것이다. 부모가 돌아가시면 3년 간 묘소를 지키는 것은 바로 이의 보답인 것이다. 진량이 스승이 죽자마자 자기의 학문을 포기하였던 것을 이야기하면서 공자 문인의 이야기를 끌어들인 것은 자신을 길러 준 사람에 대한 기본적 도리도 하지 않은 몰인륜적 인간이라는 것을 드러내기 위한 의도라 할 수 있다.

유약(有若)의 외모가 공자를 닮았다고 내면마저 닮지는 않았다

> 타 일 자 하 자 장 자 유 이 유 약 사 성 인
> 他日에, 子夏子張子游가, 以有若似聖人으로,
>
> 욕 이 소 사 공 자 사 지 강 증 자 증 자 왈 불 가
> 欲以所事孔子로, 事之하여, 彊曾子한대, 曾子日 不可라,
>
> 강 한 이 탁 지 추 양 이 폭 지
> 江漢以濯之하며, 秋陽以暴之라,
>
> 호 호 호 불 가 상 이
> 皜皜乎不可尙已라 하시니라.

훗날에 공자의 제자인 자하 · 자장 · 자유가 공자의 제자인 유약(有若)이 공자와 외모가 매우 닮았다 하여 이전에 공자를 섬기던 예를 가지고 그를 모시고자 하여 증자에게 강요하니, 증자는 '그렇게 할 수 없다. 선생의 인격은 양자강(揚子江)과 한수(漢水)와 같이 많은 물로 하얀 베옷을 깨끗하게 빤 것 같고, 가을 햇살에 쬐어 말린 것과 같으니, 너무 깨끗하여 더 할 수 없는 것과 같으니(유약의 인격은 감히 이에 비유할 수 없다)' 라고 말하였다.

공자의 제자였던 유약은 공자와 외관이 흡사하다고 하여 공자 사후에 공자의 제자로부터 그와 유사한 대우를 받게 되었다. 공자의 제자들이 이러한 의론을 펼 때 증자는 공자의 이미지를 많은 물로 깨끗하게 빤 하얀 베옷과 가을 햇살에 쬐어 말린 것에 비유하면서 공자는 그 어떤 사람과도 비슷할 수 없을 것이라고 하여 공자를 섬기던 예로 유약을 섬기자는 논의를 제지한다. 자기 스승을 극진히 섬긴 증자의 예를 들어 진량의 변절을 비판한 것이다.

허행이 유가의 도를 비난할 수 있는가?

> 금야 남만격설지인 비선왕지도
> 今也에, 南蠻鴃舌之人이, 非先王之道어늘,

자 배 자 지 사 이 학 지 역 이 어 증 자 의
子倍子之師而學之하니, 亦異於曾子矣로다.

지금에 남쪽 오랑캐로 왜가리 소리를 내는 것처럼 말을 하는 허행이 선생의 도를 비난하거늘 그대는 진정한 스승인 선생의 가르침을 저버리고 그를 좇아 배우니 또한 증자와는 전혀 다른 것이다.

초나라의 방언을 나타내는 말인 격설이라는 것으로 진량을 비유하고 그의 행위를 증자와 비교한다. 공자를 추존하였던 증자와 유학을 쉽게 버리고 농가를 추종하였던 진량의 행위는 맹자에게 비판받을 소지가 충분하였다.

도약을 위해 장소를 옮기지
후퇴를 위해 옮기지는 않는다

오 문 출 어 유 곡 천 우 교 목 자
吾聞出於幽谷하여, 遷于喬木者요,

미 문 하 교 목 이 입 어 유 곡 자
未聞下喬木 而入於幽谷者로다.

나는 일찍이 새가 어두운 골짜기에서 나와 밝은 데로 가기 위해 높은 나무로 날아 옮겨 간다는 소리는 들었으나, 밝은 데서 어두운 데로 나아가기 위해 높은 나무에서 내려와 어두운 골짜기로 날아간다는 소리는 듣지 못했다.

발전을 위하여 어떠한 일을 도모하는 경우는 있어도 퇴보를 위해 어떤 일을 도모하는 경우는 없었다고 하면서 진량이 초나라에서 중원에 온 것은 자신의 발전을 위하여 취한 행동인데, 지금 허행의 학문을 따르기 위해 이전에 배운 올바른 학문을 포기한 행위는 문명인이 야만인이 되고자 하는 퇴보 행위로, 이러한 예는 아직 없었던 것이라고 하며 진량의 행위를 강하게 비판한다.

주공이 오랑캐를 응징한 것도 문명화시키기 위해서며

노송왈 융적시응 형서시징 주공
魯頌曰 戎狄是膺하니, 荊舒是懲이라, 周公이

방차응지 자시지학 역위불선변의
方且膺之이어늘, 子是之學하니, 亦爲不善變矣로다.

≪시경≫「노송(魯頌)」비궁편(閟宮篇)에 이르기를 '천자의 명으로 서쪽에 있는 융과 북쪽에 있는 적이라는 오랑캐들을 치니 남쪽에 있는 형과 서라는 오랑캐들이 이에 징계되었다.' 라 하니 주공도 바야흐로 이들을 응징하였거늘, 그대는 오히려 이들을 배우니 또한 옳게 변화된

것이라고 할 수 없다.

주공을 중국 문명사회를 대표하는 인물로 설정하여 그의 반야만적(反野蠻的) 행위를 통해 문명국이 비 문명국을 지배하는 것을 합리화하고 있다.

허행의 도를 추구하면 가치의 차등이 무시된다

> 從許子之道이면, 則市賈不貳하여, 國中이 無僞하여,
> 雖使五尺之童適市라도, 莫之或欺니, 布帛長短同이면,
> 則賈相若하며, 麻縷絲絮輕重同이면, 則賈相若하며,
> 五穀多寡同이면 則賈相若하며,
> 屨大小同이면, 則賈相若이니라.

진상이 말하였다. 허자의 설에 의한다면, 시장의 상품 가격이 일정하여 온 나라에 거짓이 없게 되어, 비록 오척 동자가 시장에 물건을 사러 가더라도 혹시라도 그 아이를 속이는 일은 없을 것입니다. 비단의 길이가 같다면 가격이 동일할 것이며 삼실과 명주실 솜이 무게가 같다면 가격이 동일할 것이며, 오곡이 양이 같다면 가격이 동일할 것이며, 솜이 무게가 같다면, 신발이 크기가 같으면 값이 같을 것입니다.

허행은 모든 사물은 가치가 동일한 것이므로 시장가격을 동일하게 책정한다면 고객을 속이는 행위가 없어질 것이니 사회적 안정이 이루어질 것이라고 한다.

이것을 달리 표현한다면 모든 노동의 가치가 그 일의 숙련도나 기술수준의 여하에 관계없이 일정하다는 식의 유추가 가능하다. 이것이 바로 치자나 피치자의 노동이 변별성을 잃고 치자가 피치자의 조세를 받으며 생활하는 것을 노동을 하지 않는 기식행위로 간주하는 이유가 되는 것이다.

물건의 질량이 일정할 수 없는 것은 상도(常道)이다

왈 부 물 지 부 제 물 지 정 야 혹 상 배 사
曰夫物之不齊는, 物之情也니, 或相倍蓰하며,

혹 상 십 백 혹 상 천 만 자 비 이 동 지
或相什伯하며, 或相千萬이어늘, 子比而同之하니,

시난천하야 거구소구동가 인기위지재
是亂天下也로다. 巨屨小屨同賈이면, 人豈爲之哉리오.

종허자지도 상솔이위위자야 오능치국가
從許子之道면, 相率而爲僞者也니, 惡能治國家리오.

맹자가 말씀하셨다. 대저 물건의 품질이 서로 다른 것은 물건의 기본적 속성이다. 물건의 차이가 어떤 것은 배가 되기도 하고 어떤 것은 다섯 배가 되기도 하고 어떤 것은 열 배가 되기도 하고 백 배가 되기도 하며 어떤 것은 천 배가 되기도 하고 만 배가 되기도 하거늘 그대가 이것을 나란히 하여 동일하게 가치를 매기려 하니 이것은 온 천하를 어지럽히는 일이다. 큰 신발과 작은 신발이 가격이 같다면 누가 큰 신발을 만들겠는가? 허자의 설을 따른다면 서로 이끌고서 거짓말을 할 것이니 어떻게 국가를 다스릴 수 있겠는가?

맹자는, 사물의 가치 그가 지닌 속성에 따라 다를 수밖에 없으니 가치를 동일하게 하는 것은 오히려 사회를 혼란시키는 일이라고 한다.

예를 들어 최고급 신발제조업체에서 만들어 낸 소가죽 구두와 동네 구둣방에서 만들어 낸 비닐 구두가 가격이 같다면, 누가 비닐 구두를 사 신을 것이며, 실크로 만든 옷과 폴리에스테르로 만든 옷의 가격이 같다면 누가 폴리에스테르로 만든 것을 사겠느냐는 것이다.(이는 주로 품질의 고하를 기준으로 이야기한 것이며, 필자의 상식에서 아는 기준에 의한 것이다.)

어려운 일을 하는 사람에게 많은 재물이 지급되는 것은 당연한 것으로 농사를 짓는 일이 나라를 다스리는 일만큼 어렵지 않으므로 그토록 어려운 일을 하는 통치자는 그에 상응하는 녹봉을 받을 권리가 있는 것이고, 지배계급이 녹봉을 받는 것이 결코 탐욕스러운 일이 아니라는 논리이다.

등문공장구 滕文公章句 하

등문공장구 하에서는 유가에서 가장 중요시 여기는 인륜(人倫)을 논한다. 이것은 상하간의 질서유지를 위해 긴요한 역할을 하는 것으로 자신의 계급적 기반이 여기에 근거하기 때문이다. 또한 인륜에 따라 자신의 도를 지키고 마땅한 부름이 아니면 아무리 귀한 자리라 해도 나아가지 않는 군자의 도를 권유한다.

대를 위해 소를 희생할 수 있는데

진 대 왈 불 견 제 후 의 약 소 연
陳代曰 不見諸侯이, 宜若小然하니이다.

금 일 견 지 대 즉 이 왕 소 즉 이 패 차 지
今一見之하시면, 大則以王이오, 小則以覇니, 且志에

왈 왕 척 이 직 심 의 약 가 위 야
曰枉尺而直尋이라 하니, 宜若可爲也이로소이다.

진대가 말하였다. 선생님께서 제후를 만나지 않으시는 것이 어쩐지 쩨쩨한 것 같습니다. 지금 그들을 한번 만나보신다면 크게는 왕도정치를 행하게 하실 수 있을 것이고, 작게는 패도정치를 이루게 하실 수 있을 것인데, 또 옛 문헌에 '한 자를 굽혀 여덟 자를 편다' 고 하였으니 선생님께서 제후를 만나시는 것은 마땅히 할 만한 일인 것 같습니다.

진대는 맹자에게 대를 위해 소를 희생할 수 있지 않겠느냐고 하면서 제후를 도와 정치를 할 것을 권유한다.

마땅한 부름이 아니라면 죽어도 갈 수 없다

맹 자 왈 석 재 경 공 전 초 우 인 이 정
孟子曰 昔齊景公이, 田할세, 招虞人以旌한대,

부 지 장 살 지 지 사 불 망 재 구 학
不至어늘, 將殺之러니, 志士는 不忘在溝壑이오,

용 사 불 망 상 기 원 공 자
勇士는 不忘喪其元이니, 孔子는

해 취 언 취 비 기 초 불 왕 야
奚取焉고, 取非其招 不往也이니,

여 부 대 기 초 이 왕 하 재
如不待其招而往은 何哉리오.

맹자가 말씀하셨다. 옛날에 제나라 경공이 사냥을 할 때 동산을 지키는 관리를 피관으로 부르지 않고 대부를 부르는 예로 부르니 그 사람이 오지 않거늘 장차 그것으로 죽이려 했었다. (이 사실을 공자가 찬미하여) 지사는 아무리 곤궁해도 자기의 시신이 산골짜기에 굴러다니는 것도 한스러워하지 않고, 용감한 무사는 전쟁터에서 자기 머리를 잃게 되는 것도 돌아보지 아니한다(라 하였다). 공자는 여기에서 어떤 사실을 취하셨던가? 마땅한 부름이 아니라면 가지 않았던 것을 취하셨던 것이니 마땅한 부름을 기다리지도 아니하고 가는 것은 어떠하겠는가?

맹자가 당시 제후를 도와 정치를 하지 않은 것은 공자의 정치관에 입각한 것이었다. 그는 벼슬할 만하면 벼슬하되 그렇지 못하면 관직에 나아가지 않는 것이 바람직한 처세라고 믿고 있었다. 그러한 맹자에게 전국시대 당시의 정치상황은 도의가 행해지지 않는 것으로 그가 지향한 바람직한 세계가 아니었다. 아울러 당시의 제후들이 자신을 올바른 도로 부르지 않고 있기에 그는 관직에 나아가지 않았던 것이다.

우인의 고사를 통하여 공자의 이야기를 이끌어 쓴 것은 그러한 자신의 의론을 강조하기 위한 것이다.

이익이 된다면 소를 위해 대를 희생할 수도 있는가?

> 차 부 왕 척 이 직 심 자　　이 리 언 야
> 且夫枉尺而直尋者는, 以利言也이니,
>
> 여 이 리 즉 왕 심 직 척 이 리　　역 가 위 여
> 如以利則枉尋直尺而利라도, 亦可爲與아.

또 한 자를 굽혀 여덟 자를 편다는 것은 이로써 말한 것인데, 만약 이로써 이야기한다면 여덟 자를 굽혀 한 자를 펴게 되더라도 또한 할 만한 것인가?

맹자는 대를 위해 소를 희생할 수도 있다는 진대의 말이 이익을 전제로 할 때에나 가능하다고 하면서 새로운 반론을 제기한다. 곧 이익을 전제로 한다면 소를 위해서 대를 희생할 수도 있느냐는 말이다.

정상적 방법으로는 한 마리의 짐승도 못 잡고

석자 조간자사왕량 여폐해승
昔者에, 趙簡子使王良으로, 與嬖奚乘한대,

종일이불획일금 폐해반명왈 천하지천공야
終日而不獲一禽하니, 嬖奚反命曰 天下之賤工也니이다.

혹이고왕량 량왈 청부지 강이후 가
或以告王良하니, 良曰 請復之하리라. 彊而後에, 可하거늘,

일조이획십금 폐해반명왈 천하지량공야
一朝而獲十禽하고, 嬖奚反命曰, 天下之良工也이니이다.

간자왈 아사장여녀승 위왕량
簡子曰 我使掌與女乘하리라 하고, 謂王良한대.

옛날에 진나라의 대부 조간자가 왕량에게 자기가 아끼는 신하와 함께 수레를 타고 사냥을 하도록 하였는데 하루 종일 사냥을 하였으나 한 마리의 짐승도 잡지 못하자 그가 아끼는 동승(同乘)한 신하가 돌아와 보고하며 말하기를 '천하에 재주 없는 말 몰이꾼입니다' 하니, 어

떤 사람이 이 사실을 왕량에게 알리니 왕량이 말하기를, 다시 말 몰기를 요청하리라 하여 억지를 부리고 난 후에야 다시 말 몰 것을 허락받았거늘 아침 나절에만 열 마리의 짐승을 사로 잡으니 조간자가 아끼는 신하가 돌아와 보고하여 천하에 드문 훌륭한 말 몰이꾼입니다라고 하였다. 조간자가 말하기를 '내가 장차 너와 함께 말을 타게 하겠다' 하고 왕량에게 이야기하니,

이 이야기를 통하여 맹자는 당시 상황을 풍자한다. 정상적인 방법으로 말을 모는 왕량과 동승한 조간자의 신하는 왕도정치를 시행하고자 하는 맹자와 패도정치를 실시하고자 하는 당시 전국의 제후로 비유될 수 있다.

정상적인 방법을 통해 하루 종일 사냥을 해도 한 마리의 짐승도 잡지 못했다는 것은 당시 정치권의 편법이 자행되고 있음을 단적으로 드러내는 것이라 할 수 있다.

자신을 바르게 하여야 남을 바르게 할 수 있다

어자 　 차수여사자비 　 비이득금수
御者가, **且羞與射者比**하여, **比而得禽獸**가,

수약구릉 불위야 여왕도이종피 하야
雖若丘陵이나, 弗爲也하니, 如枉道而從彼엔, 何也오

차자과의 왕기자 미유능직인자야
且子過矣로다, 枉己者가, 未有能直人者也니라.

말 모는 사람도 활 쏘는 사람에게 아첨하는 것을 부끄러워하여 아첨하여 얻은 짐승이 비록 산더미 같이 쌓이나 그렇게 하지 아니하니, 만약 내 도를 굽히어 저 사람을 좇는 것은 어떠하겠는가? 또한 그대가 잘못하였도다. 자신이 잘못된 사람으로 남을 바르게 한 사람은 아직 있지 않았다.

맹자가 이 이야기를 인용한 것은 말 모는 사람도 자신의 도를 준수하면서 지조를 지키는데 자신은 말할 것도 없지 않느냐는 반어적 서술을 하기 위함이며, 아울러 자신이 바르고 난 다음에야 남을 바르게 인도할 수 있다는 평범한 진리를 새삼 강조하기 위한 것이다.

불의하다고 여겨진 음식엔 손을 대지 않고

광장왈 진중자 기불성염사재 거오릉
匡章曰 陳仲子는, 豈不誠廉士哉리오. 居於陵할새,

삼 일 불 식 이 무 문 목 무 견 야
三日不食하야, 耳無聞하며, 目無見也이리니,

전 상 유 리 조 식 실 자 과 반 의 포 복 왕 장 식 지
井上有李 螬食實者過半矣어늘, 匍匐往將食之하야,

삼 연 연 후 이 유 문 목 유 견
三咽然後에, 耳有聞하고, 目有見하니라.

광장이 말하였다. 진중자는 어찌 청렴한 선비가 아니겠는가? 오릉 땅에 거처할 때에 사흘을 아무것도 먹지 못해 귀엔 아무것도 들리지 않고 눈엔 아무것도 보이지 않더니 우물가에 벌레가 반쯤 먹다가 만 오얏이 있거늘 엉금엉금 기어가 그것을 집어먹고 세 차례나 삼킨 후에야 귀에 들리는 것이 있게 되고 눈에 보이는 것이 있었다.

광장이 하고자 하는 이야기는 진중자의 결백함이다. 오릉이라는 곳은 그가 세상의 불의를 벗어나기 위해 옮겨간 곳이다. 그곳에서 사흘을 아무것도 먹지 않았다는 것은 재물에 대한 아무런 욕심도 없었다는 것을 드러내기 위한 것이다. 자신의 의식을 잃을 정도로 극한 상황에까지 이르렀음에도 진중자는 불의하다고 여겨지는 음식에는 손을 대지 않았다는 것을 강조하고자 이러한 사실을 이끌었다고 하겠다.

진중자의 지조는 긍정하나 청렴은 긍정할 수 없으니

맹자왈 어제국지사 오필이중자 위거벽언
孟子曰 於齊國之士에, 吾必以仲子로, 爲巨擘焉하니,

수연 중자 오능렴 충중자지조
雖然이나, 仲子 惡能廉이리오. 充仲子之操이면,

즉인이후가자야
則蚓而後可者也니라.

맹자가 말씀하셨다. 제나라의 선비 가운데 나는 반드시 진중자를 가장 으뜸가는 사람으로 삼을 것이나 비록 그렇지만 진중자를 어찌 청렴하다고 할 수 있으리오. 진중자의 지조를 채우려면 지렁이와 같이 욕심이 없고 나서야 가능할 것이다.

맹자가 하고자 하는 것은 광장과 다른 층위의 것이다. 그는 진중자의 지조 높음은 긍정할 수 있으나 청렴하다는 사실까지 긍정할 수 없다는 유보적 자세를 보이고 있다.

진중자가 먹는 음식과 사는 집도 역시 이웃이 지은 것

부인　상식고양　하음황천
夫蚓은 上食槁壤하고, 下飮黃泉하니,

중자소거지실　백이지소축여
仲子所居之室은, 伯夷之所築與아,

억역도척지소축여　소식지속
抑亦盜跖之所築與아. 所食之粟은,

백이지소수여　억역도척지소수여
伯夷之所樹與아, 抑亦盜跖之所樹與아.

시미가지야
是未可知也라.

대저 지렁이는 위로는 마른 땅을 먹고 아래로는 흐린 물을 마시니 진중자가 거처하는 집은 세상에서 가장 청렴하다던 백이가 지은 것인가? 아니면 가장 나쁘다던 도척이 지은 것인가? 그가 먹는 음식은 백이가 심은 것인가? 아니면 도척이 심은 것인가? 이것을 아직 알 수 없구나.

맹자는 진중자가 오릉으로 은둔하여 살고 있지만 어차피 그가 기반한 곳이나 그가 먹는 음식이라는 것은 이 세상을 벗어날 수 없다는 것을 이야기한다.

청렴하다는 백이나 잔학하다는 도척이 지은 집이나 그들이 심은 곡식이 아닌, 같은 인간이 지은 것들이라면 오릉이라도 인간의 테두리를 벗어나지 못하였다는 논리를 펴고자 한 것이다.

> 왈 시 하 상 재 　　피 　신 직 구
> 曰是何傷哉리오, 彼이 身織屨,
>
> 처 벽 로 　　이 역 지 야
> 妻辟纑하여, 以易之也니라.

광장이 말하였다. 이것이 무슨 해가 되겠습니까? 그는 몸소 신발을 만들어 신고 아내가 길쌈을 하여 그녀가 짠 것으로 물건을 바꾸어 사용합니다.

광장은 그러한 맹자의 이야기에 그곳에서 자신이 자급하여 살고 있기에 해가 되지 않는다고 이야기한다. 이 부분은 광장의 사고와 맹자의 사고의 층차가 드러나는 곳이기도 하다.

형이 불의하다고 인륜을 저버릴 수는 없다

왈중자 제지세가야 형대 합록
曰仲子는 齊之世家也라, 兄戴가 蓋祿이,

만종 이형지록
萬鐘이러니, 以兄之祿으로,

위불의지록이불식야 이형지실
爲不義之祿而不食也하며, 以兄之室로,

위불의지실이불거야
爲不義之室而不居也하고,

피형리모 처어오릉
辟兄離母하여, 處於於陵이러니,

맹자가 말씀하셨다. 진중자는 제나라의 권세 있는 집안 사람이다. 그의 형 진대가 합이란 곳에서 식읍을 받는 것이 만종이나 되었는데 자기 형의 녹봉이 불의한 것이라고 여겨서 먹지 아니하였으며, 형이 거처하는 집이 불의한 것이라고 여겨 거처하지 아니하고 형과 어머니를 피하여 떠나가 오릉에서 살았는데,

맹자가 진중자를 청렴하다는 면에서 유보적 태도를 견지하였던 주된 이유는 이 부분에 있다. (물론 다음 내용과 연결되는 것을 단락으로 나누었지만) 그는 제나라의 권세 있는 가문의 자손으로 적지 않은 기반

을 누리고 있었다. 그러나 형의 관직이 불의한 것이라고 하여 부모 형제를 떠나 오릉이라는 곳으로 은둔하였다. 이것을 맹자는 반인륜적 행위로 간주하고 진중자를 비난하고 있는 것이다.

불의한 것은 형의 것이라 해도 먹지 않는다

> 타일 귀즉유궤기형생아자 기빈축왈
> 他日에, 歸則有饋其兄生鵝者어늘, 己頻顣曰,
>
> 오용시예예자위재 타일 기모살시아야
> 惡用是鶃鶃者爲哉리오, 他日에, 其母殺是鵝也하여,
>
> 여지식지 기형 자외지왈
> 與之食之러니, 其兄이, 自外至曰,
>
> 시예예지육야 출이와지
> 是鶃鶃之肉也이라 하니, 出而哇之니라.

훗날에 집에 돌아왔을 때 그의 형에게 산 거위를 뇌물로 건네준 사람이 있자 자신은 이를 빈정거리면서 말하기를 어찌 꽥꽥거리는 것을 쓰겠는가라 하였다. 훗날에 그의 어머니가 이 거위를 잡아서 그와 함께 먹었는데, 그의 형이 밖에서 돌아와서 이것은 거위의 고기였다라고 말하니 문밖에 나가서 토해 버렸다.

그가 먹은 음식 또한 불의한 것이라고 이전에 비난하던 것이다. 그의 근시안적 사고를 비판하기 위한 수사적 장치로 인용한 이 구절은 이전의 오릉에서의 생활도 아울러 부정할 수 있는 도구가 되는 것이다.

이루장구 離婁章句 상

이루(離婁)는 눈이 비상하게 밝았던 맹자의 제자이다. 요순(堯舜)을 인간 행위의 준칙(準則)으로 삼았던 맹자가 자신에게 내재한 도를 잘 지키고 바르게 하여야 함을 이야기하고 있다. 자신의 행위에 대해 타인이 반응하지 않으면 남보다는 먼저 자신의 행위를 돌이켜보라고 한 맹자의 이야기를 현대적 의미로 해석하면 내적 모순을 먼저 발견하라는 뜻이 될 것이다. 세상의 모든 일은 자신에게서 비롯되는 것이기 때문이다.

남이 자신의 친절에 반응하지 않으면

> 맹자왈 애인불친 반기인 치인불친
> 孟子曰 愛人不親이어든, 反其仁하고, 治人不治어든,
>
> 반기지 예인부답 반기경
> 反其智하고, 禮人不答이어든, 反其敬이니라.

맹자가 말씀하셨다. 남을 사랑하는데 남이 자신에게 친절하게 대하지 않는 경우에는 자신의 어진 태도에 대하여 문제가 없는지를 돌이켜보고, 남을 다스리는데 잘 다스려지지 아니하면 자기의 지혜로움에 대하여 반성할 것이며, 남에게 예의 있게 대하였으나 그에 대한 답례가 없으면 자기의 공경함을 돌이켜보아야 한다.

모든 일이라는 것은 원인이 있어야 결과가 있는 것이고, 그 원인이라는 것은 자기로부터 말미암는 것이 많다. '반구제기(反求諸己)'라는 것은 어떤 일의 결과는 그 원인이 자신으로부터 말미암는 것이므로 자신에게서 그 원인을 찾아야 한다는 말이다. 이것은 오늘날 변증법에서 말하는 내적 모순을 알아야 한다는 것과 유사하다고 할 수 있다. 자신은 남에게 잘하였다고 생각하지만 남이 자신에게 대하는 태도가 여전히 불친절하다면 남을 탓하기 전에 자신의 행위를 되돌아보아야 한다. 정치를 하는 사람이 성심 성의껏 하였다고 생각하였지만 그 결과가 그리 탐탁치 않은 것은, 피치자의 생각에 탐탁치 않은 바가 있기 때문이다. 모름지기 사람들은 (특히 지배자들은) 이런 것을 잘 알아야 하는 것이다.

자신을 돌아보고 잘못된 점을 찾아야

> 행유부득자 개반구저기
> 行有不得者어든, 皆反求諸己니,
>
> 기신정이천하귀지
> 其身正而天下歸之하니라.

자기가 어떤 행동을 하고 그에 대한 보답을 기대하였으나 기대 외의 결과가 나오면 모두 자기 자신에 대하여 돌이켜보아야 하는 것이니 자기 자신이 진실로 올바르다면 천하 사람들이 그에게 귀순하여 올 것이다.

이렇게 자신을 돌아보아 올바르게 처신하게 되면 천하 사람들이 그 사람의 올바름을 인정하여 따를 것이라고 한다. 상대가 올바른데 잘못하였다고 타박할 사람은 없지 않은가? 웃는 낯에 침뱉을 수 없다는 속담은 이러한 것을 반영하는 것 중 하나이다.

천명에 맞도록 하다 보면 절로 복을 얻게 된다

> 시운 영언배명 자구다복
> 詩云 永言配命이, 自求多福이라 하니라.

까닭에 ≪시경≫에서도 '길이 천명에 짝하기를 생각함이 스스로 많은 복을 구하는 길이다.' 라고 하였다.

≪시경≫의 시는 이러한 사례를 보여 주는 것이다. 천도에 짝하는 사람은 그가 취한 방식이 이미 올바르기 때문에 절로 복을 누리게 된다는 것이다. 시작이 올바른 사람이란 결과도 항상 좋을 수밖에 없는 것이기 때문이다.

어질지 못한 사람과는 더불어 이야기할 수 없으니

> 맹자왈 불인자 가여언재 안기위이리기재
> 孟子曰 不仁者는, 可與言哉아. 安其危而利其菑하여,
> 낙기소이망자 불인이가여언
> 樂其所以亡者하나니, 不仁而可與言이면,

즉 하 망 국 패 가 지 유
則何亡國敗家之有리오.

맹자가 말씀하셨다. 어질지 못한 사람은 더불어 함께 이야기할 수 있겠는가. 위험스러운 것도 편안히 여기고 재앙이 되는 일도 이롭게 여기어 망하게 되는 것도 즐기니, 어질지 못한 사람인데도 더불어 이야기할 수 있다면 (그 위험과 재앙을 알기 때문에) 국가를 망하게 하는 일이 어찌 일어날 수 있겠는가?

인(仁)이라는 것이 맹자에서는 여러 개념으로 사용되고 있다. 이들이 층위는 서로 다르나 대체로 도덕적으로 잘 무장되어 있는 상태를 가리키는 것이라 할 수 있다. 여기에서 말하는 불인자(不仁者)는 도덕성을 포기한 사람을 가리킨다. 도덕성을 포기한 사람은 다른 사람이 올바른 길로 인도할 수 없는 사람이다. 그들은 무엇이 가치 있는 삶인지에 대한 판단기준을 상실하였기 때문에 정도(正道)를 말하여도 받아들여지지 아니하는 사람이다.

물이 맑으면 갓끈을 씻고, 흐리면 발을 씻고

유 유 자 가 왈 창 랑 지 수 청 혜 가 이 탁 아 영
有孺子歌曰 滄浪之水清兮여, 可以濯我纓이라.

창 랑 지 수 탁 혜 가 이 탁 아 족
滄浪之水濁兮여, 可以濯我足이라 하거늘,

어린아이가 노래하기를 '창랑의 물이 맑음이여 내 갓끈을 씻을 수 있네. 창랑의 물이 흐림이여 내 발을 씻을 수 있구나.' 라 하거늘

사물은 자기가 지니고 있는 성질에 따라 객체가 취하는 방식이 달라진다. 다시 말하면 주체가 객체를 어떻게 받아들일 것인가에 따라 결정되는 것이지, 객체가 주체의 성격마저 규정하지는 않는다는 것이다. 굴원의 어부사에도 '창랑지수청혜(滄浪之水清兮)－창랑의 물이 맑음이여, 가이탁아영(可以濯我纓)－내 갓끈을 씻을 수 있네. 창랑지수탁혜(滄浪之水濁兮)－창랑의 물이 흐림이여, 가이탁아족(可以濯我足)－내 발을 씻을 수 있구나라는 구절이 나온다. 물은 같은 물인데 객체가 취하는 방식이 다른 것은 청탁의 차이가 있기 때문이다.

물이 어떠하느냐에 따라
객체가 취하는 방식이 달라지고

공 자 왈 소 자 청 지 청 사 탁 영
孔子曰, 小子聽之하라. 清斯濯纓이요,

> 탁 사 탁 족 의　　　　　자 취 지 야
> 濁斯濯足矣로소니, 自取之也라 하시니라.

공자가 말씀하셨다. '얘들아 저 노래를 들어 보아라. 물이 맑으면 곧 갓끈을 씻고 물이 흐리다면 발을 씻는다고 하니, 이것은 물이 스스로 취한 것이다.' 라 하셨다.

이것을 공자는 물 스스로 대상을 선택한 셈이라고 설명한다. 다시 말하여 사람이 갓끈을 씻지 않고 발을 씻은 것은 갓끈을 씻을 정도로 깨끗하지 못하여서이지 그 물을 일부러 더럽다고 여겼기 때문은 아니라는 것이다.

세상 모든 것은 자신이 천시하므로 남도 천시하는 것이니

> 부 인　　필 자 모 연 후　　인 모 지　　　가 필 자 훼 이 후
> 夫人은 必自侮然後에, 人侮之하고, 家必自毁而後에,
>
> 인 훼 지　　　국 필 자 벌 이 후　　인 벌 지
> 人毁之하고, 國必自伐而後에. 人伐之니라.

대저 사람은 자신을 스스로 업신여긴 후에야 남들이 그를 업신여

기게 되고 집안도 스스로가 훼손시킨 후에야 남들이 훼손시키며 국가도 스스로 해친 후에야 남들이 정벌을 나서는 것이다.

이것을 인간관계로 환치시키면, 자신이 먼저 자신을 무시하였기에 이를 보고 남들도 자기를 무시하는 것이지, 자신을 고귀하게 여기고 그렇게 보이는 사람에게 까닭 없이 무시하는 태도를 보이지는 않는다는 것이다. 국가간의 문제에서도 마찬가지이다. 자기들의 내분으로 혼란이 발생하게 되면 다른 나라가 이를 틈타 정벌을 시도한다는 것이다. 굳건한 방비를 하고 있는 나라를 까닭 없이 공격하는 어리석음을 범하지 않는 것은 자신의 철저한 경계태세에서 비롯된 것이기도 하다.

사람이 스스로 만든 재앙은 피할 수 없다

> 태갑왈 천작얼 유가위
> 太甲曰 天作孼은, 猶可違어니와,
>
> 자작얼 불가활 차지위야
> 自作孼은, 不可活이니, 此之謂也니라.

≪서경(書經)≫ 태갑편(太甲篇)에 이르기를, 하늘이 내린 재앙은

오히려 피할 수 있지만 자기 자신이 초래한 재앙은 그것을 피하여 자신을 살릴 수 없다라 하였으니 이것을 이르는 말이다.

여기에서 말하는 하늘이 내린 재앙이란 자연 재해를 말하는 것이다. 그런데 이것은 극복가능(克服可能)한 것이다. 하지만 자신이 만들어 낸 재앙은 극복이 불가능하다는 것은 자신의 내적 모순이 그 화를 만든 것이므로, 자신의 힘으로 극복할 수 없는 상태에 이르렀음을 의미한다.

자포자기한 자와는 함께 말하거나 행할 수 없다

> 맹자왈 자포자 불가여유언야 자기자
> 孟子曰 自暴者는, 不可與有言也요, 自棄者는,
>
> 불가여유위야 언비례의 위지자포야
> 不可與有爲也니, 言非禮義를, 謂之自暴也요,
>
> 오신불능거인유의 위지자기야
> 吾身不能居仁由義를, 謂之自棄也니라.

맹자가 말씀하셨다. '자기 자신을 해치는 사람은 그런 사람과 더불어 이야기할 수 없고, 자기 자신을 포기하는 사람은 그런 사람과 함께 어떤 일을 할 수 없으니 말할 때마다 예의를 비난하는 사람을 자기 자신을 해치는 사람이라고 말하고 나는 인에 거하거나 의로운 행위를 할 수 없다고 말하는 사람을 자기 자신을 버리는 사람이라고 말하는 것이다.'

우리는 흔히 자포자기라는 말을 서로 비슷한 의미의 것인 줄 알고 있다. 그러나 이 말은 서로 약간의 의미차를 가지고 있다. 자포(自暴)라는 것은 – 먼저 인간의 본성은 선하기에 누구나 선한 일을 할 수 있다는 전제가 있어야 한다. – 자신이 선한 일을 하려고 노력하지 않을 뿐 아니라, 남이 그러한 일을 하려는 것도 적극적으로 훼방하는 사람을 가리킨다.

자기자(自棄者)는 자신이 선한 일을 하는 데 적극적으로 나서지 않으아 남이 하는 것을 방해하는 수준에는 이르지 않은 사람이다. 물론 두 사람이 자신의 본성을 계발하려고 노력하지 않은 것에 있어 비판받아야 할 대상이긴 하지만, 그래도 자포(自暴)하는 사람을 자기(自棄)하는 사람보다 더 나무라는 것은 선한 일에 적극적이지 않는 것을 사회적으로 확산시켜 도덕성을 실추시킬 것을 염려한 때문이라고 하겠다.

인은 사람이 편안히 거처할 집과 같고

인　　인 지 안 택 야
仁은 人之安宅也요,

의　　인 지 정 로 야
義난 人之正路也라.

인이라는 것은 사람들이 편히 쉴 집이고, 의라는 것은 사람들이 걸어가야 할 바른 길이다.

인의에 대한 설명을 통해 인간이 추구해야 할 것이 무엇인지 말하고 있다. 사람이면 누구나 편히 쉴 집을 필요로 한다. 그리고 길을 가려면 가야 할 길과 그렇지 않은 길이 있다. 인의를 우리 일상 문제로 비유할 경우에 이러하다는 것이다.

인간에겐 누구에게나 편한 쉼터가 있어야 하고, 걸어가야 할 길이 있어야 하듯 인의는 인간사의 필수적인 것이라 말하고 있다.

편히 쉴 집을 가지고도 쉬지 않으니 안타깝다

> 광 안 택 이 불 거
> 曠安宅而弗居하고,
>
> 사 정 로 이 불 유 애 재
> 舍正路而不由하니, 哀哉라.

거처하기에 편한 집을 텅 비워 놓고 거처하지 아니하며 올바른 길을 버리고 가지 않으니 안타깝구나.

앞에서 든 인간 생활의 비유적 표현을 통하여, 다시금 논의를 강조하고 있다. 인의를 버리고 다른 방향으로 행동하는 사람들을 제 집을 두고 거처하지 않는 사람으로 비유한다.

남녀가 손을 잡아선 안 되나 목숨이 달린 위급한 상황이라면

> 순 우 곤 왈 남 녀 수 수 불 친 예 여
> 淳于髡曰 男女授受不親이, 禮與잇가.

맹 자 왈 애 야　　왈 수 익 즉 원 지 이 수 호
孟子曰 禮也라. 曰嫂溺則援之以手乎아.

왈 수 익 불 원　　시　시 랑 야
曰嫂溺不援이면, 是는 豺狼也니,

남 녀 수 수 불 친　　예 야　　수 익
男女授受不親은, 禮也요, 嫂溺이어든,

원 지 이 수 자　　권 야
援之以手者는, 權也니라.

순우곤이 말하였다. 남녀가 직접 손을 잡지 않는 것이 예의입니까? 맹자가 말씀하셨다. 예의이다. 형수가 물에 빠졌으면 그녀를 건지기 위해 손을 잡아야 합니까? 형수가 물에 빠졌으나 그를 구하기 위해 손을 건네지 않고 가만히 있는 것은 이는 이리나 승냥이와 같은 짐승이나 하는 짓이다. 남녀가 직접 손잡지 않는 것은 언제나 갖추어야 할 예의이고, 형수가 물에 빠졌을 때 구하기 위해 일시적으로 손을 잡는 것은 그 상황에서는 어쩔 수 없는 권도인 것이다.

예(禮)와 권(權)은 그것의 개념 구별이 있어야 할 것으로 보인다. 예라는 것은 상도(常道)라고 할 수 있는데, 때와 장소를 가리지 않고 언제나 지켜져야 하는 도리이다. 이를 고정불변의 도의심이라고 한다. 한편 권이라는 것은 임시방편의 도인데, 원래의 예에 맞는 것은 아니나 상황윤리 속에서 허용할 수 있는 것을 말한다.

남녀칠세 부동석이라는 속담처럼 남녀가 직접 손을 잡는 것은 부당한 일이다. 그러나 손을 잡지 않으면 목숨을 잃게 되는 급박한 상황하에서는 부당한 일이나마 하여야 하는데 이것은 사람의 목숨을 살리는 일이 더욱 소중한 것이기 때문이다. 손우곤의 문제제기는 맹자가 당시 제후들이 왕도를 행하도록 권하는 일에 적극적이지 않은 것을 꼬집은 것이다.

이 구절은 상도(禮)로 본다면 할 수 없는 일이나 당시 상황이 임기응변의 권도라도 행하지 않으면 안 될 정도로 절박한 수위에 이르렀다는 판단에 따라, 순우곤이 맹자의 출사를 권하기 위하여 끌어들인 논리이다.

천하 사람의 목숨을 살리려면 선생님이 나서야 하는데

왈금천하닉의　　부자지불원　　하야
曰今天下溺矣인대, 夫子之不援은, 何也오.

지금 온 천하 사람들이 고통으로 허덕여 물에 빠진 것과 같은데 선생께서 이들을 구원하지 않는 것은 어찌된 것입니까?

까닭에 순우곤은 맹자의 이전 이야기를 근거로 하여 이야기를 전개한다. 그가 내세우는 왕도는 온 백성을 가장 가치 있는 삶의 방식으로 나아가게 하고자 하는 것인데 그것을 실현할 수 없다면, 그보다 하위인 패도를 실행해서라도 도탄에 빠진 백성을 구제해야 옳은 것이 아닌가? 꿩 대신 닭이라고 최선의 것이 안 된다면 차선책이라도 마련해야 한다는 것이 순우곤의 주장이다.

즉 상도가 실행될 수 없는 상황이라면 권도라도 실행하여야 하지 않는가? 하는 것이 순우곤의 의론이다.

천하를 손으로 구원할 수는 없다

> 왈 천 하 닉 원 지 이 도 수 닉
> 曰天下溺은, 援之以道요, 嫂溺은,
> 원 지 이 수 자 욕 수 원 천 하 호
> 援之以手니, 子欲手援天下乎아.

맹자가 말씀하셨다. 천하 사람들이 도탄에 빠진 것은 도로써 구원해야 하는 것이고 형수가 물에 빠지면 손을 내밀어 구원하는 것이니 그대는 손을 내밀어서 천하 사람들을 구원하겠는가?

그에 대하여 맹자는 천하 사람들이 도탄에 빠진 것을 구원하기 위해서는 도를 통하여 구원하여야 하는 것으로, 손으로 물에 빠진 사람을 구원하는 것과 다르다는 궤변을 전개한다.

맹자의 논리는 천하 사람을 구제하는 것은 오직 정도의 실현을 통해서만 가능하므로 앞의 예와는 차원이 다른 것이라고 말한다.

이루장구 離婁章句 하

이 편에서 맹자는 옳지 못한 도로 부귀영화를 추구하는 사람들을 비판한다. 염치도 모른 채 부귀공명을 추구하는 제나라 사람의 우화를 통해 당시의 세태를 꼬집고 있는 것이다. 또한 임금이 신하를 대하는 데 있어 정성되게 하지 않으면 결코 충성을 기대할 수 없다는 것을 구체적인 사례를 들어 설명하고 있다.

임금이 신하를 수족으로 여기면 신하는 심장처럼 여길 것이니

맹 자 고 제 선 왕 왈　군 지 시 신　여 수 족
孟子告齊宣王曰, 君之視臣이, 如手足이면,

즉 신 시 군　여 복 심　군 지 시 신　여 견 마
則臣視君을, 如腹心하고, 君之視臣을, 如犬馬하면,

즉 신 시 군　여 국 인　군 지 시 신　여 토 개
則臣視君을, 如國人하고, 君之視臣을, 如土芥면,

즉 신 시 군　여 구 수
則臣視君을, 如寇讐니이다.

맹자가 제 선왕에게 고하여 말씀하셨다. 임금이 신하를 보기를 자기의 손발처럼 소중히 여기신다면 신하들은 그러한 임금을 보기를 마치 자기 심장을 보는 것처럼 여길 것이고, 임금이 신하를 보기를 개나 말처럼 가볍고 천하게 여기신다면 곧 신하들도 자기 임금 보기를 길가는 사람 보듯 할 것이고, 임금이 신하를 보기를 흙이나 풀처럼 아주 천하게 여긴다면 곧 신하들도 자기 임금 보기를 원수처럼 여길 것입니다.

이 구절은 맹자가 제 선왕에게 왕이 신하를 어떻게 대접하여야 하는지에 대하여 이야기한 것이다. 왕이 신하를 자기의 수족처럼 소중히 여기면 그 신하는 그 이상으로 왕을 소중하게 여길 것이고, 역의

관계로 왕이 신하를 천시한다면 그 신하 또한 그 이상으로 왕을 하찮게 여길 것이라고 한다. 다시 말하여 왕이 신하들에게 제대로 대접 받으려면 자신이 먼저 그들에게 적절한 대우를 하여야 한다는 것이다.

어떻게 해야 신하가 나를 위해 충성을 다할 수 있을까?

> 왕 왈 예 위 구 군 유 복 하 여 사 가 위 복 의
> 王曰 禮에 爲舊君有服하니, 何如라야, 斯可爲服矣니잇고.

왕이 말씀하셨다. 「의례(儀禮)」에 옛 군주를 위하여 복을 입는다고 하였으니 어떻게 하여야 옛 군주를 위해 복을 입겠습니까?

이러한 맹자의 이야기에 제선왕은 예기의 말을 이끌어다가 옛날 신하들이 왕을 위하여 하던 예에 관하여 묻는다. 지난날의 신하들이 왕을 위하여 행하던 예의를 오늘날에 회복시키려면 어떻게 하여야 하는지 그 방법을 묻는 것이다.

간언을 잘 받아주고 은퇴 후에도 생계를 보장하며

왈 간 행 언 청　　고 택　하 어 민　　유 고 이 거
曰諫行言聽하여, 膏澤이 下於民이요, 有故而去어든,

즉 군　사 인 도 지 출 강　　우 선、어 기 소 왕
則君이 使人導之出疆하고, 又先於其所往하며,

거 삼 년 불 반 연 후　　수 기 전 리
去三年不反然後에, 收其田里하나니,

차 지 위 삼 유 례 언　　여 차 즉 위 지 복 의
此之謂三有禮焉이니, 如此則爲之服矣니이다.

맹자가 말씀하셨다. 간언이 임금에 의하여 행해지고 진언이 임금에게 받아들여져 그 은택이 아래로 백성에게 내려지게 하고, 그가 어떤 일이 있어 떠나가게 되면 곧 임금이 사람을 보내어 그가 국경을 넘어갈 때까지 인도하고, 그가 가는 곳에 도착하기 전에 먼저 기별을 하여 그를 잘 맞아들이도록 조치를 취하며 떠난 지 3년이 지나도 돌아오지 않으면 그 후에야 비로소 그에게 지급하였던 전지를 환수하니 이것이 세 번 예의가 있다고 하는 것이니 이와 같이 한다면 그 왕을 위하여 복을 입는 것입니다.

신하에 대한 의전조치를 어떻게 하는가에 따라 왕에 대한 신하의 태도가 달라질 수 있다는 것이다. 그를 위하여 과거의 이상적 형태와 오늘날의 실상을 대비적으로 서술한다. 과거에 왕은 자신을 충심으로 보필하던 신하가 어떤 불의의 사태가 발생하여 관직에서 잠시 물러나게 될 때, 그에게 자신이 취할 수 있는 최선의 도리를 다하여 비록 관직에 있지 않더라도 결코 생활의 어려움이 없도록 얼마 동안 후원을 하였다.

까닭에 그 사람은 자신의 급선무를 해결하고 다시 왕을 위해 봉사할 수 있게 되었다. 그러나 현재는 왕이 그 사람이 다시 돌아올 여지를 남기지 않는다는 것이다. 까닭에 왕에 대한 애착이 남아 있지 않은 것이고, 그를 위하여 복을 입는 등의 일은 기대할 수 없는 것이다.

신하가 임금을 원수로 여기는 상황이라면 어찌 충성하리

> 금야 위신 간즉불행 언즉불청
> 今也엔, 爲臣하여, 諫則不行하고, 言則不聽하여,
>
> 고택 불하어민 유고이거 즉군
> 膏澤이 不下於民하고, 有故而去어든. 則君이
>
> 박집지 우극지어기소왕 거지일
> 搏執之하고, 又極之於其所往하며, 去之日에

수 수 기 전 리 차 지 위 구 수
遂收其田里하나니, 此之謂寇讎니,

구 수 하 복 지 유
寇讎에, 何服之有리잇고.

오늘날에는 신하가 되어 왕에게 간언을 해도 행하여지지 아니하고 진언을 해도 들어주지 아니하여 그의 은택이 백성들에게 내려지지 않는 사람이 어떤 일이 있어 떠나게 되면 곧 임금이 붙잡아 가지 못하게 하고 그가 도착하는 곳에서 곤궁하게 지내게 하며 떠나는 그날에 곧바로 그가 지녔던 전지를 빼앗아 버리니 이를 일러 원수라 부르는 것이니 원수로 여기는 상황에서 무엇 때문에 복을 입겠습니까?

간언을 하는 경우에도 옛날에는 수용이 되었으나 오늘날에는 수용되지 아니하며, 일이 있어 관직을 떠나게 되면 자신의 뜻을 펴도록 도와주는 것이 아니라 오히려 붙잡고 가지 못하게 하니 간언도 받아주지 않고 자신의 뜻을 펴도록 그냥 두는 것도 아니라서, 신하의 입장에서는 자기의 뜻을 가로막는 원수로만 여기는 지경에 이르게 되니 왕을 위하여 어떤 일을 하겠느냐는 것이다.

어진 사람이 부족한 사람을 돌보아 주면 격차가 줄 것이다

맹 자 왈 중 야 양 부 중 재 야 양 부 재 고
孟子曰, 中也養不中하며, 才也養不才라, 故로

인 락 유 현 부 형 야 여 중 야 기 부 중 재 야 기 부 재
人樂有賢父兄也니, 如中也棄不中하며, 才也棄不才이면,

즉 현 불 초 지 상 거 기 간 불 능 이 촌
則賢不肖之相去가, 其間에, 不能以寸이니라.

맹자가 말씀하셨다. 훌륭한 덕을 지닌 사람이 덕을 지니지 못한 사람을 길러 주며, 재능 있는 사람이 재능 없는 사람을 길러주니, 까닭에 사람들은 현명한 부형이 있는 것을 즐거워하는 것이다. 만약 덕 있는 사람이 덕이 없는 사람을 버리고, 재주 있는 사람이 재주 없는 사람을 버린다면, 곧 현명하고 어리석은 사람들의 서로 간의 차이는 그 격차가 한 두치로 될 수 없을 것이다.

이 글에서 이야기되고 있는 중(中)이라는 표현은 중용(中庸)에서 언급되는 '무과불급지칭(無過不及之稱)-지나치거나 모자람이 없이 가장 적절한 상태'를 의미하는 것이라 하겠다. 이것은 잘 조화된 하나의 인격체를 지칭하는 용어로 볼 수도 있는데, 봉건적 신분사회에 성실히 봉사할 수 있는 도덕교양의 함양을 의미하는 것이기도 하다. 일

정 수준에 이른 사람이 그렇지 못한 사람을 가르쳐 모두가 적정수준에 이르도록 하는 것이 맹자가 바란 이상적 경계라 할 수 있다.

세상을 독불장군격으로 살 것이 아니라 두루 다 잘될 수 있도록 서로를 위할 때 계층과 계급간의 갈등은 완화되어 안정적 기조가 이루어질 것이다.

공자가 물을 자주 거론한 것은?

> 서자왈 중니기칭어수왈
> 徐子曰 仲尼亟稱於水曰,
>
> 수재수재 하취어수야
> 水哉水哉여 하시니, 何取於水也시니잇고.

서자가 말하였다. 공자께서 자주 물을 칭찬하시며 말씀하시길 '물이여, 물이여' 라 하셨으니 물에서 어떤 것을 취하신 것입니까?

공자는 물을 군자의 덕에 비유하였다. 서자는 공자가 무슨 이유로 하여 물을 군자의 덕에 비유하였는지를 묻고 있다.

물의 끊임없음과 순서를 뛰어넘지 아니하는 것 때문이니

맹자왈 원천 혼혼 불사주야 영과이후진
孟子曰 原泉이 混混하여, 不舍晝夜라, 盈科而後進하여,

방호사해 유본자여시 시지취이
放乎四海하나니, 有本者如是라, 是之取爾시니라.

맹자가 말씀하셨다. 물줄기가 있는 물은 용솟음쳐 흘러나와 밤낮을 쉬지 않고 흘러 흙 구덩이를 채우고 나서야 다시 흘러가서 사해에 이르니 그 근본이 되는 것이 이와 같은 것이라, 바로 이 점 때문에 취하신 것이다.

도덕적 수양이 많은 군자는 자신의 도덕적 근본자세가 확립되어 있어 주위의 유혹에도 불구하고 결코 쉽게 동요되지 않는다. 이것은 근원이 깊은 물이 웬만한 가뭄에도 쉬 마르지 아니하는 이치와 같은 것이다. 용비어천가 제 2장에 '불휘 기픈 남ᄀᆞᆫ ᄇᆞᄅᆞ매 아니 뮐ᄊᆡ 곶 됴코 여름 하ᄂᆞ니, ᄉᆡ미 기픈 므른 ᄀᆞᄆᆞ래 아니 그츨ᄊᆡ 내히 이러 바ᄅᆞ래 가ᄂᆞ니' 란 구절도 바로 이러한 것을 드러내는 것이다.

또 물의 속성이 순서를 뛰어넘거나 하는 일 없이 차례차례 단계를 밟아 가니, 만약 물 웅덩이가 있으면 그것을 채우고야 흐르는 것처럼 어느 단계로 나아가는데 그 이전의 것이 채워지지 아니하면 반드시 그것을 채우고 나서야 간다. 차례를 뛰어넘는 법이 없다. 이러한 것들이 군자가 덕을 수련하는 과정과 유사하게 여겨져 비유로 채택되었던 것이다.

근본이 얕으면 오래가지 못한다

> 구위무본　칠팔월지간　우집　구회
> 苟爲無本이면, 七八月之間에, 雨集하여 溝澮가
>
> 개영　기학야　가립이대
> 皆盈이나, 其涸也는, 可立而待야라,
>
> 고　성문과정　군자치지
> 故로 聲聞過情을, 君子恥之니라.

진실로 근본이 없다면 7, 8월 사이에 빗물이 모여서 도랑이 모두 가득하나 그 마르는 것을 서서 기다렸다 볼 수 있다. 그러므로 명성이 실정을 넘어서는 것을 군자는 부끄러워 하는 것이다.

근본이 깊지 않은 물이 가뭄을 만나면 물줄기가 말라 버려 사라지듯이 수양이 깊지 않은 사람이 시련을 만나면 자신의 덕성을 잃어버리게 되는 것은 정한 이치이다.

세상 사람이 성을 말하는 것은 경험에 근본한 것이다

맹자왈 천하지언성야 즉고이이의
孟子曰 天下之言性也는, 則故而已矣니,

고자 이리위본
故者는 以利爲本이니라.

맹자가 말씀하셨다. 천하 사람들이 성에 대해서 말하는 것은 과거의 경험적 사실을 다루는 것일 뿐이니, 고(경험적 사실이)라는 것은 순리를 근본으로 한다.

사람들이 어떤 일을 오랫동안 반복하다 보면 그것이 왜 그렇게 되어야 하는지에 대한 논리적 설명을 필요로 하지 않게 된다. 그러나 아무것이나 그렇게 할 수 있는 것은 아니고, 경험적 사실에 따라 도덕법칙에 합당한 것만을 가지고 말하는 것이 옳을 듯하다.

지혜로운 사람을 미워하는 것은 너무 천착하기 때문이고

소오어지자 위기착야 여지자 약우지행수야
所惡於智者는, 爲其鑿也니, 如智者 若禹之行水也면,

즉 무 오 어 지 의 　 우 지 행 수 야 　 행 기 소 무 사 야
則無惡於智矣니라. 禹之行水也는, 行其所無事也이니,

여 지 자 역 행 기 소 무 사 　 즉 지 역 대 의
如智者 亦行其所無事면, 則智亦大矣리라.

지혜로운 사람을 미워하는 이유는 그가 하나의 사실에 너무 깊이 파고들어가기 때문이니, 만약 지혜로운 사람이 마치 우임금이 물을 제 길에 따라 흘러가게 한 것처럼 순리대로만 일을 한다면 곧 지혜롭다는 것에 대하여 미워할 것이 없다. 우임금이 물을 흘러가게 한 것은 흘러감에 특별히 일삼는 것이 없이 순리에 맞게 하였으니, 만약 지혜로운 사람이 또한 행동을 함에 있어 특히 깊이 천착하는 등 일삼는 바가 없다면 곧 지혜는 또한 위대하게 될 것이다.

지혜로운 것 자체를 미워할 사람은 없다. 그러나 그것이 일반 준칙에서 이해할 수 있는 수준을 넘어선 것일 때 이것은 오히려 순리를 어그러뜨리게 되는 것이고, 이것은 남들의 원성을 사기도 한다. 우임금이 한 치수사업은, 물이 제 길로 흐르도록 한 것이다. 그것만으로도 천하 사람들은 안정된 삶을 누릴 수 있게 되었다. 다름아닌 순리에 따라 행하였기 때문이다. 지혜로운 것을 부정하는 것이 아니라 이것을 천착하는 과정에서 빚어지는 작위적 태도를 미워한 것이다.

하늘의 운행을 예측할 수 있는 것은 경험에 의해서이다

천지고야 성신지원야 구구기고
天之高也와, 星辰之遠也는, 苟求其故면,

천세지일지 가좌이치야
千歲之日至를, 可坐而致也니라.

하늘이 높이 있는 것과 별이 아득히 멀리 있는 것은 진실로 그 까닭을 알아낸다면 천 년 세월의 동(冬), 하지(夏至) 등의 절기(節氣)를 앉아서 헤아릴 수 있다.

우리가 기후를 예지할 수 있는 것은 자연의 이치를 깨달았기 때문이다. 자연의 변화는 커다란 예외가 없다. 그리고 이것의 이치를 알기에 앞으로 일어날 일을 미리 아는 것이다.

밖에서 포식하는 것을 자랑하는 남편을 미행하니

제인유일처일첩이처실자 기양인 출
齊人有一妻一妾而處室者러니, 其良人이, 出이면,

즉 필 염 주 육 이 후 반 기 처 문 소 여 음 식 자
則必饜酒肉而後反이어늘, 其妻問所與飮食者하니,

즉 진 부 귀 야 기 처 고 기 첩 왈 양 인 출 즉 필 염
則盡富貴也러라, 其妻告其妾曰 良人出이면, 則必饜

주 육 이 후 반 문 기 여 음 식 자 진 부 귀 야
酒肉而後反할새, 問其與飮食者하니, 盡富貴也로되,

이 미 상 유 현 자 래 오 장 간 양 인 지 소 지 야
而未嘗有顯者來하니, 吾將瞯良人之所之也라 하고,

조 기 이 종 양 인 지 소 지
蚤起하여, 施從良人之所之하니,

제나라 사람 중에 처첩을 한 명씩 거느리고 있던 사람이 있었는데 이 남편이 외출을 하면 반드시 술과 고기를 배불리 먹은 다음에야 집으로 돌아오거늘 그의 처가 함께 음식을 먹은 사람을 물으면 모두가 부귀한 사람이었다. 그 아내가 첩에게 고하여 말하기를 '바깥 양반이 외출을 하면 반드시 술과 고기를 잔뜩 드시고 나서야 돌아오는데 함께 먹은 사람을 물으면 모두가 부귀한 사람이로되 그러나 아직 이 집에는 현달한 사람이 온 적이 없으니 내 장차 남편이 가는 곳을 엿보고 오겠다.' 라 하고 아침 일찍 일어나서 남편이 가는 곳을 미행하니,

자신의 행위가 남에게 알려지지 않기를 바라는 것처럼 어리석은 사람은 없다. 그리고 그것을 감춘다고 될 수 있는 것도 아니다.

세속의 부귀영화를 추구하다 보면 저도 모르게 어리석은 행위를

범하게 되는 것이다. 맹자는 제나라의 도읍에서 일어났던 일화를 소개하면서, 부귀영화를 추구하느라 자신의 본성을 속이는 사태를 개탄한다.

어떤 사람이 집 밖에 나가 귀가할 때면 진귀한 음식을 배불리 먹었다고 자랑한다. 그러자 그 사람의 처첩은 도대체 어떤 사람들과 어울리면서 먹었느냐고 묻고, 그는 당대의 고귀한 사람들이라 답한다. 그러나 그와 어울린 사람으로 그의 집에 찾아오는 이는 전혀 없다. 그들이 정말 절친한 친구라면 단 한 명도 찾아오지 않는다는 것이 오히려 이상할 뿐이다. 그래서 그의 아내는 남편의 말이 사실인지를 확인하기 위하여 미행을 한다.

자신의 구걸행각을 미행당했으나 알지 못하는 남편은 여전하고

편국중 무여립담자 졸지동곽번간지제자
徧國中에, 無與立談者러니, 卒之東郭墦間之祭者하여,

걸기여 부족 우고이지타
乞其餘라가, 不足이어든 又顧而之他하니,

차기위염족지도야 기처귀고기첩왈 양인자
此其謂饜足之道也라. 其妻歸告其妾曰, 良人者는,

소 앙 망 이 종 신 야　　금 약 차　　여 기 첩
所仰望而終身也어늘, 今若此하니, 與其妾으로,

산 기 량 인 이 상 읍 어 중 정
訕其良人而相泣於中庭이어늘,

이 량 인　　미 지 지 야
而良人은, 未之知也하여,

시 시 종 외 래　　교 기 처 첩
施施從外來하여, 驕其妻妾하더라.

온 시내를 돌아다녀도, 더불어 이야기하는 사람이 하나도 없더니 끝내는 동쪽 성곽의 북망산이 있는 무덤 사이에서 제사하는 사람에게 가서 제사 지내고 남은 음식을 구걸하다가 부족하거든 또 이리저리 돌아보아 다른 곳으로 가니 이것이 이른바 그의 남편이 음식을 실컷 먹는 방법이었다. 그 사람의 아내가 첩에게 고하여 말하길 '남편이라고 하는 사람은 우리가 바라보면서 평생을 함께하는 사람이거늘 지금 하는 짓이 이 모양이더라.' 라 하니 그 첩과 함께 남편을 원망하면서 뜰 한가운데에서 서로 눈물을 흘리며 있거늘 그러나 남편은 이러한 사실을 알지 못하고 의기양양하게 밖에서 들어와서 자기 처첩들에게 교만하게 굴었다.

온 시내를 돌아다녀도 그의 말처럼 교유하는 사람은 보이지 않았고, 남편이 자랑하는 진귀한 음식을 먹는 곳은 다름아닌 장례를 치르는 곳의 젯밥이었다. 그것도 구걸하여 먹는 것이다.

그러나 아내의 미행을 알지 못하는 그 사람은 여전히 집에 들어와 자랑하면서 그 사실을 숨긴다.

오늘날 부귀공명을 추구하는 사람도 이렇게 염치를 모른다

> 유 군 자 관 지
> 由君子觀之컨대,
>
> 즉 인 지 소 이 구 부 귀 리 달 자
> 則人之所以求富貴利達者는,
>
> 기 처 첩 불 수 야 이 불 상 읍 자 기 희 의
> 其妻妾이, 不羞也而不相泣者가, 幾希矣리라.

군자의 입장에서 본다면, 오늘날에 부귀영달을 꿈꾸는 사람들이 하는 짓이 그네들의 처첩이 볼 때 부끄러워하거나 서로 눈물을 흘리면서 서러워하지 않을 자가 거의 드물 것이다.

이 사실을 통하여 맹자는 도의에 나아가지 아니하고 부귀영달을 추구하는 어리석은 사람은 자신의 아내조차 부끄럽게 여긴다고 하면서 속물적 허영심을 통렬하게 공박한다.

이 구절은 경전에서도 비유적 사실을 통하여 자신의 논리를 뚜렷이 전달할 수 있음을 보여 주는 대표적 사례로 인용되기도 한다.

만장장구 萬章章句 상

이 편은 맹자가 제자 만장(萬章)에게 인도(仁道)를 행할 것을 말하고 있는 부분이다. 즉 덕이 천도(天道)에 합치되면 하늘의 복도 그에게 귀속될 것이고, 어진 행위를 하면 천하 사람이 그에게 귀속할 것이니 인도를 행해야 한다는 것이다. 맹자는 민심(民心)은 곧 천심(天心)이라고 했다. 백성이 하늘의 의지를 대변하는 존재라고 한 것은 피지배자에 대한 지배자의 처신을 경계시킨 것이라 할 수 있다.

순임금은 부모에게 고하지 않고 장가를 들고

만 장 문 왈　시 운　취 처 여 지 하　필 고 부 모
萬章問曰, 詩云 娶妻如之何오, 必告父母라 하니,

신 사 언 야　의 막 여 순　순 지 불 고 이 취　하 야
信斯言也인댄, 宜莫如舜하니, 舜之不告而娶는, 何也오.

맹 자 왈　고 즉 부 득 취　남 녀 거 실
孟子曰 告則不得娶하시리니, 男女居室은,

인 지 대 륜 야　여 고 즉 폐 인 지 대 륜
人之大倫也이니, 如告則廢人之大倫이라,

이 대 부 모　시 이 불 고 야
以懟父母니, 是以不告也이시니라.

만장이 맹자에게 물었다. ≪시경≫「제풍(齊風)」남산편(南山篇)에 이르기를 '장가들려면 어떻게 하여야 하는가? 반드시 부모에게 고하여야 한다'라 하였으니 진실로 이 말과 같으려면 마땅히 순임금과 같이 처신하여서는 안 되었을 듯합니다. 순 임금이 아버지에게 고하지 않고 장가간 것은 무슨 까닭입니까? 맹자가 말씀하셨다. 장가간다는 사실을 고하였다면 장가가지 못했을 것이니 남녀가 모여 가정을 이루는 것은 인륜 중에 매우 큰 일에 속하니, 만약 고하였다면 인륜 중에서 커다란 것을 망치게 되었기 때문이라 그로 인해 부모를 원망하게 되었을 것이니 이런 까닭에 고하지 않았던 것이다.

유가사상의 주요 사상으로 효가 있다. 효(孝)는 인간으로서 기본적으로 해야 할 일인 인륜의 문제에 속하는 것이다. 효행이 백행의 근본이 된다고 말하고 있듯이 이것을 제대로 하지 못한다면 다른 것을 아무리 잘하여도 인정받지 못했다. 후대 왕들을 비롯하여 유가의 학문을 공부한 사람에게 요순은 그들이 추구해야 할 가장 이상적인 인물이었다. 특히 순은 효도로 가장 먼저 거론되는 인물이었다.

만장은 순이 부친인 고수에게 결혼 승락을 받지 않고 결혼한 사실에 대하여 시경의 구절을 인용하면서 기존에 효자라 알려진 것에 대한 타당성 여부를 따지며 의문을 제기한다. 맹자는 이에 대하여 '인간의 도리를 다하기 위해서 결혼이 무엇보다 중요한데 부모의 허락이 없다고 하여 인륜을 저버릴 수 없었기에 부득이 알리지 않고 결혼하였다.' 고 하면서 이를 합리화한다.

당시에 결혼이라는 것은 후손을 낳아 부모의 사후에도 부모를 받들게 하고 혈통을 유지시킨다는 의미에서 매우 중요한 일로 인식되었다. 사실 아들을 중시한 것은 정도의 차이는 있을지언정 동서고금이 한결같다고 할 수 있는 것은 이러한 이유에서 말미암은 것이기도 하다. 한편 봉건제하에서 자식의 출산이란 생산력을 유지한다는 의미에서 중요하게 인식되었다.

요임금이 사돈에 알리지 않은 것도 딸을 시집보내기 위해서고

만 장 왈 순 지 불 고 이 취 즉 오 기 득 문 명 의
萬章曰, 舜之不告而娶는, 則吾旣得聞命矣어니와,

제 지 처 순 이 불 고 하 야
帝之妻舜而不告는, 何也오.

왈 제 역 지 고 언 즉 부 득 처 야
曰帝亦知告焉이면, 則不得妻也시니라.

만장이 말하였다. 순임금이 부모에게 고하지 아니하고 장가를 간 것은 제가 이미 가르침을 받아 알고 있습니다만, 요임금께서 자기의 딸을 시집보내면서 그의 시부모에게 말씀드리지 않은 것은 무슨 까닭입니까? 맹자가 말씀하셨다. 요 임금 또한 고하면 딸을 시집보낼 수 없음을 아셨기 때문이었다.

만장은 다시 의문을 제기한다. 순이야 자식된 도리를 하기 위하여 부모의 승락을 받는 절차를 무시하였다고 하지만 자신의 딸을 시집보내는 요는 혼주로서 상대편의 부모에게 이 사실을 알려야 하였을 텐데 어찌하여 알리지 않았느냐고 한다. 맹자의 답은 앞과 동일하다. 자식의 결혼 사실을 알리게 된다면 고수의 반대로 결혼이 원만히 이루어질 수 없을 것을 알았기 때문이라고 한다.

순은 아우가 자신을 죽이려 하였는데도 이를 모른 척하였고

> 만장왈 부모사순 완름연계 고수분름
> 萬章曰 父母使舜으로, 完廩捐階하고, 瞽瞍焚廩하며,
>
> 사준정 출 종이엄지 상왈 모개도군
> 使浚井하여, 出커시늘, 從而揜之하고, 象曰 謨蓋都君은,
>
> 함아적 우양부모 창름부모 간과짐
> 咸我績이니, 牛羊父母요, 倉廩父母요, 干戈朕이요,
>
> 금짐 저짐 이수 사치짐서
> 琴朕이요, 弤朕이요, 二嫂는, 使治朕棲하리라 하고,
>
> 상 왕입순궁
> 象이 往入舜宮한대,

만장이 말하였다. 전설에 순의 부모가 순으로 하여금 창고를 손질하게 하고 사다리를 치운 다음 순의 아버지 고수가 창고에 불을 질렀으며 순으로 하여금 우물을 파게 하고는 우물 안에서 나오시거늘 흙을 덮어 매장시켰습니다. 상이 말하길, '도군(순 임금)을 생매장시키자고 도모한 것은 모두 나의 공적이니 소와 양은 부모의 것이고, 창름도 부모의 것이고, 창과 방패는 나의 것이고, 거문고도 나의 것이고, 활도 나의 것이고 두 형수는 나의 잠자리를 돌보게 하겠다.' 라 하였습니다. 상이 순의 궁궐에 들어가자,

순이 순의 부모와 이복형제에게 고난을 당한 것을 이야기한다. 순의 이복 동생인 상은 아버지와 순을 죽일 것을 함께 모의한 후, 생매장시킨다. 그 후 상은 순이 죽었다고 생각하여 공을 분배하고, 순이 사용하던 창과 방패 거문고를 자신의 소유로 전환시키고, 형수를 자신의 첩으로 한다. 그 후 상은 순이 죽었다는 사실을 알리기 위해 궁궐로 들어가는데,

자신을 죽이려던 동생을 벌주지 않았다

순 재 상 금 　　상 왈 울 도 사 군 이 　　뉵 니
舜在牀琴이어시늘, 象曰鬱陶思君爾라 하고, 忸怩한대,

순 왈 유 자 신 서 　　여 기 우 여 치 　　불 식
舜曰 惟玆臣庶를, 汝其于予治라 하시니, 不識케라,

순 부 지 상 지 장 살 기 여 　　왈 해 이 부 지 야
舜不知象之將殺己與아. 曰奚而不知也시리오마는,

상 우 역 우 　　상 희 역 희
象憂亦憂하시고, 象喜亦喜하시니라.

순이 평상에 누워서 거문고를 타고 계시거늘 상이 말하기를, 가슴이 미어지도록 도군을 생각했습니다 하고 부끄러워하니 순임금이 말씀하시기를 이 여러 신하들을 너는 내게로 와서 다스려라 하시니 잘

알지 못하겠습니다. 순임금은 상이 자기를 죽이려는 것을 알지 못하였습니까? 맹자가 말씀하셨다. 어찌 알지 못하셨으리오마는 상이 근심하면 순임금도 또한 근심하셨고 상이 기뻐하면 순임금도 또한 기뻐하셨다.

궁궐에 들어가서 순이 거문고를 타고 있는 사실을 보고 자신이 애타게 순을 보고 싶었다고 둘러댄다. 이 말을 들은 순은 상에게 신하들을 감독하는 역할을 맡긴다. 다분히 신화적 색채가 풍기는 이 구절은 논리적 해석을 하기보다는 순이 동생에게 어떤 마음가짐을 가지고 대하였는지를 밝히기 위해 맹자가 끌어들인 이야기로 이해하는 것이 타당하다 하겠다. 곧 자신을 죽이려고 하였던 동생을 벌주지 않은 것은 형제간의 우애를 강조한 것이고, 그것이 사심이 없었던 상태에서 이루어졌다는 것을 맹자는 넌지시 비춘다.

자산은 교인이 자신의 명을 어기고 속였으나 이를 모르니

> 왈연즉순 위희자여 왈부 석자
> 曰然則舜은 僞喜者與잇가. 曰否라, 昔者에,

유궤생어어정자산 자산 사교인휵지지
有饋生魚於鄭子産이어늘, 子産이 使校人畜之池한대,

교인 팽지 반명왈 시사지 어어언
校人이 烹之하고, 反命日, 始舍之하니, 圉圉焉이러니,

소즉양양언 유연이서
少則洋洋焉하여, 攸然而逝하더이다.

자산왈 득기소재 득기소재
子産日 得其所哉인저, 得其所哉인저 하여늘.

만장이 말하였다. 그렇다면 순임금은 거짓으로 기뻐하셨던 것입니까? 맹자가 말씀하셨다. 아니다. 옛날에 산 물고기를 정자산에게 보내온 자가 있었는데 자산이 못을 주관하는 관리에게 연못에 놓아 기르라고 하였는데 그 사람이 그것을 삶아 먹고는 돌아와 보고하기를 처음 물고기를 놓아주니 어릿어릿 잘 헤엄을 치지 못하다가 조금 지나자 쌩쌩하게 헤엄치며 유유히 물속으로 들어가더이다 하니 자산이 말하기를, 제 살 바를 만났구나 제 살 바를 만났구나 하시거늘.

이러한 이야기를 통하여 만장은 소위 성인이라는 부류 사람의 행동양식에 대하여 의문을 갖지 않을 수 없었으며, 정자산(鄭子産)과 그의 교인(校人)—어떤 사람의 집에서 연못을 관리하는 사람-과의 일화를 통해 그 의문을 구체화시키려고 한다. 자산은 어떤 사람이 자신에게 물고기를 보내오자 교인에게 그것을 방생(放生)하도록 명령한다. 그러나 교인은 그 고기를 풀어준 것이 아니라 삶아 먹어 버렸다. 그리고 나서 마치 방생한 것처럼 그 상황을 설명하면서 보고하였다.

이에 자산은 자신의 명령대로 방생한 것으로 생각하고 방생의 상황을 가정한 후 새 생명을 얻게 된 물고기의 모습을 형용한다. 이것은 그의 의식이 그 방향으로 결정지워졌기 때문에 교인이 물고기를 놓아주지 않았고 잡아먹었으나 자산은 그러한 상황을 가정할 수 없었던 것이다.

덕이 많은 선비는 임금도 신하 삼을 수 없고

> 함구몽문왈 어운 성덕지사 군부득이신
> 咸丘蒙問曰, 語云, 盛德之士는, 君不得而臣하며,
>
> 부부득이자 순남면이립 요솔제후
> 父不得而子이라, 舜南面而立이어시늘, 堯帥諸侯하여,
>
> 북면이조지 고수역북면이조지 순견고수
> 北面而朝之하시고, 瞽瞍亦北面而朝之어늘, 舜見瞽瞍하시고,
>
> 기용 유축 공자왈 어사시야
> 其容이 有蹙이라 하여늘, 孔子曰 於斯時也에,

천하태재급급호 불식 차어성연호재
天下殆哉岌岌乎인저 하시니. 不識케라, 此語誠然乎哉잇가.

함구몽이 물었다. 옛말에 이르기를, 덕이 많은 선비는 임금도 그를 신하로 삼을 수 없고 아비도 자식으로 삼을 수 없기 때문에 순임금이 남면하여 천자의 지위에 오르시자 요임금이 제후들을 이끌고 와서 북면하여 신하로서 조회하셨고 고수 또한 북면하여 조회하자 순임금이 고수를 보시고 얼굴을 찡그리셨다 하거늘 공자가 말씀하시길, 이때에 천하가 매우 위태로웠다 하셨다는데 잘 알지 못하겠습니다. 이러한 일이 진실로 있었습니까?

맹자의 제자인 함구몽은 고전의 이설을 인용하면서 순이 제위에 올랐을 때 일어났다던 상황에 대한 사실 유무를 확인한다. 요지는 요임금은 순임금의 장인이면서 이전의 왕인데 순이 왕위에 오르자 제후를 이끌고 와서 신하의 예를 갖추어 조회하였다고 하고, 고수(瞽瞍)가 아버지이면서도 신하된 도리를 하였다고 하는데, 사회적 위치가 확고하면 혈연관계는 무시되는가?

요즈음에도 이와 유사한 경우를 볼 수 있다. 어떤 사람이 대통령에 취임하면 그 사람의 아버지는 혈연관계를 넘어 사회적 관계에 따라 대통령으로 대우하여야 하는 것이 그 예이다.

천자가 되면 다른 사람을 위해 삼년 상을 치를 수 없으니

맹 자 왈 부 차 비 군 자 지 언 제 동 야 인 지 어 야

孟子曰 否라. 此非君子之言이요, 齊東野人之語也라.

요 로 이 순 섭 야 요 전 왈 이 십 유 팔 재 방 훈

堯老而舜攝也러시니, 堯典曰 二十有八載에, 放勳이

내 조 락 백 성 여 상 고 비 삼 년

乃徂落커늘, 百姓은 如喪考妣三年하고,

사 해 알 밀 팔 음 공 자 왈 천 무 이 일

四海는 遏密八音이라 하며, 孔子曰 天無二日이요,

민 무 이 왕 순 기 위 천 자 의

民無二王이라 하시니, 舜이 旣爲天子矣요,

우 솔 천 하 제 후 이 위 요 삼 년 상 시 이 천 자 의

又帥天下諸侯하여, 以爲堯三年喪이면 是는 二天子矣니라

맹자가 말씀하셨다. 아니다. 이것은 군자의 말이 아니라 제나라 동쪽 야인의 말이다. 요임금이 늙어서 순임금이 섭정을 하신 것이니 서경 요전에 말하기를 '순이 섭정한 지 28년 만에 요임금이 별세하시니 백성들은 마치 자기 부모를 잃은 듯이 3년상을 치뤘고 사해는 팔음을 연주하는 것을 그쳤다.' 하였으며, 공자가 말씀하시길 '하늘에는 두 개의 해가 있을 수 없고 백성에게는 두 임금이 있을 수 없다.' 고 하시니 순임금이 이미 천자가 되셨는데 또 천하의 제후를 거느리고 요를 위하

여 삼년 상을 하였다면 이는 천자가 둘이 되는 것이다.

이에 대하여 맹자는 요순과 같은 성왕이 다스린 이상적 상황 하에서 함구몽의 말과 같은 형태의 정치가 이루어졌을 리 없다고 하며, 그의 이야기를 군자가 할 말이 아닌 비루한 사람의 말일 뿐이라고 일축한다. 당시는 오늘날에서 볼 수 있는 것처럼 선출에 의해 왕을 뽑는 방식이 아니었다. 상부(上部)의 왕위세습제(王位世襲制)가 주 방식이었다. 그리고 그 세습이라는 것은 자신의 장자에게 세습하는 것이 아닌 유덕한 자에게 계승되도록 하는 것이었다. 장자세습제(長子相續制)는 보다 후대의 일이다.

천자는 하늘의 해와 같은 존재로 인식되었다. 그렇기에 천자가 둘이라는 것은 하늘에 해가 둘이라는 것과 같은 것으로 여겨졌다. 하늘에 해가 둘이라는 것은 결코 있을 수 없는 이례적인 일에 속한다. 이렇게 자연 현상에 이변이 없는 것처럼 인간관계에도 왕이 둘 존재하는 이변이란 있을 수 없는 일로 인식되었다. 까닭에 맹자는 세속에서 요가 죽기도 전에 순이 왕위에 오르고 또 요가 순을 천자로 인정하여 제후를 이끌고 와서 조회하였다는 것은 있을 수 없는 사실이라고 한 것이다.

넓은 하늘 아래 왕의 땅, 왕의 신하 아닌 것이 없다

함구몽왈 순지불신요 즉오기득문명의 시운
咸丘蒙日 舜之不臣堯는, 則吾旣得聞命矣어니와, 詩云

보천지하 막비왕토 솔토지빈 막비왕신
普天之下, 莫非王土며, 率土之濱이, 莫非王臣이라 하니,

이순 기위천자의 감문고수지비신 여하
而舜이 旣爲天子矣시니, 敢問瞽瞍之非臣은, 如何잇고.

함구몽이 물었다. 순임금이 요 임금을 신하로 삼지 않으신 것은 제가 이미 가르침을 받아서 알고 있지만 ≪시경≫ 「소아(小雅)」 북산(北山)편에 이르기를 '온 하늘 아래에 왕의 땅이 아닌 것이 없으며 온 천하에 왕의 신하 아닌 사람이 없다.' 라 하였으니 아들인 순이 이미 천자가 되셨으니 감히 여쭙겠으니 비록 아버지인 고수가 순임금의 신하가 되지 않은 것은 어찌된 것입니까?

함구몽의 의문은 계속된다. ≪시경≫에 '온 하늘 아래에 왕의 땅이 아닌 것이 없으며 온 천하에 왕의 신하 아닌 사람이 없다.' 라는 구절을 인용하여 요가 죽지 않은 상태에서 순이 천자의 자리에 나아가지는 않았다는 것을 이해할 수 있었으나, 아버지인 고수가 생존한 상황에서 천자의 자리에 나아간 것에 대한 해석은 어떻게 내려져야 하는지를 묻는다.

시의 구절은 글자 그대로 해석할 수 없는 것도 있다

> 왈 시시야 비시지위야 노어왕사이부
> 曰 是詩也는, 非是之謂也라. 勞於王事而不
> 득양부모야 왈차막비왕사
> 得養父母也라 하여, 曰此莫非王事어늘,
> 아독현로야 고 설시자 불이문해사
> 我獨賢勞也라 하니라, 故로 說詩者는, 不以文害辭하며,
> 불이사해지 이의역지 시위득지
> 不以辭害志요, 以意逆志라야, 是爲得之니,

맹자가 말씀하셨다. 이 시는 이것을 말한 것은 아니다. 왕사를 하느라 피곤하여서 부모를 섬기지 못하였기 때문에 '이것이 왕의 일이 아닌 것이 없지만 나만이 홀로 수고롭구나' 라 한 것이다. 그러므로 시를 설명하는 사람은 한 자의 의미 때문에 한 구절의 의미를 해쳐서는 안 되며, 한 구절의 의미 때문에 작품 전체의 의미를 해쳐서는 안 되는 것이고, 보는 사람의 마음으로 작자의 뜻을 이해하여 맞추려고 하여야 이에 시의 본뜻을 알게 되는 것이니,

맹자는 이 부분에서 해명을 할 수밖에 없었다. 그것을 시를 해석하는 방법에 관한 것으로 규정한다. 즉 시를 해석하는 데 있어서 시 한 구절의 의미에 집착하여서 그 구절의 자의(字意) 때문에 전체의

의미를 잃게 되어서는 안 된다는 것이다. 앞 부분에서도 지적하였듯이 어떠한 세계관으로 사물을 바라보는가에 따라 동일한 사물이라도 모습을 달리할 수 있기 때문에 바람직한 사유방식이 무엇인지를 고민하고 그러한 방향으로 사물을 해석하여야 한다는 것이다.

'시를 설명하는 사람은 한 자의 의미 때문에 한 구절의 의미를 해쳐서는 안 되며, 한 구절의 의미 때문에 작품 전체의 의미를 해쳐서는 안 되는 것이고, 보는 사람의 뜻으로 작자의 뜻을 이해하여 맞추려고 하여야, 이에 시의 본뜻을 알게 되는 것이다' 라고 말하는 것은 작품의 주지가 아니라면 그것은 아무리 많은 부분에서 이야기되었다 하더라도 불필요하게 해석되지 않도록 하여야 하고, 비록 지나가는 말처럼 언급하긴 하였으나 작자가 그 속에서 자신의 뜻을 담아내고자 하였다면 그 부분은 제 의미를 부각시켜야 한다는 것이다.

이것이 작품의 해석상의 오류를 최소화하는 것이고, 지향하여야 할 방식이라는 것이다.

글자 그대로 해석하면 전혀 사실과 다른 식이 될 수 있다

여이사이이의 운한지시 왈 주여려민

如以辭而已矣인댄, 雲漢之詩 曰 周餘黎民이,

미 유 혈 유　　　신 사 언 야　　　시 주 무 유 민 야
靡有孑遺라 하니, 信斯言也인댄, 是周無遺民也이니라.

만일 구절의 의미만 가지고 말한다면 ≪시경≫ 대아(大雅) 운한(雲漢)편에서 말한 '주나라의 난리 후에 남은 백성이 단 한 사람도 없다'라 하니, 진실로 이 말을 그대로 믿는다면 이는 주나라에 유민이 단 한 사람도 남아 있지 않아야 하는 것이다.

이를 위해 시 해석상의 문제에서 예시를 한다. '주나라의 난리 후에 남은 백성이, 단 한 사람도 없다.' 라는 구절은 국어 교육을 정상적으로 받은 사람이라면 이것이 유민이 적게 남은 것을 강조하기 위한 수법이라는 것을 알 것이다. 그러나 자구에 집착하다 보면 정말 단 한 사람의 유민도 없는 것처럼 해석될 수 있으니, 이 구절도 이러한 방식을 참고로 해석한다면, 함구몽이 제기한 의문은 해소될 것이라고 맹자는 이야기하고 있다.

효의 최고는 어버이를 높이는 것

효 자 지 지　　　막 대 호 존 친　　　존 친 지 지
孝子之至는, 莫大乎尊親이요, 尊親之至는,

막 대 호 이 천 하 양 위 천 자 부 존 지 지 야
莫大乎以天下養이니, 爲天子父하니, 尊之至也요,

이 천 하 양 양 지 지 야 시 왈 영 언 효 사
以天下養하시니, 養之至也라. 詩曰 永言孝思라,

효 사 유 칙 차 지 위 야
孝思維則이라 하니, 此之謂也니라.

효자의 지극한 것으로 어버이를 높이는 것보다 큰 것이 없고, 어버이를 높이는 것의 극치는 천하를 가지고 어버이를 섬기는 것보다 큰 것이 없다. 고수는 천자의 아버지가 되었으니 높이는 것의 극치였고, 순은 온 천하로 봉양을 하였으니 봉양하는 것의 극치였다. ≪시경≫ 대아(大雅) 하무편(下武篇)에 이르기를, 길이 효도할 것을 생각하니 효도를 할 것을 생각하는 것을 자연과 천하가 본받는다 하니 이것을 이르는 것이다.

자식이 자식된 도리를 다하는 것이 효도인 셈이다. 그리고 효도 중에 가장 큰 것은 자신의 부모를 영광스럽게 하는 것이다. 다시 말하여 세상 사람들이 누구나 '저 사람의 아들은 참 잘되었어!' 라는 식의 생각을 갖도록 하는 것이다. 맹자는 왕노릇하는 것이 효도 중 으뜸이라고 여겼다. 그런데 이렇게 왕노릇하여 천하 사람의 아버지가 되는 것은 자신의 아버지 위에 군림하기 위한 것이 아니라, 그를 높이기 위한 것이라고 한다. 맹자가 인용한 ≪시경≫의 구절도 바로 그러한 의미를 강조하기 위한 것이다.

곧 부모에게 효도하려고 생각하다 보니 자신의 덕을 충실히 닦게 되었고, 부모를 현달케 하다 보니 그 덕을 바탕으로 천자의 지위에까지 오르게 된 것이라는 논리이다.

아비가 자식을 마음대로 못하는 경우가 있다

> 서 왈 지 재 현 고 수 기 기 제 율
> 書曰 祗載見瞽瞍하시되, 夔夔齊栗하신대,
>
> 고 수 역 윤 약 시 위 부 부 득 이 자 야
> 瞽瞍亦允若이라 하니, 是爲父不得而子也니라.

≪서경≫ 대우모(大禹謨)에 이르기를 순이 평소에 일을 공경히 하여 고수를 뵐 적에 공경하고 두려워하였는데 고수도 또한 이를 믿고 따랐다 하니 이것이 아버지가 자식을 마음대로 할 수 없는 것이다.

비록 부모라도 자식의 사회적 지위가 현격히 높아지면 그의 사회적 지위를 인정하고 그에 상응하는 대우를 하여야 한다. 오늘날에도 현직 대통령의 부친은 자신의 아들이 개인적 차원에서는 여전히 아이지만, 일국의 최고 통치자로 대우하는 것이 이에 연유한다. 그러나 순은 자신이 비록 왕의 지위에 있었지만 지극한 효성으로 부친을 뵐 때 여전히 자식처럼 처신하였으며, 고수는 그가 비록 아들처럼 자신을 대하지만 천자의 지위에 오른 것을 긍정하고 천자의 지위에 오르기 전과는 달리 대하였다. 이것을 맹자는 부자가 서로를 존중하여 인륜을 이룩한 모범적 사례라고 생각하였다.

요가 순에게 천하를 주었다는데

> 만장왈 요이천하여순 유저
> 萬章日, 堯以天下與舜이라 하니, 有諸잇가,
>
> 맹자왈 부 천자불능이천하여인
> 孟子日, 否라. 天子不能以天下與人이니라.

만장이 말하였다. 요임금이 천하를 순에게 주셨다 하니 그것이 사실입니까? 맹자가 말씀하셨다. 아니다. 천자라고 하여 천하를 남에게 함부로 줄 수는 없는 것이다.

이 구절은 천명사상과 민본사상의 결부를 보이는 구절이다. 우선 중국인이 천(天)이라는 것을 어떻게 인식하고 있었는지 간략히 살펴보기로 하자.

중용에 나오는 '천명지위성(天命之謂誠)'을 보면, 이 때의 천(天)은

의지를 가진 존재로 우주만물의 생성 · 성장 · 소멸을 주재하는 존재로 나타나고 있다. 동양(東洋)은 이렇게 우주의 만물을 주재하는 신과 같은 존재로 천(天)이외에도 매우 많은 것들을 인정해 왔다. 다만 천은 그중에서 최고의 지위를 가진 것일 뿐이다.

이에 비하여 서양은 유일신 사상을 지니고 있다. 그들이 우상숭배를 금지하는 것은 자신이 섬기는 유일신의 지위를 손상시키지 않으려는 의도에서 비롯된 것이다. — 이러한 천이 주재한 만물 중에 인간이라는 피조물(被造物)이 있다. 그리고 그러한 인간 중에 가장 덕이 뛰어난 사람에게 천은 자신의 임무를 대신할 권한을 부여한다. 최고의 통치자에게 천자라는 표현을 쓰는 것은 이러한 이유에서이다.

성대(盛代)에는 천자의 지위에 유덕자만 올랐기 때문에 천자라고 이름하는 데 문제가 없었으나, 후대로 내려와 춘추전국시대에 이르러 침략전쟁이 노골화되고 강력한 경제력과 군사력을 지닌 사람이 왕의 지위에 오르면서 천자라는 용어는 잘 쓰지 않게 되었다.

만장은 맹자에게 요가 순에게 천자의 자리를 양보하였다는 것이 사실인지를 질문한다. 그에 대한 맹자의 대답은 '아니다' 이다. 왜냐하면 천자는 하늘의 명을 받은 사람이고, 천하(天下)는 천자의 사유물(私有物)이 아니므로 자의적 처분을 할 수 없는 것이라 한다. 다시 말해 천하를 순에게 준 것은 증여의 주체가 달리 있는 것이지 일 개인인 (천자도 천의 명에 의한 것이므로) 요(堯)가 자의적으로 할 수 있는 일이 아니라고 한다.

순에게 천하를 준 것은 하늘이지 요임금이 아니다

연즉순유천하야　숙여지　왈천여지
然則舜有天下也는, 孰與之잇가. 曰天與之시니라.

그렇다면 순이 천하를 소유한 것은 누가 준 것입니까? 하늘이 주신 것이다.

만장은 이에 증여(贈與)의 주체(主體)가 누구인지를 확인하고자 부가 질문을 한다. 이에 맹자는 하늘이 주었다고 한다. 한편 이때 말하는 하늘(天)은 만물이 각자의 본성을 스스로 이루도록 무의지 · 무목적인 상태에서 존재하는 것이라기보다 그것이 각자에게 적합한 상태로 존재하도록 실현시키는 의지를 가진 것이라고 하겠다. 그리고 이러한 일은 인격을 지니고 있는 존재에 의해 명령되고, 이것은 민심에 의하여 형성되는 것이므로 천이 왕위를 준 셈이라고 한다.

하늘은 말없이 자신의 위치를 드러낸다

천여지자　순순연명지호
天與之者는, 諄諄然命之乎잇가.

하늘이 주셨다는 것은 명확하게 명한 것입니까?

그러나 하늘이 특정인에게 천하를 줄 때 이러저러하게 하라고 구체적으로 세세히 언급하느냐고 묻는다.

하늘은 말을 하지 않는다

> 왈부 천불언 이행여사 시지이이의
> 曰否라 天不言이라, 以行與事로, 示之而已矣시니라.

아니다. 하늘은 말을 하지 않기에 순의 행실과 일로써 보여줄 뿐이니라.

그러나 그것을 구체적으로 명명하는 것은 아니라고 한다. 인격신의 행위를 우리는 구체적으로 확인할 수 없다. 그것은 현상계에 비친 사물을 통해 감지할 뿐이다. 우리가 봄이 왔다는 것을 확인하는 것은 포근해진 날씨와 아울러 새순이 돋아나는 등의 주위 환경의 변화를 통해 느끼는 것이지, 하늘이 봄이 되었다고 구체적 표현(말)을 통하여 우리에게 일러주는 것은 아님은 주지의 사실이다.

순에 대한 일 또한 그러하였다. 순의 행적이 천자가 되기에 충분하다는 것을 보임으로써 천자의 지위를 물려주는 것을 합리화한 것이지 순에게 왕위를 물려주라고 구체적으로 말한 것은 아니었다.

천자가 인재를 추천할 수는 있어도 직접 명령할 수는 없다

> 왈 이 행 여 사　시 지 자　여 지 하　왈 천 자 능
> 曰以行與事로 示之者는, 如之何잇고. 曰天子能
>
> 천 인 어 천　불 능 사 천 여 지 천 하
> 薦人於天이언정, 不能使天與之天下며,
>
> 제 후 능 천 인 어 천 자　불 능 사 천 자 여 지 제 후
> 諸侯能薦人於天子언정, 不能使天子與之諸侯며,
>
> 대 부 능 천 인 어 제 후　불 능 사 제 후 여 지 대 부
> 大夫能薦人於諸侯언정, 不能使諸侯與之大夫니,

행동과 일로써 하늘의 뜻을 보여 주었다는 것은 어떻게 되는 것입니까? 천자는 적당한 사람을 하늘에 천거할 수는 있지만 하늘에게 천하를 주라고 하지는 못하며, 제후는 천자에게 적당한 인재를 추천할 수는 있지만 천자로 하여금 그에게 제후의 지위를 주라고 할 수는 없으며, 대부는 제후에게 사람을 추천할 수는 있지만 제후에게 그에게 대부의 지위를 주라고 하지는 못한다.

그리고 무엇인가를 주는 사람은 그보다 상위에 있어야 하는데, 천자보다 상위에 있는 인간계의 지위는 없으므로 가장 상위에 있는 사람이 그를 추천하고 천(天)이 인준(認準)하는 형식을 취한다는 것이다. 이는 요(堯)가 순(舜)에게 임의로 양위(讓位)한 것이 아니라 하늘에 천거하였다는 것을 보이기 위한 서술 방식인 셈이다. 천자의 명령을 받았다고 천자가 되는 것은 아니다. 그는 자기를 인준한 사람보다 낮은 지위에 있게 될 뿐이다. 그러므로 천자가 되려면 현재의 천자에게 왕위를 인정받는 것이 아니라 온 천하 사람(人乃天)으로부터 인정을 받아야 비로소 천자로서 구실할 수 있다.

이것이 민본사상의 핵심인 것이다. 그렇다고 하여 이러한 과정이 오늘날의 민주정치처럼 백성이 정치적 행위의 주체가 되었다는 것을 의미하는 것은 절대로 아니다. 여전히 그들은 정치의 객체로만 존재할 뿐이었다. 다음에 다시 구체적 설명을 하게 되겠으나, 다만 당시의 제후들이 민(民)의 존재의의를 경시하고 있던 상황에서 그의 존재가치를 충분히 인정하도록 하여야 한다는 논리를 편 것이 맹자가 펼친 민본사상의 의의인 것이다.

순의 행위를 백성이 수용하자 왕위에 천거한 것이고

석 자　　요 천 순 어 천 이 천 수 지
昔者에, 堯薦舜於天而天受之하시고,

폭 지 어 민 이 민 수 지　　고　왈 천 불 언
暴之於民而民受之라, 故로 曰天不言이라,

이 행 여 사　시 지 이 이 의
以行與事로 示之而已矣라 하노라.

옛날에 요가 순을 하늘에 천거하자 하늘이 이를 받으셨고 순을 백성들 앞에 내놓았는데 백성들이 이를 받아들였다. 까닭에 '하늘은 말이 없기에 사람의 행실과 하는 일로써 보일 뿐이다.' 라고 하는 것이다.

앞에서 천자의 지위를 개개인이 함부로 주고받을 수 없다는 것을 이야기하였는데, 여기에서 그에 관한 구체적 양위과정이 서술되어 있다. 요는 순을 천거하고 순의 행위를 지켜 본 백성이 긍정적 평가를 내리자 천은 그가 천자의 자리에 오르는 것을 인정하였다는 것이다.

순의 제사를 흠향한 것은 귀신이 그를 죄주로 인정한 것이고

왈 감 문　　천 지 어 천 이 천 수 지
曰敢問하노니 薦之於天而天受之하시고,

폭 지 어 민 이 민 수 지　　여 하
暴之於民而民受之는, 如何잇고.

왈 사 지 주 제 이 백 신 향 지　　시　천 수 지
曰使之主祭而百神享之하니, 是는 天受之요,

사 지 주 사 이 사 치　　백 성 안 지　　시　민 수 지 야
使之主事而事治하여, 百姓安之하니, 是는 民受之也라.

천 여 지　　인 여 지　　고　왈 천 자 불 능 이 천 하 여 인
天與之하며, 人與之라, 故로 曰天子不能以天下與人이라 하니,

감히 묻겠습니다. 순을 하늘에 천거하였더니 하늘이 받아 주셨고 백성들 앞에 내놓으니 백성이 그를 받아들였다는 것은 무엇을 이야기 하는 것입니까? 왕이 순에게 제사를 주관하게 하시니 온갖 신들이 와서 이를 흠향하셨으니 이것은 하늘이 이를 받아들였다는 것이고, 그로 하여금 일을 주관하게 하시니 하는 일마다 잘 다스려져 백성들이 편안하여졌으니 이는 백성들이 그를 받아들인 것이다, 하늘이 그를 인정하며 백성들이 그를 인정하였던 지라, 까닭에 '천자가 천하를 함부로 남에게 줄 수 없다' 고 말하는 것이다.

만장은 하늘이 순을 천자의 지위에 올리기 위해 어떤 시험을 치르었으며 어떠한 결과가 나타났기에 천자로 인준하였는지 묻는다. 맹자는 이에 대한 대답을 순이 제사를 주관하면서 있었던 일을 통해 설명한다. 제정분리가 되지 않았던 당시는 최고 통치자가 그 나라의 제사를 주관하였다. 까닭에 제사를 주관하는 사람은 신과 함께 어떤 신비한 능력을 지닌 것으로 생각되기도 하였다.

여기에서 순이 제사를 주관하자 온갖 신이 와서 흠향하였다는 것은 바로 신으로부터 자신의 존재를 인정받았음을 의미하는 것이다. 중국인에게 있어 천은 우주 만물의 주재자로 최고의 인격신이니 온갖 신의 흠향은 곧 천으로부터 천자로 될 만한 자질을 인정받게 되는 것이다. 까닭에 순이 요로부터 천자의 자리를 물려 받은 것은 특정 개인의 사적 소유물(국왕의 권한)의 전이가 아닌 것이다.

요가 죽자 백성들이 순에게 간 것은 천명에 근거한 것이다

> 순 상요이십유팔재 비인지소능위야
> 舜이 相堯二十有八載하시니, 非人之所能爲也요,
>
> 천야 요붕 삼년지상 필 순
> 天也라. 堯崩이어시늘, 三年之喪을, 畢하고, 舜이

피 요 지 자 어 남 하 지 남 천 하 제 후 조 근 자
避堯之子於南河之南이어시늘, 天下諸侯朝覲者가,

부 지 요 지 자 이 지 순 송 옥 자
不之堯之子而之舜하며, 訟獄者가

부 지 요 지 자 이 지 순 구 가 자
不之堯之子而之舜하며, 謳歌者가

불 구 가 요 지 자 이 구 가 순 고 왈 천 야
不謳歌堯之子而謳歌舜이라, 故로 曰天也라.

순이 요를 28년이나 보필하였으니 이는 보통 사람이 할 수 있는 것이 아니요 천명이었으며, 요임금이 돌아가시니 삼년상을 다 마치시고 순이 요의 아들을 피하여 남하의 남쪽으로 가 계셨는데 천하의 제후로 천자에게 조회하러 오는 자들이 요의 아들에게 가지 않고 순에게 갔으며 소송을 제기하여 판결을 바라던 자들이 요의 아들에게 가지 않고 순에게 갔으며, 왕의 덕을 노래하는 자들도 요의 아들의 덕을 노래한 것이 아니라 순의 덕을 노래하였으니 까닭에 천명이라고 말하는 것이다.

사회가 아직 분화되지 않았을 때, 천자의 자리는 혈연관계를 기초로 세습한 것이 아니라 상층부의 합의로 유덕한 사람에게 전해졌다. 이때 전승(傳承)의 주요부분이 되는 자가 만물의 주재자인 천(天)이다. 그리고 이것은 민심의 향배에 의해 결정지워지기도 하였다. 요가 죽자 순은 자신이 보필하던 왕이 세상을 떠났기에 초야로 은둔하

였다. 그러나 민심은 부덕한 요의 아들에게 가지 않고 유덕한 순에게 기울었고 천이 승인한 것은 바로 이점 때문이라는 것이다.

맹자가 민심을 누차 강조하는 이유는 당시 제후들이 민에 대한 관심을 기울이지 않는 것에 경각심을 불러일으키기 위한 의도가 내재되어 있다. 맹자의 입장에서도 유덕한 순이 천자의 지위에 나아가는 것은 당연하였던 것이다. 동학에서 인내천(人乃天)을 강조했던 것은 지배층에게 수탈만 당하던 민에게 주인의식을 불러일으키기 위한 것이기도 하다.

이를 토대로 왕위에 오르니 천명인 것이다

> 부연후 　지중국 　천천자위언
> 夫然後에, 之中國하사, 踐天子位焉하시니,
>
> 이거요지궁 　핍요지자 　시찬야 　비천여야
> 而居堯之宮하여, 逼堯之子면, 是篡也요, 非天與也니라.

대저 이렇게 된 후에야 서울로 가서 천자의 지위에 나아갔으니 그렇지 않고 요의 궁궐에 거처하면서 요의 아들을 핍박하였다면 이는 왕위를 찬탈한 것이지 하늘이 덕이 있다고 물려준 것이 아니다.

이러한 절차를 거치고서야 순이 천자의 지위에 나아갔으므로 비록 왕의 아들은 아니지만 왕위를 빼앗은 것이 아니며, 요가 거처하던 궁궐을 사용하더라도 빼앗았다고 말하지 않고, 다만 하늘이 순이 덕이 있다고 생각하여 그에게 물려주었다고 말한다고 한다.

백성은 하늘의 의지를 대변하는 자들이다

> 태서왈 천시자아민시
> 太誓曰, 天視自我民視하며,
>
> 천청자아민청 차지위야
> 天聽自我民聽이라 하니, 此之謂也라.

까닭에 태서에서 '하늘이 보는 것은 우리 백성들이 보는 것에서 말미암고 하늘이 듣는 것은 우리 백성들이 듣는 것에서 말미암는다.' 라 하였으니 이것을 일컫는 것이다."

이 부분은 민의(民意)가 천의(天意)임을 보여 주는 구절이다. 이는 진심장(盡心章)에서 '민위귀 사직차지(民爲貴 社稷次之)' 라는 구절과 함께 맹자의 민본사상을 가장 뚜렷하게 드러내 보이는 구절이다. 인격신이 어떤 일을 주재할 때 개인의 의지로 결정하는 것이 아니라 인간의 공통된 생각을 바탕으로 그 방향을 결정한다는 것이다.

만장장구 萬章章句 하

만장장구 하에서는 성인을 예로 들어 여러 종류의 처세 방법을 설명하고 있다. 아울러 신하로서의 처신에 관하여도 언급한다. 관직에 나아갈 때에는 시의적절(時宜適切)하게 하여야 하며, 마땅한 부름이 아니면 그것이 설사 죽음을 초래한다 하여도 거절할 줄 알아야 한다고 말한다. 이 또한 인(仁)을 바탕으로 한 것이라 할 수 있다.

백이는 어지러운 조정엔 나아가지 않았다

맹 자 왈 백 이 목 불 시 악 색 이 불 청 악 성
孟子曰 伯夷는, 目不視惡色하며, 耳不聽惡聲하고,

비 기 군 불 사 비 기 민 불 사 치 즉 진
非其君不事하며, 非其民不使하여, 治則進하고,

난 즉 퇴 횡 정 지 소 출 횡 민 지 소 지 불 인 거 야
亂則退하여, 橫政之所出과, 橫民之所止에, 不忍居也하며,

사 여 향 인 처 여 이 조 의 조 관 좌 어 도 탄 야
思與鄕人處하되, 如以朝衣朝冠으로, 坐於塗炭也이러니,

맹자가 말씀하셨다. 백이는 눈으로는 나쁜 색을 보지 않았으며 귀로는 나쁜 소리를 듣지 않았고 섬길 만한 군주가 아니라면 섬기지 아니하였으며 부릴 만한 백성이 아니라면 부리지 아니하여 나라가 잘 다스려지면 벼슬자리에 나아갔고 나라가 어지러우면 벼슬에서 물러나와 멋대로 하는 정치가 나오는 곳과 멋대로 구는 백성이 거주하는 곳에는 차마 거주하지 못하였으며 향인들과 거처하되 마치 조정에 나아갈 때 입는 깨끗한 관을 쓰고 의복을 입고 도탄에 앉아 있는 것처럼 여기더니,

백이숙제는 청렴한 사람의 대명사로 불리운다. 이들이 청렴의 상징으로 되어 버린 것은 후대 공자가 그의 덕을 높이 평가한 것도 적지 않은 영향을 끼쳤다. 그들은 자신이 판단할 때 옳지 않다고 여기

면 절대로 하지 않았던 사람으로, 결벽증적(潔癖症的)인 요소도 지닌 부류의 인물이다. 덕망 있는 사람도 아니면서 왕위에 올라 국가 운영을 제대로 하지 못하는 사람이라면 그는 왕으로 섬기지 않았으며, 예의 범절을 알지 못하는 백성들은 부릴 생각도 하지 않았고, 나라가 잘 다스려져야만 벼슬길에 나아가고, 잘 다스려지지 아니하면 벼슬길에 나아가지 않았다. 이렇게 처신하여야 부정으로부터 자신을 유혹당하지 않게 하는 것이라 생각하였던 것이다.

백이의 기풍에 사람들이 자신의 의지를 굳게 세우게 되었다

> 당주지시 거북해지빈 이대천하지청야
> **當紂之時하여, 居北海之濱하여, 以待天下之淸也하니,**
>
> 고 문백이지풍자 완부렴 나부유립지
> **故로 聞伯夷之風者는, 頑夫廉하며, 懦夫有立志하니라.**

폭군인 주가 다스리던 때를 당하여 북해의 가에 거처하면서 천하가 깨끗해지길 기다렸다. 까닭에 백이의 기풍을 듣는 사람으로 완악한 사람은 청렴해지고 나약한 사람은 제 뜻을 꿋꿋하게 세우게 된다.

그 결과 백이의 행위를 본받는 사람들이 생겨났고, 완악한 사람이 청렴해지고, 의지가 약하던 사람은 의지가 굳어지게 하는 등의 긍정적 역할을 하였다. 그러나 소극적인 그들의 행위는 사회악을 조장하는 무리들의 견제 역할을 수행할 수 없었고, 결국 사회악을 조장하는 역효과를 발생하게 한 셈이었다.

오늘날 국회에서 수적 우위에 있는 정당이 국익을 위하기보다 자신들의 기득권을 유지시키기 위해 악법을 상정하여 날치기로 통과시킬 때, 수적 열세에 있는 야당이 국민의 이익을 위한 악법 통과를 저지하지 않고 국회등원을 거부하는 등의 조치를 취한다면 아마 여당은 여기에 더욱 자신의 야욕을 채우기에 급급할 것이다. 비록 순리에 어긋난 것일 수 있으나 정치적 투쟁을 통해 악법개폐의 불가함을 보인다면 쉽사리 자의적 날치기 통과 등은 하지 않을 것이다.

이윤은 '누굴 섬긴들 어떠리?' 하며 적극적으로 출사하였다

> 이윤왈 하사비군 하사비민
> 伊尹曰, 何事非君이며, 何使非民이리오 하여,
>
> 치역진 난역진 왈천지생사민야 사선지
> 治亦進하고, 亂亦進하여, 曰天之生斯民也는, 使先知로,

> 覺後知하며, 使先覺으로, 覺後覺이시니, 予는
> 天民之先覺者也로니, 予는 將以此道로, 覺此民也라 하며,

이윤이 말하기를 누구를 섬긴들 나의 임금이 아닐 것이며 누구를 부린들 내가 부릴 만한 백성이 아니겠는가? 나라가 잘 다스려져도 또한 관직에 나아가며 어지러워져도 또한 관직에 나아가서 말하기를 하늘이 이 백성을 낸 것은 먼저 안 사람으로 하여금 나중에 아는 사람을 깨우쳐 주도록 하고 먼저 깨달은 사람으로 하여금 나중에 깨닫는 사람을 깨우치게 하려는 것이니 나는 하늘이 낸 백성 중에서 먼저 깨달은 사람이니 내 장차 이 요순의 도로 이 백성들을 깨우치겠노라 하며,

천하 사람들의 괴로움을 자신의 것으로 여겼다

> 思天下之民이, 匹夫匹婦가 有不與被堯舜之澤者어든,
> 若己推而內之溝中하니, 其自任以天下之重也니라.

그리하여 이윤은 생각하기를 천하의 백성이 이름없는 단 한 사람

이라도 요순의 은택을 입는 데 끼지 못한 자가 있다면 마치 자기가 밀쳐서 도랑 한가운데로 밀어 넣은 것처럼 여겼으니 이는 천하의 중임을 자기가 맡고 나선 것이다.

이윤은 백이와 정반대의 사고방식을 지녔었다. 그렇기에 그는 누구를 섬긴들 내가 섬길 만한 임금이 아니겠으며, 누구를 부린들 내가 부릴 만한 백성이 아니겠는가라고 하며 적극적으로 관직에 나아갈 것을 지향하였다.

이것이 나라가 어지러워도 은둔하지 않고 관직에 나아가 그 나라를 구제하려고 노력하는 방식으로 표출된 것이다. 자신이 세상의 이치를 먼저 깨달았으니 이것을 아직 깨닫지 못한 사람을 깨우치는 데 사용하며, 백성 중에 요순의 도에 감화되지 못한 사람이 하나라도 있으면 그들을 교화하여 요순의 도의 은택을 받도록 하는데 노력하겠다는 식의 사고 방식은 선각자가 후각자를 깨우치기 위해 사용하는 논리이다. 먼저 안 사람이 나중 안 사람을 일깨워야만 백성의 차가 줄어들어 민의 도덕성 회복에 기여할 수 있다는 유가의 생각과 일맥상통하는 것이 있다.

이러한 식의 적극적 사고방식이 그로 하여금 한편으로 성인의 경지에 나아간 것으로 인식되게 하였다.

유하혜는 아무리 미천한 관직도 사양치 않았다

유 하 혜　불 수 오 군　불 사 소 관　진 불 은 현
柳下惠는, 不羞汚君하며, 不辭小官하며, 進不隱賢하여,

필 이 기 도　유 일 이 불 원　액 궁 이 불 민
必以其道하며, 遺佚而不怨하며, 阨窮而不憫하며,

여 향 인 처　유 유 연 불 인 거 야　이 위 이
與鄕人處하되, 由由然不忍去也하여, 爾爲爾요,

아 위 아　수 단 석 나 정 어 아 측
我爲我니, 雖袒裼裸裎於我側인들,

이 언 능 매 아 재　고　문 류 하 혜 지 풍 자
爾焉能浼我哉리오 하니, 故로 聞柳下惠之風者는,

비 부 관　박 부 돈
鄙夫寬하며, 薄夫敦하니라.

유하혜는 더러운 군주를 섬기는 것을 조금도 부끄럽게 여기지 않았으며 미천한 관직도 사양하지 않았으며 관직에 나아감에 자신의 현명한 재주를 숨기지 아니하여 반드시 올바른 도리대로 하며 벼슬길에 버림을 받아도 원망하지 않았으며 곤궁함을 만나도 걱정하지 않았으며 시골 사람과 함께 거처하되 유유연하게 차마 그 사람들을 떠나갈 수 없는 것처럼 여겨 말하기를 '너는 너고 나는 나니 네가 비록 내 옆에서 옷자락을 벗는다 한들 네가 어찌 나를 더럽힐 수 있겠는가' 하니 까닭에 유하혜의 기풍을 들은 사람으로 비루하던 사람은 너그러워지며 인심이 박하던 사람은 후하여진다.

이들과 또 다른 방식으로 살아간 사람으로 유하혜가 있다. 그는 세상 사람들의 평가로부터 초월하여 자신의 판단이 옳다고 생각하면 그 행동이 쉽든 어렵든 적극적으로 추진한 부류의 인물이다. 까닭에 도덕적으로 타락한 군주라도 섬기는 것을 부끄럽게 여기지 않았고, 한 번 관직에 나아가면 아무리 하찮은 관직이라도 부끄럽게 여기지 아니하였으며, 자신이 판단하여 옳다고 여기는 대로 처신하여 설혹 관직에서 쫓겨나더라도 남을 원망하는 일이 없었다. '너는 너고, 나는 나니 네가 나를 어떻게 더럽힐 수 있느냐' 라는 그의 말은 자신의 존재에 대한 확신에서 비롯된 것으로 훗날 그의 기풍을 배웠던 사람으로 마음이 좁던 사람은 너그러워지게 되었던 것이다.

공자는 상황에 따라 시의적절(時宜適切)하게 처세하였다

> 공자지거제 접석이행 거로 왈지지
> 孔子之去齊에, 接淅而行하시고, 去魯에, 曰遲遲라,
>
> 오행야 거부모국지도야 가이속이속
> 吾行也여하시니, 去父母國之道也라, 可以速而速하며,

가 이 구 이 구 　　가 이 처 이 처
可以久而久하며, 可以處而處하며,

가 이 사 이 사 　　공 자 야
可以仕而仕는, 孔子也니라.

공자가 제나라를 떠나가실 때 밥을 지으려고 담가두었던 쌀을 거두어 바로 떠나셨고 노나라를 떠나실 때 '느리고 느리도다 나의 걸음걸이여.'라 말씀하시니, 이는 부모의 나라를 떠나는 도리이다. 빨리 떠날 만하면 빨리 떠나고 오래 머물 만하면 오래 머물며 은둔할 만하면 은둔하고 벼슬할 만하면 벼슬하는 것은 공자인 것이다.

앞의 세 사람이 각자 자기가 정한 바의 방식에서 한쪽 극단에 치우쳐 융통성을 잃었다면 공자는 상황의 추이(推移)에 따라 유연하게 대처한 경우의 인물이라 할 수 있다. 그들은 세상의 여건에 따라 자신의 처신을 달리하지 않았기에 중용의 도를 잃었다고 할 수 있으며, 시중(時中)-시대 상황에 맞음-을 이룬 경우에 속한다.

공자는 벼슬을 할 만한 사회적 상황이면 관직에 나아가고, 사회정치적 상황이 악화되어 자신의 출사가 개인적, 사회적으로 전혀 도움이 되지 못하다고 판단될 경우에는 관직에서 물러나 자신의 몸을 수양하면서 자신이 옳다고 여기는 것을 지켰다. 이러한 행위를 기회주의적 속성에서 비롯된 것이라 매도할 수도 있으나, 윤리적으로 적합한 상태에서, 객관세계를 긍정하면서 자신을 세계와 조화시키려 한 관점으로 볼 때 바람직한 태도라 할 수 있는 것이다.

도덕적으로 깨끗하지 못한 정권에 나아가 자신의 도를 편다는 것은 상식의 차원에서도 어려운 줄을 알 것이다. 반대로 정치적 상황이 건전한 방향으로 개선되고, 사회가 올바른 도를 지닌 사람을 필요로 하는데, 출사를 거부하면서 사회정의 구현에 협조하지 않는 것으로 또한 바람직하지 못한 태도라 할 수 있다. 물론 이것은 상황에 따라 자신의 출사에 대한 판단이 상당히 자의적일 수도 있으나, 공자는 세상의 치란에 대한 공정한 평가를 할 수 있는 인물이란 전제가 있고 나서 논의되는 것이다.

공자는 성인 중에서도 시중(時中)인 사람이다

> 맹자왈 백이 성지청자야 이윤 성지임자야
> 孟子曰 伯夷는, 聖之淸者也요, 伊尹은 聖之任者也요,
> 유하혜 성지화자야 공자 성지시자야
> 柳下惠는 聖之和者也요, 孔子는 聖之時者也니라.

맹자가 말씀하셨다. 백이는 성인 가운데 청렴한 사람이요, 이윤은 성인 중에서 천하를 자기의 책임으로 삼았던 사람이고, 유하혜는 성인 가운데 시속과 잘 화합하였던 자이고, 공자는 성인 가운데 덕을 때에 맞게 적절하게 베푼 사람이시다.

백이는 청렴한 덕을 높이 평가할 만하고, 이윤은 사회정의를 실현하기 위하여 적극적으로 노력한 것을 칭찬할 만하고, 유하혜는 확고한 자기주관을 가지고 외부의 논의에 구애됨이 없이 올곧게 처신하였다. 그러나 이들은 이미 자신이 정한 방향에 따라 융통성 없이 처신한 한 극단에 치우친 결점을 지닌 사람들이다. 그러므로 온전한 출사관을 구현하였다고 할 수 없다. 이에 비하여 공자는 자신이 지향한 바와 외부 세계와의 조화를 염두에 두면서 시대 상황에 맞추어 적절하게 처신하였다. 까닭에 맹자는 공자의 출사관을 가장 높이 평가한 것이다.

공자는 성인의 훌륭한 면을 모두 모은 인물이다

> 공 자 지 위 집 대 성　　집 대 성 야 자
> 孔子之謂集大成이니, 集大成也者는,
>
> 금 성 이 옥 진 지 야　금 성 야 자
> 金聲而玉振之也라. 金聲也者는,
>
> 시 조 리 야　　옥 진 지 야 자　　종 조 리 야
> 始條理也요, 玉振之也者는, 終條理也니,
>
> 시 조 리 자　　지 지 사 야
> 始條理者는, 智之事也요,

종 조 리 자 성 지 사 야
終條理者는, 聖之事也니라.

공자를 세 성인의 일을 집대성한 사람이라고 하니 집대성이라고 말하는 것은 금으로 소리를 퍼뜨리고 옥으로 펼쳐내어 그 조화를 이루는 것이다. 금으로 소리를 낸다는 것은 처음에 조리있게 시작한다는 것이요, 옥으로 떨친다는 것은 조리있게 끝맺는다는 것이니, 조리있게 시작한다는 것은 지혜로운 사람의 일이요, 조리있게 끝맺는다는 것은 성인의 일인 것이다.

이것을 음악에 비유한다. 음악을 시작할 때, 종을 울려 소리의 조화를 꾀한다. 그리고 음악연주가 끝날 무렵이면 경이라는 돌로 만든 타악기를 쳐서 음악을 정리한다. 이것을 오케스트라에 비유해 보자. 오케스트라에서 연주되는 악기의 수는 무수히 많다. 그리고 그것들은 나름대로 다양한 소리를 낸다. 바이얼린, 버올라, 첼로, 콘트라베이스, 플루트, 트럼펫, 클라리넷, 섹스폰 등과 같은 것은 소리를 한꺼번에 낼 경우 음악으로서의 효용을 느끼지 못한다. 그러나 지휘자의 신호에 소리를 내야 할 부분과 내지 말아야 할 부분을 구분하면서, 강약과 고저를 조화롭게 한 후, 마지막에서 가서 완전한 악곡으로 정리되면 그것이 하나의 완전한 예술작품으로 느껴질 수 있다. 이렇게 서로 다른 성격을 갖는 것을 시의 적절하게 이용하여 하나의 조화로운 구성체가 되도록 하는 것이 지휘자의 임무이다.

성인이 백성을 다스리는 것도 이러한 방식이어야 한다. 자신이 이미 정한 방식을 고집하면서 융통성 없이 처신하기보다 세계의 다양한 요구를 조화롭게 수렴하면서 분쟁의 소지를 줄이는 것이 사회적 안정을 가져다주는 기본적 요인이 되리라고 본다.

완전한 인격체가 되려면 지혜와 어짐을 공유하여야 한다

> 지 비즉교야 성 비즉력야
> 智를 譬則巧也요, 聖을 譬則力也니,
>
> 유사어백보지외야 기지 이력야
> 由射於百步之外也하니, 其至는, 爾力也어니와,
>
> 기중 비이력야
> 其中은, 非爾力也니라.

지혜를 활쏘기에 비유한다면 기교에 해당되고, 성을 비유한다면 곧 힘에 해당하니, 백 보 밖에서 활을 쏘니 그것이 과녁에 도달하는 것은 너의 힘이거니와 과녁에 적중하는 것은 너의 힘으로 할 수 있는 것이 아닌 것이다.

활쏘기에 비유하여도 마찬가지이다. 과녁에 적중시키는 것은 고

도의 테크닉을 필요로 하지만 아무리 뛰어난 기량을 지니고 있어도 과녁에 도달할 정도의 힘을 지니지 못하였다면 소용없는 것이다. 힘과 기가 동시에 조화롭게 갖추어져야 소기의 목적을 달성할 수 있는 것이다. 나라를 다스리는 것도 마찬가지여서 지혜만 있다고 되는 것이 아니라 성스런 능력을 동시에 지니고 있어야 한다는 것이다.

정치가 이루어지지 않으면 왕의 자리도 위험하다

제선왕 문경 맹자왈 왕 하경지문야
齊宣王 問卿한대, 孟子曰 王은 何卿之問也시니잇고.

왕왈 경부동호 왈부동 유귀척지경
王曰 卿不同乎잇가. 曰不同하니, 有貴戚之卿하며,

유이성지경 왕왈 청문귀척지경
有異姓之卿이니이다. 王曰 請問貴戚之卿하노이다.

왈군 유대과즉간 반복지이불청 즉역위
曰君 有大過則諫하고, 反覆之而不聽이면, 則易位니이다.

제나라 선왕이 경의 지위에 대하여 물으니 맹자가 말씀하셨다. 왕께서는 어떤 경에 대하여 물으시는 것입니까? 경엔 다른 직책이 있습니까? 맹자가 말하였다. '같지 않으니 왕과 성이 같은 경이 있으며 왕과 성이 다른 경이 있습니다.' 왕이 말하셨다. '성(姓)이 같은 경(卿)에 대하여 묻겠습니다.', '왕이 큰 잘못을 저지르면 간하고 반복하여도 듣지 않는다면 왕의 자리를 다른 동성(同姓)의 사람으로 바꿉니다.'

경이라는 직책은 왕의 정치적 행사에 매우 큰 영향력을 발휘한다. 제 선왕은 그러한 사람의 역할이 무엇인지 맹자에게 묻는다. 그러자 맹자는 자신의 경에 대한 견해를 피력하고자 우선 두 부류로 구분하여 이야기한다.

그 첫째는 혈족으로서 경의 지위에 있는 사람이다. 왕이 잘못을 하면 그것을 간하고, 그래도 말을 듣지않으면 다른 사람으로 교체해 버릴 수 있는 사람이라고 한다.

이 말에 대하여 제 선왕이 과민 반응을 보이는 것은 그가 이전에 은나라 주왕이 포악한 정치를 하였다고 신하에게 시해를 당하였는데, 그것을 어떻게 평가하여야 하는가란 질문에 도덕적으로 하자가 있어 민의를 저버리고 왕으로서의 역할을 충분히 하지 못하였으므로 주를 죽인 것은 왕을 죽인 것이 아니라 일개 평민을 죽인 것에 불과하다는 입장을 보인 것을 잘 알기 때문이다. 이는 자신의 정치가 제대로 되지 않으면 왕의 자리를 빼앗길 수도 있다는 것에 다름아닌 것이기 때문이다.

왕위를 바꿀 수 있다는 말에 왕은 안색이 변하고

왕 발연변호색
王이 勃然變乎色한대,

왕이 시뻘겋게 얼굴빛이 변하니,

까닭에 왕은 안색이 붉으락푸르락할 수밖에 없었을 것이다.

맹자는 이를 무마시키며

왈왕물이야 왕문신
日王勿異也하소서, 王問臣하실새,

신불감불이정대
臣不敢不以正對이니이다.

맹자가 말씀하셨다. 왕께서는 이상하게 생각하지 마십시오. 왕이 저에게 물으시기에 저는 올바로 대답하지 않을 수 없었습니다.

맹자가 왕의 안색이 변한 것을 보고 무마하면서 이야기한다. 진지하게 묻기에 솔직하게 답하였을 뿐이요, 반드시 왕이 그렇게 되리란 보장은 없으니 안심하라는 것이다.

물론 본심이 어디에 있는지는 제 선왕도 잘 알 것이다.

이성(異姓)의 경은 간언이 받아들여지지 않으면 그 나라를 떠난다

> 왕 색 정 연 후　　청 문 이 성 지 경　　왈 군 유 과 즉 간
> 王色定然後에, 請問異姓之卿한대, 曰君 有過則諫하고,
>
> 반 복 지 이 불 청　　즉 거
> 反覆之而不聽이면, 則去니이다.

왕이 안색을 바로잡은 다음에 왕과 성이 다른 경에 대하여 물으니 맹자가 말씀하시길, 왕이 큰 잘못을 하면 간하고 반복하여도 듣지 않으면 그 나라를 떠나는 것입니다.

왕이 안색을 바로 하자, 맹자는 다시 자신의 이야기를 개진해 간다. 이성의 경은 왕이 아무리 잘못하여도 왕의 지위를 위협하지는 않으며 다만 간한 것이 받아들여지지 아니하면 그곳을 떠난다는 것이다. 중이 절이 싫으면 그 절을 떠나듯이.

그러나 혈족관계로 맺어진 경(卿)의 경우는, 군신관계이면서도 혈연으로 연결되어 있기에 국가가 잘 다스려지지 않는다고 하여 함부로 떠날 수 없다.

까닭에 왕에게 올바른 도를 간하여도 받아들이지 않으면 국가를 유지하기 위하여 부득이하게 다른 사람으로 교체하여 사직을 유지하여야 한다. 다만 이성의 경은 군신관계가 그보다는 소원(疏遠)한 비(非) 혈연관계이므로, 건의가 받아들여지지 않으면 다른 곳으로 가서 자신의 도를 펼친다는 것이다.

고자장구 告子章句 상

선을 보는 관점이 맹자와 달랐던 고자(告子)가 맹자와 함께 인성(仁性)에 대해 논한다. 맹자는 인간의 본성을 물이 위에서 아래로 흐르듯 선한 것이라 보았다. 혹 불선할 수도 있지만 그것은 본래의 모습이 그러한 게 아니라 주변 환경 때문이라 규정지었다. 또한 자신에게 내재한 선한 본성을 계발하여 인의와 덕성이 조화를 이룬 사회를 이룩하고자 하였다.

인간의 본성은 여울물과 같다

> 고 자 왈 성 유 단 수 야 결 저 동 방 즉 동 류
> 告子曰, 性은 猶湍水也라. 決諸東方이면, 則東流하고,
>
> 결 저 서 방 즉 서 류 인 성 지 무 분 어 선 불 선 야
> 決諸西方이면, 則西流하나니, 人性之無分於善不善也는,
>
> 유 수 지 무 분 어 동 서 야
> 猶水之無分於東西也이니라.

고자가 말하였다. 인간의 본성은 여울물과 같다. 물의 방향을 동쪽으로 터 놓으면 동쪽으로 흐르고 서쪽으로 터 놓으면 서쪽으로 흐르니, 인간의 본성이 원래 선하고 선하지 않고 하는 구분이 없는 것이 마치 물이 원래 동서의 구분이 없는 것과 같다.

동양에서는 인간도 자연의 일부라는 인식으로 인해 자연법칙을 인간의 법칙에 비유한 경우가 많았다. 그러한 자연물 중에서 비유적 표현으로 자주 인용되는 것은 산과 물이다. 이것의 속성과 외양으로 인간의 심성을 비유하기도 하고 학문의 경계를 비유하기도 한다. 여기에서는 인간의 본성을 설명하는데 물을 비유적 표현으로 사용하고 있다.

고자는 물을 동쪽으로 유도하면 동쪽으로 흘러가고, 서쪽으로 유도하면 서쪽으로 흘러가듯이 인간의 본성도 어떤 방향으로 유도하

느냐에 따라 결정되는 것이지 미리 선악이 정해진 것은 아님을 말하고 있다.

동서 방향이야 바뀌지만 상하는 부동이다

> 맹 자 왈 수 신 무 분 어 동 서 무 분 어 상 하 호
> 孟子曰 水信無分於東西어니와, 無分於上下乎아.
> 인 성 지 선 야 유 수 지 취 하 야
> 人性之善也는, 猶水之就下也니라.
> 인 무 유 불 선 수 무 유 불 하
> 人無有不善하며, 水無有不下니라.

맹자께서 말씀하셨다. 물이야 진실로 동서로 흐르는 방향의 구분이 정해지지 않은 것이지만, 그러나 위에서 아래로 흐르거나 아래서 위로 흐르는 분별도 없다고 하겠는가? 사람의 본성이 원래 선하다는 것은 물이 위에서 아래로 흐르는 것처럼 자연스러운 것이다. 사람 중에 그의 천성이 본래부터 선하지 않은 사람은 없으며 물이 본래부터 위에서 아래로 내려가는 성질을 지니지 않은 것이 없는 것이다.

물이 동서로 흐르는 것이 정해지지 않았듯이 선악도 미리 정하여지지 않았다는 고자의 논리에 대하여 맹자는 다른 방식의 비유를 들

어 자신의 논리를 편다. 맹자는 물의 흐름이 동서의 구분이 정하여진 것은 아니지만 상하의 구별은 뚜렷하듯이, 인간의 본성도 선악의 구별이 이미 정하여져 있다고 한다. 다시 말하여 예외의 존재 가능성을 무시하는 것은 아니지만, 물이란 위에서 아래로 흐르는 것이 정한 이치이듯이 본성이 선한 것도 정한 이치라는 것이다. 성선설의 근거가 여기에서도 드러난 것이다. 이는 고자와는 다른 관점에서 이야기하는 것으로 이들의 이야기로 가부를 판단할 것은 아니다.

물이 위로 치솟는 것은 본성이 아니라 형세로 된 것이다

> 금 부 수 　 박 이 약 지 　 가 사 과 상 　 격 이 행 지
> 今夫水를, 搏而躍之면, 可使過顙이며, 激而行之면,
>
> 가 사 재 산 　 시 기 수 지 성 재
> 可使在山이어니와, 是豈水之性哉리오,
>
> 기 세 즉 연 야 　 인 지 가 사 위 불 선
> 其勢則然也니, 人之可使爲不善이,
>
> 기 성 　 역 유 시 야
> 其性이, 亦猶是也니라.

지금 저 물을 위로 탁 쳐서 튀어오르게 하면 이마 위에까지 올라가

게 할 수 있으며, 급격하게 흐르게 하면 산꼭대기까지 올라가게 할 수 있지만 그렇지만 이렇게 되는 것이 어찌 물의 본성이겠는가? 그 형세가 그렇게 한 것이니 사람이 선하지 않은 행동을 하도록 할 수 있는 것이 그 본성이 또한 이와 같은 것이다.

물이 위에서 아래로 흘러가는 것은 본성에서 비롯되는 것이다. 그러나 혹 거꾸로 흐를 수도 있다. 이 경우는 본성에 의한 것이 아니라 인위적 힘이 가해져 물의 성질을 변화시켰기 때문이다. 이것을 통해 인간이 나쁜 행위를 저지르게 되는 것은 물을 인위적으로 거꾸로 흐르게 하는 것처럼 외부적 환경이나 세력에서 비롯된 것이라고 설명한다.

고자는 성(性)이란 선하지도 않고 불선하지도 않다고 했다

공도자왈 고자왈 성 무선무불선야
公都子曰, 告子曰 性은 無善無不善也라 하고,

공도자가 말하였다. 고자가 말하기를 인간의 본성은 본디부터 착한 것도 착하지 않은 것도 아니다 말하였고,

공도자는 맹자의 제자 중의 한 사람이다. 그는 인간의 본성이 선하다는 맹자의 입장에 대하여 의문을 제기하고 고자를 비롯한 여러 사람이 제기한 인간의 본성에 관한 견해를 나열하면서 질문을 한다. 먼저 고자가 이야기한 인간의 본성은 물이 그것을 어느 방향으로 흐르게 하느냐에 따라 방향을 달리하듯, 인간의 본성도 환경이 어떻게 유도하느냐에 따라 변할 수 있다는 성(性)의 백지설(白紙說)을 소개한다.

사람은 상황에 따라 변화시킬 수 있다

> 혹왈 성 가이위선 가이위불선 시고
> 或曰 性은 可以爲善이며, 可以爲不善이니, 是故로,
>
> 문무흥 즉민호선 유여흥 즉민호포
> 文武興이면, 則民好善하고, 幽厲興이면, 則民好暴라 하고,

어떤 사람은 말하길 '인간의 성품은 선하게 할 수도 있고 선하지 않게 할 수도 있다. 이런 까닭에 문왕과 무왕 같은 성군(聖君)이 나타나면 백성들은 선한 일을 하길 좋아하고 유왕(幽王)과 여왕(厲王) 같은 포악한 군왕이 나타난다면 백성은 포악한 일을 하길 좋아한다' 라 하고

다음으로는 환경에 따라 선악이 구별지어진다는 환경제약설(環境制約說)을 제기한다. 곧 인간이란 그가 속한 사회적 환경에 따라 선한

면을 주로 부각시키기도 하고 악한 면을 주로 부각시키기도 하는 존재라는 것이다.

사람은 본디부터 선하거나 불선한 성을 타고 났다

> 혹 왈 유 성 선 유 성 불 선 시 고
> 或曰 有性善하고, 有性不善하니, 是故로,
>
> 이 요 위 군 이 유 상 이 고 수 위 부 이 유 순
> 以堯爲君而有象하며, 以瞽瞍爲父而有舜하며,
>
> 이 주 위 형 지 자 차 이 위 군
> 以紂爲兄之子요, 且以爲君이로되,
>
> 이 유 미 자 계 왕 자 비 간
> 而有微子啓王子比干이라 하니,

어떤 사람은 말하기를 '인간 중에는 본성이 선한 사람도 있고 선하지 않은 사람도 있으니, 이런 까닭으로 요를 군왕으로 하였으면서도 상과 같은 사람이 있었고, 고수(瞽瞍)를 아버지로 하면서도 순과 같은 지극히 효성스러운 아들이 있었으며, 주(紂)와 같이 포악한 자를 조카로 삼고 또 군왕으로 삼았는데에도, 그럼에도 미자(微子) 계(啓)와 왕자 비간(比干)과 같이 어진 사람이 있었다.' 라 하니

그 다음은 시대나 환경에 구애받지 않고 원래 선하게 규정지어진 사람과 악하게 규정지어진 사람이 있다는 본성차등설(本性差等說)을 소개한다. 요와 같은 성스런 임금이 다스리던 때에도 상과 같은 악한 사람이 있었고, 주와 같은 폭군이 다스리던 시대에도 미자나, 비간 같은 현명한 신하가 있었으니 선한 사람과 악한 사람의 출현은 환경적 요인이 아니라는 문제제기이다. 이는 맹자가 이야기하는 모두가 평등하게 선하다는 것과는 서로 차이가 나타난다.

사람의 본성은 선한 것이다

> 금 왈 성 선　　　　　연 즉 피 개 비 여　　　맹 자 왈
> 今曰性善이라 하시니, 然則彼皆非與잇가. 孟子曰
>
> 내 약 기 정 즉 가 이 위 선 의　　내 소 위 선 야
> 乃若其情則可以爲善矣니, 乃所謂善也니라.

그런데 지금 선생님께서는 인간의 본성은 선하다고 하시니 그렇다면 저들은 모두 틀린 것입니까? 맹자께서 말씀하셨다. 그 정으로 말하면 선하다고 할 수 있으니 이는 곧 내가 말한 인간의 본성은 선하다는 것이다.

공도자는 이러한 여러가지 설을 소개하면서 맹자의 성선설에 대

하여 의문을 제기한다. 기존의 설이 자신이 보기에는 틀린 것 같지 않으나 맹자의 견해는 사뭇 다르게 해석되니 자신이 지닌 이러한 가치관이 모두 틀렸냐는 것이다. 이에 대한 맹자의 답변은 상황에 따라 인간의 본성은 선악의 차별이 있기는 하였으나, 근원을 소급하여 말한다면 모두 선하다는 것이다.

선하지 않은 일을 하는 것은 그의 재질 때문이 아니다

약부위불선 비재지죄야
若夫爲不善은, 非才之罪也니라.

어쩌다 선하지 않은 짓을 하는 것으로 말한다면 타고난 자질의 죄는 아니다.

그러므로 어쩌다 선하지 않은 일을 하는 사람은 그의 잘못된 행위에 대하여 비난받을 수 있지만, 그것이 그의 실천 행위가 악하다고 규정할 수 있는 근거로 작용하지는 않는다는 것이 맹자의 설명이다.

사단(四端)은 누구나 지니고 있다

> 측은지심 인개유지 수오지심 인개유지
> 惻隱之心을, 人皆有之하며, 羞惡之心을, 人皆有之하며,
>
> 공경지심 인개유지 시비지심 인개유지
> 恭敬之心을, 人皆有之하며, 是非之心을, 人皆有之하니,

남의 어려움을 보면 측은하게 여기는 마음을 사람들은 모두 가지고 있으며, 옳지 못한 행동을 보면 부끄럽게 여기는 마음을 사람들은 모두 가지고 있으며, 남을 공경하는 마음을 사람들은 누구나 가지고 있으며, 옳고 그름을 판단하여 올바른 방향으로 나아가고자 하는 마음을 사람들은 누구나 지니고 있으니,

남의 어려움을 보고 측은하게 여기는 마음이나 옳지 못한 것을 보면 부끄러워 하는 등 사단의 마음은 누구나 지니고 있으니, 이것이 있는 한 인간의 본성은 선하다는 주장의 근거이다.

인의예지(仁義禮智)의 사단(四端)은 자신에게 있다

> 측은지심 인야 수오지심 의야 공경지심
> 惻隱之心은, 仁也요, 羞惡之心은, 義也요, 恭敬之心은,

예 야　시 비 지 심　지 야　인 의 례 지
禮也요, 是非之心은, 智也니. 仁義禮智는,

비 유 외 삭 아 야　아 고 유 지 야　불 사 이 의
非由外鑠我也라, 我固有之也언마는, 弗思耳矣라,

고　왈 구 즉 득 지　사 즉 실 지
故로 曰求則得之하고, 舍則失之라 하니,

남의 어려움을 보고 가엾게 여기는 마음은 인의 바탕이며, 부당한 일에 대하여 부끄러워하거나 미워하는 마음을 갖는 것은 의의 바탕이며 윗사람을 공경하는 마음은 예의 바탕이며, 옳고 그른 것을 가리는 마음은 지의 바탕이니, 인의예지라는 인간이 지녀야 할 이 네 가지 단서(端緖)는 밖으로부터 들어와서 내게 녹아든 것이 아니라 내가 본디부터 지니고 있었던 것인데 생각하고 있지 않았을 따름이다. 까닭에 '그것을 구하면 얻게 되고 그것을 버리면 잃게 된다' 라고 말하는 것이니,

인의예지의 사단이 인간의 본성에 내재한 것이므로 밖에서 구할 것이 아니다. 그러나 구하려고 노력하는 사람은 내재된 본성을 찾을 수 있고, 그것을 방치하는 사람은 그의 마음속에 남아 있지 않게 되므로, 이것에 따라 선악의 구별이 발생하는 것이요, 원래 인간이 소유한 것이 개별차가 있어 선악의 구별이 생긴 것은 아니라는 것이다.

사람 간의 차이가 현저한 것은 재주를 다하였느냐에 있다

혹상배사이무산자 불능진기재자야
或相倍蓰而無算者는, 不能盡其才者也니라.

혹은 악한 짓을 해서 선과의 차이가 두 배, 다섯 배가 되기도 하여 계산할 수 없는 사람은 자신이 본래부터 내재하였던 자질을 다하지 못하였기 때문이다.

까닭에 사람마다 선악의 개인차가 나타나는 것은, 내재한 본성을 발현하는 것을 충실하게 하지 못한 것 때문이라는 것이다.

세상의 모든 것엔 저마다의 이치가 있다

시왈 천생증민 유물유칙 민지병이
詩曰 天生蒸民하시니, 有物有則이로다. 民之秉夷라,

호시의덕 공자왈 위차시자
好是懿德이라 하여늘, 孔子曰 爲此詩者는,

기지도호　　고　유물　　필유칙
其知道乎인저, 故로 有物이면, 必有則이니,

민지병이야　고　호시의덕
民之秉夷也라, 故로 好是懿德이라 하시니라.

≪시경≫「대아」증민(蒸民)편에 이르기를 하늘이 만민을 내시니 사물마다 법칙이 있도다. 백성들이 마음에 떳떳한 본성을 지니고 있는 지라 이 아름다운 덕을 좋아한다 하니, 공자가 말씀하시길 이 시를 지은 사람은 아마도 도를 아는 사람이로구나, 까닭에 사물이 있으면 그것마다의 법칙이 있다고 말하였던 것이니 백성들이 항상된 본성을 지니고 있었던 지라. 까닭에 이 아름다운 덕을 좋아하는 것이다 하셨다.

≪시경≫의 시를 통하여 맹자는 자신의 논리를 강화하고 있다. 사물마다 고유한 법칙이 내재하여 있듯이 인간에게는 시대에 구애 없이 불변하는 마음을 지니고 있기 때문에 덕을 좋아하는 것이라고 맹자는 말하고 있다. 그리하여 백성이 덕을 좋아하는 것도 이러한 맥락에서 설명한다.

풍년엔 사람들의 마음이 넉넉해져 선한 일을 많이 한다

맹 자 왈 부 세 자 제 다 뢰 흉 세 자 제 다 포

孟子曰 富歲엔, 子弟多賴하고, 凶歲엔, 子弟多暴하나니,

비 천 지 강 재 이 수 야 기 소 이 함 닉 기 심 자 연 야

非天之降才爾殊也라, 其所以陷溺其心者然也니라.

맹자가 말씀하셨다. 풍년이 들면 덕에 의지하여 선한 일을 하는 자가 많으며, 흉년이 들면 포악해지는 자가 많이 발생하니, 하늘이 이들을 낳을 때 그들의 자질을 이와 같이 달리하여 놓은 것이 아니고, 그것은 그들의 마음을 그러한 것에 이끌리게 한 원인이 있어 그렇게 하였기 때문이다.

물산(物産)이 풍부하여 생활이 안정되면 자제들은 선행을 하게 되고, 생활이 불안하면 포악한 성질을 드러낸다고 한다. 물론 그것을 경제적 안정의 여하에 따라 백성의 성격이 결정지어진다고 도식화시켜 볼 수는 없지만, 대체적 경향이 그러하다는 것이다. 예를 들면 결손가정의 자녀에게서 청소년 범죄가 많이 발생하는 것도 그들의 부모나 주위사람이 이들에게 올바른 가치관을 교육시키지 못하였기 때문이다.

지금이야 넓넉한 집안의 아이도 범죄를 많이 저질러 사회적 문제

가 된 적이 있지만, 전통적 입장은 물질이 넉넉하지 못하면 도덕성도 그에 비례하여 사라진다는 것이었다.

같은 종자의 결실이 다른 것은 정성의 차이

> 금 부 모 맥 　 파 종 이 우 지 　 기 지 동
> 今夫麰麥을, 播種而耰之하되, 其地同하며,
>
> 수 지 시 우 동 　 발 연 이 생 　 지 어 일 지 지 시
> 樹之時又同이면, 浡然而生하여, 至於日至之時하여,
>
> 개 숙 의 　 수 유 부 동
> 皆熟矣나니, 雖有不同이나,
>
> 즉 지 유 비 요 　 우 로 지 양 　 인 사 지 부 제 야
> 則地有肥磽하며, 雨露之養과, 人事之不齊也니라.

지금 보리씨를 파종하여 흙으로 덮되 그 땅도 똑같고 파종한 시기도 똑같으면 파릇파릇 새싹이 돋아나서 하지가 되면 모두 익을 것이니, 비록 수확하는 데에 약간의 차이가 있다면 이는 곧 그 땅에서의 비옥하고 척박함의 차이와 비와 이슬이 내려 배양하는 것에 있어서의 차이, 사람들이 그것을 가꾸는 정성의 차이가 있기 때문이다.

인간의 본성을 사물에 비유하여 설명하고 있다. 동일한 종자라고

하더라도 파종기와 수확기가 어떠한가와 성장과정에서의 자연환경이 어떻게 작용하였느냐에 따라 수확의 차이가 드러나는 것은 주지의 사실이다. 그러나 그것이 그 종자의 본래의 성질이 아니듯이 인간이 선을 행하고 악을 행하는 것은 원래 타고난 성품의 차이에서 기인하는 것이 아니라고 맹자는 주장한다.

곧 농작물을 가꾸는 정성을 교육에 비유하여 교육정도에 따라 성품의 구현 정도가 좌우되는 것이라고 맹자는 말하고 있다.

사실 종자의 우량 정도의 차이에 따라서 수확이 달라질 수 있으나, 맹자는 이러한 자연과학적 문제는 전혀 무시하고 자연환경이 얼마나 그 종자가 자라는데 많은 은택을 내렸는가와 인간이 얼마나 정성들여 길렀느냐로 논의를 귀결시킨다.

무리가 비슷한 것은 결과도 비슷할 수 있다

고　범동류자　거상사야
故로 凡同類者는 擧相似也니,

하독지어인이의지　성인　여아동류자
何獨至於人而疑之리오. 聖人은 與我同類者시니라.

그러므로 대체로 무리가 같은 것은 대부분 서로 같으니 어찌 유독 사람에게 있어서만 의심을 할 수 있겠는가? 성인도 우리와 동류인 것이다.

보리씨의 비유를 인간의 문제로 확대한 후, 유비추리(유추)를 통하여 사람들도 원래 개인차가 그리 많지 않았다고 한다. 까닭에 초월적 존재로 여길 수 있는 성인이나 보통 사람이나 날 때부터 구별이 있었던 것은 아니고, 다만 성장과정에서 수양 여하에 따라 상호간의 차이가 발생하게 되었다는 것이다.

발의 크기를 몰라도 신발은 만들고

> 고 용자왈 부지족이위구 아지기불
> 故로 龍子曰 不知足而爲屨라도, 我知其不
> 위괴야 구지상사 천하지족 동야
> 爲蕢也라 하니, 屨之相似는, 天下之足이, 同也일새니라.

까닭에 용자가 말하기를 '발의 크기를 알지 못하고 신을 만들더라도 나는 그것이 삼태기가 되지는 않을 줄 안다' 라 하니 신의 모양이 서로 비슷한 것은 천하 사람들의 발의 크기와 모양이 같기 때문이다.

맹자가 인용한 용자의 말은 그러한 자신의 논리를 보강시키는 데 적절한 자료이다. 신발을 만드는 사람이 어떤 사람의 발을 보고 신발을 만든 것은 아니나 그 사람의 발에 꼭 맞을 수 있는 것은 인간의 발이라는 것이 크기와 모양이 서로 비슷하기 때문이라는 것이다. 맹자는 이러한 유비추리를 확대하면서 이것을 인간의 본성과 관련시켜 나간다.

사람들이 좋아하는 음식은 그리 차이가 없다

> 구지어미 유동기야 역아
> 口之於味에, 有同耆也하니, 易牙는,
>
> 선득아구지소기자야 여사구지어미야
> 先得我口之所耆者也라, 如使口之於味也에,
>
> 기성 여인수 약견마지어아부동류야
> 其性이 與人殊가, 若犬馬之於我不同類也면,
>
> 즉천하하기 개종역아지어미야 지어미
> 則天下何耆를, 皆從易牙之於味也리오, 至於味하여는,
>
> 천하기어역아 시 천하지구상사야
> 天下期於易牙하나니, 是는 天下之口相似也일새니라.

입과 맛의 관계에 있어 같은 기호를 가지고 있어서 옛날의 명요리사였던 역아는 우리 입이 즐거워하는 것을 먼저 알았던 자이다. 가령 입과 음식의 맛에 있어서 역아의 기호와 다른 사람의 기호가 다른 것이 마치 개나 말이 우리네 인간과 다른 것과 같은 정도라면, 곧 천하의 사람들이 어찌하여 좋아하는 음식을 다 역아의 입맛에 따르겠는가? 음식의 맛에 있어서는 천하 사람들이 모두 역아의 감별(鑑別)에 기대하니 이것은 천하 사람들의 입맛이 서로 비슷하기 때문이다.

역아라는 사람은 BC 6C경 제나라 환공의 요리사로 있으면서 음식을 잘 만들기로 유명한 사람이다. 그는 후대로 오면서 최고급 요리사의 상징으로 사용된다. 그 사람이 훌륭한 음식이라고 만들어 낸 것을 누구나 풍미 있는 것으로 여기는 것은 음식에 대한 감지기능(感知機能)이 인간에게 서로 유사하기 때문이다. 모 호텔의 수석요리사가 최고의 기량을 발휘하여 자신이 생각하기에 가장 풍미 있는 음식이라고 만들었다면, 아마 웬만한 사람은 다 훌륭한 음식이라고 찬탄할 것이다. 이것은 다름아닌 우리네 입맛이 서로 비슷하기 때문이다.

소리 또한 마찬가지이다

> 유이 역연 지어성 천하기어사광
> 惟耳도 亦然하니, 至於聲에, 天下期於師曠하나니,

시 천하지이상사야
是는 天下之耳相似也일새니라.

귀도 또한 그러하니 음악에 있어서는 천하 사람들이 모두 낙인(樂人)인 사광에게서 훌륭한 음악이라 평가받기를 기대하니 이것은 천하 사람들의 귀가 서로 비슷하기 때문이다.

음악을 듣는 데에 있어서도 이러한 상황은 동일하다. 사광이라는 진나라 평공 시대의 음악가는 음률의 미묘한 부분까지 잘 분별하여 아름다운 음악을 지어낸 사람이다. 그가 한 번 거문고를 타면서 처연한 소리를 내니 흰구름이 서북에서 일고 기왓장이 날고 하여 그 자리에 있던 사람이 놀란 적이 있다. 오늘날 우리가 비발디의 바이올린 협주곡 사계의 제 1, 2곡을 들으면서 생기발랄한 봄날의 정서를 느끼거나 폭풍우치는 여름의 시원함을 느끼고, 베토벤의 전원교향곡에서 한가한 전원의 정취를 연상하며 훌륭한 음악이라고 감동할 수 있는 것은 비록 그와 시대적 · 문화적 차이는 있을지언정, 음악이 주는 정서적 효용과 감동의 정도에 대한 인식은 그다지 큰 차이가 없기 때문일 것이다.

좋은 것을 보면 누구나 그렇다고 느낄 수 있다

유목 역연 지어자도 천하막부지기
惟目도 亦然하니, 至於子都하여는, 天下莫不知其

교야 부지자도지교자 무목자야
姣也하나니, 不知子都之姣者는, 無目者也니라.

눈도 또한 그러하니 옛날의 미인인 자도에 이르러서는 천하 사람들이 자도의 아름다움을 모르는 자가 없으니 자도의 아름다움을 알지 못하는 사람은 눈이 없는 사람이다.

아름다운 것을 보면서 아름답다고 느끼는 것의 차이가 없는 것도 사람의 눈이란 기본적으로 유사하기 때문이라는 것이다. 미스 유니버스를 보고 천하에 못난이라고 할 사람이 어디에 있겠는가? 비록 사람마다의 심미기준이 조금씩 다르긴 하겠으나 객관적으로 평가할 때 아름답다고 하는 것은 이의가 없으리라 본다. 이것은 시각적 감각의 기능이 유사하기 때문이다.

인간의 심성도 선을 좋아하는 것은 일치할 것이다

고 왈구지어미야 유동기언 이지어성야
故로 曰口之於味也에, 有同耆焉하며, 耳之於聲也에,

유동청언 목지어색야 유동미언
有同聽焉하며, 目之於色也에, 有同美焉하니,

지어심 독무소동연호 심지소동연자
至於心하여는, 獨無所同然乎아, 心之所同然者는,

하야 위리야의야 성인 선득아심지소동연이
何也오, 謂理也義也라. 聖人은 先得我心之所同然耳시니,

고 리의지열아심 유추환지열아구
故로 理義之悅我心이, 猶芻豢之悅我口니라.

그러므로 입과 음식의 관계에 있어서 서로 기호가 같은 것이 있으며, 귀가 음악에 있어서 똑같이 훌륭하다고 여기며 듣는 것이 있으며, 눈이 색에 있어서 똑같이 아름답다고 여기는 바가 있으니, 마음에 이르러서는 유독 똑같이 훌륭하다고 여기는 바가 없다고 하겠는가? 사람들의 마음에 다같이 훌륭하다고 여기는 것은 무엇인가? 리와 의를 말한다. 성인은 우리의 마음이 함께 훌륭하다고 여기는 본질을 먼저 깨우쳤을 뿐이니 이(理)와 의(義)가 우리의 마음을 즐겁게 하는 것이 마치 소나 양 · 개 · 돼지의 고기가 우리의 입맛을 즐겁게 하는 것과 같다.

이렇게 감각기관으로 느끼는 것의 차이가 거의 없는 것처럼, 인간의 마음에서 느끼는 것도 차이가 없다는 것이 맹자 추론의 귀결이다. 객관적 상황에서 훌륭하다고 감각되어지는 것에 대해 훌륭하다고 여기는 것은 선행을 보고 훌륭하다고 여기는 마음과 같다는 것이다. 곧 이것을 인간 심성의 문제로 귀결시키면 인간이 선행을 행하는 것을 좋아하고 악행을 싫어하는 것도, 선하게 태어난 인간의 본성이 그렇게 규정지워 준 것이라고 보는 것이다.

아무리 좋은 나무도 마구 베고, 소나 양이 짓밟아 망가뜨리면

맹 자 왈 우 산 지 목 상 미 의 이 기 교 어 대 국 야
孟子曰 牛山之木이, 嘗美矣러니, 以其郊於大國也라,

부 근 벌 지 가 이 위 미 호 시 기 일 야 지 소 식
斧斤이 伐之어니, 可以爲美乎아. 是其日夜之所息과

우 로 지 소 윤 비 무 맹 얼 지 생 언 우 양
雨露之所潤에, 非無萌蘖之生焉이언마는, 牛羊이

우 종 이 목 지 시 이 약 피 탁 탁 야 인 견 기 탁
又從而牧之하니, 是以로, 若彼濯濯也하니, 人見其濯

탁 야 이 위 미 상 유 재 언 차 기 산 지 성 야 재
濯也하여, 以爲未嘗有材焉이라 하니, 此豈山之性也哉리오.

맹자가 말씀하셨다. 우산의 나무가 일찍이 아름다웠는데 대국의 교외에 있기 때문에 도끼와 자귀가 버리니 아름다울 수 있었겠는가? 밤낮으로 자라고 비와 구름이 적셔 주어 싹이 나오지 않는 것이 없지만 소와 양을 잇달아 방목하므로 이런 까닭에 이 때문에 저와 같이 민둥산이 되었다. 사람들이 저 민둥산이 된 것을 보고 아직 일찍이 재목될 만한 것이 있지 않다고 여기거늘 이것이 어찌 이 산의 본성이겠는가?

이 글의 무대로 나오는 우산은 제나라 도읍인 임치의 남쪽 교외에 있다. 이 산은 옛날에는 초목이 무성하여 아름다웠다. 그러나 맹자가 방문하였을 때에는 인위적 훼손으로 인해 민둥산이 되었기에 옛날의 모습을 재현할 수 없었다. 그러나 맹자는 민둥산이 된 우산은 외부의 영향에 의한 것이지 원래의 본성이 그렇기 때문은 아니라고 설명한다. 이것을 인간의 본성과 관련시키면 악한 일을 하는 사람도 자신이 처한 상황이 그렇게 만든 것이지 그의 본성이 악하기 때문은 아니라고 서술한다.

양심을 날마다 망가뜨리면 온전하겠는가?

수존호인자 기무인의지심재
雖存乎人者인들, 豈無仁義之心哉이오마는,

기 소 이 방 기 량 심 자 역 유 부 근 지 어 목 야
其所以放其良心者 亦猶斧斤之於木也에,

단 단 이 벌 지 가 이 위 미 호
旦旦而伐之하니, 可以爲美乎아.

비록 사람에게 보존된 것인들 어찌 인의의 마음이 없으리오마는 그 양심을 잃어버린 것이 도끼와 자귀가 나무를 날마다 와서 베어 가는 것과 같으니 이렇게 하고도 아름다울 수 있겠는가?

이것을 인간의 본성의 문제와 연관시킬 경우 유사한 문제가 발생한다. 나무가 본래의 아름다움을 보존하려고 하여도 도끼로 찍어대면서 훼손시키면 본래의 아름다움을 간직할 수 없듯이, 인간이 아무리 선한 마음을 간직하려고 하여도 주위 상황이 그가 악한 일을 하도록 내몬다면 결코 그 사람은 선한 마음을 온전히 유지할 수 없을 것이다. 그러나 어떤 사람이 불선한 행위를 하여도 이것이 원래의 아름다움을 상실한 것은 아니고 다만 잠시 사라져 있을 뿐이라고 한다. 맹자가 이렇게 이야기하는 것은, 선한 본성이 내재하고 있다고 하여야 그것을 찾으려고 노력할 것이기 때문이다.

순수한 마음을 보존하지 못하면
금수(禽獸)와 다를 바 없다

기 일 야 지 소 식　평 단 지 기　기 호 오 여 인 상 근 야
其日夜之所息과, 平旦之氣에, 其好惡與人相近也

자 기 희　즉 기 단 주 지 소 위　유 곡 망 지 의
者幾希어늘, 則其旦晝之所爲 有梏亡之矣나니,

곡 지 반 복　즉 기 야 기 부 족 이 존
梏之反覆이면, 則其夜氣不足以存이요,

야 기 부 족 이 존　즉 기 위 금 수 불 원 의
夜氣不足以存이면, 則其違禽獸不遠矣니

인 견 기 금 수 야　이 이 위 미 상 유 재 언 자
人見其禽獸也하고, 而以爲未嘗有才焉者라 하나니,

시 기 인 지 정 야 재
是豈人之情也哉리오.

사람에게 있어서도 밤낮에 자라는 양심과 평단의 맑은 기운이 있지만 그 좋아하고 미워하는 것이 남들과 서로 가까운 것이 얼마되지 않는 것은 낮에 하는 소행이 이것을 구속하고 없애기 때문이니, 이렇게 구속함이 반복되면 야기(밤의 깨끗하고 조용한 마음)가 보존될 수 없고 이 야기가 제대로 보존되지 못한다면 짐승과 어긋나는 것이 그리 멀지 않을 것이니, 사람들이 그 금수 같은 행실만 보고 일찍이 훌륭한 자질이 있지 않았다라고 하니 이것이 어찌 사람의 정이겠는가?

나무는 뿌리가 죽지 않는 한 성장환경만 잘 갖추어지면 다시금 잘 자랄 수 있다. 이것은 인간의 양심이 남아 있는 한 선한 일을 할 여건만 마련된다면 다시 선한 데로 나아갈 수 있는 것과 같다. 어떤 사람이 다른 사람과 기의 차이가 있지 않는데 그 사람의 행실을 살펴보니 금수와 같을 정도였다면 그것을 원래 그 사람의 본성이 금수와 같을 정도였다고 여겨서 되는 것이 아니라 그가 처한 환경이 그렇게 만들었다고 이해하여야 한다는 것이다.

잘 기르기만 하면 자라지 못할 것이 없다

> 고구득기양　　무물부장
> 故苟得其養이면, 無物不長이요,
>
> 구실기양　　무물불소
> 苟失其養이면, 無物不消니라.

그러므로 진실로 마땅한 기름을 얻으면 어떤 사물이고 잘 자라지 않는 것이 없을 것이고, 마땅한 기름을 잃게 된다면 어떤 것이라도 사그라들지 않을 것이 없다.

환경의 중요성을 다시금 강조하는 부분인데, 뿌리가 살아 있는 한 초목은 적당한 성장환경만 주어진다면 언제든지 소생할 가능성을 가지고 있고, 인간도 양심이 있는 한 언제든지 선한 데로 나아갈 수 있다는 것이다.

보존하면 남아 있고 버리면 잃게 되는 것이 인간의 마음이다

> 공자왈 조즉존 사즉망 출입무시
> **孔子曰, 操則存**하고, **舍則亡**하여, **出入無時**하며,
>
> 막지기향 유심지위여
> **莫知其鄕**은, **惟心之謂與**인저 하시니라.

공자가 말씀하시기를 '잡으면 보존되고 놓으면 잃어버려서 드나듦에 일정한 때가 없고 그 방향을 알 수 없는 것은 아마도 마음을 두고 한 말일 것이로다.' 하시니라.

그러므로 공자는 인간에게 내재된 본성을 잘 잡으면 그것을 간직하게 되고, 이를 놓으면 잃어버리게 되는데, 여하튼 본성은 인간의 마음에 내재된 것으로 보고 있다. 그러나 그것이 지향하는 바는 정확히 알 수 없다는 입장을 지닌 것으로 보인다.

왕이 무지할 수밖에 없으니

맹 자 왈 무 혹 호 왕 지 부 지 야
孟子曰 無或乎王之不智也로다.

맹자가 말씀하셨다. 왕의 지혜롭지 못함이 이상할 것이 없구나.

맹자는 전국(戰國)을 돌아다니면서 제후가 왕도정치를 실행하기를 적극 권장하였다. 그러나 왕도의 실현을 기대하기란 참으로 어려운 일이었다. 앞에서 단정적 언술을 한 후 그 까닭을 연역적으로 설명한다.

아무리 좋은 싹도 생장조건이 나쁘면 잘 자라지 못한다

수 유 천 하 이 생 지 물 야 일 일 폭 지 십 일 한 지
雖有天下易生之物也나, 一日暴之하고, 十日寒之면,

미 유 능 생 자 야 오 현 역 한 의
未有能生者也니, 吾見이, 亦罕矣요,

오 퇴 이 한 지 자 지 의 오 여 유 맹 언 하 재
吾退而寒之者至矣니, 吾如有萌焉에, 何哉리오.

비록 천하에 쉽게 생장하는 물건이라도 하루 종일 햇볕에 쪼이고 열흘 동안 춥게 하면 제대로 살아남을 것이 없으리니, 내가 임금을 뵈어 임금의 인의를 행할 싹을 따뜻하게 하는 것이 또한 드물고 내가 물러나 임금의 마음을 차갑게 하는 자가 이른다면 내가 임금에게 인의를 행하고자 하는 지혜를 싹트도록 한들 무엇이 되겠는가?

햇살과 찬바람에 비유된 왕의 선도를 행하도록 하는 충고와 불선을 조장하는 간언은 맹자와 왕의 측근 신하들의 태도와도 관련된 것이기도 하다. 맹자는 자신이 왕에게 왕도정치를 행하도록 충고하는 것을 새싹이 자라도록 따스한 햇살을 비춰주는 것에 비유하고 있다. 다시 말하여 싹을 틔울 적절한 여건을 조성하여 준다는 의미가 되는 것이다. 아울러 차가운 기운은 왕의 측근에서 선도를 행하는 것을 저해하는 신하 세력을 의미한다.

자신이 왕에게 선도를 충고하는 것은 하루 햇살이 비추는 것처럼 일회적이나 불선을 조장하는 신하들은 열흘 간 찬 기운이 불어대는 것과 같이 한 둘이 아니어서 자신의 노력으로 선도의 싹을 틔울 수 없다는 것이다. 또 맹자는 주위에서 왕이 선한 일을 하고자 하여도 신하들이 제지할 것이기 때문에 그는 끝내 이것을 이룰 수 없게 된다는 것이다.

이것을 박정희의 경우에 대비시켜도 될 듯하다. 그는 5·16 쿠테타를 통해 정권을 장악한 후 얼마간의 사회적 안정이 이룩되자 대통령 출마를 포기하려고 하였다고 한다. 그러나 기존의 기득권 세력은 그의 재집권이 자신의 이익에 지대한 영향을 끼칠 것을 고려하여 출마를 부추겼다고 한다. 물론 그가 그들의 간언에 솔깃하여 자신의 주장을 관철시키지 못한 잘못도 있지만, 그로 인해 그는 자신의 업적에 비해 후대에 과소 평가받을 수밖에 없었다. 역사를 후퇴시킨 셈이기도 하였기 때문이다. 그러나 주위 측근들이 그에게 불출마를 강력히 주장하였다면 아마 그는 출마를 포기하였을 지도 모르고, 그가 이룩한 업적에 대한 평가는 지금처럼 나쁘지만은 않을 것으로 보인다. 맹자의 비유는 바로 이러한 것이다.

자신이 아무리 선도를 권하여도 자신의 주장이란 하루아침의 햇살에 불과하고 악행을 조장하는 신하들의 지속적 권유는 그의 주장을 실행하기에는 너무 미약하였기 때문이다. 맹자는 다음에서 이것을 바둑 두는 것과 활쏘기에 비유한다.

함께 공부해도 마음먹기에 따라 결과는 판이하다

> 금 부 혁 지 위 수　소 수 야　부 전 심 치 지
> 今夫奕之爲數가, 小數也이나, 不專心致志면,
> 즉 부 득 야　혁 추　통 국 지 선 혁 자 야
> 則不得也이라. 奕秋는, 通國之善奕者也이라니,

사혁추 회이인혁 기일인 전심치지
使奕秋로, 誨二人奕이어든, 其一人은, 專心致志하여,

유혁추지위청 일인 수청지 일심
惟奕秋之爲聽하고, 一人은 雖聽之나, 一心에

이위유홍곡장지 사원궁작이사지
以爲有鴻鵠將至어든, 思援弓繳而射之면,

수여지구학 불약지의
雖與之俱學이라도, 弗若之矣나니,

위시기지불약여 왈비연야
爲是其智弗若與아. 曰非然也니라.

지금 바둑의 기술이란 작은 재주에 속하지만 마음을 한곳에 모아 뜻을 다하지 않으면 그 기술을 터득할 수 없다. 바둑 잘 두는 추라는 사람은 온 나라를 통틀어 바둑을 가장 잘 두는 사람이니 혁추로 하여금 두 사람에게 바둑을 가르치게 하는데 그 중 한 사람은 바둑을 배우는데 마음을 한곳에 모아 뜻을 다하고 혁추가 가르쳐 준 것을 귀담아 들어 기억하고 또 한 사람은 비록 그것을 듣기는 하나 온 마음에 기러기와 큰 새가 장차 이르거든 활과 주살을 당겨 그것을 쏘아 맞춰 잡을 것을 생각한다면 비록 그와 더불어 함께 공부하였다고 하더라도 그만 같지 않을 것이니 이런 결과가 나오는 것은 두 사람의 지혜가 다르기 때문인가? 그렇지 않은 것이다.

아무리 훌륭한 스승이 있어도 그것을 수용할 자세가 되어 있지 않은 사람과 수용하여 자신의 계발에 적극 반영하는 사람은 얼마간의 시간이 흐르고 나면 그 차이가 단순한 대비가 될 뿐이 아니라고 한다. 이것은 그 두 사람의 지혜 차이에서 비롯된 것이 아니라고 말하는 것은 맹자의 논리에서는 당연하다고 할 수 있다.

목숨과 의리 둘 중 하나밖에 취할 수 없다면 의를 취한다

> 맹자왈 어 아소욕야 웅장 역아소욕야
> 孟子曰 魚도 我所欲也요, 熊掌도 亦我所欲也언마는,
>
> 이자 불가득겸 사어이취웅장자야
> 二者를 不可得兼인댄, 舍魚而取熊掌者也로리라.
>
> 생 역아소욕야 의 역아소욕야
> 生 亦我所欲也요, 義 亦我所欲也인대,
>
> 이자 불가득겸 사생이취의자야
> 二者를 不可得兼인댄, 舍生而取義者也리라.

맹자가 말씀하셨다. 생선도 내가 먹고 싶어하는 것이고 곰발바닥 요리도 내가 먹고 싶어하는 것인데 두 가지 요리를 모두 먹을 수 없다면 생선을 포기하고 곰발바닥 요리를 먹겠다. 죽지 않고 사는 것도 내가 바라는 것이고, 의로운 삶을 지향하는 것도 내가 바라는 것인데 둘을 모두 이룰 수 없다면 목숨을 버리고 의리를 취하는 것을 선택하겠다.

보다 나은 것을 추구하는 것은 인간의 보편적 욕망에 속한다. 그러나 개인의 사욕에 앞서 도덕률을 준수하려고 하는 마음이 인간에게는 있기 때문에 인간의 본능을 넘어선 행위가 나타나는 것이다.

사는 것이 죽는 것만 못할 때 차라리 죽음을 택하겠다

> 생역아소욕 소욕 유심어생자 고
> 生亦我所欲이언마는, 所欲이 有甚於生者라, 故로
> 불위구득야 사역아소오 소오
> 不爲苟得也라. 死亦我所惡이언마는, 所惡가
> 유심어사자 고 환유소불피야
> 有甚於死者라, 故로 患有所不辟也니라.

사는 것이 또한 내가 원하는 것이지만 바라는 것이 사는 것보다 더욱 소중한 것이 있기 때문에, 까닭에 구차스럽게 살고자 하지 않는 것이다. 죽는 것도 또한 내가 싫어하는 것이지만 미워하는 것이 죽는 것보다 더욱 심한 것이 있기 때문에 그러므로 환난을 피하지 않기도 하는 것이다.

사람이면 누구나 오래 살기를 바란다. 그러나 도덕적으로 하자가 있으면서 목숨을 부지하려고 하지는 않는다. 이것은 인간의 생존 욕구를 뛰어넘는 공의를 실현하고자 하는 욕구가 앞서기 때문이다. 죽음을 버리고 의로움을 취하는 것은 가치평가에서 그것이 더욱 우위에 있기 때문이다. 월남전에서 자신의 부하를 살리기 위해 폭탄이 터지는 것을 몸으로 막은 강재구 소령의 일화를 통하여 우리들이 깨닫는 것은 공의를 실현하기 위해 자신의 목숨도 순순히 바칠 수 있는 용기와 의리이다. 그가 만약 수류탄의 폭발을 피하여 자신의 목숨을 부지하려 하였다면 그가 처한 사회적 상황에서는 충분히 가능하였다. (물론 위급한 상황에서 그러한 것을 논리적으로 따진다는 것이 일견 모순된 것이기도 하지만) 그러나 부하를 위해 죽음을 택한 쪽이 오히려 그를 영원히 살게 만든 셈이었다. 물론 이것이 당시 반공 이데올로기 강화란 시대적 상황 아래 미화되거나 조작되었을 가능성도 배제할 수 없어 적합한 비유는 아닌 듯하다.

누구나 원하는 보편적 방법을 왜 택하지 않는가?

> 여사인지소욕　막심어생　즉범가이득생자
> 如使人之所欲이, 莫甚於生이면, 則凡可以得生者를,
>
> 하불용야　사인지소오　막심어사자
> 何不用也며, 使人之所惡가, 莫甚於死者면,

즉 범 가 이 피 환 자 하 불 위 야
則凡可以辟患者를, 何不爲也리오.

가령 사람이 바라는 것이 사는 것보다 심한 것이 없다면, 무릇 생명을 얻을 수 있는 방법을 어찌 쓰지 않을 것이며, 가령 사람이 미워하는 것이 죽는 것보다 심한 것이 없다면 무릇 환난을 피하고자 하는 방법을 어찌 하지 않을 수 있으리오.

도덕률에 어긋나지 않은 인지상정이라면 누구나 추구할 것이다. 그리고 그것은 전혀 비판거리가 되지 않는다. 그리고 그러한 것을 맹자는 문제 삼는 것은 아니었다.

양심이 있기에 목숨을 버릴 수 있다

유 시 즉 생 이 유 불 용 야
由是라, 則生而有不用也하며,

유 시 즉 가 이 피 환 이 유 불 위 야
由是라, 則可以辟患而有不爲也니라.

사람들은 인의의 양심이 있기 때문에 곧 살 수 있는 데에도 그렇게 하지 않기도 하며, 이처럼 도덕심이 있기 때문에 곧 환난을 피할 수 있는 데에도 피하지 않기도 하는 것이다.

자신의 감각적 욕심대로 차마 하지 못하는 것은 내재한 도덕률 때문이다. 다시 말해 양심이 있기 때문에 그것을 자제한다는 것이다. 그것은 교육을 통해 일깨워지는 것이기도 하다. 예를 들어 백화점에 쇼핑을 갔는데 진정 갖고 싶은 물건이 진열되어 있다고 하자. 그러나 그 사람은 정당한 대가를 치르기 전에는 가질 생각을 하지 않을 것이다. 설혹 점원이 자리를 비워 몰래 자기 소유로 할 수 있는 충분한 여건이 마련되어도 그냥 참고 지나갈 것이다. 이것은 처벌이 두려워서이기도 하겠으나 남의 것을 정당한 사유없이 취득하는 것은 양심에 어긋나는 것이란 인식 때문이기도 할 것이다.

양심은 누구나 지니고 있으나 현자만이 잃지 않는다

> 시고 소욕 유심어생자 소오
> 是故로, 所欲이 有甚於生者요, 所惡가
>
> 유심어사자 비독현자유시심야
> 有甚於死者니, 非獨賢者有是心也라,
>
> 인개유지 현자 능물상이
> 人皆有之이언마는, 賢者는, 能勿喪耳니라.

이러므로 원하는 것이 사는 것보다 소중한 것이 있으며, 미워하는 것이 죽는 것보다 심한 것이 있으니, 유독 현명한 사람만이 이러한 마음을 가지고 있는 것은 아니고 보통 사람들도 모두 이러한 마음을 가지고 있지만 현명한 사람은 이 마음을 잘 잃어버리지 않을 뿐이다.

애써 인간의 본능이 추구하고자 하는 방식을 거스르고 도덕률에 적합한 방식으로 나아가는 것은 이 때문일 것이다. 이러한 마음은 일반 사람에게도 있는 것이다. 그러나 현명한 사람은 일반인들과는 달리 이러한 마음을 잃지 않고 있다는 것이다.

천한 사람도 구차한 보답은 받으려 하지 않는다

> 일단사 일두갱 득지즉생 부득즉사
> 一簞食와, 一豆羹을, 得之則生하고, 弗得則死라도,
>
> 호이이여지 행도지인 불수 축이이여지
> 嘑爾而與之면, 行道之人도, 弗受하며, 蹴爾而與之면,
>
> 걸인 불설야
> 乞人도, 不屑也니라.

한 대그릇의 밥과 한 그릇의 밥을 그것을 얻어 먹으면 살고 얻지 못하면 죽는 경우라도 꾸짖고 혀를 끌끌 차며 가련하다는 표정을 지으면서 준다면, 길가는 사람도 받지 않을 것이고 발로 툭 차서 준다면 거렁뱅이도 달갑게 여기지 않을 것이다.

어느 거지인들 밥 한 그릇 얻어 먹으려고 구걸하는 데 온갖 욕설을 하면서 모욕을 준다면 그것을 감수하면서 순순히 받아 먹겠는가? 맹자가 취하는 비유는 이렇듯 극단적인 듯한 것으로 비유적 의미가 명확하도록 표현하는 데 장점이 있다.

많은 녹봉도 예의를 무시하면 무의미한 것이다

> 만종즉불변례의이수지 만종 어아하가언
> 萬鍾則不辯禮義而受之하나니, 萬鍾이, 於我何加焉이리오,
> 위궁실지미 처첩지봉 소식궁핍자득아여
> 爲宮室之美와, 妻妾之奉과, 所識窮乏者得我與인저.

사람들은 만종의 녹봉을 내려주면 예의를 살피지 않고 받으니, 그렇지만 만종이나 되는 많은 녹봉이 내게 있어 무슨 보탬이 될 수 있겠는가? 궁실을 아름답게 하고 처첩을 봉양하고 나를 아는 궁핍한 사람이 나에게서 은혜를 얻어가기 위해서인가?

한편 만종의 봉록은 부를 추구하는 데 적절한 자료가 될 수 있다. 그러나 그러한 물질적 요소로 자신의 도를 굽히는 일은 현명한 사람이라면 하지 않는다고 한다. 그러나 소인은 정도가 다르다는 것이다. 그들은 물질의 유혹에 혹 자신의 도를 굽히기도 하는 것이다. 맹

자의 관점에서 군자와 소인의 구별은 시련에서 자신의 도를 얼마나 굳게 지킬 수 있느냐를 잣대로 사용하기도 한다.

많은 녹봉에 유혹되어 본심을 잃어서야 되겠는가?

> 향위신 사이불수 금위궁실지미 위지
> 鄕爲身엔, 死而不受라가, 今爲宮室之美하여, 爲之하며,
> 향위신 사이불수 금위처첩지봉 위지
> 鄕爲身엔, 死而不受라가, 今爲妻妾之奉하여, 爲之하며,
> 향위신 사이불수 금위소식궁핍자득아이
> 鄕爲身엔, 死而不受라가, 今爲所識窮乏者得我而
> 위지 시역불가이이호 차지위실기본심
> 爲之하나니, 是亦不可以已乎아. 此之謂失其本心이니라.

지난번에 자기를 위한 것일 때에는 죽어도 받지 않다가 지금은 궁궐의 아름다움을 위하여 그 녹봉을 받으며, 지난번에 자기를 위한 것일 때에는 예의가 아니라 하여 죽어도 받지 않다가 지금은 처첩을 봉양하기 위하여 그것을 받으며, 지난번에 자기를 위한 것일 때에는 예의가 아니라 하여 죽어도 받지 않다가 지금은 자기를 아는 사람이 자기의 은혜를 입도록 하기 위하여 그 녹봉을 받으니 이 또한 그만둘 수 없는 것이었던가? 이렇게 하는 것을 일러 '그 본심을 잃었다' 고 하는 것이다.

이것은 실상 당시 세태의 풍자인 셈이다. 그러나 이것을 인간의 본성이 그렇기 때문에 많은 녹봉에 유혹되어 버린 것은 아니라고 한다. 맹자는 당시 관리들이 올바르지 않은 방식으로 부를 추구하는 것을 도덕률의 상실에서 찾고 있었다. 오늘날 고위공직자들이 자신의 자식에게 이중국적을 보유하도록 하거나 부동산 투기를 통하여 부를 축적하는 등의 불법 · 범법 행위를 서슴지 않는 것은 그들의 본성이 원래부터 악하기 때문이 아니라 사회적 상황에서 도덕률 상실의 행동도 그리 비난받지 않게 되었기 때문이다.

위로부터의 개혁이 제대로 이루어지려면 개혁을 주도할 사람이 도덕적 위상확립을 하여야 할 것이다.

인이 불인(不仁)을 이기는 것은 물이 불을 이기는 것과 같다

> 맹자왈 인지승불인야 유수승화 금지위인자
> 孟子曰 仁之勝不仁也는, 猶水勝火니, 今之爲仁者는,
>
> 유이일배수 구일거신지화야 불식
> 猶以一杯水로, 救一車薪之火也라, 不熄이면,
>
> 즉위지수불승화 차 우여어불인지심자야
> 則謂之水不勝火라하나니, 此 又與於不仁之甚者也니라.

맹자가 말씀하셨다. 어진 사람이 어질지 못한 사람을 이기는 것은 물이 불을 이기는 것과 같은 필연의 이치인데 오늘날에 인을 행하는 사람은 마치 한 잔의 물을 가지고 한 수레 가득 실려 있는 땔나무에 일어난 불을 끄려는 것과 같이 하는데, 그 불이 꺼지지 않으면 물이 불을 이기지 못한다고 말을 하니 이것은 불인한 일을 하는 것을 도와주는 것의 심한 경우이다.

물이 불을 이기는 것은 당연한 자연법칙이다. 이것을 통하여 어질지 못한 사람을 어진 사람이 이기는 것도 당연하다는 비유를 든다. 그러나 무조건 이길 수는 없는 것이다. 당연법칙을 이루는 데도 기본 수량은 있기 때문이다. 쉬운 예로 산불이 났는데 한 컵의 물을 가지고 끌 수는 없는 것이다. 이와 같은 논리로 온 천하가 어질지 못한 사태인데, 미미한 인을 가지고 불인한 사람을 극복할 수 없는 것은 자명하다. 그것을 위해 부족한 인을 더욱 계발시켜야 하는데, 당시의 사람들은 그러한 계책은 마련하지 않고 지레 포기하여 버리는 지경에 이르렀다.

고자장구 告子章句 하

이 편은 의리의 중요성과 올바른 도에 대해 논한다.

맹자는 구차스러운 삶보다는 의리를 중시하는 삶을 권하고 있다. 또 왕도가 점차 쇠퇴한 것은 제후나 대부가 도를 숭상하지 않았기 때문이며 지배자가 백성에게 예의를 가르치지 않았기 때문이라 보았다. 결국 올바른 뜻을 가지고 모든 일에 임할 때 결과도 목적에 합치됨을 언급한 것이다.

왕도정치와 패도정치

> 맹 자 왈 오 패 자 삼 왕 지 죄 인 야 금 지 제 후
> 孟子曰 五覇者는, 三王之罪人也요. 今之諸侯는,
>
> 오 패 지 죄 인 야 금 지 대 부 금 지 제 후 지 죄 인 야
> 五覇之罪人也요. 今之大夫는, 今之諸侯之罪人也니라.

맹자께서 말씀하셨다. 춘추시대의 오패는 고대 삼왕의 죄인이고, 오늘날의 제후는 그 오패의 죄인이며, 현재의 대부는 현재의 제후의 죄인이다.

맹자에서 가장 많은 논란이 되는 것이 왕도와 패도일 것이다. 공손추에 왕도와 패도에 대한 설명이 있었으나 생략되었던 관계로 여기에서 설명하기로 한다. '이덕가인자왕 이력가인자패(以德假仁者王 以力假仁者覇)－공손추 상 제 3장－라고 언급한 것처럼 왕도란 덕으로 정치를 하는 것이라 이야기하고, 패도란 정치를 하되 무력에 기반한 것을 이야기한다. 물론 쉽게 이야기하면 이렇게 구별되겠지만, 이것만으로 왕도와 패도를 구별하는 것은 아니다.

이 구절은 맹자가 도덕적 서열을 정하여 놓고 그에 따른 층차를 설명하는 것이다. 삼왕(三王)은 하(夏)·은(殷)·주(周)시대의 왕으로 우왕(禹王)·탕왕(湯王)·문왕(文王)과 무왕(武王)을 가리킨다. 그러면

왜 네 사람을 거론하면서 삼왕이라고 하는가에 대한 의문이 발생할 수 있으나, 유가에서 그들의 업적이 대동소이하므로 문왕과 무왕을 개체로 나누어 이야기하는 것이 아니라 묶어서 설명하고 있다.

그들보다 하급의 부류가 제후들이다. 제후는 패도를 사용하였으나 민생의 안정에 일정 기여하였기 때문이다. 그 다음이 맹자 당시의 제후들이다. 동양의 역사관으로 이전의 시기를 최고의 수준의 것이라 여겨서 시대가 흐르면 흐를수록 역사는 퇴보한다고 하는 것이다. 까닭에 얼마나 그 퇴보를 늦추거나 이전의 수준에 다가가도록 하느냐가 통치자의 목표였다.

천자의 순수(巡狩)는 백성의 부족한 점을 보충하기 위함이다

> 천자적제후 왈순수 제후조어천자 왈술직
> 天子適諸侯 曰巡狩요, 諸侯朝於天子 曰述職이니,
>
> 춘 성경이보부족 추 성렴이조불급
> 春에 省耕而補不足하고, 秋에 省斂而助不給하나니,
>
> 입기강 토지벽 전야치 양로존현
> 入其疆에, 土地辟하고, 田野治하며, 養老尊賢하며,

준 걸 재 위　　　즉 유 경　　　경 이 지
俊傑在位하면, 則有慶하니, 慶以地하고,

천자가 제후국에 가는 것을 순수라고 말하고 제후가 천자에게 조회가는 것을 술직이라고 한다. 봄에는 교외에 나가 경작하는 상태를 살펴 부족한 것을 보조해 주고 가을에는 수확한 상태를 살펴서 부족한 것을 보조해 준다. 그 봉지에 들어갔을 때 토지가 잘 개간되어 있고 밭이 잘 다스려졌으며 노인들을 봉양하고 현자를 존중하며 뛰어난 인재가 지위에 있으면 곧 상을 주게 되니 토지로 그에 대한 상을 내려 준다.

천자가 제후국을 순수하는 것은 민정을 살피고, 그곳의 목민관이 어떻게 백성을 다스리고 있는지를 살펴 보기 위한 것이었다. 토지가 잘 개간되어 있거나 노인들이 잘 부양되고 있으면, 토지를 가지고 상을 내려 주었다. 토지란 그들의 훌륭한 통치에 대한 반대급부인 셈이었다.

제후가 봉지를 잘 다스리지 못하면

입 기 강　　　토 지 황 무　　　유 로 실 현
入其疆에, 土地荒蕪하고, 遺老失賢하고,

부 극 재 위 즉 유 양 일 부 조 즉 폄 기 작
掊克在位이면, 則有讓이니, 一不朝則貶其爵하고,

재 부 조 즉 삭 기 지 삼 부 조 즉 륙 사 이 지
再不朝則削其地며, 三不朝則六師 移之하니,

그러나 그 제후의 봉지에 들어갔을 때 토지가 황폐하고 노인들을 돌보지 아니하고 내팽개치며 현자들을 잃어버리고 가렴주구를 일삼는 관리가 높은 지위에 있으면 곧 꾸짖는다. 한 번 조회를 오지 않는다면 그의 벼슬을 깎아내리고, 두 번 조회를 오지 않으면 그의 봉지를 깎아내며, 세 번 조회를 오지 않으면 육군(六軍)을 동원하여 군주를 바꿔 놓는다.

그러나 앞의 경우처럼 잘 다스려지는 것이 아니라 백성을 돌보는 것이 나태하고, 천자에게 조회오는 것도 불성실하다면 그의 자리를 빼앗는다. 천자의 자리와 제후의 자리는 상하 관계이다. 그러나 천자가 직접 제후국을 정벌하러 가는 것이 아니라 여러 제후국의 군대를 동원하여 토벌하도록 한다고 한다.

천자는 잘못을 성토하지 정벌하지는 않았다

시고 천자 토이불벌 제후 벌이불토
是故로, 天子는 討而不伐이요, 諸侯는 伐而不討하나니,

오패자 누제후 이벌제후자야 고왈
五霸者는, 摟諸侯하며, 以伐諸侯者也라, 故曰

오패자 삼왕지죄인야
五霸者는 三王之罪人也하니라.

이러한 까닭에 천자는 죄를 성토하기만 하고 정벌하지는 않으며 제후는 정벌하기만 하고 성토하지는 않는다. 춘추시대의 오패는 제후들을 끌고서 다른 나라의 제후를 정벌하는 자이다. 까닭에 춘추시대의 오패는 고대 삼왕의 죄인이라고 말하는 것이다.

옛날의 제후가 상호간의 정복 전쟁을 일으킨 것은 자신의 사욕을 추구하기 위한 것이 아니라, 천자의 명령을 통하여 도의를 실현하기 위한 것이었다. 그러나 춘추시대의 제후들은 자신의 사욕을 채우기 위해 정복전쟁을 일삼았다. 그것이 바로 옛날 천자의 죄인이라는 표현을 쓰게 한 것이다. 맹자의 말은 후대로 갈수록 점차 도의에서 멀어진 행위를 하는 것으로 서술되고 있다.

제후들은 정벌을 할 때 규약을 정해 지켰다

오패 환공 위성 규구지회

五覇에, 桓公이 爲盛하니, 葵丘之會에,

제후속생재서이불삽혈 초명왈 주불효

諸侯束牲載書而不揷血하고, 初命曰, 誅不孝하며,

무역수자 무이첩위처 재명왈

無易樹子하며, 無以妾爲妻라 하고, 再命曰

존현육재 이창유덕

尊賢育才하여, 以彰有德이라 하고,

춘추 시대의 오패 중에서 제나라 환공의 세력이 가장 성한 적이 있었는데, 규구의 회맹에서 제후들이 희생을 묶어 놓은 다음 그 위에 맹세하는 글을 올려 놓고서 그 희생의 피를 입가에 칠하지 않고 첫번째 명령하기를 불효한 사람을 처벌하며 세자를 바꾸지 말며 첩을 처로 삼지 말라 하였고 두 번째 명령에서는 말하기를, 현명한 사람을 존경하고 인재를 길러 그것으로 덕 있는 사람을 표창하라 하였고,

춘추시대의 정복전쟁 윤리규정

삼 명 왈 경 로 자 유 　 무 망 빈 려
三命曰 敬老慈幼하며, 無忘賓旅라 하고,

사 명 왈 사 무 세 관
四命曰 士無世官하며,

관 사 무 섭 　 취 사 필 득
官事無攝하며, 取士必得하며,

무 전 살 대 부 　 오 명 왈 무 곡 방
無專殺大夫라 하고, 五命曰 無曲防하며,

무 알 적 　 무 유 봉 이 불 고
無遏糴하며, 無有封而不告라 하고,

세 번째 명령에서는 노인들을 공경하고 어린아이를 자애롭게 대하며 손님과 나그네에게 다정하게 대하는 것을 잊지 말라하고, 네 번째 명령에서 말하기를 선비에게는 관직을 세습시키지 말 것이며 관직은 겸직하는 일이 없도록 하며 선비를 구함에 마땅히 적임자를 얻도록 하며 마음대로 대부를 죽이지 말라 하며, 다섯 번째 명령에서는 말하기를 제방을 구불구불 쌓지 말며 쌀을 수입해 가는 것을 막지 말며 대부들을 봉해 주고서 고하지 않는 일이 없도록 하라 하며,

춘추시대의 제후들이 정복전쟁을 일으키면서도 그들 나름의 윤리

기준을 정하고 있었다. 당시 제후들의 회맹에서 그 윤리 규정을 정하고 그것을 어기면 처벌하겠다는 조항을 만들었다. 그 첫째가 봉건 윤리의 핵심이기도 한 충효(忠孝)의 문제였다. 그 다음은 현명한 사람을 우대하는 것이었고, 노인을 공경하는 것과 관직을 임명할 때 한 군데 집중되도록 하지 않고 분산하게 하며, 인재를 적재적소에 등용하도록 하여야 한다는 것이다. 살인을 하더라도 함부로 하여서는 안 되고, 한 곳의 생산물을 함부로 다른 곳으로 옮기는 것을 제지하지 말아야 한다는 것이다. 이 정도이면 민생안정에 상당한 주의를 기울이면서 정복전쟁을 일으킨 것이다.

오늘의 제후들은 이런 규약조차 저버린다

> 왈 범아동맹지인 기맹지후 언귀우호
> 曰 凡我同盟之人은, 旣盟之後에, 言歸于好라 하니,
>
> 금지제후 개범차오금 고 왈
> 今之諸侯는, 皆犯此五禁하나니, 故로 曰
>
> 금지제후 오패지죄인야
> 今之諸侯는, 五覇之罪人也라 하니라.

그리고 나서 말하기를, 우리 동맹을 하는 사람들은 동맹이 끝난 후에 화목하게 지내도록 하자 말하니 오늘날의 제후들은 모두가 이 다섯

가지 금해야 할 사항들을 범하니, 까닭에 말하기를 오늘날의 제후는 춘추 시대의 오패의 죄인이다 말하는 것이다.

이렇게 동맹을 맺고 정복전쟁을 일삼았기에 비록 자신의 신분으로 할 일이 아니면서도 한 것에 대한 비난은 받지만, 이는 민생의 안정을 고려한 행위이므로 그러한 것도 고려하지 않고 정복전쟁을 일삼는 오늘날의 제후와 비교할 때, 그나마 나은 축에 속한다고 한다.

군주의 악행에 부화뇌동하는 것이 더욱 큰 죄이다

장군지악 기죄소
長君之惡은, 其罪小하고,

봉군지악 기죄대
逢君之惡은, 其罪大하나니,

금지대부 개봉군지악 고왈 금지대부
今之大夫는, 皆逢君之惡이라, 故日 今之大夫

금지제후지죄인야
今之諸侯之罪人也라 하니라.

군주의 악을 조장하는 것은 그 죄가 비교적 작고, 군주의 악에 영합하는 것은 그 죄가 크니, 오늘날의 대부들은 모두 군주의 악정에 영합하며 아첨하는 사람들이다. 그러므로 말하기를 '오늘날의 대부는 오늘날의 제후의 죄인이다' 라고 말하는 것이다.

한편 맹자의 견해에 의하면 어떤 일을 하도록 발의하는 것보다, 그 일을 하는 것에 아첨하면서 그에 영합하는 것이 더욱 나쁘다고 한다. 왜냐하면 영합한다는 것은 주체자의 가치판단을 막는 결과를 초래하기 때문이다. 발의만 하면 무조건 옳다고 하는 풍토라면 그 사람은 하지 못하는 일이 없게 될 것이다. 그러나 조장하는 경우에는 그 건의를 들은 군주가 판단하여 옳지 않다고 여기면 실행되지 않을 가능성이 약간 남아 있기 때문이다.

이렇게 이야기하여 궁극에는 대부의 잘못으로 귀결하는 것은, 당시 왕도가 행해지지 않는 이유를 대부가 제대로 왕도를 행할 자세를 갖고 있지 않아 그렇게 되었다고 보기 때문이다.

노나라가 전쟁을 치르러 신자를 장군으로 삼으니

노 욕 사 신 자 위 장 군
魯欲使愼子로, 爲將軍이러니,

노나라가 신자로 하여금 장군으로 삼아 제나라와 한 번 싸우고자

하였는데,

이것은 전쟁을 치르기 위해 지배층이 할 일을 원론적인 부분에서부터 이야기하는 것이라고 할 수 있다. 제나라가 전쟁을 치르기 위해 병법을 잘 아는 신자로 하여금 군의 통수권을 장악하도록 하였다.

예의를 가르치지 않고 전쟁을 하면 백성에게 재앙을 입힌다

맹자왈 불교민이용지
孟子曰 不教民而用之를,

위지앙민 앙민자
謂之殃民이니, 殃民者는,

불용어요순지세 일전승제
不容於堯舜之世니라, 一戰勝齊하여,

수유남양 연차불가
遂有南陽이라도, 然且不可니라.

맹자가 말씀하셨다. 백성에게 예의범절을 가르치지 않고 전쟁에 쓰는 것을 이를 백성에게 재앙을 입힌다고 말하니 백성에게 재앙을 입히는 사람은 요순이 다스리던 세상에는 용납되지 못하였다. 한 번 제

나라와 전쟁을 치뤄 이겨 끝내 남양을 차지하더라도 그러나 그것 또한 옳은 일은 아니다.

맹자의 정치관은 도덕성을 확립하는 것이었다. '천시불여지리 지리불여인화(天時不如地利 地利不如人和)' 라는 표현처럼 예의 범절을 알지 못하는 백성은 자신의 국가에 대한 역할을 제대로 알지 못해 전쟁의 목적을 충실히 알지 못하고 오히려 자신의 힘을 소모할 뿐이다. 그것이 바로 맹자가 백성을 교육하지 않은 상태에서 전쟁을 치르는 것은 그들에게 재앙을 일으키는 것이라는 이유이다.

전쟁과 도덕정치의 관계

신자 발연불열왈 차즉골리소불식야
慎子 勃然不悅曰, 此則滑釐所不識也로이다.

신자가 대뜸 기뻐하지 않는 안색을 띠면서 말하였다. 이러한 것은 제가 알지 못한 것입니다.

전쟁을 치르는 장군은 병법만 제대로 알면 전쟁은 충실히 치를 수 있다는 생각을 가졌기에, 도덕정치를 행하지 않는 상태에서 전쟁을 치르는 것이 백성에게 재앙을 준다는 사실에 대하여 이해할 수 없었을 것이다.

기본적 바탕이 마련되지 못하면 예의를 행하지 못한다

> 왈 오명고자
> 曰 吾明告子하리라.
>
> 천자지지 방천리 불천리
> 天子之地 方千里니, 不千里면,
>
> 부족이대제후 제후지지 방백리
> 不足以待諸侯요, 諸侯之地 方百里니,
>
> 불백리 부족이수종묘지전적
> 不百里면, 不足以守宗廟之典籍이니라.

맹자가 말씀하셨다. 내가 그대에게 명백히 말하겠다. 천자가 소유하고 있는 땅은 사방 천 리이니 천 리가 되지 못하면 제후를 상대하기 부족하고, 제후가 소유하는 땅은 사방 백 리이니 백 리가 되지 못한다면 종묘에 제사하고 회동하는 제도를 지킬 수가 없다.

맹자는 일정한 물적 기반을 가지지 못하면 예의를 제대로 시행할 수 없다고 한다. 그렇지만 그 이상의 물적 기반을 지니고 있다고 하여 예를 더 잘 시행하는 것만은 아니다.

다만 이야기하고자 하는 핵심은 기본적 바탕을 마련하지 않으면 예의의 시행을 기대할 수 없다는 것이다.

물적 기반은 어느 정도면 충분하다

> 주공지어봉로 위방백리야
> 周公之於封魯에, 爲方百里也니,
>
> 지비부족 이검어백리
> 地非不足이로되, 而儉於百里하며,
>
> 태공지봉어제야 역위방백리야
> 太公之封於齊也에, 亦爲方百里也니,
>
> 지비부족야 이검어백리
> 地非不足也이로되, 而儉於百里니라.

주공이 노나라에 봉함을 받았을 적에 땅이 사방 백 리였으니 땅이 부족한 것이 아니었으나 백 리에 그쳐 더 이상의 확장을 하지 않았으며, 강태공이 제나라에 봉하여질 때에 그 땅이 또한 사방 백 리였으니 땅이 부족한 것이 아니었으나 소유한 땅을 백 리에 제한하였던 것이다.

주공과 태공의 예는 물적 기반이란 기본적 정도만 갖추면 되는 것이지 그 이상의 것이 필연적으로 요구되어야 할 것은 아니라는 것이다. 그들이 비록 작은 영토이나 그것을 토대로 예의를 교육하여 나라를 다스렸을 뿐이며, 더 많은 영토를 확보하기 위하여 도를 넘어선 행위를 하지 않았음을 이야기한다.

이미 물적 기반은 있는데
무엇이 부족하여 더 얻으려 하나

> 금노　　방백리자오
> 今魯는, 方百里者五니,
>
> 자이위유왕자작
> 子以爲有王者作인댄,
>
> 즉노재소손호　　재소익호
> 則魯在所損乎아, 在所益乎아.

지금의 노나라는 사방 백 리가 되는 땅이 다섯이나 있으니 그대가 생각하건대 참다운 왕이 나타난다면 노나라는 땅을 덜어내어야 할 것이 있는가 보태야 할 쪽이 있는가?

앞부분에서 이야기한 부분은 이 부분을 공박하기 위한 토대로 한 것이다. 노나라는 일정한 물적 기반을 갖추고 있다. 그런데 이 상태에서 예의를 가릴 생각을 하는 것이 아니라 정복전쟁을 계속하고자 하므로 이것은 후대의 화를 양산하는 단서로 작용한다는 것이다. 예의를 가르친 후의 일이라면 문제는 다르지만 도덕성의 교육이 이루어지지 않은 상태에서 전쟁을 치르기에 문제시 되는 것이다.

그냥 빼앗아도 부당한데 하물며 사람을 죽이고 빼앗아서야

도취저피 이여차 연차인자 불위
徒取諸彼하여, 以與此라도, 然且仁者 不爲어든,

황어살인이구지호
況於殺人以求之乎아.

다만 전쟁을 하지 않고 다른 사람에게서 빼앗아서 여기에 있는 사람에게 주더라도 또한 어진 사람은 하지 않는데 하물며 남을 죽이고서 구한단 말인가?

남의 것을 빼앗는 것은 도덕적으로 옳지 못한 일이다. 그런데 전쟁을 통하여 남의 영토나 재물을 탈취한다면 이는 남의 생명마저 위협한 결과가 된다. 생명을 중시하던 상태에서 이러한 것은 존재할 수 없는 것이었다.

맹자가 평화주의자는 아니나 백성의 생명을 위협하는 행위는 결코 용납하지 않았기 때문에 이러한 서술이 나온 것이다.

진심장구 盡心章句 상

《맹자》의 마지막 장인 진심장(盡心章)에서는 군자삼락(君子三樂)에 대해 언급한다. 덕이 있는 군자는 세속적인 부귀영화보다 가족의 화목이나 청렴, 영재의 교육에 뜻을 둔다. 즉 군자는 세속적 욕망에 앞서 도덕적으로 깨끗해야 함을 강조한 것이다. 맹자는 또한 법의 존재 의미와 집행에 관하여도 언급하는데 인의를 바탕으로 한 공정한 집행 실행을 일깨운다.

유세는 자신의 표정이 바뀌지 않은 상태에서 한다

맹 자 위 송 구 천 왈　자 호 유 호　오 어 자 유
孟子謂宋句踐曰, 子好遊乎아. 吾語子遊하리라.

맹자가 송구천에게 말씀하셨다. 그대는 유세하기를 좋아하는가? 내가 그대에게 유세에 대하여 이야기해 주겠다.

맹자는 자신의 정치적 견해를 펼치기 위해 전국의 제후들에게 유세를 하러 다니고 있었다. 이 구절에서는 유세를 어떻게 하여야 하는지를 서술하고 있다.

표정이 자득무욕(自得無慾)하려면 덕을 존중해야 한다

왈 하 여　사 가 이 효 효 의
曰何如라야, 斯可以囂囂矣니잇고.

왈 존 덕 락 의　즉 가 이 효 효 의
曰尊德樂義면, 則可以囂囂矣니라.

구천이 말하기를, 어떻게 하여야 만족하여 욕심없는 표정을 지을 수 있습니까? 맹자가 말씀하시길, 덕을 존중하고 의리를 즐기면 자득무욕(自得無慾)한 표정을 지을 수 있게 된다.

구천이 외부세계의 상황에도 마음이 동요하지 않을 수 있는 방법을 묻자 맹자는 덕을 존중하고 의리를 즐기게 되면 그러한 경지에 도달할 수 있다고 이야기한다. 마음에 욕심이 없어야 이렇게 남이 어떠한 반응을 보여도 너그러운 마음으로 대처할 수 있다고 한다.

곤궁해도 의리를 잃지 않는 까닭

> 고 사 궁부실의 달불리도
> **故**로 **士**는, **窮不失義**하며, **達不離道**니라.

그러므로 사(士)는 곤궁하여도 의리를 잃지 아니하며 영달하여도 도를 버리지 않는다.

그러므로 학문을 연마하는 독서인은 올바른 도를 지킬 줄 알기 때문에 외부 상황이 변화해도 자신이 지향해야 할 올바른 방향을 지키고, 관직을 잃고 어렵게 살더라도 생활의 고통으로 인해 자신이 지향해야 할 도(義)를 잃지 않으며, 정치적으로 명성을 얻어 영달하였다고 하더라도 건전한 도덕의식을 항상 잃지 않는다고 한다. 이것이 지식인의 올바른 삶의 자세인 것이다. 영달하였다고 하여 자신의 지위를 악용하여 비리를 일삼는다면 그의 삶은 결코 깨끗하지 못할 것이고 언젠가는 그로 인해 화를 초래하게 된다고 한다.

자신도 지키고 남에게 인정받는 길

> 窮不失義(궁부실의)라, 故(고)로 士得己焉(사득기언)하고, 達不離道(달불리도)라,
>
> 故(고)로 民不失望焉(민불실망언)이니라.

아무리 곤궁하여도 의리를 잃지 않기 때문에, 까닭에 선비는 자기의 본성을 온전하게 할 수 있고 영달하여도 도에 어긋나지 않기 때문에, 까닭에 백성들은 그에 대한 기대를 잃지 않는 것이다.

인간성을 상실하는 것은 자신의 의도에 의해 이루어지기도 하고, 외적 환경에 의해 잃어버리기도 한다. 인간의 정신도 물질의 지배를 받는 것은 두 말할 나위가 없다. 그러나 물질의 지배 속에서도 자신이 지향해야 할 바를 잃지 않는 것이 보통 사람과 학문한 사람의 차이라는 것이다. 옛날부터 일상적으로 있어 온 공부한 사람의 처신에

대한 보다 강한 비판은 학문하는 사람의 도덕적 심성추구가 일반인을 능가하는 것이어야 한다는 당위적 희구가 있었기 때문일 것이다. 학문을 한다는 것이 비단 지적 능력을 강화하는 것만을 의미하는 것은 아니다. 그에 대한 실천을 수반하게 되는데, 까닭에 지식인이란 자신의 앎을 실천하는 가운데 실현되어진다고 할 수 있다.

시대 상황이 불리하면 자신의 도를 온전히 지킨다

> 古之人(고지인)이 得志(득지)인댄, 澤加於民(택가어민)하고, 不得志(부득지)인댄,
> 修身見於世(수신현어세)하니, 窮則獨善其身(궁즉독선기신)하고, 達則兼善天下(달즉겸선천하)니라.

옛날의 현명한 사람들은 자기의 뜻을 얻어 도를 천하에 펼 수 있게 되면 그 은택이 널리 백성에게 미쳤고 뜻을 얻어 도를 천하에 펼 수 있지 못하게 되면 자신을 수양하여 고매한 덕을 가진 사람으로 세상에 알려졌으니 곤궁하게 되면 홀로 자기의 몸을 수양하고 영달하게 되면 온 천하 사람에게 널리 선한 일을 하도록 베풀었다.

옛날 학문하던 사람은 자신이 뜻을 제대로 펼치지 못했다고 자포자기하지 않았다. 불우한 상태에 놓이게 되면 자기 수양을 통해 타

인이 도덕적으로 감화를 받아 선한 일을 하도록 하였으며, 정치적 성공을 이룩하면 그가 펼치는 정치적 행위로 인해 여러 사람이 복된 삶을 누릴 수 있게 하였다. 이러한 것은 후대 사람에게 중요한 사고 방식으로 자리잡았다. 성공하는 것은 자신의 학문의 성취도가 크고 작은 것에 기인한 것이 아니라, 다분히 운명적 요소가 개입된 것이라고 여겼다. 까닭에 설혹 벼슬을 하지 못하더라도 실의에 빠지지 않고, 자신의 수양에 정진하였다. 이렇게 자신의 수양을 닦은 경우에는 영달하든 그렇지 못하든 그의 행위가 사회적으로 큰 영향을 끼치게 되었던 것이다.

편안하게 해주려고 백성을 부리면 어려움이 있어도 원망치 않는다

> 맹자왈 이일도사민 수로 불원
> 孟子曰, 以佚道使民이면, 雖勞이나 不怨하며,
>
> 이생도살민 수사 불원살자
> 以生道殺民이면, 雖死라도, 不怨殺者니라.

맹자가 말씀하셨다. 백성을 안락하게 해주는 방법으로 부린다면 백성들은 그 일이 비록 힘들더라도 원망하지 않을 것이며 백성의 삶을 보호하기 위해 악한 행위를 한 사람을 사형에 처하면 그가 비록 죽더라도 자신을 죽이는 사람을 원망하지 않을 것이다.

어느 마을에 하천 정비가 제대로 되지 않아 해마다 장마철이면 물난리를 겪었다. 그러다가 새 지도자가 나타나 봄날에 주민들을 하천 정비를 위한 부역에 동원하였다. 이유는 지금 정비를 하게 되면 여름에 물난리를 걱정하지 않아도 되기 때문이었다. 이렇듯 자기 생활에 편리하도록 배려한 데에서 말미암은 부역동원은 당사자들의 불만을 적게 할 수 있다. 유흥업소를 무대로 하여 고객의 금품을 갈취하고 무고한 사람들을 해치며 조직폭력을 일삼다가, 계파간의 싸움이 확대되어 살인을 하는 사건이 발생하였다. 이들이 얼마 후 검찰에 구속되고 이전에 저지른 숱한 범죄로 인해 온 국민이 이들이 중형을 받기를 원하고, 또한 법적으로 처리하여도 이들이 사형을 면할 수 없을 지경에 이르렀다. 이들이 자신이 지은 죄가 전 사회적으로 불안을 조성하고 인륜을 저버린 행위인 줄 알았다면, 사형장에서 형이 집행되더라도 그것을 원망하지 않을 것이다.

사람에겐 배우지 않고도 잘할 수 있는 것이 있다

맹자왈 인지소불학이능자 기량능야
孟子曰, 人之所不學而能者는, 其良能也요,

소불려이지자 기량지야
所不慮而知者는, 其良知也니라.

맹자가 말씀하셨다. 사람 중에 배우지 아니하고도 자연스럽게 어떤 일에 능숙한 것은 양능이라 하고, 특별히 깊이 생각하지 아니하는 데에도 잘 아는 것은 양지라 말한다.

인간은 선천적으로 선한 일을 하도록 되었다고 생각하고 있던 맹자는 누구에게나 기본적으로 옳게 여겨질 일이 있고, 쉽게 할 수 있는 일이 있다고 하면서 악을 버리고 선을 행하도록 하는 선천 능력을 양능이라고 말하고, 깊이 생각하지 않아도 자연스럽게 잘 아는 것을 양지라고 규정하였다.

어린이는 가르치지 않아도 제 부모를 사랑하고

해제지동 무부지애기친야 급기장야
孩提之童이, 無不知愛其親也며, 及其長也하여는,

무 부 지 경 기 형 야
無不知敬其兄也니라.

두세 살배기 어린이가 자기의 어버이를 사랑할 줄 모르는 이가 없으며 성장하여서는 자기의 형들을 공경할 줄 모르는 이가 없다.

삼척동자라도 제 부모를 사랑할 줄 알고 자라게 되면 자연스럽게 윗사람을 공경할 줄 안다. 이것을 동물의 본능적 행위-자신이 탄생하면서 가장 먼저 접한 것과 가장 자주 만나 익숙하기에 가까이 하려는 것으-으로 파악하는 것이 아니라 인간에게 내재한 선천적 능력으로 파악한다. 양지와 양능은 여기에서 인간의 도덕의지를 발동케 하는 것으로 보고 있는 것이다.

인의는 천하 사람이 두루 잘 알고 할 수 있는 것

친 친 인 야 경 장 의 야
親親은, 仁也요, 敬長은, 義也니,

무 타 달 지 천 하 야
無他라, 達之天下也니라.

어버이를 친애하는 것은 인이고 웃어른을 공경하는 것은 의이니, 이것은 다른 것이 아니라 천하 사람에게 두루 통하게 하는 것이다.

맹자가 인의를 강조하는 것은 그것이 가정에서 실천되면, 후에 전 사회적으로 확산되어 자신이 의도한 이상사회가 건설될 것으로 기대하였기 때문이다. 왜냐하면 그것은 인간의 본성에 내재한 것이기에 사회적 확산으로 누구나 그렇게 할 수 있는 기본적 자질이 실현될 수 있다고 여기고 있기 때문이다.

군자에겐 세 가지 즐거움이 있다

> 맹 자 왈 군 자 유 삼 락 이 왕 천 하 불 여 존 언
> 孟子曰 君子有三樂인대, 而王天下不與存焉이니라.

맹자가 말씀하셨다. 군자에게는 세 가지 즐거움이 있는데 천하에 왕노릇하는 것은 포함되지 않는다.

도덕적으로 교양을 갖춘 사람은 세 가지의 즐거움을 가지고 있는데, 그중에서 세속적 부귀영화는 포함되지 아니한다고 한다.

첫째는 가족의 화목함

부모구존　　형제무고　　일락야
父母俱存하며, 兄弟無故가, 一樂也요.

부모가 모두 살아계시며 형제들에게 별 탈이 없는 것이 첫째가는 즐거움이요.

그 첫째가 자기 가정의 화목이다. 이것은 인간 생활의 가장 기초가 되는 것으로 그 사람의 인격형성에도 매우 중요한 구실을 한다. 부부관계가 원만하지 못한 사람이 사회활동이 순조로울 리 없고, 부모가 늘 다투기만 하고, 형제자매간에 불화만 가득한 사람에게 화목한 가정 속에서 성장한 사람과 동일한 사회적 행위를 기대하기는 쉽지 않다.

둘째는 자신이 도덕적으로 부끄러움 없는 것

앙불괴어천　　부부작어인　　이락야
仰不愧於天하며, 俯不怍於人이, 二樂也요.

자기의 행실이 바르기에 위로 하늘을 우러러 보아도 부끄러움이 없고 아래로 굽어 보아도 사람들에게 부끄러움이 없는 것이 둘째가는 즐거움이요.

그 다음이 개인 도덕성 문제이다. 자신을 되돌아 보았을 때 부끄러워하는 것이 없을 때 비로소 즐거움을 느낄 수 있다는 것이다. 증자가 자신을 돌아보아 마음에 걸리는 것이 없다면 수천 명을 혼자서 상대하더라도 결코 두려울 것이 없다고 말한 것은 자신의 도덕성의 염결(廉潔)에서 말미암은 것이다. 윤동주의 서시에서 '하늘을 우러러 한 점 부끄럼 없기를 / 잎새에 우는 바람에도 나는 괴로워했다' 라는 것은 이러한 의식에서 비롯된 것으로 볼 수 있다.

셋째는 천하의 영재를 얻어 가르치는 것

득천하영재 이교육지 삼락야
得天下英才 而教育之가, 三樂也니,

천하의 영재를 얻어 그를 가르쳐 훌륭한 인재로 만들어 내는 것이 셋째가는 즐거움이니,

그 다음이 자신의 도를 후대에 퍼뜨리는 일이다. 이것은 대사회적 문제로 자신의 소유에만 만족할 것이 아니라 보다 많은 사람이 누리도록 하는 것으로, 사회구성원으로 자신의 사회적 역할을 수행하는 차원에서도 반드시 이루어져야 할 일이기도 하다.

세속적 부귀영화는 속하지 않는다

군 자 유 삼 락 이 왕 천 하 불 여 존 언
君子有三樂 而王天下 不與存焉이니라

군자에게 세 가지 즐거움이 있는데 그러나 천하에 왕노릇하는 것은 포함되지 아니한다.

이와 같이 세 가지 항목에 걸쳐 군자의 즐거움을 말하면서 세속적 부귀영화를 말하지 않은 것은, 부귀영화라는 것은 운명적 요소가 개입되는 것으로 여겼기에, 노력하여 해결할 성질의 문제가 아니란 인식이 있었기 때문일 것이다. 사실 군자는 자신의 도를 실천하기 위하여 부단한 노력을 하였다. 그런 의미에서 공자나 맹자도 관직을 구하는데 매우 적극적인 부류의 인물이었다.

그러한 맹자가 이런 견해를 편 것은 군자가 추구해야 할 것이 세속적 욕망을 앞서 도덕적으로 선결할 것이 있음을 강조하기 위한 것이라 하겠다.

백성이 자신의 토지를 잘 다스리도록 배려하며

맹 자 왈　이 기 전 주
孟子曰, 易其田疇하며,

박 기 세 렴　민 가 사 부 야
薄其稅斂이면, 民可使富也니라.

맹자가 말씀하셨다. 백성들이 자신의 농지를 잘 다스리도록 해주며 그들에게서 세금 거두는 것을 가볍게 한다면 백성들은 부유하게 할 수 있다.

민생안정을 위해 어떻게 하여야 하는지를 설명하고 있다. 농사를 잘 짓도록, 다시 말하여 생산기반을 확고히 하도록 정책적 배려를 하고, 백성에게서 거둬들이는 세금을 가볍게 하여 조세 부담을 덜어준다면, 백성들은 자신의 생계유지에 보다 유리한 여건을 갖추게 될 것이다.

때맞춰 소비하여 예의를 차릴 수 있게 하면

> 식지이시 용지이례 재불가승용야
> 食之以時하며, 用之以禮면, 財不可勝用也니라.

때맞춰 음식을 먹고 예에 맞도록 재물을 적절하게 쓰도록 한다면 재물을 이루다 쓸 수 없을 것이다.

소비의 문제에 있어 시기 적절한 소비로 예의에 맞도록 한다면 자신들이 지닌 물건을 이루다 쓸 수 없게 될 것이니, 민생안정의 기초가 형성되는 것이다.

곡식을 풍부히 소유하도록 하면
누구나 어진 사람이 될 것이다

> 민비수화 불생활 혼모 고인지문호
> 民非水火면, 不生活이로되, 昏暮에, 叩人之門戶하여,
>
> 구수화 무불여자 지족의 성인
> 求水火어든, 無弗與者는 至足矣일새니, 聖人이,

치천하　사유숙속　여수화　숙속 여수화

治天下에, 使有菽粟을, 如水火니, 菽粟 如水火면,

이민 언유불인자호

而民 焉有不仁者乎리오.

백성들은 물과 불이 없다면 생활을 할 수 없으나 어두운 저녁에 남의 집 문을 두드리면서 물과 불을 요구하면 그것을 주지 않는 사람이 없는 것은 지극히 풍부하기 때문이니, 성인이 세상을 다스리는데 백성들로 하여금 곡식을 소유하기를 물과 불을 소유한 것처럼 풍부하게 만드니 곡식을 소유하고 있는 것이 물과 불처럼 풍부하다면 백성들 중에 어찌 어질지 않을 사람이 있겠는가?

우리의 일상생활에 가장 흔한 것의 하나가 물과 불이다. 그것들은 필수불가결한 것이다. 그렇지만 남들이 덜어주기를 요구하면 군소리 하지 않고 줄 수 있는 것은 그만큼 충분히 가지고 있기 때문이다. 곡식도 이렇게 넉넉하게 지녀서 주위 사람이 나누어 주기를 요구할 때 흔쾌히 나누어 줄 수 있을 정도로 된다면 안정적 생활기반 아래 인의예지를 닦아 도덕적 삶을 살게 될 것이라고 한다.

관중(管仲)이 창름실즉지예절 의식족즉지영욕(倉廩實則知禮節 衣食足則知榮辱)－곳집(물건을 쌓아 두는 창고)에 물건이 가득 차 있으면 백성들은 재화가 넉넉하기에 예절을 차리게 되고, 의식이 넉넉해지면 백성들은 영예와 모욕을 알게 될 것이다－라고 이야기 한 것도 이와 맥을 같이 하는 것이라고 하겠다.

경험이 넓은 사람과 좁은 사람은 더불어 이야기할 수 없다

> 孟子曰(맹자왈) 孔子(공자)가 登東山而小魯(등동산이소로)하시고,
>
> 登太山而小天下(등태산이소천하)하시니, 故(고)로 觀於海者(관어해자)엔, 難爲水(난위수)요,
>
> 遊於聖人之門者(유어성인지문자)엔, 難爲言(난위언)이라.

맹자가 말씀하셨다. 공자께서 노나라의 동산에 오르셔서 노나라를 작다고 여기셨고 태산에 오르시고는 천하를 작다고 여기셨다. 그러므로 바다를 본 사람에게는 웬만한 하천은 큰 물이라고 논할 만한 것이 되기 어렵고, 성인의 문하에서 공부한 사람에게는 다른 여러 말들은 훌륭한 말로 인정받기 어려울 것이다.

동산에 비하여 태산은 그 높이가 현격한 차이가 나고, 작은 하천에 비해 큰 바다는 그 넓이에서 현격한 차이가 난다. 성인의 학문 세계와 보통 사람의 학문의 세계가 그 깊이와 넓이에서 뚜렷한 격차가

날 것임은 주지의 사실이다. 이 구절은 이렇게 성인의 학문세계를 경험한 사람과 경험하지 못한 사람의 경우를 비교하면서 설명하고 있다. 공자는 노나라의 동산에 올라서 노나라가 매우 작다고 말하였다. 높은 산에서 올라 보니 그곳은 매우 작게 보였기 때문이다. 그러나 태산을 올라 천하를 보니 이번에는 천하마저 작게 보였다. 바다를 본 사람이 하천을 보고 크다고 하는 사람을 대할 때에, 앞과 같은 생각을 가질 것이다. 성인의 학문을 공부한 사람은 이미 넓은 학문세계를 공부하였으므로 그렇지 못한 사람을 대할 때 한층 높은 수준에서 내려다보며 이야기 할 수 있을 것이다.

어떤 사람이 북한산 백운대에 올라간 것을 에베레스트를 정복하였던 알피니스트에게 자랑삼아 떠벌인다면 그가 어떻게 생각하겠는가?

경험 축적도 받아들일 여건이 있어야 가능하다

> 관수유술 필관기란 일월유명
> 觀水有術하니, 必觀其瀾이니라. 日月有明하니,
>
> 용광 필조언
> 容光에, 必照焉이니라.

물의 크고 작음을 관찰하는 데에도 방법이 있으니 반드시 그 여울을 살펴보아야 한다. 해와 달은 빛이 있으니 빛을 받아들이는 곳에만 반드시 비추게 되는 것이다.

본체를 살피는 데에도 방법이 있다. 그것은 말단부터 시작하여야 한다. 그리고 학문의 세계를 경험하는 것도 그것을 받아들일 여건을 지니고 있어야만 가능하다. 성인의 감화는 어디에든 이를 수 있으나 그것이 반사되어 드러나는 것은 그것을 받아들일 준비가 되어 있던 것이라야만 하는 것이다.

학문은 순서가 있고, 얼마간의 수식(修飾)이 있어야 널리 퍼진다

> 유수지위물야 불영과 불행
> 流水之爲物也, 不盈科면, 不行하나니,
>
> 군자지지어도야 불성장 부달
> 君子之志於道也에, 不成章이면, 不達이니라.

흐르는 물이라는 것은 물길 가운데의 웅덩이가 차지 않으면 흘러가지 않는다. 군자가 도에 뜻을 두었으나 문장을 이루지 못하면 널리까지 파급되지 못한다.

또 학문의 세계에 나아가는 것도 순서에 따라 차근차근 하여야 하는 것이다. 물은 빈 구덩이가 있으면 반드시 그 구덩이를 채우고야 앞으로 나아간다. 학문하는 것도 마찬가지이다. 순서를 정해 차근차근 밟아 나가야 하는 것이다. 국민학교 교육과정을 이수하지도 않은 채 대학 과정을 이수하겠다고 하면, 어떻게 대학교육에서 나오는 개념어를 쉽게 이해할 수 있겠는가?

어떤 일을 하는 것은 우물 파는 것과 같다

> 孟子曰(맹자왈), 有爲者辟若掘井(유위자비약굴정)하니, 掘井九軔(굴정구인)이라도,
>
> 而不及泉(이불급천)이면, 猶爲棄井也(유위기정야)니라.

맹자가 말씀하셨다. 어떤 일을 하고자 하는 것은 비유하자면 마치 우물을 파는 것과 마찬가지이니 우물을 아홉 길이나 팠더라도 샘물에 미치지 못하면 오히려 우물을 버려야 하는 것과 마찬가지니라.

아무리 많은 노력을 기울여도 의도한 목적을 이루지 못하였다면 그 노력은 허사가 되어 버린다. 여기에서는 물을 구하기 위해 우물

을 파는 행위에 비유하고 있다. 한 길을 파고도 샘이 형성되어 물이 솟아난다면 그것은 노력이 결실을 맺은 것이고, 수십 미터를 팠어도 물이 솟아나지 않으면 어쩔 수 없이 그 우물을 포기해야 하는 것과 마찬가지이다.

환경은 그 사람의 기상을 변화시킨다

> 맹자 자범지제 망견제왕지자
> 孟子 自范之齊러시니, 望見齊王之子하시고,
> 위연탄왈 거이기 양이체 대재
> 喟然嘆曰 居移氣하며, 養移體하나니, 大哉라
> 거호 부비진인지자여
> 居乎여. 夫非盡人之子與아.

맹자께서 제나라의 일개 소도읍인 범(范)에서 제나라 도성으로 가시어 제나라 왕자를 멀리서 보시고 깊이 탄식하며 말씀하셨다. 지위나 환경은 사람의 기상을 변화시키며 봉양하는 것은 육체를 변화시키니 크도다, 지위나 환경이여. 잘 자란 왕자나 그렇지 못한 평민의 자식이나 모두 사람의 자식이 아니었던가?

유물론(唯物論)에서 물질이 정신을 지배한다는 말을 자주 사용한다. 이 구절은 이와 유사한 내용을 지니고 있다. 사람이 성장한 생활 환경의 차이에 따라 전혀 다른 사람으로 보이게 되는 것도 이와 맥락을 같이 한다.

서울역 앞에서 때에 찌든 옷을 입고 구걸을 하는 소년과 압구정동에서 수표를 지닌 채 장난감을 사려는 아이는 맹자의 관점에 의하면 동일한 성품을 품수받고 이 세상에 태어났다. 다만 그가 성장하는 과정에서 누린 교육의 정도와 생활 수준의 차이에서 그 모습을 달리하게 된 것이다.

왕자가 남들이 찬탄할 만한 위풍과 기상을 지녔으나, 평민의 자식과 같이 사람의 아들에 불과하다. 어둠의 자식과 장군의 아들은 지위나 환경의 차이라는 것이다.

孟子曰
맹 자 왈

이 구절은 대개의 학자들이 연문(문맥과 상관없이 더 들어간 문장)이라고 해석하고 있다. 다음에 나오는 이야기도 맹자가 주장하는 것이므로 빠져야 할 것이 마땅하기 때문인데, 옛날에 글을 새겨 넣은 과정에서의 실수라고 하겠다.

굳이 이렇게 설명을 하는 것은 아무리 경전이라고 하더라도 오류가 발생될 가능성이 있다는 것을 독자에게 보이기 위함이며, 또 번

역이라는 것은 원전에 충실하여야 하기 때문에 삭제하지 않았다. 고전이라고 하여 완벽한 체제를 지닌 것은 아니다. 특히 이러한 외견상의 오류뿐 아니라 동일한 사실을 놓고도 서로 다른 발언을 하여 오해를 사는 경우도 있다.

좋은 집도 기상을 변화시키니 인의와 같은 것은 말할 것도 없다

> 왕 자 궁 실 거 마 의 복　　다 여 인 동
> 王子宮室車馬衣服이, 多與人同이로되,
>
> 이 왕 자 약 피 자　　기 거 사 지 연 야
> 而王子若彼者는, 其居使之然也니,
>
> 황 거 천 하 지 광 거 자 호
> 況居天下之廣居者乎아.

왕자의 궁전과 거마 의복이 보통 사람과 같은 것이 많은데에도 왕자의 위엄이 저렇게 보이는 것은 그 지위와 환경이 그렇게 만든 것이니 하물며 천하에서 제일 넓은 집인 인의(仁義)에 거처하고 있는 사람이야 더 말할 것이 있겠는가?

물질적 풍요만으로 사람의 외관은 전혀 다른 모습으로 비춰짐을 앞의 구절에서 설명한 후 맹자는 이 구절에서 자신이 본래 주장하고자 하던 정신적 여유를 지닌 사람의 경우를 피력한다. 곧 인이라는 덕성을 지닌 사람은, 세상 사람이 부러워할 부를 지닌 사람이 누리고 있는 위엄 이상으로 더 위엄 있다는 것이다.

진심장구 盡心章句 하

맹자가 앞에서 누차 이야기했던 백성이 나라의 근본임을 다시금 강조한다. 한편 성인의 도를 꾸준히 하면 진척이 있을 것이라는 것과 경(經)에 근본을 두고 바르게 행하면 백성은 군주에게 자연히 귀의(歸依)할 것이라 이야기한다. 마지막으로 여러 성현의 도통(道統)을 언급한 후 전승(傳承)의 소재를 밝히고 후세에도 끝까지 이어지기를 바라는 것으로 매듭짓는다.

맹 자 왈　불 인 재　양 혜 왕 야　인 자
孟子曰, 不仁哉라, 梁惠王也여. 仁者는,

이 기 소 애　급 기 소 불 애　불 인 자
以其所愛로, 及其所不愛하며, 不仁者는

이 기 소 불 애　급 기 소 애
以其所不愛로, 及其所愛니라.

맹자가 말씀하셨다. 진실로 어질지 못하구나 양혜왕이여. 어진 사람은 자기가 사랑하는 바로써 사랑하지 않는 데까지 미치며, 어질지 못한 사람은 자기가 사랑하지 않는 바로써 사랑하는 바에게 미친다.

전쟁을 일으키는 것은 맹자에게 어떤 이유로든 합리화될 수 없는 것이었다. 특히 도덕적인 무장이 되어 있지 않은 상태에서 전쟁을 일으키는 것은 백성을 악의 구렁텅이로 내모는 것으로 여겼다. 어진 사람은 자신을 사랑하는 것처럼 남을 사랑하고, 또 그것을 점차 사회적으로 확산시키는 사람이다. 그러나 어질지 못한 사람은 그와 정반대의 양상을 보인다. 정작 자신이 사랑하는 사람마저 사랑하지 않은 사람을 대하듯 하는 결과를 초래한다는 것이다.

토지에 대한 욕심으로 자식까지 전쟁터로 내모니

> 공손추왈 하위야 양혜왕 이토지지고
> 公孫丑曰, 何謂也잇고. 梁惠王이, 以土地之故로,
>
> 미란기민이전지 대패 장부지
> 糜爛其民而戰之라가, 大敗하고, 將復之하되,
>
> 공불능승 고 구기소애자제 이순지
> 恐不能勝이라, 故로 驅其所愛子弟하여, 以殉之하니,
>
> 시지위이기소불애 급기소애야
> 是之謂以其所不愛로, 及其所愛也니라.

공손추가 말하였다. 무슨 말이십니까? 양혜왕이 토지에 대한 욕심 때문에 자기의 백성들을 분골쇄신시켜 싸우게 하였다가 크게 패하고 장차 다시 싸우려 하되 이기지 못할 것을 두려워하여 그러므로 사랑하는 자식을 싸움터로 내몰아서 여기에서 희생을 시켰으니 이것이 바로 사랑하지 않는 바로써 사랑하는 바에게 미쳤다고 말하는 것이다.

공손추의 구체적 질문에 맹자는 양혜왕의 사실을 토대로 설명을 한다. 그는 전쟁을 통하여 영토확장을 꾀하다가 자신의 목적을 달성할 수 없을 것 같자 백성의 참가를 촉구하기 위하여(이것이 맹자의 논리대로 라면 사랑하지 않는 바가 된다) 자신의 아들을 전쟁터로 내몬다. 그러나 자신의 아들은 거기에서 전사하고 만다(이것이 사랑하는 바에게 미쳤다는 것이다).

곧 도덕적 무장이 되어 있지 않은 사람의 욕심이 자신의 혈육에게까지 화가 미치게 한 것을 통하여 덕성함양의 중요성을 이야기하고 있다.

경전도 모두 옳게 여겨서는 안 된다

맹 자 왈 진 신 서 즉 불 여 무 서

孟子曰, 盡信書면, 則不如無書니라.

맹자가 말씀하셨다. ≪서경≫의 내용을 그대로 전부 믿는다면 이것은 ≪서경≫이 없는 것만 못할 것이다.

경서란 것은 항구불변의 진리를 담고 있는 책을 가리킨다. ≪시경≫이라는 것은 민간의 노래를 채집한 것으로 그것이 인간사의 불변의 진리를 담고 있다고 여기기 때문에 경이라는 호칭을 붙인 것이다. 서경은 역사에 관한 기록으로 항구불변(恒久不變)의 진리를 담고 있는 것이다.

맹자가 여기에서 ≪서경≫의 사실을 그대로 믿는다면 서경이 없으니만 못하다는 것은 그 속에 담긴 내용에는 간혹 도에 어긋나는 것이 있으니 천편일률적으로 옳게만 여기어서는 안 된다는 것을 보이기 위함이다. 무엇이든지 절대불변하는 것은 없다. 아무리 좋은 것이라도 부당한 부분이 들어 있을 수 있고, 아무리 나쁜 것이라도 합당한 것이 들어 있을 가능성은 있다. 그것이 단 1%가 될지라도.

무성편은 두세 구절만 취할 뿐이고

> 오어무성　취이삼책이이의
> 吾於武成에, 取二三策而已矣로라.

나는 ≪서경≫의 무성편(武城篇)에서 겨우 두세 구절만 취할 뿐이다.

> 인인　무적어천하　이지인
> 仁人은, 無敵於天下니, 以至仁으로,
> 벌지불인　이하기혈지류저야
> 伐至不仁이어니, 而何其血之流杵也리오.

어진 사람은 천하에 대적할 사람이 없으니 지극히 어진 사람이 지극히 어질지 못한 사람을 정벌하였으니 어찌 그 피가 방패가 흘러가도록 하였는가?

≪서경≫ 무성편은 주 무왕이 은나라 주왕을 정벌하면서 있었던 사실을 기록한 것이다. 그 속에는 그가 주를 정벌하면서 숱한 사람을 죽여 방패가 피에 둥둥 떠 다닐 정도가 되었다고 기록되어 있다. 그의 인자무적이라는 논리에 의한다면 주를 치는데 전혀 혈투가 없어야 하기 때문이다. 제 선왕이 주왕을 시해한 것을 어떻게 생각하느냐는 질문에 대하여 맹자는 덕을 닦지 못하여 민심을 잃은 사람은 이미 왕이 아니며 그렇기에 일개 독부(獨夫, 평민)인 주(紂)를 죽였다는 소리는 들었어도 왕을 시해하였다는 소리는 듣지 못하여다고 하였다. 그렇기에 어진 사람이 어질지 못한 사람을 칠 때에는 온 천하 사람이 반길 것이므로 전혀 저항이 있을 수 없는데 그 와중에 사람이 부지기수로 죽어 피에 방패가 떠다닐 정도란 사실이 기록에 남아 있을 수 없다는 논리이다.

상고주의적 태도를 견지하던 맹자에게서 이렇게 경전을 완전히 믿을 수 없다고 이야기한 것은 그의 사상의 철저함을 엿볼 수 있는 단서가 된다. 자신의 논리를 보다 강화하는 의미도 지니는 이것은, 오늘날에 책 속의 내용을 액면 그대로 이해하지 않는 것과는 다른 의미라 할 수 있다.

나라에서는 백성이 가장 귀중하다

맹자왈 민 위귀 사직 차지 군 위경
孟子曰, 民이 爲貴하고, 社稷이 次之하고, 君이 爲輕이니라.

맹자가 말씀하셨다. 국가에서는 백성이 가장 귀중하고 사직신은 그 다음으로 귀중하며 임금은 그것보다도 가벼운 존재이다.

이것은 맹자의 사상을 논할 때 민본주의적 관점이 가장 뚜렷하게 드러난 것으로 평가하고 있는 구절이다. 백성을 임금보다 훨씬 귀한 존재로 여긴 것은 당시로 매우 파격적인 것이었다. 그러나 그렇다고 하여 오늘날의 민주주의와 동일하거나 유사한 것으로 생각할 수는 없다. 민주주의는 말 그대로 백성이 정치의 주체로 참여하여 국정의 전반에 걸쳐 자신의 의사를 직접적으로 전달하여 정치에 반영되도록 하지만, 여기에 나타나는 민본주의(民本主義)라는 것은 피지배층의 존재의의(存在意義)를 긍정하였을 뿐 그 이상의 의미를 부여하기 어렵다. 다시 말해 지배계층이 영속하기 위해서는 자신의 기반을 확고히 유지시켜 줄 피지배층의 존립이 필수적이라는 것이다. 피지배층에 기생하여 사는 사람들이 그들이 없으면 살 수 없는 것은 두 말할 나위가 없다.

피지배층이 없다면 어떻게 왕노릇을 제대로 할 수 있겠는가?

백성의 마음을 얻는 사람이 천자가 된다

> 시고 득호구민 이위천자 득호천자
> 是故로, 得乎丘民이, 而爲天子요, 得乎天子는
> 위제후 득호제후 위대부
> 爲諸侯요, 得乎諸侯는, 爲大夫니라.

이런 까닭에 백성의 마음을 얻은 사람이 천자가 되고, 천자에게서 신임을 얻은 사람은 제후가 되고, 제후에게서 신임을 얻은 사람은 대부가 된다.

까닭에 민심을 얻어야 한다고 말하고 있는 것이다. 광범한 지지기반을 확보하지 못한다면 그만큼 자신의 세력은 약화될 수밖에 없다는 것을 보여준다.

제후가 잘못하면 바꿔 버리며

> 제후위사직 즉변치
> 諸侯危社稷이면, 則變置하나니라.

제후가 무도하여 사직을 위태롭게 하면 곧 현명한 사람으로 바꾼다.

사직을 위태롭게 하면 사직을 위태롭게 한 제후를 다른 사람으로 바꾸어 버린다. 이것은 다시 말하면 제후는 사직만큼 소중하지 않다는 것이다.

사직도 잘못되면 바꾸기도 한다

> 희 생 기 성　　자 성 기 결　　제 사 이 시
> 犧牲既成하며, 粢盛既潔하여, 祭祀以時로되,
>
> 연 이 한 건 수 일　　즉 변 치 사 직
> 然而旱乾水溢이면, 則變置社稷하나니라.

희생으로 쓰는 소 · 양 · 돼지 등이 쓰기에 적당할 정도로 살져 있고 제사에 바칠 곡식들이 청결하게 갖추어져서 때에 맞춰 제사를 지내는데에도 그런데도 가뭄이 들고 홍수가 나면 곧 사직을 바꾸어 둔다.

민을 위태롭게 하는 것이 사직신이라면 민의 안녕을 위하여서는 사직도 바꿀 수 있다는 논리이다. 귀신에게 제사를 지낼 때 사람을 희생으로 쓰는 것에 대해 아는 독자가 있을 것이다—심청전에서 심청이 인당수에 빠져 죽는 것도 처녀를 희생으로 쓰던 것이었다—. 그러나 여기에서는 동물을 쓰는 것을 이야기한다. 민의 생활안정을 위해 귀신이 존재한다고 생각하여 그를 위해 제사를 정성들여 올렸는

데, 그럼에도 불구하고 민의 생활이 안정되지 못한다면 그 귀신도 바꿀 수 있다는 논리이다.

현명한 사람은 밝은 덕으로 남을 밝게 했다

> 맹자왈 현자 이기소소 사인소소
> 孟子曰, 賢者는, 以其昭昭로, 使人昭昭이어늘,
>
> 금 이기혼혼 사인소소
> 今엔 以其昏昏으로, 使人昭昭이니라.

맹자가 말씀하셨다. 현명한 사람은 자기의 밝은 덕으로 다른 사람을 밝게 하거늘, 지금에는 자기의 어리석은 덕으로 남을 밝게 하려고 한다.

과거의 현인과 맹자 당시의 현인의 처세관의 차이를 보이고 있다. 남을 가르치는 사람이 자신의 행실이 바르지 못한 상태에서 가르친다면 어떤 교육적 효과가 나타날 것인가?

옛날의 현인은 자신이 먼저 수양을 하고서 남을 가르쳤는데, 맹자 당시의 현인은 자신의 수양도 하지 않은 상태에서 남을 가르치려는 어리석음을 범한다고 말한다. 오늘날에도 자기 수양이 되지 않은 상태에서 남 앞에 앞장 서 인도하는 사람을 무수히 보고 있는데, 과거나 지금이나 부도덕한 사람이 일선에서 남을 훈계하는 것은 큰 문제로 작용하는 것 같다.

산길을 쓰지 않고 그냥 두면 길은 사라진다

> 맹자위고자왈 산경지혜간 개연용지이성로
> 孟子謂高子曰, 山徑之蹊間이, 介然用之而成路하고,
> 위간불용 즉모색지의 금 모색자지심의
> 爲間不用이면, 則茅塞之矣나니, 今에 茅塞子之心矣로다.

맹자가 고자에게 이르셨다. 산길에 사람이 다니는 작은 길도 사람들이 사용하면 삽시간에 길이 되고 한동안 사용하지 않으면 곧 풀이 자라 길을 막으니 지금 띠풀이 그대의 마음을 막고 있는 것과 같구나.

산길은 사람이 다니지 않으면 금방 수풀이 무성하게 자라 그것이 산길인지 알아보기 어려울 정도가 되어 버린다. 학문을 하는 것도 마찬가지이다. 우리가 학문을 게을리 하면 금방 우리가 배운 것을 잊어버리고 이전의 황폐한 마음으로 돌아가게 된다. 중단 없는 전진이라는 말처럼 잠시도 게을리 하거나 쉬지 않는 성실한 자세를 지녀야만 마음이 황폐해지는 것을 방지할 수 있을 것이다.

제후가 보배로 여기는 셋은 토지와 백성과 정치이다

맹자왈 제후지보삼 토지 인민 정사
孟子曰, 諸侯之寶三이니 土地와 人民과 政事니,

보주옥자 앙필급신
寶珠玉者는, 殃必及身이니라.

맹자가 말씀하셨다. 제후에게 보배로운 것이 세 가지가 있으니 토지와 백성과 정사이다. 주옥을 보배로 여기는 사람은 재앙이 반드시 자신에게 이를 것이다.

정치를 하는 사람이 가장 소중하게 여겨야 할 것은 생산기반이 되는 토지와 통치대상인 백성, 그리고 그들의 존립을 영구화할 수 있는 훌륭한 정치라고 말한다. 만약 재화에 눈이 멀어 정사를 게을리 한다면 그의 기반이 되었던 백성과 토지를 잃게 될 것이므로 이 점을 명심하여야 한다고 강조하고 있다. 민본정치란 통치대상인 민을 경시하지 않고 그들의 입장을 일정 정도 고려하면서 하는 정치를 말한다.

마음을 기르는 데 욕심을 적게 갖는 것보다 나은 것이 없다

> 맹자왈 양심 막선어과욕 기위인야과욕
> 孟子曰 養心이, 莫善於寡欲이니, 其爲人也寡欲이면,
>
> 수유부존언자 과의 기위인야다욕
> 雖有不存焉者라도, 寡矣요. 其爲人也多欲이면,
>
> 수유존언자 과의
> 雖有存焉者라도, 寡矣니라.

맹자가 말씀하셨다. 인간의 본심을 기르는 것에 있어서 욕심을 적게 갖는 것보다 좋은 것은 없으니, 사람됨이 욕심이 적다면 비록 선한 마음을 보존하지 못하는 한이 있더라도 보존되지 못하는 것은 적을 것이요, 사람됨이 욕심이 많다면 비록 선한 마음이 보존되었어도 보존되는 것은 적을 것이다.

인간에게 욕심이 생기게 되면 이성은 이에 반비례하여 줄어든다. 까닭에 이성을 지니고 있을 때보다 오히려 잃게 되는 것이 많다.

맹자는 인간이 지닌 본성을 유지하는 가장 바람직한 방법으로 욕망을 억제하는 것을 지적한다. 만약 욕망이 적다면 지니는 것이 줄어들 것이고, 그만큼 잃게 되는 것이 적어질 것이기 때문이다.

이것은 마음의 안정을 가져와 보다 평온한 삶을 누릴 수 있는 요건을 지니게 될 것이다.

광간(狂簡)한 선비들을 가르치려 한 공자

> 만장문왈 공자재진 왈 합귀호래
> 萬章問日, 孔子在陳하사 日 盍歸乎來리오.
>
> 오당지사광간 진취 불망기초
> 吾黨之士狂簡하여, 進取하되, 不忘其初라 하시니,
>
> 공자재진 하사로지광사
> 孔子在陳하사, 何思魯之狂士시니잇고.

만장이 물어 말하였다. 공자께서 진나라에 계시면서 말씀하시길 어찌 고향으로 돌아가지 않겠는가? 우리 고향의 선비들이 뜻이 크나 일을 하는데 소략(疎略)하여 일을 하는데 진취적이긴 하되 처음의 잘못을 버리지 못한다 하시니 공자가 진나라에 계시면서 어찌 노나라의 광간한 선비들을 생각하셨겠습니까?

≪논어≫ 공야장편에 공자가 진나라에 있다가 노나라의 제자들을 생각하고 고국으로 돌아가고자 하는 구절이 있다. 여기에서 말하는 광이라는 사람은 오늘날 우리가 미쳤다고 말하는 (영어로 maniac, crazy 등의 용어와 의미가 유사한) 개념어가 아니다. 광(狂)이란 진취적 기

상을 가지고 일을 적극적으로 추진하되 하는 일이 서툰, 그래서 이룩하는 바가 의도한 바와는 약간의 차이가 있는 부류의 사람을 가리킨다. 공자의 말이라는 것에서도 짐작할 수 있듯이 이 구절은 논어에 실려 있는 것이다. 그러나 여기에서 의미하는 것은 ≪논어≫에서의 내용과 조금은 다른 점이 있다. 단장취의(斷章取義)하였기 때문일 것이다.

도에 합당한 자들이 없다면 그보다 약간 못한 자라도 가르쳐야

맹자왈 공자부득중도이여지 필야광견호

孟子曰 孔子不得中道而與之인댄, 必也狂獧乎인저.

광자 진취 견자 유소불위야

狂者는, 進取요, 獧者는, 有所不爲也라 하시니,

공자기불욕중도재 불가필득

孔子豈不欲中道哉시리오마는, 不可必得이라,

고 사기차야

故로 思其次也시니라.

맹자가 말씀하셨다. 공자는 중용의 도를 행하는 인물을 얻어 그와 함께 하지 못한다면 그 다음엔 아마도 광자나 견자를 구하셨을 것이다. 광자는 진취적이요 견자는 부끄러움을 알고 착하지 않은 일을 하지 않은 바가 있다 하시니, 공자가 어찌 중용의 도를 행하는 사람을 얻기를 바라지 않았을까마는 꼭 얻을 수는 없었던 까닭에 그리하여 그 다음을 생각하셨을 것이다.

만장은 공자가 진나라에 있으면서 어찌 성덕지사(聖德之士)도 아닌 광간자를 생각하면서 고국으로 돌아갈 것을 생각하였겠느냐고 반문한다. 그러나 맹자는 당시 공자의 상황을 염두에 두면서 아마 광견자를 교육시켜 성덕지사를 만나지 못한 아쉬움을 달래려 하였을 것이라고 한다.

중용지도(中庸之道)란 어떤 일을 하는데 있어 지나치거나 모자람이 없는 상태의 절도에 딱 맞는 행실을 하는 사람을 가리킨다. 그러나 그들을 만나지 못하였기에 그에 버금가는 부류의 인물을 택하였을 것이고, 그것이 광(狂)한 사람이라는 것이다. 우리가 흔히 잘하지 못하더라도 그렇게 되도록 노력이라도 하라는 식의 표현을 쓰는 것은, 비록 최고의 경지에 이르지는 못하지만 그래도 그러한 경지에 이르기 위해 적극적 사고를 갖고 실천에 옮기라는 의미에서 하는 말일 것이다. 그렇게 하다 보면 그와 비슷한 경지에 이를 수도 있으므로.

광간이란 진취적 기상이 있으나 성인의 경지엔 못 이른 자이다

감문하여 사가위광의
敢問何如라야, 斯可謂狂矣니잇고.

감히 여쭙겠는데 어떻게 하여야 광이라 이를 수 있습니까?

왈여금장증석목피자 공자지소위광의
曰如琴張曾晳牧皮者, 孔子之所謂狂矣니라.

맹자께서 말씀하셨다. 금장 · 증석 · 목피와 같은 사람을 공자께서는 광이라 일컬으셨다.

광이라고 평가될 수 있는 사람은 어떤 사람인지를 만장이 묻자, 맹자는 공자의 제자였던 증석과 자장 · 목피 같은 사람을 예로 든다. 증석은 제자들이 일찍이 공자를 모시고 있을 때 공자는 제자들에게 각자의 소원을 말하라고 하자 '늦은 봄에 봄 옷이 이미 지어지거든 관을 쓴 제자 5~6명과 동자 6~7명을 거느리고 기수에서 목욕한 후 무우에서 바람을 쐬고 길이 노래부르다가 돌아오겠다고 하자 공자가 그의 뜻을 훌륭하다고 높이 평가하였던 사람이다(≪논어≫ 선진편 참고). 자장은 자상호가 죽었을 때 그의 초상에 임하여 노래할 정도로 삶과 죽음의 문제에 대해 초연하였던 사람이다(≪장자≫ 대종사편 참조). 이들은 한결같이 성인의 경지에는 다다르지 못하고 성인의 일부만을 지닌 사람으로 평가 받았던 사람이다. 이를 토대로 볼 때 광이라는 사람은 성인의 경지에는 조금 못 미치나 그의 기상의 일부를 지니고 있는 사람이라 할 수 있다.

광이라 부르는 것은 이상이 현실에 부합하지 못하기 때문이다

하 이 위 지 광 야
何以謂之狂也니잇고.

무슨 까닭에 그들을 광이라 일컬은 것입니까?

왈 기 지 효 효 연 왈 고 지 인 고 지 인
曰 其志嘐嘐然曰 古之人古之人이여하되,

이 고 기 행 이 불 엄 언 자 야
夷考其行而不掩焉者也니라.

맹자가 말씀하셨다. 그의 뜻이 높고 커서 늘 말하기를, 옛사람이여 하되 평소의 그의 행실을 보면 성현의 경지를 목표로 삼지만, 실제의 행실을 공평하게 살펴 보면 그의 말에 미치지 못하는 사람이다.

만장이 앞의 사람을 광이라 하는 이유를 묻자, 맹자는 그의 뜻은 성현의 경지에 다다르려고 늘 이야기하지만 실제 행실이 미치지 못하는 사람을 가리킨다고 말한다.

광(狂) 다음이 견(獧)이라는 부류의 인물이다

광 자 우 불 가 득 욕 득 불 설 불 결 지 사 이 여 지

狂者를, 又不可得이어든, 欲得不屑不潔之士而與之하시니,

시 견 야 시 우 기 차 야

是獧也니, 是又其次也니라.

광자를 또한 얻지 못하면 깨끗하지 못한 것을 좋지 않게 여기는 선비를 찾아 그와 함께 어울리는 것이니 이가 견이라는 자이다. 이들은 또 그 다음가는 부류의 인물이라 하겠다.

광이라는 사람도 얻기 힘들 경우 그 다음의 부류는 견이라는 사람

이다. 이들은 광한 사람이 적극적 사고방식을 가지고 생활한 것에 반하여 소극적 사고방식을 가지고 생활한 경우이다. 다시 말하여 매사에 신중한 자세로 임하되 함부로 일할 것을 도모하지 않는 경우이다. 그러므로 선한 일을 하는데에도 적극적이지 못할 것이므로 광한 사람보다 낮은 평가를 받지만 그나마 나쁜 일을 하는데 적극적이지 않으므로 차선의 부류가 될 수 있는 것이다.

공자가 전혀 아쉬워하지 않은 인물은 향원이다

> 공자왈 과아문이불입아실 아불감언자
> 孔子曰, 過我門而不入我室이라도, 我不憾焉者는,
>
> 기유향원호 향원 덕지적야
> 其惟鄕原乎인저, 鄕原은 德之賊也라 하시니.
>
> 왈하여 사가위지향원의
> 曰何如면 斯可謂之鄕原矣니잇고.

만장이 물었다. 공자께서 말씀하시기를 '나의 집 앞을 지나가면서 나의 집 안에까지 들어오지 않더라도 내가 유감스럽게 여기지 않을 사람은 오직 향원뿐일 것이다. 향원은 덕을 해치는 사람이기 때문이다.' 라 하시니, 어떻게 하면 향원이라 이를 수 있습니까?

자신의 집을 그냥 지나가도 그다지 아쉽게 여기지 않는다는 것은 그 사람에 대한 관심을 그다지 갖지 않는다는 것으로, 애정을 갖지 않는다는 의미이기도 하다. 만장은 도대체 향원이 어떤 사람이기에 공자가 그토록 미워하였느냐고 질문한다.

향원은 사이비 학자로 혹세무민하는 자이다

> 왈 하 이 시 효 효 야 　 언 불 고 행 　 행 불 고 언
> 曰何以是嘐嘐也하여, 言不顧行하며, 行不顧言이면,
>
> 즉 왈 고 지 인 고 지 인 　 행 하 위 우 우 양 량
> 則曰古之人古之人이여하여, 行何爲踽踽凉凉이리오.
>
> 생 사 세 야 　 위 사 세 야 　 선 사 가 의
> 生斯世也라, 爲斯世也하여, 善斯可矣라 하여,
>
> 엄 연 미 어 세 야 자 　 시 향 원 야
> 閹然媚於世也者가, 是鄕原也니라.

맹자가 말씀하셨다. 광자들은 어찌면 그렇게 뜻이 크다고 자랑하면서 말을 하는데 자기의 행실을 돌아보지 아니하고, 행실은 말한 것을 돌아보지 아니하면서 '옛 사람들이여, 옛사람들이여.' 라고 되뇌이는가? 광자들은 행실은 어찌 그렇게 독자적이고 경박하게 하는가? 이 세상에 태어났으면 이 세상을 위하여 남들이 선하다고 말하면 이에 옳

다라고 하여 슬그머니 자기의 본심을 숨기며 세상에 아부하는 자가 이가 바로 향원이니라.

향원이라는 사람은 다음에 자세한 설명이 나오는데 결론을 먼저 이야기하면 사이비(似而非) 선비이다. 오늘날에도 사이비가 무수히 많지만 옛날에도 이러한 부류의 인간들 때문에 적지 않은 골머리를 썩었을 것이다. 공자가 자신의 교육대상에서 제외시킨 것은 그들이 겉으로는 조금도 흠잡을 데가 없을 정도로 군자답고 신사 같지만, 실제로는 요순의 도에 들어갈 만한 인물이 되지 못하며 유속(流俗)과 동조(同調)하여 부화뇌동(附和雷同)하고 탁세(濁世)에 합류(合流)하여 광견자를 비난하면서 세상에 아부하는 오히려 사회악적인 존재이기 때문이다.

그 고을 사람이 향원을 어진 사람이라 하나 이는 오해이다

> 萬章曰, 一鄕이, 皆稱原人焉이면, 無所往而不爲原人이어늘, 孔子以爲德之賊은, 何哉잇고.
> (만장왈, 일향, 개칭원인언, 무소왕이불위원인, 공자이위덕지적, 하재)

만장이 말하였다. 온 동네 사람이 모두 원인(근후(謹厚)한 사람)이라고 칭하면 어디를 가더라도 원인이 아닌 바가 없거늘 공자께서 덕을 해치는 사람이라고 말하는 것은 무슨 까닭입니까?

만장은 세상 사람들이 모두 훌륭한 사람이라고 하면 분명 훌륭한 사람일 텐데, 어찌하여 그토록 사람을 혹평하느냐고 반문한다.

그렇기에 덕을 해치는 사람이라 하는 것이다

> 왈 비 지 무 거 야 　 자 지 무 자 야 　 동 호 류 속
> 曰非之無擧也하며, 刺之無刺也하고, 同乎流俗하며,
>
> 합 호 오 세 　 거 지 사 충 신 　 행 지 사 렴 결
> 合乎汚世하여, 居之似忠信하며, 行之似廉潔하여,
>
> 중 개 열 지 　 자 이 위 시 이 불 가 여 입 요 순 지 도
> 衆皆悅之어든, 自以爲是而不可與入堯舜之道라,
>
> 고 　 왈 덕 지 적 야
> 故로 曰德之賊也라 하시니라.

맹자가 말씀하셨다. 비난하려 하여도 비난할 것이 없으며 풍자하려 하여도 풍자할 것이 없으니 세속과 부화뇌동하여 더러운 세상에 영합하여 처신하는 것이 충직하고 신의 있는 사람 같고 나아가 행동하

는 것이 청렴결백한 사람 같아서 모든 사람이 인간적으로 그를 좋아하거늘 자기 자신도 스스로 그러한 행동이 옳다고 여기는데, 그런 사람과는 요순의 도의 경지에는 들어갈 수 없다고 여긴다. 까닭에 덕을 해치는 사람이라 말하는 것이다.

앞에서 언급한 대로 그는 세속과 영합하면서 오히려 덕을 해치기 때문이라고 한다. 맹자는 자포자기하는 사람과는 더불어 일을 논의하지 않는다고 하였다. 말끝마다 예의를 비난하는 자포자와 자신은 선한 일을 할 수 없다고 하는 자기자와는 상종하지 않겠다(이루 상 참조)고 한 맹자였다. 공자가 말한 향원은 말로는 덕을 외치면서 선도(善道)를 행하는 데에는 자포자기(自暴自棄)하는 사람이기에 오히려 그런 것을 말하지 않는 사람보다 더 나쁜 사람으로 본 것이다. 왜냐하면 그들의 행위를 일반 백성이 분별없이 본받을 경우 풍속을 해칠 것이기 때문이다.

사이비를 미워하는 것은 그것이 바른 것을 해치기 때문이다

공자왈 오사이비자 오유 공기란묘야
孔子曰, 惡似而非者하나니, 惡莠는, 恐其亂苗也요,

오녕 공기란의야 오리구 공기란신야
惡佞은, 恐其亂義也요, 惡利口는, 恐其亂信也요,

오정성 공기란악야 오자 공기란주야
惡鄭聲은, 恐其亂樂也요, 惡紫는, 恐其亂朱也요,

오향원 공기란덕야
惡鄕原은, 恐其亂德也라 하시니라.

공자가 말씀하셨다. 나는 외양은 그럴 듯하면서도 실상은 그렇지 않은 것을 미워하니 가라지를 미워하는 것은 싹과 닮아 그것이 싹인지를 구별하는데 혼란을 주는 것을 두려워해서이고, 말 재주가 있는 사람을 미워하는 것은 교묘한 말로 의를 혼란시킬 것을 두려워하기 때문이고, 말을 많이하되 성실치 못한 사람을 미워하는 것은 사람들의 신용을 어지럽힐까 두려워해서이고, 정나라 음악을 미워하는 것은 정악을 해칠까 두려워해서이고, 자주색을 미워하는 것은 붉은색을 혼란하게 할 것을 두려워해서이고, 향원을 미워하는 까닭은 진정 덕을 혼란하게 할 것을 두려워하기 때문이다.'

사이비를 미워하는 이유가 어떤 것인지 설명하고 있다. 가라지를 미워하는 것은 그것이 벼싹과 닮아 사람에게 혼동을 주기 때문이고, 말 잘하는 사람을 미워하는 것은 사실이 아닌데도 그 사람의 교묘한 말에 현혹될 것을 걱정하여 미워하는 것이며, 자주색은 순색(純色)인 붉은색과 혼동되는 것을 미워한 것이다.

경(經)이 바르면 사특(邪慝)함이 없는 경지에 이르게 된다

군자 반경이이의 경정 즉서민흥
君子는, 反經而已矣니, 經正이면, 則庶民興하고,

서민흥 사무사특의
庶民興이면, 斯無邪慝矣리라.

군자는 언제나 변하지 않을 떳떳한 도로 돌아갈 뿐이니 그 고정불변의 항상된 도의가 바르다면 서민은 선한 일을 하는데 흥기하게 될 것이고, 서민이 선한 일을 하는데 적극적으로 나선다면 이에 사악하고 간사한 이들은 사라질 것이다.

군자는 이렇듯 사이비를 추구하는 것을 철저히 지양하고, 언제나 변하지 않을 올바른 도(經)에 귀착하고자 한다. 고정불변의 도의가 바르게 된다면 그것을 배우는 일반 백성들은 무엇이 올바른 것인지에 대한 가치관이 정립될 것이고, 그 가치관에 의거하여 선한 일을 하는데 적극적이라면 간사한 이들을 배격할 수 있다고 말한다.

오백 년마다 성현이 나타났다

맹 자 왈　유 요 순 지 어 탕　오 백 유 여 세
孟子曰, 由堯舜至於湯이, 五百有餘歲니,

약 우 고 요 즉 견 이 지 지　약 탕 즉 문 이 지 지
若禹皐陶則見而知之하시고, 若湯則聞而知之하시니라.

맹사께서 말씀하셨다. 요순으로부터 탕왕에 이르기까지 500여 년이니 우왕과 고요와 같은 이들은 성인의 도를 직접 보고서 알았고 탕왕은 후대에 듣고서 아신 것이다.

맹자는 가장 마지막에서 도통을 정립하면서 도의 전수과정을 나열하고 있다. 물론 그 과정에 자신을 포함시키는 것은 당연하다. 요순을 최고로 하여 500년마다 성인이 나타나 어지러워진 세상을 바르게 다스린 후 다시 혼란이 오고, 성인이 다스리는 시대가 되풀이 된다는 순환사관을 토대로 500년 주기설을 주창한다. 성인의 도를 보고서 아는 사람이 있고, 후대에 듣고서 아는 사람이 있다. 이들은 성인과의 시간 격차가 얼마 되지 않아 성인의 도를 그만큼 구현하기 쉽다는 식의 해석도 가능하다.

탕에서 문왕까지

유탕지어문왕 오백유여세 약이윤래주즉견
由湯至於文王이, 五百有餘歲니, 若伊尹萊朱則見
이지지 약문왕즉문이지지
而知之하고, 若文王則聞而知之하시니라.

탕왕에서 문왕에 이르기까지 500여 년이니 이윤과 내주와 같은 탕왕의 현신은 그의 행동을 직접 보고서 아셨고 문왕은 후대에 듣고서 아셨다.

문왕이 나타난 것도 탕왕 사후 500년의 일이다. 이윤을 비롯한 탕왕의 시대 사람은 그를 직접 보필하면서 도를 깨달았고, 후대의 문왕은 듣고서야 알게 되었다고 한다.

문왕에서 공자까지

유문왕지어공자 오백유여세 약태공망산의
由文王至於孔子가, 五百有餘歲니, 若太公望散宜

생즉견이지지 약공자즉문이지지
生則見而知之하고, 若孔子則聞而知之하시니라.

문왕에서 공자에 이르기까지가 500여 년이니 문왕의 신하였던 강태공과 산의생은 그의 행동을 직접 보고서 성인인줄 아셨고 공자는 들어서 아셨다.

이것은 문왕과 공자의 경우에도 동일하게 적용된다.

공자 사후 백여 년이 지났으니 성인의 도를 회복해야 한다

유공자이래 지어금 백유여세
由孔子而來로 至於今에, 百有餘歲니,

거성인지세 약차기미원야 근성인지거
去聖人之世, 若此其未遠也며, 近聖人之居가,

약차기심야 연이무유호이 즉역무유호이
若此其甚也인대, 然而無有乎爾하니, 則亦無有乎爾로다.

공자로부터 그 이후로 지금에 이르기까지 100여 년 가량 떨어져 있으니 성인이 살아 있던 시대와의 격차가 이처럼 가깝고 성인이 거주하신 곳과 가까운 것이 이처럼 심한데, 그런데도 공자의 도를 아는 사람이 없는 것을 보니 그렇다면 또한 앞으로도 아무도 없을 것이로구나.

맹자가 공자의 사후 100여 년 만에 나타났으나 성인의 도를 보고서 깨우치는 사람이 없으니 앞으로의 일도 아마 변하지 않을 것이라고 개탄한다. 성인의 도를 회복시키고 전수해야할 중임을 갖고 있으나 자신이 뜻을 펴지 못하니 앞으로도 성인의 도는 회복되지 못할 것이라고 시대 한탄을 한다. 곧 도통을 이었으나 지위를 얻지 못해 도를 전파하지 못하는 시대를 비판한 것이다.

| 해 제 |

인간의 선한 본성을 믿은 위대한 사상가

유학은 불교와 도교와 함께 동양의 사상적 기초로 작용하였다. 곧 동양의 정치 · 사회 · 문화의 형성에 유학이란 학문은 상당한 영향을 끼쳤다고 하겠다. 맹자(孟子)는 이러한 유가 이론(儒家 理論)의 선구라 할 수 있는 공자(孔子)의 학통을 이어 확충한 사상가이다. 그는 BC 4C 전반에 태어나 BC 3C 초에 죽은 것으로 전해진다. 그다지 부유하다고 할 수 없는 사(士)계층 출신으로서 공자의 후손인 자사(子思)에게서 수학하였다고 한다.

그가 살다간 시대는 왕위를 장자에게 상속하던 세습제가 무너지고 약육강식(弱肉强食)의 원리가 지배적이던 전국시대(戰國時代)였다. 그리하여 제후들마다 자신의 이론을 뒷받침해줄 인재를 널리 구하였다. 이것은 다양한 사상이 발전할 여건을 마련하게 하는 것이었다. 맹자 또한 이러한 당시의 시대적 분위기에서 성장하면서 자신의 학문을 심화하게 된다. 그는 당시 여러 사상 중에서 유가 이론의 영향을 깊이 받았고, 이를 발전시켜 후대에 커다란 영향을 끼쳤다. 그가 제창한 이론이 시대의 절실한 요구를 충실히 수용하지 못하고 있어 불우한 삶을 살았으나, 후대에 끼친 사상적 영향은 오히려 당대의 그것을 능가하는 것이었다. 그의 사상을 개략적으로 나누면 다음과 같다.

1. 왕도정치론(王道政治論)

학문을 하는 사람들은 실제 정치에 자신이 수양한 바를 실천하려고 부단히 노력한다. 맹자는 그 누구보다도 현실정치 참여에 적극적이었던 인물이다. 그가 주장한 이론은 왕도정치론이다. 이것은 당시의 제후들이 무력을 통한 영토확장을 시도하고 있을 때 이에 반발하여 덕치를 통한 교화를 주장한 것이다.

그는 당시 민중이 부역과 전란으로 눈뜨고 볼 수 없을 정도로 참혹한 상황에 처해 있자 이를 구제하기 위해서는 제후들의 화평이 절대적이라는 인식 하에 이를 주장하게 된다. 그리하여 그는 한 나라의 군주가 어진 정치를 행하여 백성에게 은혜를 베푼다면 그들의 심복을 얻게 되고, 그것이 천하에 확대되어 그 군주가 바라는 천하통일과 민중의 화평이 이룩된다고 주장한다.

덕치를 바탕으로 하지 않는 패도정치는 그러므로 그에게는 비판의 대상이 될 수밖에 없었다. 그렇다고 패도정치에서 사용하던 공리주의 정치를 부정한 것은 아니다. 다만 그는 공리성을 인정하면서도 이러한 것은 수단에 불과할 뿐이고, 정치의 원칙은 도덕성에 기초한 것이어야 한다고 하였다. 당시 법가 등에서 제시한 현실정치안이 원리원칙을 무시한 채 말류로 흐르자 맹자는 이에 대하여 반발하면서 이러한 이론을 주장하였던 것이다.

한편 그는 '민위귀, 사직차지, 군위경(民爲貴, 社稷次之, 君爲輕)'(진심하 참조)을 제창하였다. 나라에서는 민이 가장 귀중하며, 토지신이 그 다음 가고, 군왕은 오히려 그보다 귀중하지 못한 존재라는 것이다. 이것은 천하를 얻는 데 있어서도 도가 있으니 민심을 얻어야만 한다는 것을 드러내기 위한 것이다. 당시 유행한 패도정치 하에서는 군주를 귀하게 여기게 되고 민은 상대적으로 천시하게 된다. 그러나 고통받는 백성의 존재로 바로 그러한 것에서 말미암았기에 맹자가 이러한 당시의 기풍을 배척하며 민의 존재를 강조하게 되는 것은, 현대 민주정치의 이념과 일맥상통하는 면이 있다고 할 수 있다.

그 밖에 '군왕이 신하보기를 자신의 수족(手足)처럼 한다면 신하는 군왕을 복심(腹心)처럼 보며, 역으로 신하보기를 견마(犬馬)처럼 한다면 신하는 그를 군왕으로 보지 않고 일반 백성을 보듯하며, 심지어 티끌처럼 본다면 신하도 군왕을 원수로 여기게 된다'는 것과 함께 군왕이 제 직무를 충실히 수행하지 못하면 물리쳐야 한다는 식의 사고는 민주주의적 사고가 깊이 반영된 것이라 할 수 있다. 이것이 비록 현실정치에 반영되지 못하였으나 맹자의 의식의 진보성을 엿볼 수 있고 후대 정치에 끼친 영향도 높이 평가할 수 있다.

2. 무항산,무항심(無恒産, 無恒心)

맹자가 민(民)을 귀하게 여기긴 하였으나, 현대 민주정치에서 유권자에게 대하는 식의 수준을 갖춘 인격체로 여기진 않았다. 맹자는 민(民)이란 도덕교육을 통하여서야 지배층이 기대할 만한 의식을 갖추게 된다고 보며, 그를 위한 여건을 지배자가 마련하여야 한다고 역설한다. 이 중 가장 중요한 것이 기본적인 생활수준의 보장이다. 물질부분의 안정이 이루어지지 않은 상태에서는 정신부분의 안정도 기대할 수 없다는 것이다. 등문공이 나라를 다스리는 방법에 대하여 질문하자 맹자는 다음과 같이 대답한다.

백성은 기본적 생활기반이 없다면 항상된 도덕심을 유지하지 못하여 온갖 부도덕한 짓을 저지르게 됩니다. 그 상황에서 그들이 죄를 지었다고 하여 그들의 죄가에 따라 처벌한다면 백성을 속여 처벌의 울타리로 유도하는 것입니다. 어진 사람이 왕위에 있으면서 어찌 이러한 일을 할 수 있겠습니까?

이 말은 가난한 백성들이 도덕심을 갖추지 못한 상태에서 저지른 불법한 행위에 대한 처벌이란 미연에 방지하지 못한 위정자의 잘못이므로 그들의 죄를 처벌하기 전에 그러한 사태가 일어나지 못하도록 하여야 하지 처벌만을 능사로 여기는 것은 옳지 못하다는 것이다.

이러한 일을 하는데 가장 기본이 되는 것이 '경계'(經界, 토지의 경계를 바르게 한다는 것)이다. 경계가 바르게 되면 조세를 거두어들이고, 지출하는 것이 바르게 되므로 불만의 소지를 없애게 되는 것이다. 그 다음은 생산력의 확보이다. 농사철에는 농사에 전념할 수 있도록 배려하여야 한다는 것이다. 농기를 어겨 농사를 그르친다면 백성의 삶은 위협받게 된다. 그러므로 부역이나 전쟁에 장정을 동원할 때에도 농번기를 피하는 것이다.

이렇게 먹고 사는 데 지장이 없어 자신이 삶에 후회가 없도록 하는 것이 왕도정치의 시작이라는 것이다. 생계 문제가 해결되면 백성들은 저절로 교육에 관심을 갖게 된다. 그리하여 그들이 효제충신의 덕목을 닦으면 항심(고정불변의 도덕심)이 생기고 되고, 민심획득에 한 걸음 나아가게 될 뿐만 아니라 지배자의 입장에서도 피지배자를 다스리는데 한결 수월해지는 것이다.

3. 성선설(性善說)

맹자의 시대에 오면 인간 심성의 선악에 대한 문제가 제기된다. 이 중 맹자는 인간은 자연적인 본성 외에 일종의 사회의식-옳고 그른 것을 판별할 수 있는 능력-을 선천적으로 지니고 있다고 생각했다. -그가 ≪맹자≫에서 이야기하고 있는 양지(사람이 생각하지 않아도 잘 알 수 있는 것)와 양능(사람이 배우지 않아도 잘 할 수 있는 것)은 바로 이러한 것의 일단이다. ―그 외의 것은 동물과 다를 바 없으므로 오직 이것(양지와 양능)을 통해 진리를 추구하여야 한다.

한편 이것과 함께 사회생활을 통하여 형성된 도덕관념이 인격의 기초를 이루게 된다. 그렇다고 하여 맹자가 양지와 양능을 선을 전부라 본 것은 아니다. 이것은 출발점에 지나지 않는다. 본성에 내재한 이것을 확충시킬 때 선을 이룰 수 있다. 맹자가 성선을 주장하였던 것은 사람들이 착한 일을 하는 것을 즐거워하고 그러한 것이 권선하여 선을 이룩하기를 바랐기 때문이다.

남의 어려움을 보면 자기도 모르게 도우려는 마음(측은지심)과 불의를 보면 부끄러워 하는 마음(수오지심), 겸손하며 양보하는 마음(사양지심), 옳고 그른 것을 가리고자 하는 마음(시비지심)은 인의예지의 사단의 단서가 된다. 이러한 것은 불인지심에 해당하는데 인간에게 내재한 본성이 그렇게 하도록 하는 것으로 성선의 영역에서 설명되는 것이다. 맹자는 이 불인지심을 장황히 설명하면서 이러한 마음이 외재한 것이 아니라 내재한 것임을 밝혀 사람들로 하여금 자신의 내면에 있는 선한 마음을 확충하기를 강조한다.

결코 자포자기하여서는 안 되고 자신을 소중히 여겨 사단을 잘 보존하여 길러야 한다는 것이다. 아울러 욕망에 가려 선에 나아가는 것이 훼방되어서도 안 되니, 본성을 잃도록 조장하는 어리석음을 범하지 말도록 이야기하고 있다. 과욕을 강조하는 것도 이러한 것과 맥락을 같이한다. 야기라는 것은 인간의 욕망이 최저의 상태에 이르른 것이다. 그러한 상태에서 자신의 양심을 재발견하여 선에 나아가도록 힘쓰라고 말하고 있다.

순자가 본성을 악하다고 규정한 것은 교육을 통하여 악한 면을 제거하고 선한 데로 나아가도록 유도하기 위함이었다면, 맹자는 선천적으로 선할 수 있는 능력을 지니고 태어났으므로 인간은 선할 수 있는 가능성을 기본적으로 지니고 있다고 전제하여 이를 잘 간직하고 발현하도록 하여야 한다고 말하는 것이다.

4. 양기설(養氣說)

공손추와의 대화 중에 맹자는 자신이 다른 사람이 말을 하는 것에 대하여 잘 파악하고 자신에게 내재하고 있는 호연지기를 잘 기른다고 말한다. 기란 용어가 워낙 다양한 의미로 사용되기에 획일적으로 규정할 수 있는 것은 아니지만 본문의 내용에 근거할 때 육체에 자연적으로 충만해 있는 행동적 정기라 할 수 있을 것이다. 이것은 본래 자연에 속한 것이기에 무리한 조장은 피해야 한다. 사욕에 가려 자라는 바를 해치지 않게 된다면 이것은 천지간에 가득 차게 되어 지(志, 마음이 지향하는 것으로 윤리적 측면이 강하다)를 도와 부동심을 이룩할 수 있게 된다.

이것은 의와 도에 배합하게 되는데, 일체의 생각과 행위를 모두

의에 의해 판단하고 도리에 맞게 하고자 한 것이다. 까닭에 강직함을 몸에 지녀 자강불식(스스로 강하게 하며 쉬지 않음)하여야 한다. 이 경지에 이르기 위해서는 집의와 상지가 있다.

집의라는 것은 생각과 행동 모두가 의에 부합하여 정직을 위배하지 않으면 심기가 강직하고 순정하게 되는 것이다. 상지라는 것은 인의에 의해 행동하고 선한 행동을 하는 것을 즐겨하며 이를 게을리하지 않아 마음먹는 것이 항상되어 변하지 않으며, 잘할 수 없는 것도 잘할 수 있게 되는 것이다. 어떤 사람이 상지하게 된다면 정치적으로 영달한 상태가 되어 온 천하 사람을 선한 일을 할 수 있도록 하고, 정치적으로 불우하게 되더라도 자신의 도를 견지할 수 있도록 한다. 이것을 실현하는 사람은 순미한 덕성을 완성하고 기를 기르는 공업을 이룰 수 있게 되니 몸을 닦고 덕을 세워 부동심한 상태에 도달할 수 있게 되는 것이다.

이상으로 맹자의 사상을 간략히 살펴보았다. 그의 사상을 한 마디로 줄인다면 '왕도정치'라 할 수 있을 것이다. 곧 지배자가 도덕적 무장을 하고 피지배자를 다스려야만 한다는 것이다. 이를 위해서는 그들이 기본적 삶을 영위할 수 있는 최소 생활 수준을 보장하여 주고, 그안에 내재하고 있는 선한 마음을 계발할 수 있는 여건을 갖추도록 하여야 한다는 것이다. 상하의 사람들이 모두 도덕심을 회복한다면 당시 맹자가 보았던 끔찍한 모습을 재현시키지 않을 수 있다고 한다. 이것은 현대의 생활에도 적용될 수 있는 것이다.

그의 이론이 당시에는 현실성이 멀다고 하여 받아들여지지 못하였으나 후대에 전국시대 유행한 어떤 사상보다도 더욱 유행할 수 있었던 것은 인간의 존재를 긍정하고 덕성에 기초한 행위를 강조하였기 때문일 것이다.

양혜왕 梁惠王 | 맹자가 제후국을 유세하러 다니면서 자신의 견해를 피력하는 부분이다. 상편은 7장 하편은 16장으로 구성되어 있다. 그는 왕도정치를 실시하면 왕이 바라는 바를 실현할 수 있다고 하는데, 그러기 위해서 무엇보다 중시되는 것이 백성들이 넉넉한 삶을 영위하여 산 자를 봉양하고 죽은 자를 제사지내는 데 후회없도록 하는 것이라고 한다. 아울러 백성과 함께 즐거움을 누려야 그 즐거움이 오래 갈 수 있고, 왕이라도 자신의 직분을 제대로 수행하지 못하면 왕위에서 물러나야 한다고 주장하고 있다.

공손추 公孫丑 | 공손추는 그의 제자로 그와의 대화를 통해 왕도정치(王道政治)를 숭상하고 패도정치(覇道政治)를 축출하여야 한다고 주장하고 있는데 유가의 의리(義理)를 밝히고, 자신의 포부를 드러낸 곳이라 할 수 있다. 상편은 9장 하편은 14장으로 구성되어 있

다. 반구제기(反求諸己), 호연지기(浩然之氣), 인화(人和) 등의 말은 여기에서 유래하였다.

자신이 바르지 못하다면 남을 바르게 할 수 없다는 것과 호연지기는 도에 근거하여 바르게 길러야 천지간에 가득 차게 된다는 것, 민심을 얻어야 천하를 얻을 수 있고, 포악한 이를 토벌하는 것을 무력으로 하지 않고 덕화(德化, 성현의 도)로 하여야 한다는 것을 이야기하고 있다.

등문공 滕文公 | 왕이 어떻게 나라를 다스려야 하는지를 밝히고 있는 부분이다. 상편은 5장 하편은 10장으로 구성되어 있다. 왕이 천하를 호령하는 천자가 되고자 한다면 우선 민사(民事)를 적극 장려하여 백성이 풍요로운 삶을 영위하도록 하고 이후에 효제충신(孝悌忠信)의 의리(義理)를 가르쳐야 한다고 이야기한다. 민사를 우선시하고 예의를 권하며 경계를 바로하고 세금을 공정하게 거두는 것 등은 성현의 도이니 이를 적극 실천하라고 하며 아울러 이단(異端)의 학문을 하는 이들을 강력하게 비판한다. 인간에게 인륜(人倫)이 가장 중요하니 이를 저버리면 아무리 훌륭한 행실을 해도 무의미하며, 자신의 도를 지키고 마땅한 부름이 아니라면 제 아무리 귀한 자리도 나아가지 않는다는 견해를 드러내기도 한다.

이루 離婁 | 요순(堯舜)을 인간 행위의 준칙(準則)으로 삼았던 맹자가 자신에게 내재한 도를 잘지키고 자신을 바르게 하여야 함을 이야기하고 있는 부분이다. 상편 28장 하편 33장으로 구성되어 있다. 유가에서 추구하는 도는 본디 자신에게 있는 것인데 사람들이 스스로 이를 버렸기 때문이라며, 자포자기한 사람을 나무라기도 한다. 당시 부귀영화를 추구하는 사람들이 옳지 못한 도로 말미암는 것을 비판하고, 자신의 도를 굽히면 남을 바르게 할 수 없을 뿐 아니라 끝내 자신의 본성도 잃어버린다고 경계하고 있다.

만장 萬章 | 덕이 천도(天道)에 합치되면 천작(天爵, 하늘이 인간에게 내려주는 것, 도)이 그에게 귀속될 것이고, 어진 행위를 하면 천하 사람이 그에게 귀속할 것이라면서 인도(仁道)를 행할 것을 주장하고 있는 부분이다. 상 · 하편 각 9장으로 구성되어 있다. 민의(民意)는 천의(天意)라는 것과 관직에 나아갈 때에도 시의적절(時宜適切)하게 하여야 한다는 사상을 드러내고 있다.

고자 告子 | 인성(人性, 性善說)에 대해 고자와 논의한 것이 대부분이다. 인의(仁義)는 밖에서 구할 것이 아니라 내재한 것이니 구하면 얻을 수 있고 구하지 않으면 잃어버린다는 것이 주된 것이다. 상편 20장 하편 16장으로 구성되어 있다. 인간의 행위는 선하지만 혹 불선할 수도 있는데 본래의 모습이 그러한 것이 아니라 형세(形勢)가

그렇게 한 것이라고 이야기하는데, 이것을 물에 비유하여 설명하기도 한다. 구차스러이 살기보다 의리를 중시하는 삶을 택할 것이라 이야기한다. 왕도가 점차 쇠퇴한 것은 제후나 대부가 도를 숭상하지 않았기 때문이고, 지배자가 백성에게 예의를 가르치지 않고 부리는 것은 백성을 해치는 것이라고 말한다.

진심 盡心 | 백성이 나라에서 가장 귀하고, 학문에는 순서가 있어야 한다는 것을 이야기한 부분이다. 상편 46장 하편 38장으로 구성되어 있다. 군자의 즐거움이란 가족의 화목이나 자신의 도덕적 청렴, 영재의 교육이지 임금노릇은 아니라는 식의 논의는 세속적 욕망에 앞서 도덕적으로 깨끗해야 함을 이야기한 것이다. 성인의 도를 배우는 데에도 순서가 있으며 꾸준히 하면 진척이 있을 것이라는 것과 경(經)에 근본하여 바르게 행하면 백성은 자기에게 귀의(歸依)할 것이라 이야기한다. 마지막으로 여러 성현의 도통(道統)을 이야기한 후 전승(傳承)의 소재를 밝히고 후세에도 끝까지 이어지기를 바란 것으로 맹자를 매듭짓는다.

편집위원

신승하 辛勝夏

고려대 사학과, 대만대학 역사학연구소 졸업. 고려대 대학원에서 문학박사 학위 취득. 저서로는 《근대중국의 서양인식》, 《중국 근대사》, 《중국 현대사》, 《중국 당대 40년사》 등이 있고, 논문으로 〈1920년의 중국의 정치와 군벌〉 외 다수가 있다.

이강수 李康洙

고려대 철학과, 대만대학 철학연구소 졸업. 고려대 대학원에서 문학 박사 학위 취득. 저서로는 《道家사상의 연구》 등이 있고, 논문으로 〈莊子의 자연과 인간의 문제〉 외 다수가 있다.

이동향 李東鄕

서울대 중문학과, 대만대학 중문학연구소 졸업. 서울대 대학원에서 문학 박사 학위 취득. 저서로는 《稼軒 辛棄疾 詞 연구》 등이 있고, 논문으로 〈吳文英의 詞 연구〉 외 다수가 있다.

역해자

홍성욱 洪性旭

고려대 국문학과 졸업. 동 대학원에서 석사 학위 취득(한문학 전공). 박사과정 수료. 논문으로 〈金宗直의 賦 및 散文의 연구〉, 〈金宗直의 樂府詩의 一考察〉외 다수가 있다.